DER SKANDALÖSE LIEBESBRIEF DES MARQUIS

Der Herzog von Strathmore

SASHA COTTMAN

Übersetzt von

CORINNA VEXBORG

Buchgestaltung: Sasha Cottman

Buchumschlag-Design: Erin Dameron-Hill

Fotocopyright: Deposit Images.

Sasha Cottman https://sashacottman.com/

Kapitel Eins

London, 1817

Um drei Uhr nachmittags, am achten Tag nach ihrer Ankunft in England, traf Miss Millicent Ashton eine Entscheidung.

Sie wollte nach Hause zurückkehren.

Die gehässigen Bemerkungen hatten begonnen, sobald sie und ihre Mutter Lady Elmores geräumigen Salon betraten.

«So sieht also ein indischer Elefant aus», flüsterte ein blondes Fräulein beim Fenster. Sie beugte sich zu einem anderen Mädchen, das kicherte.

«Ich frage mich, ob man umsonst auf ihr reiten darf.»

Millie wusste, dass die grausamen Verspottungen direkt gegen sie gerichtet waren.

In den anderen Häusern, die sie bisher besucht hatten, hatte sie es geschafft, die Kunst zu perfektionieren, ihren Mantel auszuziehen und sich gleichzeitig hinzusetzen. Mit etwas Glück konnte sie sich normalerweise in die Ecke einer Couch setzen und sich teilweise hinter den Röcken ihrer Mutter verstecken.

Leider hatte Lady Elmore sie diesmal direkt an der Tür des Salons begrüßt, und Millie hatte die Demütigung erfahren, von ihrer Mutter mitten im Raum vorgestellt zu werden, wo natürlich jeder sehen konnte, wie kräftig sie gebaut war.

Während die beiden älteren Frauen sich darüber unterhielten, wie kalt das Wetter in England im Vergleich zu Indien war, begann das Flüstern.

Das kaum verborgene Amüsement der kichernden Fräuleins brachte ihnen beiden einen eisigen Blick von Millies Mutter ein, die ihre Tochter zu einer Couch führte, um sich neben die Gastgeberin zu setzen.

Millies Herz wurde schwer. Jetzt konnte jeder im Raum sie sehen. Als Violet sich neben sie setzte, lächelte Millie sie halb an und bedauerte still, dass ihre Mutter sich bemüßigt gefühlt hatte, ein stillschweigendes Statement zu machen.

Für den Rest des zweistündigen Besuchs saß sie ruhig zwischen den beiden Frauen, nahm gelegentlich einen Schluck von ihrem schwarzen Tee und weigerte sich höflich, sich an der köstlichen Auswahl an Kuchen zu bedienen, die Lady Elmores Dienstboten auf dem niedrigen Tisch vor ihnen serviert hatten.

Die Hände im Schoß gefaltet, konzentrierte sie sich auf den Schmerz, mit dem sich ihr Daumennagel tief in ihre Handfläche bohrte. Sie würde sich lieber die eigenen Augen auskratzen, als dass sie irgendeine Reaktion auf die grausamen Verspottungen zeigen würde.

Sie zog sich in den Trost ihrer eigenen Gedanken zurück und benannte langsam und methodisch die Fjorde der norwegischen Küste. Als sie fertig war, machte sie dasselbe mit Finnland. Nichts beruhigte ihren Geist schneller, als wenn sie sich mit Zungenbrechern beschäftigen konnte.

Als ihre Mutter endlich Miene machte, sich zu verabschieden, war Millie irgendwo im tiefgefrorenen Norden Skandinaviens verloren.

Ein geflüstertes «Millie, wir gehen» weckte sie.

Mit einem gut geübten Knicks dankte sie Lady Elmore höflich und folgte ihrer Mutter zur Haustür. Die Hände fest vor sich gefaltet, hielt sie den Blick auf ihre Handschuhe gerichtet.

Weil sie seit ihrer Ankunft in London an mehreren solcher Veranstaltungen teilgenommen hatte, hatte sie die schmerzhafte Lektion gelernt, was passierte, wenn sie einen letzten Blick in den Raum voller Schlangen riskierte. Im Haus von Mrs. Wallace Anfang der Woche hatte sie einige der Mädchen dabei beobachten müssen, wie sie die Wangen aufplusterten. Eine hatte es sogar geschafft, ihr die Zunge herauszustrecken, bevor sie die Aktion hinter einem eleganten Hüsteln versteckte.

Sobald sich die Wagentür hinter ihnen schloss, drehte sie sich zu ihrer Mutter um.

«Das war die letzte dieser schrecklichen Veranstaltungen, zu denen du mich gezerrt hast. Das nächste Mal kannst du allein gehen», schnappte sie und stampfte mit dem Fuß auf.

Violet Ashton seufzte. «Und was soll ich den Damen der Londoner Gesellschaft sagen, wenn meine hochheiratsfähige Tochter mich bei diesen Ausflügen nicht begleitet?», erwiderte sie.

«Sag ihnen, dass du mich in mein Zimmer gesperrt hast, weil ich geflucht habe, oder sag ihnen noch besser, dass ich verrückt geworden bin und du mich nach Bedlam gebracht hast.»

Sie verschränkte die Arme, starrte aus dem Fenster und fuhr fort: «Wenn sie mich sehen wollen, können sie dem Wächter dort eine Münze bezahlen. Ich kenne diese Leute kaum, und doch glauben sie, ihnen stünde ein Urteil über mich zu. Keine einzige dieser ach so tollen Ladys hat versucht, mit mir zu sprechen. Nein, viel lieber machen sie sich über die Neue lustig. Nun, es war das letzte Mal.»

«Sag das nicht», antwortete ihre Mutter.

«Sag was nicht?»

«Ich möchte nach Indien zurückkehren, ich hasse diesen Ort, alle Menschen sind schrecklich und es ist kalt. Wenn ich diese Worte heute noch einmal von deinen Lippen höre, schwöre ich, ich werde selbst auf ein Schiff gehen und nach Indien zurückkehren, nur um von dir wegzukommen.»

Violet zog ihren Mantel fest um sich und seufzte müde.

«Ehrlich, Millie, ich kann deine ganzen Klagen wirklich nicht mehr hören. Glaube nicht, dass ich nicht weiß, wie unfreundlich diese Mädchen sind, aber du musst dich daran erinnern, dass du eine Bedrohung für sie darstellst und sie das nicht mögen. Sie versuchen, dich auf ihr Niveau zu bringen. Du musst dich nur über sie erheben.»

Millie starrte ihre Mutter an, zu fassungslos, um zu sprechen. Zum ersten Mal seit ihrer Ankunft war sie sprachlos. Wie könnte *sie* jemals eine Bedrohung für jemanden sein?

Schließlich antwortete sie: «Inwiefern bin ich eine Bedrohung für diese Mädchen, Mama?»

Violet lächelte wissend und nickte.

«Du kommst aus einer guten Familie, dein Vater und dein Onkel sind mächtige Männer, und du hast eine beträchtliche Mitgift zu bieten. Viele dieser Mädchen haben nur ihre vorübergehende Schönheit, um einen potenziellen Ehemann einzufangen, und die meisten Männer wollen mehr als das», erklärte sie.

Millie runzelte die Stirn. «Ja, aber die meisten Männer wollen eine schlanke, elegante Frau, die ihnen aus dem Weg geht», antwortete sie und wusste, dass sie niemals so eine Frau sein würde.

Ihre Mutter lachte. «Woher in aller Welt hast du so eine dumme Vorstellung? Hast du mich jemals vor deinem Vater zurückweichen sehen? Und glaub mir, ich war auch noch nie im Leben dünn.» Sie beugte sich auf der Lederbank vor und fuhr mit ihrer Hand sanft über Millies Wange.

«Liebling, du wirst feststellen, dass verschiedene Männer von verschiedenen Dingen angezogen werden. Einige werden dich wegen deiner Erziehung im Ausland nicht nach ihrem Geschmack und etwas ungewöhnlich finden, aber ich versichere dir, dass es jemanden geben wird, der in dir die bezauberndste Kreatur sieht, die er jemals gesehen hat. Und wenn er das witzige, intelligente Mädchen entdeckt, das du bist, wird er dir danken, dass du in sein Leben gekommen bist.»

Sie steckte eine eigensinnige Locke von Millies kastanienbraunem Haar hinter das Ohr ihrer Tochter, bevor sie hinzufügte: «Natürlich musst du aufhören, dich über England zu beschweren, damit er überhaupt die Gelegenheit bekommt, dich wirklich kennenzulernen. Aber ich bin sicher, dass du deine Abneigung gegen diesen Ort bald zu überwinden lernst. Jeder tut es irgendwann.»

«Abgesehen von den Franzosen», murmelte Millie und wusste, dass sie die Geduld ihrer Mutter auf die Probe stellte.

Violet lehnte sich in ihrem Sitz zurück und rieb sich die Schläfe. Sie hatte sich über ein Pochen hinter ihrem linken Auge beschwert, schon bevor sie bei Lady Elmore angekommen waren, und Millie wusste anhand der blassen Farbe der Wangen ihrer Mutter, dass einer ihrer ernsthaften Anfälle von Kopfschmerzen unmittelbar bevorstand. Sobald sie zu Hause ankamen, würde sie sich in ihr Zimmer zurückziehen und den ganzen Nachmittag verschlafen. Millie würde wieder einmal selbst etwas finden müssen, um sich die Zeit zu vertreiben.

Die Ratschläge ihrer Mutter hingen immer noch in der Luft. Violet hatte natürlich recht. Millie würde Frieden mit ihrem neuen Zuhause schließen müssen, aber was die andere Sache betraf, war ihr Verstand von Zweifeln geplagt.

Niemand in London würde sie für wunderbar oder atemberaubend halten. Nur ein ganz besonderer Mann würde in der Lage sein, über das Offensichtliche hinauszuschauen und die echte Millie Ashton zu sehen. Nach dem, was sie bisher von der Londoner Gesellschaft gesehen hatte, bezweifelte sie, dass ein solcher Mann irgendwo in England existierte.

Während die Kutsche zu ihrem neuen Zuhause in der Mill Street rumpelte, schaute Millie weiter aus dem Fenster. Die gepflasterten Straßen von London waren so ganz anders als die staubigen Wege von Kalkutta, der Stadt, in der sie geboren worden war.

Verglichen mit den heißen, windgeplagten Straßen voller Menschen, Tiere und Handkarren, die alle versuchten, trotz heftigen Gegenverkehrs voranzukommen, war London das Bild geordneter Höflichkeit. Die wenigen Menschen, die auf den Straßen von St. James unterwegs waren, gingen auf gepflasterten Gehwegen, nicht mitten auf der Straße. Und es gab keine Kühe, die träge um die Straßenstände und Märkte herumwanderten.

Millie lehnte sich in ihrem Sitz zurück und versuchte, die Augen zu schließen, um sich an die Schreie der *Khonchavala* zu erinnern, die durch die Straßen ihrer Heimatstadt zogen und ihre vielen Waren verkauften.

Als sie zu Hause ankamen, reichte Millie ihrer Zofe schnell ihre Haube und ihren Mantel. Der Hausbesuch war lang und anstrengend gewesen, ihre Nerven waren angespannt, und sie wusste, wenn sie noch eine Minute in der Nähe ihrer Mutter blieb, würden harte Worte fallen, und der ganze Tag würde im Chaos enden.

Sie küsste ihre Mutter auf die Wange, wünschte ihr eine baldige Genesung und ging nach unten, um die Küche aufzusuchen.

Millie saß mit einer Tasse heißen, süßen Tees auf dem großen hölzernen Stuhl in der Küche und kaute langsam an einem Mawa-Plätzchen von Mrs. Knowles, als ihr Bruder Charles die Küche betrat.

Die in Indien geborene Mrs. Knowles begrüßte ihn mit einem respektvollen *Namaste*. Er verbeugte sich, bevor er sich zu seiner Schwester umdrehte.

«Ich dachte mir schon, dass ich dich hier finde. Wie war der Besuch bei Lady Elmore?», fragte Charles, als er in der Nähe des Küchentischs stehenblieb.

Sein Blick wanderte zu dem Teller, der neben Millie auf dem Tisch stand. Ein einziges Plätzchen lag einsam zwischen den verstreuten Krümeln.

«Oh je, so schlimm?», beantwortete er seine eigene Frage und fuhr mit einer Hand durch sein sandblondes Haar.

Millie wischte sich mit einer Stoffserviette den Mund ab und schlürfte den letzten Tee. Kleine Tränen formten sich in ihren Augen, und sie blinzelte sie tapfer weg. Sie erhob sich vom Stuhl und schaffte es, ihre Gelassenheit für die Sekunden zu bewahren, die sie brauchte, um in die Umarmung ihres älteren Bruders zu fallen.

Beruhigend schlang er seine Arme um sie und hielt sie fest.

«Sie haben mich einen Elefanten genannt», sagte sie, als die Tränen ihren Weg über ihre Wangen fanden. «Keine von ihnen wollte mit mir sprechen. Sie saßen nur da und kicherten hinter ihren Händen. Sie waren einfach schrecklich.»

Charles streichelte ihr Haar und drückte einen Kuss auf ihre langen braunen Locken.

«Millie, du musst ihnen nur Zeit geben, dich kennenzulernen, und ich verspreche, dass die Dinge besser werden. Nicht jeder hier ist schrecklich. In kürzester Zeit wirst du ganz viele Freunde haben. Wir sind erst seit einer Woche hier, du kannst noch nicht ganz London verdammen», sagte er mit einem Seufzer.

Millie schniefte die Tränen zurück und nahm das Taschentuch, das er anbot.

«Ich weiß, ich weiß. Mama sagt genau das Gleiche, aber ...»

«Aber was?»

«London ist nicht das, was mir versprochen wurde. Wo ist die Raffinesse, die Eleganz? Bisher habe ich nur Salons voller Giftschlangen gesehen», antwortete Millie und zog sich aus seiner Umarmung zurück.

«Ich hoffe, du richtest dich nicht gegen unser neues Zuhause?»

Sie zuckte mit den Schultern. «Ich hatte nur gehofft, London könnte ein bisschen weltoffener sein. Ich weiß, dass viele der Engländer in Kalkutta dem Rest des Landes gegenüber gleichgültig waren, aber ich glaube, ich habe nach allem, was ich von England gehört hatte, etwas mehr erwartet. Es ist schwieriger, hier meinen Platz in der Welt zu finden, als ich gedacht habe.»

«Aber du musst zugeben, es ist nicht alles schlecht. Du willst doch wohl nicht behaupten, dass es dir keinen Spaß gemacht hat, neue Kleider zu kaufen, Millie. Ich bin zweimal über Stapel von Schachteln im vorderen Flur gestolpert», antwortete Charles.

«Nein, die Läden sind einfach wunderbar. Ich habe noch nie etwas Derartiges gesehen. Ich bin sicher, man könnte tagelang einkaufen und sich nicht zweimal in denselben Laden verlaufen», antwortete sie, dankbar für den Themenwechsel.

«Gut, und was ist mit den Museen? Ich weiß, dass du eine lange Liste von Galerien, Gärten und Burgen hast, die du besuchen möchtest.»

Ihre Stimmung erholte sich bei der Vorstellung, und sie sah ihren Bruder an und nickte. Sie würden beide in den kommenden Monaten ihren Weg durch das Labyrinth der Londoner Gesellschaft finden müssen.

«Danke, Charles. Du hast das glückliche Talent, in jeder Situation das Gute zu finden. Ich kann mich immer darauf verlassen, dass du mich aus einer miserablen Stimmung herausholen wirst. Und du hast recht. Ich werde Papa fragen, ob er mich zu Lord Elgins griechischen Marmorfragmenten mitnehmen kann, wenn er das nächste Mal etwas

Freizeit hat. Ich habe gehört, sie haben sie in einen neuen Ausstellungsraum verlegt.»

«Gut. Du kannst ihn heute Abend auf dem Weg zur Party fragen», antwortete er.

Eine Welle von Übelkeit überkam sie. Ob es an der großen Anzahl von Gewürzkeksen lag, die sie gegessen hatte, oder an der Erkenntnis, dass ihre Familie heute Abend Ehrengäste bei einem *Welcome Home*-Ball sein sollte, konnte Millie nicht sagen.

Millie dankte Mrs. Knowles für die Plätzchen und ging zur Tür. Als er am Tisch vorbeikam, schnappte sich Charles das letzte verbliebene Stück Mawa-Keks, stopfte es sich in den Mund und folgte seiner Schwester aus dem Raum.

Kapitel Zwei

Später an jenem Abend spähte Millie durch das Fenster der Kutsche ihrer Familie, als sie vor dem hell erleuchteten Haus ihres Onkels hielt. Ashton House war vielleicht nicht das größte Haus in der Green Street, aber es war sicherlich das eleganteste.

Vier riesige Steinsäulen ragten hoch über die Straße und bildeten einen gewölbten Portikus. Schwarze Eisentore an beiden Seitenbögen bedeuteten, dass der Zugang zum Haus nur durch den Bogen möglich war, der sich direkt zur Straße hin öffnete. Diejenigen, die dumm genug waren, auf dieser Straßenseite gehen zu wollen, mussten sich auf einem schmalen Pfad zwischen den Säulen und der Straße vorbeiwinden.

Millie fand es ziemlich empörend, dass einer der Vorfahren ihres Vaters einfach den öffentlichen Fußweg von der Vorderseite von Ashton House gestohlen hatte.

«Sie haben die Straße nach dem Bau des Hauses verbreitert», bemerkte ihr Vater.

Millie starrte ihn an. James Ashton hatte die unheimliche Fähigkeit, immer genau zu wissen, woran seine einzige Tochter gerade dachte. Als sie ein Kind gewesen war, hatte sie es für ein lustiges Spiel gehalten, wann immer er ihr erzählte, was sie zum Abendessen essen wollte.

Jetzt, als sie älter wurde, musste Millie stets darauf achten, Abstand zu ihrem aufmerksamen Vater zu halten. Obwohl sie wusste, dass es keinen besonderen Einblick erforderte, um zu sehen, wie unglücklich sie von jenem Moment an gewesen war, als sie im feuchten, grauen England angekommen waren.

Ihre Eltern hatten so viele Jahre über die Rückkehr nach Hause gesprochen, dass London einen fast mythischen Status angenommen hatte. Dann gab ihr Vater eines Nachts fröhlich bekannt, dass er dort eine leitende Position bei der East India Company angenommen hatte und sie alle in sechs Monaten Kalkutta verlassen würden. Ihr Schock über die plötzliche Nachricht stand in scharfem Kontrast zu dem Leuchten, das sie in den Augen ihrer Mutter sah, als ihr Vater die Ankündigung machte.

Als sie später auf dem Weg ins Bett an der Tür des Schlafzimmers ihrer Eltern vorbeikam, sah sie, wie sie einen leidenschaftlichen Kuss teilten. Sie lösten sich voneinander, und ihr Vater lächelte. Als ihre Mutter ihm zuflüsterte: «Danke Liebling; Dies ist das größte Geschenk, das du mir jemals gemacht hast», wusste Millie, dass ihr Leben in Indien zu Ende war.

In den folgenden Wochen stellte sie fest, dass sie ihre Mutter und ihren Vater noch nie so glücklich gesehen hatte. Nachdem Millie die liebevolle Umarmung ihrer Eltern und die begeisterte Aufregung ihrer Mutter gesehen hatte, als die ersten Packkisten eintrafen, hatte sie sich geschworen, weder ihrem Vater noch ihrer Mutter zu sagen, wie am Boden zerstört sie war über die bevorstehende Änderung der Adresse der Familie.

Das alles war jetzt fast ein Jahr her, und es fiel ihr immer noch schwer zu glauben, dass sie den Monsunregen niemals wiedersehen sollte.

«Bitte hör auf, meine Gedanken zu lesen, Papa. Es ist nicht nett», antwortete sie, und ihre Gedanken kehrten in die Gegenwart zurück.

«Nun, hör auf, so laut zu denken, dann kann ich dich auch nicht hören», sagte ihr Vater lachend.

Die Kutsche blieb vor Ashton House stehen, und James Ashton stieg aus. Er half Violet und Millie aus der Kutsche. Charles musste allein zurechtkommen.

Im Inneren von Ashton House wurden sie herzlich von James' älterem Bruder und seiner Frau empfangen. Der Viscount und die Gräfin waren seit fünfzehn Jahren verheiratet, doch Kindersegen war ihnen verwehrt geblieben.

«Violet, Millie», sagte Lady Ashton fröhlich. «Ich freue mich so, euch zu sehen; Ich habe so lange auf diesen Tag gewartet.»

Warm küsste sie Millie auf die Wange und umarmte sie. «Ich liebe dein Seidenkleid; es passt zu deinem Nasenring. Du wirst in der Londoner Gesellschaft einen ziemlichen Eindruck hinterlassen, meine Liebe», bemerkte ihre Tante.

Millie hob eine Hand und berührte den winzigen Saphir-Ring, den sie in ihrem rechten Nasenflügel trug.

«Danke, Tante Beatrice, du meinst nicht, dass ich dadurch zu fremd aussehe? Mama hat seit dem Tag, an dem wir Kalkutta verlassen haben, versucht, mich dazu zu bringen, ihn herauszunehmen», antwortete sie. Ihr hellblaues Kleid mit dem mit goldener Spitze verzierten Rocksaum war am Morgen von der Schneiderin geliefert worden. Es passte perfekt zur Farbe des Saphirs.

Lady Ashton nickte. «Der Ring gefällt mir sehr, aber vielleicht solltest du trotzdem auch auf den Rat deiner Mutter hören. Der *Ton* kann ziemlich verbohrt sein, wenn es ihnen passt. Nicht jeder wird dich als interessant und exotisch empfinden.»

«Ich fange an zu verstehen, was du meinst», antwortete Millie.

Lord Ashton schlug Charles herzlich auf den Rücken.

«Mein Junge», lachte er. Wegen der Kinderlosigkeit von Ashton House würde sein Neffe eines Tages der Erbe des Ashton-Familientitels sein.

«Erinnere mich daran, dir die Rechnung für seine Schulbildung zu schicken», antwortete James mit einem Grinsen.

Die beiden Brüder rangen unter den Augen der restlichen Familienmitglieder spielerisch miteinander. Violet schien die einzige zu sein, die den brüderlichen Austausch nicht im geringsten amüsant fand.

«Nichts ändert sich», seufzte sie. «Seit jenem Tag, als ich James das erste Mal traf, bemerkte ich, dass die beiden ihre Hände nicht voneinander lassen können. Immer Schulterklopfen, umarmen und miteinander ringen.»

«Ja, nun, wir haben ein bisschen Nachholbedarf, meine Liebe», antwortete ihr Ehemann, den Kopf fest unter die Achselhöhle seines älteren Bruders gesteckt. Beide Männer grinsten wie ungezogene Schuljungen. Die Freude, mit seinem jüngeren Bruder wieder vereint zu sein, leuchtete hell in Lord Ashtons Augen.

Millie hatte eine plötzliche Vision von zwei kleinen Jungen, die wild durch die Felder von Kent rannten und dabei lachten. Ihr Vater hatte Millie und Charles im Laufe der Jahre viele Geschichten über seine fröhliche Kindheit im Ashton Park erzählt.

Viel später, als sie erwachsen waren und das Ashton-Anwesen vor dem finanziellen Ruin stand, war ihr Vater gegangen, um das Familienvermögen auf der anderen Seite der Welt wiederherzustellen, und hatte sowohl Oscar als auch England zurückgelassen.

Lord Ashton befreite James aus seiner brüderlichen Umarmung und wandte seine Aufmerksamkeit Violet zu. Er zog sie in seine Arme und gab ihr einen zärtlichen Kuss auf die Stirn. «Ich bin so froh, dich zu Hause zu haben, meine zauberhafte Schwester. Du warst viel zuviele Jahre zu weit von uns weg.»

Heiße Tränen brannten in Millies Augen, als sie sah, wie ihr Onkel ihre Mutter hielt, als würde er sie niemals gehen lassen.

Bis vor kurzem war Oscar Ashton nur ein Name auf einem wertvollen Brief aus einem fernen Land gewesen, aber hier und jetzt war er allzu real. Fleisch und Blut und menschliche Emotionen, eingehüllt in das Ebenbild ihres Vaters.

Sie spürte den sanften Druck der Hand ihrer Tante auf ihrem Oberarm und drehte sich um. Lady Ashton versuchte vergeblich, ihre eigenen Tränen zu unterdrücken.

In den glückseligen, unwissenden Jahren ihres jungen Lebens hatte Millie nie verstanden, dass ihre Eltern unter Schmerzen von ihren Familien getrennt waren. Obwohl Indien ihre Heimat war, war der Aufenthalt auf dem Subkontinent für James und Violet zwanzig Jahre lang voller Opfer und Sehnsucht gewesen.

Durch die Bemühungen und das geschickte Management ihres Vaters hatte die Familie nun genug Geld verdient, um nach England zurückzukehren und sich und ihre Kinder an der Spitze der Londoner Gesellschaft wieder zu etablieren.

Millie zog ein Taschentuch aus ihrem Kleid und tupfte sich die Tränen ab.

«Und ich habe gejammert, weil ich mein Pferd zurücklassen musste. Was für eine schreckliche, selbstsüchtige Tochter ich bin. Ich sollte froh sein, dass meine Eltern endlich nach Hause gekommen sind, aber alles, woran ich denken kann, ist mein eigenes elendes Ich.»

Tröstend legte ihre Tante einen Arm um sie.

«Mein liebes Mädchen, du musst dich für nichts schämen, also sei nicht zu voreilig, dich selbst zu bestrafen. Deine Mutter erzählte mir, dass deine erste Woche eine kleine Prüfung war. Wir alle müssen uns daran erinnern, dass England für dich ein fremdes Land ist, Millie. Keiner von uns sollte also erwarten, dass du dich sofort hier einlebst. Für deine Eltern mag das eine Heimkehr sein, aber jetzt bist du diejenige, die ihre Heimat verlassen und ein Leben im Ausland beginnen muss.»

«Danke», antwortete Millie und fand ein Lächeln für ihre Tante. «Du bist sehr freundlich.»

Lady Ashtons Versäumnis, ihrem Ehemann einen Erben zu schenken, musste eine schmerzhafte Demütigung für sie gewesen sein. Doch von dem Moment an, als James und Violet nach England zurückgekehrt waren, hatte sie alles getan, damit sie und ihre Kinder sich willkommen fühlten.

Sie umarmte Millie. «Unsinn. Dafür ist die Familie da, meine Liebe. Wenn du jemals ein Ohr brauchst, um es mit deinen Problemen zu füllen, würde ich dir gern meins leihen. Es ist schwer, ein Außenseiter im *Ton* zu sein, wenn man nicht hineingeboren wurde. Trockne jetzt deine Augen. Ich möchte dir und deiner Mutter zeigen, wie schön der Ballsaal aussieht, bevor die anderen Gäste hier sind.»

Etwa eine Stunde später stand Millie allein an der Seite des überfüllten Ballsaals und dachte über die Worte ihrer Tante nach. Während sich die anderen Gäste in kleinen, freundlichen Gruppen zusammensetzten, fühlte sie sich als echte Außenseiterin.

Zuvor hatte sie mit Charles mehrere Runden im eleganten Ballsaal gedreht. Beide hatten stolz gelächelt, als die anderen Gäste die wunderschönen seidenen Wandbehänge bewunderten, die ihr Vater aus Indien mitgebracht hatte. Die vier großen mehrfarbigen Paneele waren paarweise zu beiden Seiten der Fenstertüren im hinteren Teil des Ballsaals an die Wände gehängt worden, sodass Neuankömmlinge von der Treppe aus einen unverstellten Blick darauf hatten.

«Sie werden als ständige Erinnerung daran dienen, woher die Rettung der Familie Ashton kam, als sie dem Rand des Ruins so nahe war», hatte ihr Vater gesagt, als er die Arbeiten bei den örtlichen Webern in Kalkutta in Auftrag gegeben hatte. Als sie nun auf ihr Lieblingspaneel blickte, das einen Blick auf den Hooghly River in der Nähe von Fort William zeigte, fiel ihr ein, dass die Seide eine visuelle Darstellung von allem war, was ihre Eltern geopfert hatten.

Als ihr Onkel kam und Charles wegzog, um ihm seine Freunde vorzustellen, lehnte Millie die Einladung ab, sich ihnen anzuschließen, und zog es vor, einige Zeit allein zu verbringen. Angesichts der Tatsache, dass sie außer der Familie Ashton sonst niemanden in ganz London kannte, war dies eine leichte Aufgabe.

«Was für ein Gedränge. Ich hätte nicht gedacht, dass es zu dieser Jahreszeit so viele Familien in der Stadt gibt», bemerkte eine junge, blonde Frau, die an ihrer Seite stehen blieb. «Obwohl ich mich nicht beschweren sollte. Zumindest hält es mich von Lord Ashtons Abendbüffet fern. Meine Mutter sagt, wenn sie mich heute Abend noch einmal in dessen Nähe sieht, werden meine Lippen zusammengenäht.»

Millie drehte sich um und lächelte sie an, nachdem sie die zierlichen rosafarbenen Rosen am Oberteil des Musselin-Kleides des schlanken Mädchens betrachtet hatte. Nach dem elenden Tag, den sie hinter sich hatte, war eines der letzten Dinge, die sie brauchte, noch ein weiteres figurbesessenes Fräulein.

Ein Funke Übermut schimmerte in den Augen des anderen Mädchens.

«Natürlich, wenn Sie und ich gerade in ein Gespräch vertieft sind und langsam am besagten Tisch der Freuden vorbeischlendern und ich einen meiner Pantoffeln verliere und ...»

«... Ihre Hand sich ganz ohne Ihr Zutun nach dem Tisch ausstreckt, um das Gleichgewicht wiederzufinden ...», antwortete Millie schnell.

«... und just in diesem Moment meine Hand versehentlich einen dieser köstlichen Apfel- und Zimtkuchen berührt ...»

«Dann könnte man Sie nur für Ihre guten Manieren lobpreisen. Da Sie das Essen angefasst hätten, könnten Sie es wohl kaum auf dem Büffet liegen lassen, damit ein anderer Gast es isst.»

Das andere Mädchen kicherte, bevor sie einen entschlossenen, ernsten Ausdruck aufsetzte. Sie ergriff Millies Hand und drückte sie leicht.

«Sie wissen, dass Sie recht haben, absolut recht», antwortete sie. Ein Grinsen zwickte in ihrem Mundwinkel, aber zu Millies Freude gelang es ihrer neuen Bekannten, es tapfer in Schach zu halten.

«Es würde meine Familie vor den empörendsten Skandalen bewahren. Ich sollte stehende Ovationen erhalten, sobald die Torte meine Lippen berührt.»

Millie schloss die Augen und nickte weise.

«Ich könnte mir vorstellen, dass eine Medaille zu Ihren Ehren geprägt würde. Mein Onkel würde dafür sorgen. Es wäre ja auch wirklich ein Opfer, dieses eine Tortenstück zu essen, mit dessen Hilfe Sie sich vor dem Sturz bewahrten, und es sollte nicht unbelohnt bleiben.»

Ein Kichern entkam den Lippen des anderen Mädchens, gefolgt von einem Schnauben, das alles andere als damenhaft war.

Beide Mädchen neigten die Köpfe und versuchten, ihr Lachen hinter ihren Händen zu verbergen.

Millie seufzte erleichtert auf.

In der Londoner Gesellschaft gab es also doch echte Mädchen.

«Lucy Radley», sagte ihre neue Freundin. Ihre blassgrünen Augen funkelten vor Freudentränen. Sie streckte ihre Hand mit der Eleganz einer Königin aus.

«Millie Ashton», antwortete Millie und ließ sich in einen Knicks fallen.

Als sie aufstand, sah sie, dass das Lächeln von Lucys Gesicht verschwunden war.

«Ashton, also sind Sie Lord Ashtons Nichte?»

Millie nickte.

«Oh, nein. Wie peinlich. Sie sind einer der Ehrengäste, und hier stehe ich und erzähle Ihnen, wie ich Essen vom Tisch Ihres Onkels zu stehlen beabsichtige. Sie müssen mich für furchtbar unhöflich halten.

Es tut mir so schrecklich leid», sagte Lucy, auf deren Wangen rote Flecken erblühten.

Millie nutzte die Gelegenheit, um ihre feinen Seidenhandschuhe gründlich zu studieren. Wenn sie jemals sehen wollte, was für ein Mädchen Lucy wirklich war, dann jetzt.

«Es tut mir leid, aber Ihre Entschuldigung ist einfach nicht gut genug. Sie müssen für solch eine schwere Übertretung bestraft werden», antwortete sie hochmütig.

«Ja?»

Millie hob die Lider, und mit einem Blick, der eines Old Bailey-Richters würdig war, erließ sie ein Urteil.

«Ich fürchte, es gibt keine andere Möglichkeit, das Urteil muss der Schwere des Verbrechens entsprechen. Lucy, Sie müssen meine neue beste Freundin werden.»

Ein Ausdruck der Erleichterung huschte über Lucys Gesicht, gefolgt von einem perfekt ausgeführten Ausdruck vorgetäuschten Grauens.

«Es war nur ein Stück Torte, ich hatte keine Ahnung, dass die Bestrafung so hart sein würde. Könnten Sie mich nicht einfach in die Kolonien deportieren lassen?», antwortete sie.

Millie lachte. Ihr Instinkt Lucy betreffend war genau richtig gewesen.

Sie waren füreinander bestimmt.

«Jetzt lassen Sie uns diesem Büffet einen Besuch abstatten», befahl Millie und rieb sich vor Freude die Hände. Sie hatte gerade ihre erste Freundin in England gefunden, und es war Zeit, dies zu feiern.

Lucy verbeugte sich kurz und winkte zum Tisch hinüber. «Nach Ihnen.»

Später, nachdem sie einige der Köstlichkeiten von Lord Ashtons Tisch probiert hatten, darunter zwei der Apfel- und Zimtkuchen, zogen sich Millie und Lucy in eine Ecke des Ballsaals zurück.

Glücklicherweise gelang es ihnen, einen Platz in der Nähe einiger offener Türen zu finden, und sie spürten sofort die Erleichterung nach all dem Gedränge. Millie hatte damit gerechnet, dass einige Leute aufgrund der Position ihres Vaters bei der East India Company daran interessiert sein würden, ihre Familie kennenzulernen, aber die rund dreihundert Gäste, die sich im Ballsaal drängten, machten sie fassungslos. Der Raum selbst war in einem Meer von Körpern und summenden Gesprächen nicht wiederzuerkennen.

«Ich habe noch nie so viele Menschen in einem Raum gesehen», sagte sie. Dann drehte sie sich um, richtete ihr Gesicht auf die Tür und ließ eine sanfte kühle Brise ihr Haar zerzausen. Sie schauderte. Nach einem Leben in der Hitze des Subkontinents würde der englische Winter für sie eine ganz neue Erfahrung werden.

«Das Wetter war immer zu heiß und zu feucht, um diese Menge von Menschen bei einem gesellschaftlichen Treffen in Indien zu versammeln. Ohne genügend Platz, um sich in der Hitze Luft zuzufächern, wären die Damen einfach tot umgefallen.»

«Nun, das wäre ein interessanter Abend, obwohl es die Gäste Ihrer Tante und Ihres Onkels davon abhalten könnte, jemals nach Ashton House zurückzukehren», antwortete Lucy.

Millie nickte. «Ja, nun, nach der kurzen Zeit, die ich bisher in London bin, gibt es nur wenige Leute, die ich gerne ein zweites Mal treffen würde. Anwesende natürlich ausgeschlossen.»

«Danke», antwortete Lucy mit einem Lächeln.

Millie sah zu, wie Lucy den Blick jetzt von ihr abwandte und langsam durch den Raum schweifen ließ. Dann plötzlich stellte sie sich auf die Zehenspitzen und versuchte, über die Köpfe der anderen Gäste zu spähen.

«Wer?», fragte Millie.

«Wer was?», erwiderte Lucy, während ihr Blick weiter durch den Raum wanderte.

«Wer oder was ist es, den du suchst?»

Der Gedanke, dass ihre neu gefundene Freundin ihrer Gesellschaft schon müde geworden sein könnte, kam Millie in den Sinn. Vielleicht hatte sie sich doch in Lucy getäuscht. Nach einer Woche bitterer Enttäuschungen im Land ihrer Vorfahren war der Gedanke, mitten in einer Party kurzerhand verlassen zu werden, mehr, als sie ertragen konnte.

«Wenn Sie jemanden haben, mit dem Sie verabredet sind, werde ich das Verstehen. Immerhin habe ich mich ohne Vorwarnung an Sie gehängt», fügte sie hinzu.

Lucy drehte sich um und schenkte ihr ein beruhigendes Lächeln.

«Ohne dich gehe ich nirgendwo hin, süße Millie, also brauchst du dir keine Sorgen machen. Ich suche nur meine Brüder. Sie sollen an den Feierlichkeiten dieses Abends teilnehmen, und wie immer sind sie zu spät. Ich möchte Sie ihnen gerne vorstellen. David ist unglaublich amüsant, und Alex ist einfach ...»

«Einfach was?», antwortete Millie.

Lucy rümpfte die Nase.

«Nun, lassen Sie es mich so sagen: Alle Mädchen sind in ihn verliebt, und alle Jungen wünschen, sie wären er. Wenn er nicht mein Bruder wäre, würde mein Vater ihn sicher ganz oben auf seine Liste geeigneter Ehemänner für mich setzen.» Sie verzog noch einmal die Nase. Alex' magischer Zauber hatte offensichtlich wenig Einfluss auf seine Schwester.

Millie fragte sich, wie lange es dauern würde, bis ihre eigenen Eltern mit ihr über die Suche nach einem Ehemann sprechen würden. Charles musste bald heiraten; es wurde vom zukünftigen Viscount erwartet. Sie hoffte einfach nur, dass ihr ein wenig Zeit eingeräumt würde, bevor die Frage der Ehe für sie aufkam.

Sie hoffte, dass sie vorher einen Weg gefunden hätte, nach Indien zurückzukehren.

Sie hatte immer noch fast täglich Streit mit ihrer Mutter darüber, ob sie schon zu alt war, um eine Debütantensaison zu haben. Das hielt zumindest das Thema Ehe in Schach. Mit etwas Glück würde sie ihre Mutter davon überzeugen können, dass die Vorstellung einer zwanzigjährigen Debütantin lächerlich war, und sie würde von dieser besonderen Form der öffentlichen Demütigung verschont bleiben. Bei der Vorstellung, der Londoner Gesellschaft zusammen mit einer Gruppe hauchdünner, blutjunger Debütantinnen vorgestellt zu werden, wurde ihr schlecht. Mit ihrer kurvenreichen Figur konnte sie unmöglich mit einer von ihnen um die Aufmerksamkeit eines Junggesellen konkurrieren.

Egal was ihre Mutter sagte, Millie hatte ernsthafte Zweifel an ihren Chancen, eine Ehe einzugehen, die sich auf Liebe gründete. Wie oft in dieser Woche hatte sie gehört, dass englische Herren nur schlanke Mädchen mochten, keine Kurven, keine Brüste? Sobald allerdings der

Ton herausfand, dass sie dank der Bemühungen ihres Vaters im Ausland nun eine beträchtliche Mitgift mitbrachte, würden sich ihre Aussichten auf dem Heiratsmarkt natürlich erheblich verbessern.

Jeder Glücksjäger im Land wäre begeistert, sie kennenzulernen. Sie würden ihre vielen Fehler übersehen, bis sie schließlich nachgab und einen von ihnen als ihren Ehemann auswählte. Sie würde dann den Rest ihres Lebens damit verbringen dürfen, ihre Entscheidung zu bereuen, während ihr Ehepartner ihr Vermögen verschwendete und seine Nächte mit jemand anderem teilte.

Sie wusste, dass das gleiche Schicksal sie vermutlich in Indien erwarten würde, aber zumindest wäre sie dann zu Hause und weit weg von England.

Ihren Bruder zurückzulassen, das wäre die schwerste Prüfung, aber sie hatte erkannt, dass sie nicht dazugehörte und es niemals tun würde. Es wäre am besten, wenn sie nach Hause zurückkehrte und nicht blieb, um ihn in Verlegenheit zu bringen.

Ein kürzlicher Besuch beim Schneider in der Bond Street hatte zu einer neuen, perfekt geschneiderten Garderobe für Charles geführt. Und weil er in seinen neuen Kleidern besser als je zuvor aussah, befürchtete sie, dass die Veränderung tiefer gehen würde als nur das Äußerliche.

Es wäre schrecklich schade, wenn der Einfluss seiner neuen Freunde und der erwartete zukünftige Titel genau die Dinge wegnehmen würden, die ihn auf einzigartige Weise zu Charles Ashton machten.

«Bleib dir selbst treu», murmelte sie.

«Pardon?», fragte Lucy. Doch, bevor Millie antworten konnte, erregte etwas Lucys Aufmerksamkeit, und sie winkte heftig zur Treppe, die vom Ballsaal nach oben führte.

«Hallo! Wir sind hier drüben!», rief sie.

Millie lächelte. Lucy war wirklich sehr erfrischend.

Sie blickte auf und sah zwei junge Männer auf dem oberen Treppenabsatz stehen. Sie schauten über die Menge in Richtung Lucy, die ihnen weiter zuwinkte. Als er die Mädchen sah, hob der Mann, der neben ihnen stand, die Hand und winkte freundlich.

«Der mit den schwarzen Haaren ist mein ältester Bruder, David.

Der blonde neben ihm ist Alex, der allen als Alexander der Große bekannt ist», erklärte Lucy.

Als die beiden Männer die Treppe herunterkamen und durch den Ballsaal gingen, erlebte Millie die unmittelbaren Auswirkungen, die die Ankunft der Radley-Brüder auf die Gesellschaft hatte. Bei jedem Schritt, den sie unternahmen, begrüßte sie jemand. Aus der Menge heraus wurden ihnen die Hände geschüttelt. Alle schlugen ihnen freundschaftlich auf den Rücken, und der Chor fröhlicher Grüße wurde immer lauter.

Sie fragte sich, wer von ihnen das Schwert geführt hatte, als der Drache getötet wurde, so mitreißend war der Empfang, den diese beiden jungen Männer erhielten. Sie wirkten eher wie alles erobernde Helden, die von einem gefährlichen Auftrag zurückkehrten und die Beute des Sieges genossen, als wie zwei junge Männer der hohen Gesellschaft, die zu einer privaten Party kamen. Jeden Moment erwartete Millie, dass einige aus der Menge sie sich auf die Schultern heben würden, damit die ganze Welt sie hochleben lassen konnte.

Wie berauschend es sein musste, so beliebt zu sein, solche Macht auszuüben.

Lucys Brüder arbeiteten sich langsam durch die Menschenmenge. Schließlich bekam Millie ihren ersten richtigen Blick auf die Radley-Brüder, und ihr Herz blieb stehen.

David war durch die Menge vorausgegangen, aber als sie sich den Mädchen näherten, dünnte sich das Publikum etwas aus, und Alex konnte neben seinen Bruder treten.

Als er hinter David auftauchte, dachte Millie, sie hätte eine Vision. Kein sterblicher Mann durfte so gut aussehen.

Nicht nur gutaussehend, sondern atemberaubend schön.

Ein Schopf zerzauster blonder Haare. Auf den ersten Blick sah es wirklich so aus, als hätte er viele Tage lang weder Kamm noch Bürste gesehen, und dennoch war es perfekt.

Er sah aus, als wäre er gerade erst aus dem Bett gerollt, hatte seine Abendkleidung angezogen und war zur Ashton-Party gegangen.

Seine Krawatte war gegen alle Modediktate locker um den Hals geschlungen, aber auf eine so elegante Art und Weise, dass es eindeutig beabsichtigt war. Seine rot-golden gestreifte Zweireiherweste passte fest zu seinem langen, schlanken, muskulösen Körper. Während Millies Blick die Pracht von Alex' Abendgarderobe in sich aufnahm, war es offensichtlich, dass jedes Kleidungsstück an seinem Körper aus feinstem Stoff geschneidert war. Das Talent eines herausragenden Schneidermeisters leuchtete aus diesem Höhepunkt lässiger Eleganz.

Ihre Augen wanderten tiefer zu den auf Hochglanz polierten schwarzen Husarenstiefeln, die seine muskulösen Waden umhüllten. Sie holte tief Luft und versuchte, den Kopf wegzudrehen, konnte es aber nicht.

Oder war es, weil sie es gar nicht wollte?

In dem Moment, als sie das tiefe Grün von Alex' Augen sah, wusste sie, dass er gefährlich war. Als sein seelendurchdringender Blick auf sie fiel, spürte sie einen kalten Schauer der Vorahnung über ihren Rücken laufen.

Millie warf einen kurzen Blick über ihre linke Schulter, um zu sehen, wer ihm dort aufgefallen sein mochte. Da war jedoch nur ein dunkelgrüner Samtvorhang.

Hinter ihr stand niemand.

Als sie wieder auf den sich nähernden Adonis blickte, bemerkte sie, dass sein Blick fest auf sie gerichtet war, ein Ausdruck der Verwirrung in seinem Gesicht.

Sie sah zu Lucy, konnte aber ihren Blick nicht einfangen. Ihre Freundin versuchte eifrig, einen verärgerten Ausdruck auf ihr eigenes Gesicht zu malen, während sie ihre herannahenden Brüder anstarrte.

«Oh nein, ich sehe schon, dass das nicht gut enden wird», murmelte Millie und fühlte, wie ihr Gesicht heiß wurde. Sie trat zwei Schritte zurück, aber der Samtvorhang hielt sie auf.

«Ich muss von hier weg», sagte sie leise und begann, in Panik zu geraten.

Schreckliche Mädchen waren schlimm genug, aber missgünstige Brüder waren eine ganz andere Sache. Er hielt seine Augen auf sie gerichtet, wie ein Jäger, der seine Beute verfolgt, und da wusste sie, dass sie nicht das Glück haben würde, unversehrt zu entkommen.

Aus seinem Gesichtsausdruck folgerte Millie, dass es Alex nicht passte, sie neben Lucy stehen zu sehen. War es so, dass der perfekte Bruder es nicht mochte, wenn seine Schwester sich mit denen abgab, die alles andere als gottgleich waren? Es wäre nicht das erste Mal seit ihrer Ankunft gewesen, dass andere sie nur aufgrund ihres Aussehens bereits verurteilten.

Lucy schüttelte den Kopf. «Du kannst noch nicht gehen. Ich habe dir meine Brüder noch nicht vorgestellt. Sie werden sich freuen, dich kennenzulernen, da bin ich mir sicher», antwortete sie. «Jedenfalls sobald ich damit fertig bin, ihnen ordentlich die Meinung zu sagen.»

Millie griff nach einer Handvoll des schweren grünen Vorhangs. Für einen Moment spielte sie mit dem Gedanken, sich hinter dem voluminösen Stoff zu verstecken und sich unsichtbar zu machen, aber sie wusste, dass das lächerlich wäre. Flucht war unmöglich.

Mit jedem Schritt trat er näher an sie heran, und sein Blick haftete die ganze Zeit auf ihrem Gesicht. Gefangen von seinem Blick und unfähig zu fliehen, stählte sie sich für die Demütigung, von der sie wusste, dass sie kommen würde.

«Ich begann mich schon zu fragen, wann ihr zwei Missetäter endlich eintreffen würdet», sagte Lucy und stieß ein missmutiges Geräusch aus. «Wo wart ihr denn?»

Die beiden Männer tauschten ein wissendes Grinsen aus.

«Siehst du, ich habe dir doch gesagt, dass sie wütend auf uns sein wird», antwortete David und nickte seinem Bruder zu.

«Und ich habe keine Ahnung, wieso. Wir sind nur deshalb spät dran, weil Mama uns gebeten hat, zu Hause vorbeizukommen und Großtante Maude unseren Respekt zu erweisen. Dafür kannst du uns kaum die Schuld geben, Lu», antwortete Alex, ohne seinen Blick von Millie abzuwenden.

Millie blinzelte heftig und riss mit großer Anstrengung ihre Augen von seinem magnetischen Blick weg. Sie sah Lucy an, die Millie im Gegenzug einen gequälten Ausdruck der Verlegenheit zuwarf. Millie wusste genau, wie sie sich fühlte.

«Entschuldigt», murmelte Lucy und senkte die Arme. «Wie geht es Tante Maude? Mutter war so besorgt. Sie ist heute Abend nur deshalb mitgekommen, weil Maude dem Arztbesuch endlich zugestimmt hat.»

David streckte die Hand aus und zog seine Schwester in eine verzeihende Umarmung. Sie schlang ihre Arme um ihn und versteckte ihr brennendes Gesicht im Kragen seiner Abendjacke.

«Ist schon gut, Lucy, Maude geht es gut. Der Arzt wollte gerade gehen, als wir kamen, und er sagte, es sei nur Erschöpfung von der langen Reise in den Süden. Ein paar Tage Bettruhe, und sie wird wieder in der Stadt herumtollen.»

Er küsste seine Schwester leicht auf die Wange, bevor er mit einer Hand geübt in ihr Haar fuhr, um es zu zerzausen. Lucy zuckte zurück und bemühte sich, sich aus seiner Umarmung zu befreien. Sie trat einen Schritt zurück, bevor sie nach ihm griff und ihm einen kräftigen Schlag auf den Arm gab.

«Oooh, du bist ein schlimmer Bursche, David Radley, und glaube ja nicht, ich werde Mama nicht sagen, dass du es warst, der mit meinen Haaren herumgespielt hat», lachte sie und wedelte mit dem Finger zu ihm. David stand da und rieb sich den schmerzenden Arm.

«Heftiger rechter Haken, Lucy. Hast du jemals daran gedacht, gegen andere zu boxen?»

Millie unterdrückte ein Lachen. Da sie selbst einen älteren Bruder hatte, wusste sie, dass der Preis für eine brüderliche Umarmung immer ein perfekt ausgeführtes Zerzausen der Haare war. David Radley war anscheinend ein weiterer Vertreter der Kunst.

Ein Funke Hoffnung flammte auf: Wärme existierte also doch im kalten Herzen der Londoner Gesellschaft. Sie mochte David sofort. Er war genau wie ihr eigener Bruder Charles.

Ihr Blick kehrte zu dem anderen Radley-Bruder, Alex, zurück, der sie langsam von oben bis unten musterte und Bilanz zu ziehen schien. Sie schenkte ihm ein Lächeln und betete, dass ihr gesellschaftlicher Tod barmherzig schnell sein würde.

Er deutete eine Verbeugung an und streckte die Hand aus.

Sie hatte das nicht erwartet. Es dauerte einen Moment, bis sie ihre rechte Hand öffnete und sie ihm anbot. Er griff danach und hielt sie fest.

Sie sah nach unten und erkannte, dass ihre Finger unter seiner Handfläche verschwunden waren. Sie holte tief Luft und biss sich auf die Unterlippe. Je früher dies vorbei war, desto besser.

«Alex.» Es war kaum mehr als ein Flüstern seinerseits. Er verbeugte sich und küsste ihren Handschuh.

Sie spürte seinen heißen Atem durch die feine Baumwolle des Handschuhs, und ein zweiter Schauer lief ihr über den Rücken.

Er hob den Kopf und starrte erneut in ihre Augen. Wenn der Tod in diesem Moment gekommen wäre, hätte sie es begrüßt. Denn wenn Helena von Trojas Schönheit tausend Schiffe mobilisieren konnte, dann hatten Alex Radleys Augen die Macht, sie alle zu verbrennen.

Sie standen still da und starrten einander an, bis David sich auf nicht allzu subtile Weise räusperte.

Alex winkte mit der Hand in die Richtung seines Bruders. «David», murmelte er.

Millie, die immer noch von der schwelenden Kraft von Alex' Blick gehalten wurde, nickte leicht.

Sie hörte ein plötzliches empörtes Schnauben, und Alex verschwand, dann nahmen David und Lucy seinen Platz ein.

Millie kehrte in die Realität zurück.

Sie erkannte, dass David, mit einem Arm lose um die Taille seiner Schwester gelegt, seine andere Hand benutzt hatte, um seinem jüngeren Bruder einen harten Stoß zu versetzen, der ihn zur Seite taumeln ließ.

Aus den Augenwinkeln konnte Millie Alex neben ihnen stehen sehen. Dolche schienen aus seinen Augen zu schießen, als er jetzt David anstarrte.

Zum Glück für David konnte Alex nicht zwei Personen gleichzeitig anstarren, und so dauerte seine stille Bestrafung nur einen Moment, bevor Alex seine intensive Beobachtung von Millie wieder aufnahm.

Sie sah auf ihre Hand hinunter und war überrascht, sie immer noch am Ende ihres Armes zu finden. Sie war sich sicher, dass Alex die Hand mitgenommen haben müsste, so fest wie er sie gehalten hatte.

«Es tut mir leid. Manchmal fehlt ihm ein gewisses Maß an gesellschaftlicher Finesse - man würde nie glauben, dass er ein Sohn eines Herzogs ist», sagte David und erwiderte den bösen Blick seines Bruders auf dieselbe Weise.

Millie hob die Augenbrauen und sah Lucy an.

«Also, Sie sind Lady Lucy?»

Lucy sah überrascht aus. «Oh, tut mir leid. Ich nahm an, Sie wussten, wer die Familie Radley ist. Aber da Sie gerade erst in England angekommen sind, war das natürlich eine ziemlich dumme Vermutung meinerseits. Unser Vater ist der Herzog von Strathmore. Es gibt uns drei, sowie Stephen und Emma, die beide noch zur Schule gehen. Ich bin nie besonders gut darin, wenn es darum geht, andere Personen einander vorzustellen.»

David verbeugte sich höflich.

«Mr. David Radley. Sehr erfreut, Sie kennenzulernen. Dieser blonde Trottel hier ist der Marquis von Brooke, sehr zur Schande unserer Familie.»

«Halt die Klappe, David. Du kennst nicht einmal ihren Namen», schnappte Alex.

Millie sah, wie Lucy und David einen überraschten Blick austauschten und sich über den Gefühlsausbruch ihres Bruders wunderten.

Lucy trat von David zurück und ergriff Millies Hand. «Dies ist Miss Millicent Ashton, Viscount Ashtons Nichte, die kürzlich aus Indien angekommen ist. Ihre Familie sind heute Abend Ehrengäste», erklärte sie.

David musste gesehen haben, wie die Wut auf Alex' Gesicht brodelte, und anstatt seinen Bruder weiter zu verspotten, lächelte er Millie zu.

«Sie also sind die jüngere Schwester von Charles?», fragte er. «Wir haben Ihren Bruder am Montag bei *White's* kennengelernt. Ihr Vater hat den Papierkram erledigt, damit er Mitglied wird.»

Millie stieß die Luft aus, als sie bemerkte, dass sie den Atem angehalten hatte. «Ja, Papa plant, ihn so schnell wie möglich bei all den maßgebenden Clubs anzumelden. Er und mein Onkel bereiten Charles auf den Tag vor, an dem er schließlich den Familientitel erben wird.»

«Und Sie wurden in Indien geboren?», fragte David, als sein Blick auf ihren Nasenring fiel.

Sie lächelte, dankbar für seine höflichen Fragen. Er gab ihr etwas zum Nachdenken, während Alex schweigend an der Seite stand und sie anstarrte. Sie ihrerseits hielt den Blick nach vorn gerichtet, auf eine kleine Sommersprosse über Davids rechter Augenbraue. Seine blaugrünen Augen erinnerten sie an die Farbe des Meeres.

«Ja, ich wurde fast zwei Jahre nach der Ankunft meiner Eltern und meines Bruders in Kalkutta geboren. Ich habe mein ganzes Leben auf dem Subkontinent verbracht», antwortete sie.

Es war das erste Mal seit ihrer Ankunft in England, dass jemand sie nach ihrem eigenen Leben fragte. Die üblichen Fragen betrafen meistens Charles' Pläne für seine Zukunft.

Lucy lächelte, während das sich entwickelnde Gespräch die unangenehme Seite von Alex' Begrüßung auszubügeln begann. Millie wagte ein schüchternes Lächeln in ihre Richtung. Ihre neue Freundin schien genauso wie sie selbst daran interessiert zu sein, dass diese Freundschaft die erste Nacht überlebte.

«Miss Ashton empfindet unser Wetter als eine Herausforderung. Sie ist nicht an die Kälte Londons im März gewöhnt», bemerkte Lucy.

In diesem Moment begann das Orchester, sich für eine Quadrille aufzuwärmen. Millie warf einen Blick auf die Tanzfläche und sah verschiedene Paare, die sich zusammenfanden und ihre Plätze einnahmen. Sie wünschte, sie wäre unter ihnen.

Sie wandte sich zurück, um weiter mit David zu sprechen, doch statt seiner nahm plötzlich Alex ihr gesamtes Blickfeld ein. Er streckte die Hand aus und nahm ihre Finger.

«Tanzen Sie mit mir, Miss Ashton», sagte er und begann, sie zur Tanzfläche zu ziehen.

Sie drehte den Kopf und erhaschte einen kurzen Blick auf David und Lucy, die ihr mit vor Überraschung offenstehenden Mündern nachstarrten. Alex zog sie schnell durch die Menge, die sich für ihn erneut so leicht teilte, wie es bei seiner Ankunft geschehen war.

Während er hastig auf die Tanzfläche zuging, war sie gezwungen zu rennen, um mit ihm Schritt zu halten.

Da all ihre Aufmerksamkeit darauf gerichtet war, ihre Röcke hochzuhalten und zu rennen, bemerkte Millie erst, dass Alex angehalten hatte, als sie mit ihm zusammenstieß.

«Uff», rief sie aus, als sich ihr Handgelenk schmerzhaft aus seinem Griff drehte.

Er drehte sich um, und nach seinem Gesichtsausdruck zu urteilen, war er gerade von einem Blitz getroffen worden. Sie hörte ihn tief einatmen und schlucken, fast als hätte er Schmerzen.

Er schloss die Augen und ergriff sie erneut an der Hand. «Kommen Sie schon, sie sind fast für die ersten Takte bereit», verkündete er.

Er drehte sich um und bahnte sich weiter seinen Weg durch die Partygäste, zerrte Millie hinter sich her und blieb erst stehen, als sie die Tanzfläche erreicht hatten, wo er schnell ihre Hand losließ.

Er atmete mehrmals schwer ein und aus, und Millie befürchtete schon, er würde einen Krampf bekommen. Zu ihrer Überraschung holte er noch tiefer Luft, bevor er sich abrupt vor ihr verbeugte, worauf sie mit einem Knicks reagierte. Da sie an einem öffentlichen Ort waren, konnte sie sonst wenig tun.

Als die Musik begann, bot Millie ihm ihre Hand an, aber Alex blieb wie angewurzelt stehen.

Ein Wutanfall schoss durch ihren Kopf. Er hatte sie grob angestarrt, sie durch einen überfüllten Ballsaal gezerrt, und nun weigerte er sich, ihre Hand für den Tanz zu nehmen.

Für Millie war es schon schlimm genug gewesen, als Alex sie beim Samtvorhang in die Enge getrieben hatte, aber jetzt standen sie mitten auf der Tanzfläche, wo jeder sie sehen konnte. Aus den Augenwinkeln erkannte sie, dass die anderen Tänzer es bemerkt hatten.

«Lord Brooke, bitte. Ich bitte Sie, nehmen Sie meine Hand und lassen Sie uns entweder am Tanz teilnehmen oder die Tanzfläche verlassen. Ich weiß nicht, was für ein Spiel Sie hier mit mir spielen, aber Ihr Verhalten ist inakzeptabel, und ich habe genug davon.»

Sie sah, wie sich seine Lippen bewegten, aber keine Worte kamen aus seinem Mund.

Sie zählte schweigend bis zehn, bevor sie tief durchatmete.

«Sehr gut, wenn Sie sich so verhalten möchten, werde ich Sie nun hier stehen lassen. Guten Abend, Mylord.»

Sie drehte sich um und ging mit hoch erhobenem Kopf weg.

«Du schrecklicher, eingebildeter Mann», murmelte sie mit zusammengebissenen Zähnen.

Hätte sie zurückgeschaut, hätte sie gesehen, dass Alex immer noch allein in der Mitte der Tanzfläche stand und ihr mit einem gequälten Gesichtsausdruck nachstarrte.

Am Rande des Saals fand sie Lucy und David.

Die Augen der armen Lucy waren voller Tränen, und ihre Unterlippe zitterte. Millie ergriff Lucys Hand und drückte sie sanft.

‚Es ist alles in Ordnung, Lucy. Ich tanze sowieso nicht so gut. Dir und dem Rest der Gruppe ist dieses unnatürliche Schauspiel zumindest für diesen Abend erspart geblieben. Du solltest dankbar sein für den Mangel an Manieren deines Bruders», sagte sie und schenkte Lucy ein beruhigendes Lächeln.

Lucy nickte. «Danke», antwortete sie, als die ersten Tränen über ihre Wange liefen. Millie streckte die Hand aus und wischte eine davon weg. Das arme Mädchen hatte hilflos mitansehen müssen, wie ihr Bruder ihre neue Freundin vor allen Gästen einer Party demütigte.

«Bitte weine nicht, Lucy, es wurde kein Schaden angerichtet», sagte Millie.

Der Tanz ging weiter, und die verbleibenden Tänzer waren gezwungen, sich um das unbequeme Hindernis herumzuarbeiten, das der bewegungslose Lord Brooke ihnen präsentierte.

Andere Gäste bemerkten es und kommentierten bald das seltsame menschliche Herzstück des Schauspiels, das der Marquis of Brooke war. Millie sah mit Bewunderung, dass David Radley sein Temperament ziemlich gut im Zaum hielt, aber schließlich war klar, dass auch er genug hatte von dem ausgefallenen Verhalten seines Bruders.

«Entschuldigen Sie, meine Damen, aber ich muss mit meinem Narren von einem Bruder sprechen, bevor er dem Familiennamen noch weitere Schande macht», sagte David, als er wegging.

Während die Mädchen und eine wachsende Anzahl von Partygästen zuschauten, stürmte David auf die Tanzfläche und ergriff Alex' Arm. Die Brüder tauschten ein paar scharfe, wütende Worte aus, bevor David Alex durch den Ballsaal in den hinteren Garten führte.

Als sie an ihnen vorbeikamen, konnte Millie sehen, dass der Ausdruck auf Davids Gesicht pure Wut war.

Lucy stieß einen kleinen Verzweiflungsschrei aus und packte Millies Handgelenk.

«Millie, ich sollte besser mit ihnen gehen Mit Alex stimmt etwas ganz und gar nicht. Bitte glaube mir, wenn ich sage, dass er sich noch nie in seinem Leben so verhalten hat. Er kann manchmal ungestüm sein, aber ich weiß nicht, was heute Abend über ihn gekommen ist.»

Sie küsste Millie auf die Wange.

«Ich verspreche, wenn du Strathmore House besuchst, werde ich dafür sorgen, dass er nicht zu Hause ist, und wenn er es ist, wird er sich bestens benehmen.» Lucys Blick folgte ihren Brüdern, die durch die Tür in die Nacht verschwanden.

«Ich muss gehen», sagte sie eindringlich. «Meine Eltern sind heute Abend hier und werden bald von Alex' Verhalten dir gegenüber erfahren. Wenn ich meine Brüder nicht trenne, wird mein Vater sie beide an den Ohren zur Haustür hinauszerren. Wenn ich jetzt gehe, können wir den Abend vielleicht noch retten.»

Mit wachsendem Unbehagen sah Millie zu, wie Lucy ihre Röcke hob und schnell zu den Fenstertüren ging.

Ihre Stimmung sank, weil sie wusste, dass sie zum Haus des Herzogs von Strathmore würde fahren müssen, egal wie sehr sie es fürchtete.

Wenn ihre Freundin die Peinlichkeit ertragen musste, von Dutzenden Augenpaaren dabei beobachtet zu werden, wie sie ihren streitenden Brüdern nach draußen folgte, war das Mindeste, was Millie tun konnte, Lucy am nächsten Tag zu besuchen.

«Millie, Mama möchte mit dir sprechen.» Sie drehte sich um und sah Charles hinter sich stehen. Sie fluchte leise, schob sich an ihm vorbei und machte sich auf die Suche nach ihrer Mutter.

Als sie ihre Mutter erreichte, war es offensichtlich, wen diese für das ganze peinliche Schauspiel verantwortlich machte. Der Ausdruck auf Violets Gesicht sagte alles. Als Millie ihren Vater sah, drehte sie sich um und ging auf ihn zu, aber er schüttelte den Kopf und zeigte in die Richtung seiner Frau.

«Aber ich habe nichts getan», flehte sie ihn schweigend an.

«Mama», sagte sie, als sie mit dem Rücken zu den versammelten Gästen vor ihre Mutter trat. Wenn sie unverdienterweise ausgescholten werden sollte, dann sollte es mal schön ihre Mutter selbst sein, der die Leute ins Gesicht sahen, während sie angestrengt die Ohren spitzten.

Violet ergriff Millies Hände und zog sie zu sich.

«Was war das denn?» fuhr sie sie an.

Millie seufzte und zuckte mit den Schultern.

«Ehrlich gesagt, ich weiß ich es nicht, Mama. Ich habe Lucy Radley kennengelernt. Sie wirkte nett und stellte mich ihren beiden Brüdern vor. Als sie ankamen, stand der Marquis von Brooke nur da und starrte mich an. Sogar sein Bruder beschuldigte ihn, unhöflich zu sein. Das nächste, an was ich mich erinnere, ist, wie er mich durch den Ballsaal gezerrt und auf die Tanzfläche geschoben hat.»

«Wo er sich dann geweigert hat, mit dir zu tanzen?», antwortete ihre Mutter. Ihre Brauen hoben sich auf eine Weise, die besagte, dass sie nicht von der Unschuld ihrer Tochter in dieser Angelegenheit überzeugt war.

«Ja, und es war sehr peinlich», antwortete Millie, verletzt über das offensichtliche Misstrauen ihrer Mutter. «Glaubst du, ich habe das Ganze inszeniert, um Sympathie zu bekommen?» Sie entzog ihrer Mutter die Hände und kümmerte sich nicht darum, dass ihr Austausch beobachtet wurde.

Violet schloss die Augen und seufzte.

«Was soll ich nur mit dir tun? Ich bin am Ende meiner Weisheit, Millie. Ich weiß nicht, was zwischen dir und Lord Brooke passiert ist, aber dieser Unsinn hört sofort auf, hörst du?» Sie wedelte mit dem Finger vor Millie, was bei den lauschenden Gästen ein Raunen auslöste.

«Für den Rest des Abends wirst du an meiner Seite bleiben, und du wirst lächeln und mit jedem, der so freundlich ist, mit dir zu reden, ein kleines Gespräch führen. Ich werde nicht zulassen, dass du diesen Abend für die Familie ruinierst.»

Eine Antwort bildete sich auf Millies Lippen, aber Violet deutete mit einem Finger auf sie, was bedeutete, dass die Diskussion zu Ende war. Millie wusste genau, wo sie in der Gnade ihrer Mutter stand.

«Ja, Mama», antwortete sie und nahm ihren Platz an der Seite ihrer Mutter ein.

«Gut» sagte Violet und lächelte die anderen Gäste an.

Während der nächsten halben Stunde beobachtete Millie Paare, die angeregt mehrere beliebte Stücke durchtanzten. Charles wagte sogar einen Auftritt mit ihrer Tante Beatrice am Arm.

Millie sah lächelnd zu, wie Charles und Lady Ashton die Tanzfläche eroberten. Seine Lippen bewegten sich langsam, während er die

Takte zählte, und Lady Ashton, großmütig wie immer, versuchte, ihr Unbehagen jedes Mal zu verbergen, wenn er auf ihre Zehen trat.

«Jetzt, wo wir die Londoner Gesellschaft kennengelernt haben, musst du wieder mit deinem Tanzunterricht beginnen», murmelte ihr Vater in ihr Ohr. Millie hielt ihren Blick auf die Tänzer gerichtet, aber es war sinnlos. James Ashton las wieder einmal ihre Gedanken.

«Wenn es tröstet, ich habe gehört, dass der Herzog von Strathmore seinen Sohn zur Rede gestellt hat, und Lord Brooke wird dich heute Abend nicht weiter belästigen, meine Liebe.»

«Ich wünschte, du würdest das Mama erzählen», antwortete sie.

Ihr Vater legte seinen Arm um ihre Schulter und drückte. «Sobald dieses Tanzset vorbei ist, wird dein Onkel eine Rede halten. Danach können wir nach Hause gehen. Nach deinem Besuch bei Lady Elmore heute Nachmittag und den Unannehmlichkeiten heute Abend hast du wohl genug für einen Tag gelitten.»

Millie lächelte ihn angestrengt an. Zumindest einer in der Familie glaubte nicht, dass sie die Schuld an der Szene auf der Tanzfläche trug. Der Gedanke, nach Hause zu gehen und sich ins Bett zu legen, klang himmlisch.

Ihr Vater hatte recht. Von allen Tagen, seit sie in London waren, war heute definitiv der schlimmste gewesen. Zumindest war jetzt nur noch eine lange, langweilige Rede des Familienoberhauptes zu ertragen, und dieser Tag würde endlich zu Ende sein.

Zu ihrer Überraschung und Freude entdeckte sie, dass Onkel Oscar ein begeisterter und erfahrener Redner war. Als das Orchester eine Essenspause einlegte, rief er die Gäste zusammen und hielt eine lebhafte und oft emotionale Rede, in der er seinen Bruder und dessen Familie in England willkommen hieß. Millie, Charles und ihre Eltern standen zusammen und nahmen den herzlichen Empfang des Familienoberhauptes an.

«Warte es nur ab, wie die Einladungen von morgen an durch die Tür flattern werden», bemerkte James zu seiner Frau. Als ihre Eltern ein Lächeln austauschten, konnte Millie das Licht in den Augen ihrer Mutter sehen. Sie hatte sie noch nie so glücklich gesehen.

Mit einem der begehrtesten Junggesellen in ganz England als Sohn würde Violets Name auf den Gästelisten für die exklusivsten Partys und Veranstaltungen der kommenden Saison ganz oben stehen.

Millie fing den Blick ihrer Mutter auf, und deren Lächeln geriet ins Schwanken. Wenn jemand das sprichwörtliche Haar in der Suppe sein würde, wäre es ihre mollige, lästige Tochter.

«Ja, nun, ich habe die kleine Szene dieses Abends nicht verursacht. Du kannst Lord Brooke dafür verantwortlich machen», murmelte sie vor sich hin. Zum ersten Mal in ihrem Leben spürte Millie eine deutliche Distanz zwischen ihrer Mutter und sich.

Wenn ein junger Mann Millie bei einer Veranstaltung in Kalkutta auf die gleiche Weise behandelt hätte, wäre ihre Mutter sofort an ihrer Seite gewesen und hätte den jungen Mann zurechtgestutzt. Aber nicht hier, nicht in London. Die Regeln waren verschieden. Die Leute sagten nicht öffentlich, was sie dachten, sondern flüsterten hinter dem Rücken derer, die ihr Missfallen erregt hatten.

Während sie weiter der Rede ihres Onkels zuhörte, wanderte Millies Blick durch den Raum, bis er an einem hochgewachsenen Gentleman mit strengem Gesicht hängenblieb, der an der Seite stand. Sie spürte, wie sich die Haare in ihrem Nacken aufrichteten. Der Mann hielt die Hand einer dunkelhaarigen Frau, die den gleichen missbilligenden Blick trug.

Als sich der Herr zu der Frau beugte und ihr schnell etwas zuflüsterte, schaute die Frau hinter den Mann, wandte sich wieder zurück und nickte ihm zu.

Millie brauchte ein oder zwei Minuten, um zu erkennen, warum das Paar ihre Aufmerksamkeit erregt hatte. Als sie hinter die Frau schaute, sah sie dort David stehen, und neben ihm Lucy. Beide standen mit steinernem Gesicht da und hörten Lord Ashtons Rede zu.

Sie bemerkte die Ähnlichkeit zwischen den Radley-Geschwistern und dem älteren Ehepaar, und als sie nun sah, wie eng sie alle beieinander standen, war sie überzeugt, dass der Gentleman und die dunkelhaarige Frau tatsächlich der Herzog und die Herzogin von Strathmore waren.

Ihr Blick wandert zu einer einsamen Gestalt, die etwas weiter entfernt neben dem Herzog stand. Über die rechte Schulter des Herzogs hinweg starrten zwei Augen sie direkt an.

Der Marquis von Brooke.

Millie war klar, dass der Herzog, als er seine Familie versammelt hatte, um Viscount Ashtons Rede zu hören, Alex hinter sich beordert hatte, damit der Gastgeber ihn nicht sehen konnte.

Sie hätte es vorgezogen, wenn er seinen unanständigen Sohn nach Hause geschickt hätte, aber sie wusste, was für einen Skandal das ausgelöst hätte.

Alex entfernte sich langsam von seiner Familie und fand einen Platz in der Menge. Er hatte jetzt eine direkte Sichtverbindung zu ihr. Sie riss ihren Blick von ihm los und sah auf ihre Handschuhe hinunter.

Charles beugte sich vor und flüsterte ihr ins Ohr: «Heb den Kopf, Millie, und lächle sie alle an, du siehst völlig elend aus. Bitte zerstör diesen Abend nicht, du weißt doch, wie wichtig das hier für uns ist.»

Er ergriff ihre Hand und drückte sie sanft und beruhigend. Sie lächelte. Guter alter Charles.

Sie hob den Kopf und blickte zurück in die Menge, weit weg von Alex' Position, nur um festzustellen, dass ihr Blick wieder auf ihn fiel. Und wie üblich schaute er zurück.

Er lächelte, und sie spürte, wie ein weiterer kalter Schauer über ihren Rücken lief. Der Marquis von Brooke hatte es irgendwie geschafft, sich durch den Ballsaal zu arbeiten, und stand nun auf der gegenüberliegenden Seite von seiner Familie.

Sie sammelte all ihre Sturheit und zwang sich dazu, mit einem spröden Lächeln auf dem Gesicht weiter auf die Versammlung zu schauen.

Sie versuchte vergeblich, die nächstgelegenen indischen Wandbehänge zu betrachten, wobei sie sich auf das komplizierte Blumenmuster am Rand konzentrierte, aber es war sinnlos. Der Funke, den sie auf der Tanzfläche gefühlt hatte, flammte jetzt auf zu einem kleinen Feuer wütenden Grolls.

Millie hatte die Nase voll und war verzweifelt über ihre erste enttäuschende Woche in London. Und nun war sie auch noch Opfer eines verdrehten Spiels, das von einem reichen Grobian gespielt wurde. Sie entschied, dass es jetzt genug war.

Wenn er dachte, sie würde ihm erlauben, seine dumme Rache zu üben, ohne dass sie sich revanchierte, dann würde er einen bösen Schock erleben.

Kannst du mich nicht in Frieden lassen? Es muss viele andere junge Frauen geben, die du necken kannst. Wenn du glaubst, ein leichtes Ziel gefunden zu haben, irrst du dich gewaltig. Ich bin viel stärker, als du denkst.

Sie lachte.

Jemand musste sich gegen Leute wie Alex Radley behaupten, und Millie Ashton war nie eine gewesen, die vor einem Kampf zurückschreckte. Obwohl er es noch nicht wusste, hatte der Marquis von Brooke eine ihm ebenbürtige Gegnerin gefunden.

Kapitel Drei

Er konnte sich der genauen Zeit nicht sicher sein. Das einzige, was Alex Radley klar war, als er das erste Licht der Morgendämmerung langsam über seinen Schlafzimmerboden kriechen sah, war, dass er keine Sekunde geschlafen hatte.

Aus irgendeinem unerklärlichen Grund hatte der Engel des Schicksals entschieden, dass sein Leben nicht ohnehin kompliziert genug war, und beschlossen, Miss Millicent Ashton in seinen Weg zu werfen.

Auf dem Bauch ausgestreckt und mit einem Arm faul über der Bettkante hängend, dachte er über die Vorkommnisse des vergangenen Abends und deren wahrscheinliche Konsequenzen nach.

Von dem Moment an, als er sie gesehen hatte, wusste Alex, dass er in Schwierigkeiten steckte. Ihre Wirkung auf ihn war sowohl unmittelbar als auch gewaltig.

Er mochte Frauen und genoss das Vergnügen ihrer Gesellschaft, sowohl im Ballsaal als auch im Schlafzimmer, aber noch nie hatte eine von ihnen seine Aufmerksamkeit so erregt wie Millie. Hatte ihn gepackt und dann in einem schraubstockartigen Griff festgehalten.

Er erinnerte sich, wie er mit seinem Bruder durch die Menge geschritten war und nach allen Seiten Grüße ausgeteilt hatten, und wie er sich auf einen amüsanten Abend mit David gefreut hatte.

Sobald sie bei der Party angekommen waren, hatten sie Lucy in der hinteren Ecke des Ballsaals entdeckt und waren geradewegs auf ihre Schwester zugegangen. Das nächste, woran er sich erinnerte, war, wie sein Körper in einem Dröhnen hitziger Lust zum Leben erwacht war, als er vor der exquisitesten Kreatur stand, die er jemals gesehen hatte.

Das Blut war von seinem Kopf hinunter in seine erhitzten Lenden geschossen und machte ihn unfähig, vernünftige Sätze zu sprechen.

Er konnte sich nicht bewegen und dachte, er wäre kurz davor, ohnmächtig zu werden. Alles, was er tun konnte, war, dazustehen und auf den üppigen Anblick vor ihm zu starren, während er mit seinem Körper kämpfte. Mitten in einem überfüllten Ballsaal hatte er gespürt, wie seine Männlichkeit einmal kurz zuckte und dann entschlossen bereitstand.

Er stand geschockt da und hatte keine Ahnung, was er tun sollte. Zuerst versuchte er, die Hand des armen Mädchens zu küssen und seinen Körper dazu zu überreden, sich angemessen zu benehmen, aber damit war er gescheitert.

Und gerade als seine Erektion drohte, ein Loch in seine Hose zu bohren, hatte sein Bruder die Beherrschung verloren und ihn zur Seite geschoben.

In diesem Moment waren Alex Tränen in die Augen getreten. In einem Zustand völliger Qual kam ihm dann die geniale Idee, mit Miss Ashton tanzen zu wollen. Er glaubte, wenn er seinen Körper zum Tanzen bringen könnte, würde er sich beruhigen und könnte die Kontrolle wiedererlangen. Er hatte es kaum auf die Tanzfläche geschafft. Sobald er sie auf der Tanzfläche ansah, wusste er natürlich, was für einen großen Fehler er gemacht hatte.

Als könnte man den Teufel einfach so in Grund und Boden starren.

Er seufzte und rieb sich die Augen. Der ganze Abend war für ihn von Anfang bis Ende eine absolute Katastrophe gewesen. Er hatte es geschafft, seinen Gastgeber zu verärgern, einen Ehrengast zu beleidigen und seinen Vater wütend zu machen, und das alles innerhalb einer einzigen Stunde.

Der Höhepunkt des Abends war gewesen, als David ihn in den Garten gezogen und ihn für sein schreckliches Verhalten gerügt hatte. Ein Stück weit weg von der köstlichen Miss Ashton, hatte sich Alex'

Körper gerade so weit beruhigt, dass er wieder geradeaus schauen konnte.

«Was zum Teufel war das? Wie kannst du das einem Mädchen antun, das du gerade erst kennengelernt hast? Du kennst die Regeln: Zuerst ein wenig mit den Unschuldigen spielen, bis sie beginnen, sich in dich zu verlieben, und dann lässt du sie sanft im Stich. Stattdessen hast du Lucys neue Freundin öffentlich gedemütigt, deren Onkel zufällig unser Gastgeber ist. Was ist über dich gekommen?», hatte David geknurrt.

Dann hatte er zugehört, während Alex seine Lage erklärte.

«Ich habe in meinem ganzen Leben noch nie von etwas so Absurdem gehört. Sie ist nett genug, um Lucys Freundin zu sein, aber sie ist sicherlich kein Diamant. Es muss tausend hübschere Mädchen in London geben, derentwegen du dich lächerlich machen kannst.»

Nachdem Alex seinen Bruder hart auf den Arm geschlagen hatte, drehte er sich um und sah, wie Lucy auf der Gartenterrasse erschien. Sie hatte geweint, und er wusste, dass er schuld war.

Er und David hatten einen kurzen panischen Blick gewechselt. Was sollte er seiner kleinen Schwester sagen? «Tut mir leid, Lucy, es macht dir hoffentlich nichts aus, wenn ich deiner neuen besten Freundin nachhechele, oder? Entschuldige meine Manieren, aber da sich mein Blut derzeit in meinen Lenden sammelt, kann ich keine höflichen Gespräche führen.»

Sein Gehirn war wie ausgeschaltet gewesen.

Als David erklärte, es habe sich um einen Krampf in den Rückenmuskeln seines Bruders gehandelt, hatte Alex sein bestes zerknirschtes Gesicht aufgesetzt und ein herzliches Versprechen gegeben, es bei Millie wieder gut zu machen.

Lucy hatte Davids Tanzangebot angenommen und war wieder hineingegangen, als der Herzog in den weit geöffneten Fenstertüren erschien und wütend eine Erklärung für das Verhalten seines Sohnes verlangte.

Da Alex wusste, dass sein Vater die Geschichte von einem schmerzenden Rücken nicht glauben würde, war er gezwungen gewesen, die Wahrheit zu sagen. Sein Vater hatte ihn beschimpft. «Hör auf, dich wie ein schwacher Jüngling zu benehmen, und kontrolliere deine Lust, junger Mann. Du bist nicht mehr dreizehn Jahre alt. Hast du eine Ahnung, wie beschämt deine Mutter ist? Der Herr allein weiß, was ich ihr sagen werde.»

Nachdem Alex zugestimmt hatte, dass die Lüge der Rückenverletzung die gesellschaftlich akzeptabelste Erklärung war, war er draußen im Garten geblieben, bis er das Gefühl hatte, sich der Versammlung erneut stellen zu können.

Für den Rest des Abends war er nicht in der Lage gewesen, sich Miss Ashton zu nähern, um sich zu entschuldigen. Im kalten Morgenlicht wurde ihm klar, dass dies wahrscheinlich keine so schlechte Sache war. Immerhin hatte jedes Mal, wenn er ihren Blick von der anderen Seite des Ballsaals auf sich gezogen hatte, sein Körper begonnen, sich zu verhärten.

Als er, während Lord Ashtons Rede hinter seinem Vater stand, konnte er sehen, dass sie verzweifelt war. Er hatte sie vor der gesamten Versammlung in Verlegenheit gebracht, und dann war sie auch noch gezwungen, als Ehrengast in der Mitte des Raumes neben ihrer Familie zu stehen. Als er es irgendwann schaffte, ihre Aufmerksamkeit auf sich zu ziehen, schenkte er ihr ein entschuldigendes Lächeln, aber das schien sie nur noch weiter zu verärgern.

«Was für ein Durcheinander», murmelte er, als er sich auf den Rücken rollte und die Decken hochzog, um sein Gesicht zu bedecken. Er sehnte sich danach, im Bett zu bleiben und etwas dringend benötigten Schlaf zu bekommen, aber es war noch viel wichtiger, herauszufinden, wie er sich bei Millie entschuldigen konnte, ohne ihr zu nahe zu kommen.

Er schloss die Augen und sah ihr Gesicht und diese atemberaubenden blauen Augen. Sie waren das tiefste Blau, das er je gesehen hatte, blauer sogar als der zarte Saphir-Nasenring, den sie trug.

Sein geistiges Auge senkte sich, und er dachte an Millies Brüste, voll, prall und so reif. Wie wunderbar wäre es, sie zu berühren und mit seiner Zunge über ihre spitzen Brustwarzen zu fahren.

Er setzte sich im Bett auf und warf die Decke zurück. Die größte morgendliche Erektion, die er je gesehen hatte, starrte ihn zwischen seinen Beinen an. Er blinzelte bei dem Anblick.

Er zählte bis drei und rief sich das Bild seines alten Lateinlehrers Reginald *Tuppence* Groat aus Eton in Erinnerung.

«Denk an die Warzen auf der Nase des alten Groat, denk an die Warzen», murmelte er, während er zusah, wie sich sein Körper seinem Willen unterwarf.

«Verdammt, warum habe ich das letzte Nacht nicht getan?»

Er ließ sich zurück ins Bett fallen und rieb sich das Gesicht. Er hatte sich letzte Nacht völlig lächerlich gemacht, aber schlimmer noch, er hatte eine unschuldige junge Frau vor einer riesigen gesellschaftlichen Versammlung gedemütigt. Und wenn es eine Sache gab, vor der Alex Radley tiefsitzende Angst hatte, dann war es jede Form von Demütigung. In Anbetracht dessen, was er ihr angetan hatte, war er wirklich überrascht, wie gut sie ihre Gelassenheit bewahrt hatte.

Die meisten anderen Debütantinnen der Gesellschaft hätten sich in einer Flut von Tränen aufgelöst und wären zu ihrer Mutter gerannt. Der Blick, mit dem Millie Ashton ihn während der Rede von Viscount Ashton bedacht hatte, hätte jeden zu Stein erstarren können.

Er sah ein, dass es keine Lösung wäre, im Bett zu bleiben, schob die Decken zurück und hastete über den eisigen Dielenboden zu seinem Bademantel, der auf einem Stuhl lag.

Er band den Gürtel zusammen und öffnete die Schlafzimmertür, um seinen Diener zu wecken. Obwohl die Sonne kaum über dem Horizont aufgestiegen war, wusste er, dass er so schnell wie möglich angezogen und aus dem Haus sein musste.

Bevor er heute irgendetwas anderes tat, musste er Miss Millie Ashton um Verzeihung bitten.

Kapitel Vier

Millie verfluchte sich dafür, dass sie Lord Brooke erlaubt hatte, sie dermaßen bloßzustellen.

Als sie am nächsten Morgen aufwachte, fühlte sie sich wie ein Küchenhandtuch, nachdem es mehrere hundert Teller getrocknet hatte. Völlig durchgeweicht und am Ende.

Das Leben in England war unerträglich für sie geworden. Sie hatte versucht, Freunde zu finden, aber außer Lucy wollte niemand sie kennenlernen. Stattdessen hatte man sie verspottet und lächerlich gemacht.

In der vergangenen Woche waren die Dinge schon schlimm genug gewesen, und kaum, als alles ein wenig hoffnungsvoller auszusehen begann, war Lord Brooke in ihr Leben getreten und hatte ihr Elend sogar noch um einige Stufen gesteigert.

Er war atemberaubend gutaussehend, und es gab keinen Zweifel daran, dass er es nicht nur wusste, sondern sein Aussehen ausnutzte, so gut er es eben vermochte. Es war solch ein Jammer, dass ausgerechnet *er* der Bruder des einzigen Mädchens in London war, mit dem sie eine echte Chance hatte, eine Freundschaft zu schließen.

Sie konnte sich vorstellen, dass das Leben für ihn immer einfach gewesen war. Er hatte sich nie anstrengen müssen, Freunde zu finden oder akzeptiert zu werden. Frauen warfen sich ihm buchstäblich zu Füßen. Solche wie er regierten die gehobene Gesellschaft wie die Götter, für die sie sich hielten.

Sie seufzte müde, setzte sich im Bett auf und rieb sich den Schlafsand aus den Augen. Das Tonikum, das Mrs. Knowles für sie zubereitet hatte, als sie von der Party nach Hause kam, hatte absolut gewirkt. Millie hatte geschlafen wie eine Tote.

«Wie konnte er mich nur dermaßen bloßstellen, und es obendrein auch noch genießen? Was für ein arroganter ...»

Sie hielt inne, als sich die Tür zu ihrem Schlafzimmer öffnete und ihre Zofe, Grace, eintrat.

Millie zwang sich zu einem Lächeln und hoffte, Grace hätte ihr frühmorgendliches Gemurmel nicht mitbekommen.

Vermutlich hatte das liebe junge Mädchen viele Freunde in anderen großen Haushalten. Es wäre ziemlich unpassend, wenn sie Geschichten darüber erzählte, wie Millie Ashton einen der begehrtesten Junggesellen in London schlechtredete.

«Guten Morgen, Miss. Ich hoffe, Ihre schrecklichen Kopfschmerzen von gestern Abend sind weg. Ihre Mutter war sehr besorgt um Sie. Sie hat nicht einmal erlaubt, dass ich Sie fürs Bett fertig mache», sagte Grace, öffnete den Kleiderschrank und zog ein hübsches Morgenkleid heraus.

Millie bedankte sich im Stillen bei ihrer Mutter, die, beim Heimkommen die schlechte Laune ihrer Tochter bemerkend, entschieden hatte, dass es am besten war, selbst als Zofe ihrer Tochter zu agieren. Die kleine Notlüge der Kopfschmerzen nach der Party bedeutete nun, dass Millie gezwungen sein würde, ein oder zwei Tage zu Hause zu bleiben.

«Danke, ja, mein Kopf fühlt sich viel besser an», antwortete Millie.

Es war nur ihr Herz, das so verzweifelt schmerzte.

«Ich werde das Morgenkleid heute nicht brauchen, Grace. Ich werde mich nicht hinauswagen. Mama und ich wollten heute Nachmittag meine neue Freundin Lady Lucy im Strathmore House besuchen, aber unser Ausflug muss verschoben werden, bis ich mich gut genug fühle. Ich brauche nur ein Kleid für zu Hause. Eines meiner alten Kleider sollte dafür ausreichen. Ich hoffe, dass wir später in der

Woche, wenn ich mich besser fühle, die Herzogin und ihre Tochter aufsuchen können.»

Grace warf ihr einen Blick zu, der besagte, dass sie mehr über die letzte Nacht wusste, als sie zugeben wollte.

«Also gut, Miss», antwortete Grace. Dann zögerte sie einen Moment und schien darüber nachzudenken, noch etwas zu sagen, ehe sie das Morgenkleid wieder in den Kleiderschrank hängte.

Bitte sprich nicht von letzter Nacht, Grace, tu einfach so, als wüsstest du nichts darüber. Ich werde sterben, wenn du etwas sagst.

Als Grace sich mit einem fröhlichen Lächeln vom Kleiderschrank abwandte, dankte Millie dem Herrgott. Ein paar Tage zu Hause, in denen sie still an ihrem neuen malerischen Wandteppich mit Szenen des Londoner Stadtlebens arbeiten konnte, würden sie wieder auf die Beine bringen. Zumindest würde dies bedeuten, dass sie die oberste Stufe der St. Pauls Kathedrale vervollständigen und vielleicht den Rest des Straßenbildes beginnen könnte. Die Vorstellung, eine Nadel in etwas zu stechen, hatte in ihrem gegenwärtigen Geisteszustand sowieso einen gewissen Reiz.

Sie sah zu, wie Grace sich im Zimmer beschäftigte, Millies Kleid von der Party weglegte und dann ein einfaches Tageskleid für sie auswählte. Sie summte eine fröhliche Melodie, während sie ihrer Arbeit nachging, ein starker Kontrast zu dem elenden Dauerzustand, in dem Millie sich derzeit befand.

Das ist lächerlich. Ich bin normalerweise die glücklichste und fröhlichste Person hier. Zugegeben, ich bin auch die lauteste und manchmal die lebhafteste, aber ich war noch nie in meinem Leben so wie jetzt. Wann habe ich jemals stillgesessen und zugelassen, dass andere besser sind als ich? Niemals.

Das musste aufhören. Sie musste einen Weg finden, in England zu leben, ohne verrückt zu werden. Der Rest ihrer Familie hatte sich gut eingelebt. Sie hatten ihr Leben in Indien hinter sich gelassen. Bis sie einen Ausweg aus England finden konnte, musste sie dasselbe tun.

Mit den Ellbogen auf den Knien stützte sie ihr Kinn in beiden Händen ab und starrte auf die Bettwäsche. Wenn die Lösung ihres Problems so einfach war, warum war sie dann so traurig?

Weil ich mir selbst nicht treu bin. Wie kann ich eine von ihnen werden? Ich werde immer anders sein. Ich habe mein ganzes Leben auf der anderen

Seite der Welt verbracht. Das hat geprägt, wer ich bin und wie ich Dinge wahrnehme. Ich kann das nicht ändern, egal, wie sehr ich es versuche.

Deshalb muss ich nach Hause zurückkehren.

In ihrem Kopf begannen echte Kopfschmerzen zu pulsieren.

Um sich in die Londoner Gesellschaft einzufügen, musste sie sich ändern, aber in ihrem Herzen wusste sie, dass dies unmöglich war. Sie würde niemals so sein wie diejenigen, die im Taufbecken von St. Georges am Hanover Square getauft worden waren. Die Londoner Gesellschaft diktierte, wie man sich verhalten musste. Solange man sich innerhalb dieser Grenzen bewegte, war alles gut. Man fühlte sich beschützt und akzeptiert. Doch wenn man sich über die Grenzen hinauslehnte, dann sorgten dieselben Menschen dafür, dass man ausgestoßen und geächtet wurde.

Sie fluchte leise vor sich hin. Was am vergangenen Abend passiert war, war nur logisch. Wie dumm war sie, es nicht gesehen zu haben?

Sie war zu anders als die anderen Mädchen ihres Alters. Sie war eine Kuriosität, und die Gesellschaft in Person von Lord Brooke hatte genau das getan, was sie immer tat. Solche wie sie konnten nicht toleriert werden. Sie musste sich entweder anpassen oder noch mehr öffentliche Kritik von Leuten wie ihm und den tratschenden Fräuleins aushalten.

«Ein Licht im Dunkeln», murmelte sie und erinnerte sich an die Demütigung auf der Tanzfläche.

«Verzeihung, Miss?», antwortete Grace.

Millie zwang sich zu einem halben Lächeln. «Nichts. Ich hatte nur gerade eine kleine Erleuchtung.»

Grace rümpfte die Nase.

«Soll ich Ihnen etwas dagegen bringen?»

Millie lachte laut, dankbar für Graces unbeabsichtigten Scherz. «Nein danke. Es geht mir gut. Eine Erleuchtung ist, wenn man eine gute Idee hat», erklärte sie.

Zumindest beim nächsten Mal, wenn Grace das Wort hörte, würde sie es verstehen und sich nicht lächerlich machen.

«Wenn ich es recht bedenke, Miss, so könnte ich Ihnen tatsächlich etwas bringen. Es ist unten. Es ist heute früh gebracht worden, aber ich wollte Sie nicht stören. Ich könnte es für Sie holen, wenn Sie möchten», antwortete Grace mit einem schüchternen Lächeln.

Eine hochgezogene Augenbraue war Millies erste Antwort. Als sie dann den kleinen Tanz sah, den Grace vor Begeisterung aufzuführen schien, erkannte sie, dass, was immer dort unten für sie abgegeben worden war, etwas Gutes sein musste.

«Ich werde kurz hinuntergehen und sehen, was es ist. Du musst keine Besorgungen für mich machen, Grace. Du bist eine Zofe und solltest nicht dazu gebraucht werden, etwas zu holen und zu tragen.»

Grace wippte noch einmal und klatschte aufgeregt in die Hände.

«Oh, aber ich konnte nicht anders. Sie sind so schön und ich ließ sie von einem Diener nach oben tragen. Bitte, Miss, er steht schon seit Ewigkeiten vor der Tür und wartet damit. Kann er sie hereinbringen?»

Millie verdrehte die Augen und lachte. Graces ungezügelte Begeisterung war so ansteckend, dass Millie schnell vom Bett sprang und sich beeilte, die Tür zu öffnen.

Glücklicherweise hatte der fragliche Diener den gesunden Menschenverstand gehabt, den schweren Glaskasten abzustellen, während er wartete. Als sie die Tür öffnete, bückte er sich und hob ihn auf.

«Blumen, oh mein Gott, aber wer hätte sie schicken sollen? Ich habe sicherlich kein so wunderbares Geschenk verdient, aber sie sind eine schöne Überraschung», sagte Millie. Sie trat von der Tür zurück und erlaubte dem Diener, den großen Kasten mit den Blumen in ihr Zimmer zu tragen. Er stellte sie auf ihre Kommode und drehte den Kasten herum, damit sie die Karte sehen konnte.

Grace zwinkerte ihm zu und führte ihn schnell zur Tür hinaus.

Millie trat zurück und betrachtete die prächtigen Blüten.

«Ich kenne diese weißen Blumen. Es sind offensichtlich Rosen, und die dahinter sind Orchideen», sagte sie und zeigte auf die hohen weißen Blumen auf der Rückseite des Arrangements.

«Aber ich bin mir bei den blauen nicht so sicher. Sind das Vergissmeinnicht?», fragte sie, trat vor und berührte die winzigen, zarten Knospen.

«Ja, Miss, und diese anderen blauen sind Jungfern im Grünen, wie romantisch. Es ist so schön zu sehen, dass ein Gentleman etwas von Blumen versteht», bemerkte Grace.

Millie genoss die Blumen schweigend, wohl wissend, dass sie damit die arme Grace ärgerte, die dagegen ankämpfen musste, die Karte nicht eigenhändig aus dem Arrangement zu reißen, um sie selbst zu lesen.

Schließlich griff Millie hinein und nahm die Karte heraus. «Miss Millicent Ashton, wie schrecklich förmlich», sagte sie und drehte die Karte um. Sie schaute auf die Rückseite und schürzte die Lippen, als sie sah, dass dort nichts geschrieben stand. Sie reichte Grace die Karte, die sie mehrmals umdrehte und nach der nichtexistenten Nachricht suchte.

«Ich dachte, wenn jemand Blumen schickt, sollten sie mit einer Nachricht oder zumindest einer Notiz versehen sein, damit man sieht, von wem sie stammen. Wie soll ich eine Dankeskarte senden, wenn ich nicht weiß, wer sie geschickt hat?», fragte Millie.

Grace starrte auf ihre Hände und murmelte: «Sie müssen gestern Abend jemanden beim Ball kennengelernt haben, der Sie mochte. Vielleicht haben Sie einen bestimmten Herrn beeindruckt, der Sie nun näher kennenlernen möchte.»

Sie schenkte Millie ein hoffnungsvolles Lächeln, bevor sie sich umdrehte, um an den Haarbürsten auf dem Schminktisch herumzusortieren.

Millie schaute noch einmal auf ihren Namen, der mit einfacher, dunkler Tinte auf die Karte geschrieben war. Sie lächelte.

Natürlich. Charles hatte sie geschickt, er musste früh am Morgen beim Floristen vorbeigegangen sein, als er mit ihrem Vater unterwegs gewesen war. Und weil er es zu eilig hatte, hatte er vergessen, die Karte persönlich zu unterschreiben oder eine kurze Notiz dazuzulegen. «Was für ein gedankenvoller Bruder», sagte sie, als sie eine einzelne weiße Rose aus dem Arrangement zog.

Am Schminktisch stieß Grace einen Husten aus, der eines Bühnenkünstlers würdig war, und ließ dabei einen Handspiegel fallen. Millie sah einen roten Schimmer auf den Wangen der jungen Frau. Grace starrte auf den Spiegel, der auf den Teppich gefallen war.

So wie es aussah, hatten sie Glück. In Indien hergestellte Handspiegel wurden so angefertigt, dass sie auch Stürze auf einen Steinboden überstanden, sodass das Glas im Rahmen intakt blieb. Millie bückte sich, hob den Spiegel auf und legte ihn wieder auf den Schminktisch. Dann stand sie auf und starrte ihre Zofe an, bis Grace gezwungen war, die Augen zu heben und ihrem Blick zu begegnen.

«Grace Brown, was auch immer du über diese Blumen weißt, sag es mir jetzt. Wenn mein Bruder sie nicht geschickt hat, muss ich wissen, wer es dann war.»

Grace biss sich auf die Unterlippe und seufzte.

«Tut mir leid, Miss, ich weiß, ich sollte nicht über Dinge sprechen, die mich nichts angehen, aber heute Morgen, nachdem Mr. Ashton gegangen war und während Ihr Bruder im Park ausritt, hielt eine Kutsche vor dem Haus. Der Mann aus der Kutsche brachte die Blumen persönlich zur Haustür. Ich weiß, dass es noch sehr früh war, weil Mr. Stephens, der oberste Diener, immer noch unten frühstückte.»

Millies Augen leuchteten auf. Welcher Mensch würde an die Haustür eines großen Hauses liefern, und noch dazu so früh am Morgen? Lieferungen wurden immer am Hintereingang abgegeben. Jeder Ladenbesitzer und Händler von Kalkutta bis London kannte diese goldene Regel.

Sie sah noch einmal auf die Blumen.

«Aber was ist, wenn die Person, die die Blumen geliefert hat, nicht für den Floristen arbeitet? Was wäre, wenn es jemand war, der es gewohnt ist, an der Haustür eines guten Hauses empfangen zu werden?», murmelte sie.

Wen hatte sie letzte Nacht kennengelernt, der ihr so früh am Morgen ein so wunderbares Geschenk machen würde? Es gab niemanden, an den sie sich von gestern Abend erinnern konnte, der so etwas tun würde. Die einzige Person, auf die sie auf der Party Eindruck gemacht hatte, war der abscheuliche Marquis von Brooke, und der hätte ihr ganz gewiss kein so großzügiges Geschenk gemacht.

Millie hielt die einzelne Rose in der Hand ins Licht, das durch das Fenster hereinströmte.

«Wie eigenartig, aber keine Sorge. Sie sind absolut reizend, und ohne Zweifel werde ich mit der Zeit herausfinden, wer sie geschickt hat», sagte sie, legte ihre Nase an die Blütenblätter und holte tief Luft.

Später, als sie angezogen vor dem Spiegel saß und beobachtete, wie Grace daran arbeitete, ihre Haare zu einem einfachen Stil für zu Hause zu formen, kam ihr ein Gedanke.

Sie schaute in den Spiegel und sprach Graces Spiegelbild an.

«Du hast gesagt, ein Mann hat sie abgegeben, der in einer Kutsche ankam.»

«Ja, Miss, genau so war es», antwortete Grace, nahm eine weitere Haarnadel und steckte sie in Millies Haar.

«Was war das für eine Kutsche? Hast du sie gesehen?»

«Nein, aber Joshua, der Diener, der die Blumen entgegennahm, müsste sie gesehen haben. Er ging auf die Straße und sprach mit dem Fahrer. Er bekam ziemlichen Ärger mit Mr. Stephens deswegen. Der sagte ihm, er hätte den Wagen nach hinten schicken sollen und dass es nicht richtig sei, auf der Straße zu parken. Dann sagte er, als nächstes würde auch die Milch an der Vordertreppe abgestellt werden.»

Also, mein mysteriöser Blumensender, Sie sind es definitiv nicht gewohnt, den Eingang der Diener zu benutzen. Denken Sie nicht, dass ich nicht herausfinden werde, wer Sie sind, nur weil Sie die Karte nicht unterschrieben haben. Sie haben mir ein Rätsel gestellt, und ich mag nichts so sehr wie das Lösen von Rätseln.

Als Millie endlich bereit war für einen Tag im Haus, schickte sie Grace nach unten, um den Diener zu suchen, der die Lieferung angenommen hatte. Sie war fasziniert von dem mysteriösen Lieferboten und wusste, dass die Antwort, die sie suchte, in den Markierungen der Kutsche lag.

Als Grace zurückkam, gab sie Millie ein Stück Papier mit einer Handzeichnung des Wappens, das Joshua an der Seite des Wagens gesehen hatte.

«Gut gemacht, Grace. Jetzt müssen wir nur noch herausfinden, wem das Familienwappen gehört», sagte sie. Und damit würde sie bei ihrer Mutter anfangen.

Mit dem Stück Papier in der Tasche klopfte sie vorsichtig an Violets Wohnzimmertür. Sie hatte sich den ganzen Morgen vor dieser Begegnung gefürchtet und war überrascht zu sehen, dass ihre Mutter von ihrem Stuhl aufstand und sie mit offenen Armen begrüßte.

Sie hielt Millie in einer warmen Umarmung und gurrte sanft.

«Mein schönes Mädchen, meine geliebte Tochter, es tut mir so leid wegen letzter Nacht. Es war nicht deine Schuld, und ich hätte dich nicht so voreilig verurteilen sollen. Dein Vater sagt, es war alles die Schuld des Marquis von Brooke, nicht deine. Schrecklicher Junge. Ich werde ihm ein paar hinter die Ohren geben, wenn ich ihn das nächste Mal sehe.»

Millie kicherte bei dem Gedanken, dass ihre Mutter einen Anführer des *Ton* anzugreifen plante. Sie schlang ihre Arme fest um die Taille ihrer Mutter und genoss die willkommene Erleichterung, als Violet Millies Rücken rieb. Sie hoffte, eines Tages eine ebenso furchterregende Tigermutter wie Violet zu sein. Niemand würde es wagen, ihre Kinder zu verletzen.

Ihre Mutter ließ Millie los, trat zurück und schenkte ihr ein Lächeln. «Wie geht es dir heute Morgen? Ich war erfreut zu sehen, dass du lange geschlafen hast. Ich weiß, dass du gedacht hast, ich hätte letzte Nacht viel Aufhebens gemacht, als ich dich dazu gebracht habe, dieses warme Nachthemd anzuziehen, aber du hast es auf jeden Fall gebraucht.»

Millie zuckte mit den Schultern.

«Um ehrlich zu sein, ich fühle mich nicht zu schlecht, nur ein wenig erschöpft. Ich hatte heute Morgen die Gelegenheit, über ein paar Dinge nachzudenken, und ich habe beschlossen, dass die letzte Nacht nicht wieder vorkommen wird. Von nun an werde ich mich nicht mehr so aufregen lassen. Das nächste Mal, wenn ein Dummkopf mich an der Hand packt und versucht, mich durch eine Menschenmenge zu ziehen, werde ich ihn in die Hand beißen, bis er loslässt.»

Violet hob die Augenbrauen. Die Drohung, dass Millie ihre Zähne in das Fleisch von Londons jungen Männern versenken würde, ging vielleicht etwas zu weit, aber ihre Mutter verstand ihre Bedeutung.

Millie wechselte taktvoll das Thema. «Hast du zufällig die Blumen gesehen, die ich erhalten habe?»

Ihre Mutter schenkte ihr ein wissendes Lächeln. Im Haushalt der Ashtons passierte nichts ohne Violets Wissen. Die Bediensteten in ihrem Haus in Kalkutta waren völlig ratlos gewesen ob Violets Fähigkeit, sie zu überlisten, bis sie entdeckten, dass sie die lange Bootsfahrt von England aus genutzt hatte, um zu lernen fließend Hindi zu sprechen.

«Sie sind reizend, Liebling, und vermutlich sehr teuer, weil nicht nur die Kante der Schachtel aus reinem Gold besteht, sondern Orchideen in England das ganze Jahr über nicht in Saison sind. Jemandes Treibhaus hatte einen vorzeitigen Besuch von einem Floristen in der St. James Street. Was stand denn auf der Karte?»

Millie lächelte sie schief an. Ihre Mutter wusste alles über die Blumen, einschließlich dessen, was auf der Karte stand oder nicht. Tatsächlich war sie sich sicher, dass der größte Teil des Haushalts deren Inhalt kannte, lange bevor die eigentliche Empfängerin sie zum ersten Mal gesehen hatte.

Da Violet die beste Chance war, etwas über die Kutsche herauszufinden und wer die Blumen geschickt hatte, beschloss sie, das Spiel ihrer Mutter mitzuspielen.

«Überraschenderweise war die Karte leer. Nur mein Name war auf der Vorderseite aufgedruckt. Ich hätte gedacht, wenn sich jemand die Mühe macht, mir Blumen zu schicken, hätte er zumindest seinen Namen auf die Karte geschrieben. Um die Wahrheit zu sagen, es ist alles ein bisschen rätselhaft, aber ich habe einen Hinweis gefunden, der helfen könnte.»

Violet hob langsam die Augenbrauen, und ein Lächeln bildete sich auf ihren Lippen.

«Ja?», fragte sie.

«Einer unserer Lakaien hat sich die Kutsche angesehen, mit der die Blumen geliefert wurden, und er hat mir freundlicherweise ein Bild des Wappens gezeichnet, das an der Wagentür prangt.»

Sie zog das Stück Papier aus ihrer Tasche und wedelte bedeutungsvoll damit.

«Jetzt brauche ich nur noch jemanden, der mir hilft, herauszufinden, um welches Wappen es sich handelt.»

Sie seufzte schwer und sah auf die Zeichnung hinunter.

«Ich gehe davon aus, dass ich warten muss, bis Papa nach Hause kommt. Wenn ich Glück habe, kann er mir vielleicht helfen.»

Violet stieß ein mädchenhaftes Quietschen aus und riss sofort das Papier aus Millies Hand. Dann erstarrte sie. Sie schaute auf das Papier, das sie in einer Hand hielt, und führte die andere Hand langsam an ihre Lippen. Sie öffnete den Mund, aber anstatt der Entschuldigung, die Millie von ihr erwartete, stieß Violet ein lautes Gelächter aus. Mutter und Tochter sahen sich an, bevor sie sich in Lachanfälle auflösten.

«Oh, ich kann nicht glauben, dass ich das gerade getan habe. Ich verbringe jeden wachen Moment damit, dir damenhafte Manieren beizubringen, und dann mache ich selbst so etwas. Ich muss die schlimmste Mutter der Welt sein», lachte Violet.

Während Tränen über Millies Gesicht rollten, wedelte sie mit einem Finger in Violets Richtung. Wenn einer der Bediensteten in diesem Moment den Raum betreten hätte, wäre er entsetzt gewesen, die beiden Ashton-Frauen zu sehen, wie sie sich vor Lachen krümmten und die Seite hielten. Es dauerte einige Minuten, bis sich die spontane Albernheit beruhigt hatte, woraufhin Millie und ihre Mutter einander umarmten. Millie gab ihrer Mutter einen Kuss auf die Wange.

«Es tut mir so leid, Mama. Ich war seit unserer Ankunft so egoistisch und dachte nur an meine eigenen Sorgen. Erst als ich dich und Papa letzte Nacht bei Onkel Oscar sah, wurde mir klar, wie schwer all die Jahre von zu Hause weg für dich gewesen sein müssen. Wie sehr musst du deine Familie und Freunde vermisst haben. Ich verspreche, ich werde versuchen, mich von nun an besser anzupassen. Vielleicht war die Unannehmlichkeit der letzten Nacht eine Dosis Karma, die mir meine Selbstsucht vor Augen geführt hat.»

«Es ist nicht alles deine Schuld, meine Liebe. Ich weiß, dass es schwierig war, und ich glaube nicht, dass ich dir eine große Hilfe gewesen bin, weil ich mich so sehr darauf konzentriert habe, in so kurzer Zeit so viel nachzuholen. Wie wäre es, wenn wir uns darauf einigen, diese erste Woche hinter uns zu lassen und in Zukunft langsamer vorzugehen? Du brauchst nur ein bisschen Zeit.»

Millie lächelte und war erneut dankbar, dass ihre Mutter eine vernünftige Frau war. Wie rational sie sein würde, wenn Millie auf ein Schiff nach Indien ging und nicht zurückkehrte, wäre eine ganz andere Sache, aber das war für die Zukunft.

«Du weißt, ich gebe nicht viel auf all das Karma-Geschwätz, aber es kann etwas an dem dran sein, was du sagst. Lass mich zuerst dieses Papier genauer betrachten», antwortete Violet.

Sie untersuchte das Stück Papier, das Millie vom Diener erhalten hatte, genauer. Darauf war der grobe Umriss eines Schildes gezeichnet, und innerhalb des Schildes befand sich etwas, das aussah wie ein Pferd mit einer Krone darüber. Unter dem Pferd befand sich eine Reihe von drei vierzackigen Sternen.

Violet summte wissend. «Nun, dein Karma könnte etwas bewirken, denn wenn ich mich nicht irre, ist dies das Wappen des Herzogs von Strathmore. Und wenn dies das Wappen an der Seite der Kutsche war, die diese schönen Blumen geliefert hat, dann hat sich vielleicht jemand entschlossen, dir eine Entschuldigung zu schicken.»

«Aber keine Notiz. Nur die Blumen», antwortete Millie immer noch ratlos. Ohne zu wissen, wer aus der Familie des Herzogs die Blumen geschickt hatte, wusste sie nicht, ob es sich um eine Entschuldigung einer bestimmten Person für sein grobes Verhalten oder um eine Entschuldigung von einer anderen Person handelte, die von diesem ersten Familienmitglied in Verlegenheit gebracht worden war.

Warum musste in London alles so kompliziert sein? Ein Einfaches «Es tut mir leid, ich war letzte Nacht ein kompletter Esel. Können Sie mich bitte mit einem scharfen Schwert durchbohren? Ich werde den schmerzhaften Tod sterben, den ich verdiene» wäre ausreichend gewesen. Jetzt, mit der nicht signierten Karte, versuchte sie wieder, die Motive anderer Leute zu durchschauen. Sie fluchte.

«Millie, du musst etwas gegen dieses Mundwerk eines Fischweibes tun», sagte Violet kopfschüttelnd.

«Tut mir leid.»

«Jetzt, da wir wissen, woher die Blumen stammen, können wir höflich so tun, als hätten wir sie nie erhalten», sagte ihre Mutter, faltete das Stück Papier zusammen und warf es in den Kamin. Dann steckte sie eine eigensinnige Locke ihres langen dunklen Haares hinter ihr Ohr und untersuchte ihre Fingernägel.

Millie spürte eine subtile Veränderung in der Luft. Violet hatte recht. Da die Karte nicht den Namen des Absenders enthielt, war Millie nicht verpflichtet, eine Antwortnotiz zu verfassen. Solange die Person, die die Blumen geschickt hatte, nicht vor der Haustür der

Ashtons erschien, war sie selbst aus dem Schneider. Die schönen Blumen würden ihr Schlafzimmer verzieren, bis sie verwelkt waren, und danach konnte sie den Glaskasten benutzen, um ihre Lieblingsbücher und Schmuckstücke darin aufzubewahren.

Eine Entschuldigung, die nicht wirklich angeboten worden war, musste nicht akzeptiert werden. Sie musste nicht einmal anerkannt werden. Sie wusste, dass es eine kleinliche Haltung war, aber die Erinnerung daran, am Abend zuvor völlig gedemütigt worden zu sein, brannte immer noch heiß. Und da Violet viel mehr über die Feinheiten der hohen Gesellschaft wusste als Millie, gab es keinen besseren Rat bezüglich des Protokolls als ihren.

Sie ging selbstbewusst und entspannt in ihr Zimmer zurück, aber sobald sie die Schlafzimmertür öffnete und die Blumen sah, wandten sich ihre Gedanken Lucy zu, und damit schwand ihr Selbstvertrauen.

Es war einfach nicht möglich, so zu tun, als wäre ihr das alles gleichgültig. Jemand würde sie irgendwann nach den Blumen fragen, und in dem Moment, in dem das passierte, würde sie sagen müssen, wie erfreut sie gewesen war, sie zu erhalten.

«Ich hoffe, ihr kommt von jemand anderem als Lord Brooke», flüsterte sie, als sie den exquisiten Duft der weißen Orchideen einatmete. Mr. David Radley schien ein anständiger Mann zu sein, und es wäre weitaus weniger kompliziert, wenn die Blumen sein Weg waren, sich im Namen der gesamten Familie Radley zu entschuldigen.

Kapitel Fünf

Millie verbrachte den Rest des Tages damit, in Ruhe an ihrem Wandteppich zu arbeiten. Sie hatte einen perfekten Platz vor einem Fenster in einem der oberen Wohnzimmer gefunden. Das Morgenlicht ermöglichte es ihr, die verschiedenen Stränge in die Weiß- und Grautöne zu sortieren, die sie benötigen würde, wenn sie mit der mühsamen Aufgabe begann, die Kuppel der St. Pauls-Kathedrale aus Wolle nachzuerschaffen.

Ihre Mutter hatte angeboten, am zweiten Morgen nach der Party mit ihr einkaufen zu gehen, aber sie war damit zufrieden, zu Hause zu bleiben. Lucy hatte eine Nachricht geschickt, in der sie ihr Mitgefühl bekundete, nachdem sie erfahren hatte, dass Millie immer noch unter den Auswirkungen der langen Seereise aus Indien leide. Irgendwann würden Millie und Violet die Herzogin von Strathmore besuchen müssen, aber vorerst würden die Damen des Ashton-Haushalts weder ausgehen noch Besucher empfangen.

Später am Morgen arbeitete Millie noch im Wohnzimmer, als Grace mit einem zierlichen Strauß weißer Rosenknospen hereinkam, die mit einem saphirblauen Band zusammengebunden waren. Millie blickte von ihrem Wandteppichrahmen auf, und als sie die Blumen sah, seufzte sie auf, ohne mit der Arbeit aufzuhören.

«Ich nehme nicht an, dass diesmal eine Nachricht dabei war, oder?», fragte sie. Als Grace den Kopf schüttelte und antwortete, dass die Karte dieselbe gewesen sei wie die erste, stach Millie ihre Nadel in den Stoff und lehnte sich in ihrem Stuhl zurück. «Gleiche Art der Lieferung wie gestern?»

«Nein, Miss. Diese kamen über einen Boten vom Floristen. Als er zum Hintereingang des Hauses kam, fragte Mr. Stephens, wer sie geschickt habe, aber der Junge sagte, er wisse es nicht. Er sagte, es sei ein junger Mann gewesen, der die Bestellung aufgegeben habe, und sie sei über das persönliche Konto des Herzogs von Strathmore bezahlt worden.»

Sie hielt die Blumen gegen das Licht, das durchs Fenster hereinfiel, betrachtete sie und fuhr mit den Fingern über das Seidenband.

«Nun, wer auch immer er ist, er mag auf jeden Fall Blau. Vielleicht möchte er mit dem Band der Farbe Ihrer Augen entsprechen, Miss. Soll ich sie für Sie in eine Vase stellen, oder soll ich sie hierlassen, damit Sie sie ansehen könnten?», fragte Grace.

«Danke, Grace. Würdest du sie bitte in einer Vase neben die anderen in mein Schlafzimmer stellen? Ich möchte nicht, dass das ganze Haus sie sieht», antwortete Millie.

Nachdem Grace den Raum auf der Suche nach einer Vase verlassen hatte, die groß genug war, um die Blumen aufzunehmen, starrte Millie aus dem Fenster. Zwei Tage hintereinander hatte jemand von Strathmore House ihr Blumen geschickt, jedes Mal ohne Notiz, nur ihren Namen auf einer Karte. Zumindest wusste sie jetzt mit Sicherheit, dass es ein junger Mann war, der die Bestellungen aufgab. Einer, der, wie Grace bemerkt hatte, eine Vorliebe für die Farbe Blau hatte.

Sie spürte, wie sich die Haare in ihrem Nacken aufrichteten. Was hatte Grace über den Herrn gesagt, der ihr Blumen schickte, und dass er die Farbe ihrer Augen mochte? Sie dachte an die Ereignisse der Party zurück, und ihr Herz sank. Sie war ein Dummkopf gewesen, zu hoffen, dass David Radley ihr die schönen Geschenke geschickt hatte.

Die offensichtliche Antwort war weit weniger angenehm, ebenso wie die Vorstellung, dass die Blumen keine Entschuldigung sein sollten, was der Grund war dafür , dass die Karte leer war.

Sie verschränkte die Arme und schürzte die Lippen. Nur *einer* von

Lady Lucys Brüdern hatte ewig dagestanden und ihr die ganze Zeit in die Augen gestarrt. Nur *einer* würde wissen, dass ihre Augen von einem tiefen dunklen Blau waren.

Ihr Vater hatte immer gesagt, ihre Augen hätten die Farbe eines perfekten Saphirs, weil sie ein wahres Juwel Indiens war. Sie hatte während ihrer ganzen Kindheit tiefblaue Bänder im Haar getragen und geglaubt, dass sie die Reinkarnation einer alten hinduistischen Prinzessin war. Millie liebte die Farbe ihrer Augen. Die Vorstellung, jemand könnte versuchen, sie zu benutzen, um ihr Schmerzen zu verursachen, ärgerte sie.

Die Blumen von gestern waren kein Zufall, nein. Sie waren nur eine Möglichkeit für ihn, ihr etwas anzutun, während sie zu Hause war. Ihr blaue Blumen und dann die blauen Bänder zu schicken, war seine schlaue Art zu sagen, dass er all ihre körperlichen Merkmale bemerkt hatte und ihr im Laufe der Zeit zeigen würde, was er gesehen hatte und was er von ihr hielt.

Nachdem seine anfängliche öffentliche Demütigung gegen sie gelungen war, verlagerte er das Spiel in eine subtilere, persönlichere Form des Angriffs. Und da sich der Marquis von Brooke die Zeit genommen hatte, jeden Zentimeter ihrer beachtlichen Kurven zu betrachten, wusste sie, dass er all ihre Mängel verinnerlicht hätte. Sie fragte sich, wann das erste Ferkel oder eine Schinkenhaxe ankommen würde.

Millie schloss die Augen, und ihre Mundwinkel kräuselten sich. Sie ließ ihren Kopf zurückfallen und stieß ein langes und böses Lachen aus. Das Gespräch mit ihrer Mutter hatte ihr gut getan. Sie würde die Blumen annehmen und sie genießen, und sie würde stolz das blaue Band in ihren Haaren tragen. Sollte er doch das Geld seines Vaters dafür ausgeben, ihr verschwenderische Geschenke zu schicken.

«Ich bin nicht sicher, ob Mrs. Knowles eine halbe Seite von einem Rindvieh gut verarbeiten kann, wenn er mir eine schickt. Ich nehme nicht an, dass er weiß, dass Kühe in meinem Teil der Welt als heilig gelten. Blöder Junge», gluckste sie.

Als Millie mit ihrer Mutter über ihren Mangel an damenhaften Manieren gesprochen hatte, hatte sie versprochen, ihren Gebrauch von Schimpfwörtern einzudämmen. Nachdem sie auf Lord Brookes Kosten ein gutes, herzliches Lachen genossen hatte, holte sie tief Luft und gratulierte sich zu ihrer Zurückhaltung. Kein einziges schlechtes Wort war über ihre Lippen gekommen.

«Danke, Lord Brooke, die Blumen waren wunderschön.»

Sie zog die Nadel aus ihrem Wandteppich heraus und machte sich gelassen wieder an die Arbeit, wobei sie jeden Gedanken an Alex Radley verdrängte.

Mit dem dritten Morgen kam der dritte wunderschöne Blumenstrauß, und wie bei jeder der beiden vorherigen Lieferungen enthielt die Karte nur Millies Namen.

Später am Nachmittag starrte sie auf die drei Arrangements, die jetzt den Kaminsims füllten, und lächelte. Sie konnte seinen Geschmack nicht bemängeln. Sie waren alle wirklich exquisit. Diesmal waren die Blumen eine Mischung aus kleinen weißen Blüten und Lavendel in einer blauen Porzellanschale. Sie fuhr mit dem Finger über den Rand und bemerkte die Farbe der Blumen.

«Sie schummeln, Lord Brooke. Jeder Dummkopf könnte Ihnen sagen, dass Lavendel nicht blau, sondern lila ist. Ich muss Sie zur Rede stellen, wenn Sie anfangen, die Regeln des Kampfes zu ändern», bemerkte sie zu sich selbst.

Es klopfte an ihrer Tür, und einen Moment später erschien Charles' Kopf. Als er die Blumen sah, schenkte er ihr ein Lächeln. «Also hat er noch nicht aufgegeben?»

Sie lächelte. «Die Taschen seines Vaters müssen bodenlos sein. Ich habe gerade überlegt, wie ich ihn dazu bringen könnte, mir Schmuck zu schicken. Anonym natürlich, was bedeuten würde, dass ich die Sachen nur zu Hause tragen könnte, aber ich bin sicher, damit kann ich leben.»

«Oder du könntest sie zum Pfandleiher in der Exchange Alley bringen. Ich würde das gerne gegen eine geringe Gebühr tun», antwortete Charles und lehnte sich gegen den Türrahmen.

Millie beäugte ein Kissen auf einem nahen Stuhl und fragte sich, ob sie ihn aus dieser Entfernung damit treffen würde. «Was ist der Zweck deines Besuchs, liebster Bruder? Ich kann mich nicht erinnern, wann du das letzte Mal mein Schlafzimmer betreten hast. Kommst du gerade von irgendwo nach Hause oder gehst du aus?»

Er räusperte sich. «Seit der Willkommensfeier sind drei Tage vergangen, und ich glaube, es ist an der Zeit, dass ich dich zu einem Spaziergang im Park mitnehme. Du kannst ein wenig frische Luft schnappen und dir die Beine vertreten. Du musst doch verrückt werden, wenn du noch lange hier zu Hause eingepfercht bist.»

Sie sah, wie sich seine Augen ganz kurz auf die Uhr richteten, die zwischen den Blumenvasen auf dem Kaminsims stand.

«Es ist fast fünf Uhr, und die Besten der Gesellschaft übernehmen jeden Tag zu dieser Zeit den Hyde Park. Das Einzige, was sie davon abhalten würde, sich auf den Weg zu machen, wäre ein Sturm vom Atlantik her. Aber bei diesem schönen Wetter ist es höchste Zeit, dass sich die Ashton-Geschwister dem Getümmel anschließen. Zieh deinen Mantel an, Millie, schnapp dir deine Handschuhe, und ich werde dich unten erwarten. Aber nicht zu lang, altes Mädchen», sagte er.

Charles trat von der Tür zurück und verschwand.

Millie seufzte. Warum mussten große Brüder so herrisch sein? Und warum mussten sie immer Recht in Bezug auf die Dinge haben, die kleine Schwestern brauchten?

Natürlich hatte Charles recht, sie hatte drei angenehme Tage zu Hause verbracht, und jetzt war es an der Zeit, wieder rauszugehen und sich der Londoner Gesellschaft zu stellen. Sie konnte sich nicht für immer im Haus ihres Vaters verstecken.

«Altes Mädchen? Ich für mein Teil befinde mich noch auf der rosigen Seite von Einundzwanzig», murmelte sie, als sie nach ihrer Zofe klingelte. Wenn sie ausging, ohne Grace zu erlauben, ihren Mantel aus dem Schrank zu ziehen und sich um ihre Haare zu kümmern, würde sie das auf ewig bereuen.

Kapitel Sechs

Zwanzig Minuten später gingen Millie und Charles die Union Street entlang in Richtung Hyde Park. Der Wind war abgeklungen, aber der Himmel war immer noch bewölkt. Obwohl von der Sonne nicht viel zu sehen war, schneite oder regnete es zumindest nicht. Millie musste sich noch entscheiden, welche der beiden Formen des englischen Wetters sie am wenigsten mochte. Wenigstens war der Monsunregen in Indien warm gewesen.

«Stephens sagt, wir werden heute Nacht noch Schnee bekommen», sagte Charles und stopfte die Hände in die Manteltaschen.

Sie lächelte ihn an. Das Wetter hätte ihr kaum gleichgültiger sein können. Es war einfach gut, mit ihrem Bruder unterwegs zu sein und durch die Straßen von London zu gehen. Zahlreiche Zweispänner und Reisekutschen fuhren an ihnen vorbei, die alle ebenfalls in Richtung Park unterwegs waren, wenn man von der Aufmachung ihrer Passagiere ausging.

«Hat er Blasen an den Zehen?», fragte sie.

Charles blieb stehen und sah sie fragend an. «Was?»

«Na, Stephens. Du hast gesagt, er meinte, wir würden heute Abend noch Schnee bekommen. Erinnerst du dich, wie Nishant zu Vater gesagt hat, dass der Regen kommen würde, weil seine Füße weh taten?»

Er lachte. «Oh ja, und wie oft mussten wir ihm tagelang beim Jammern zuhören, bis es endlich regnete? Er war kein Wetterhahn, Millie, nur ein dummer alter Mann, der dachte, er wäre der Boss unter den Hausdienern.»

«War er das denn nicht?», gab sie zurück.

Vom ersten Morgenlicht bis zum späten Abend war Nishant im Haus der Familie Ashton in Kalkutta unterwegs gewesen und hatte sowohl den Dienern als auch den Kindern der Ashtons Befehle erteilt.

«Nein, er war ein Überbleibsel der Familie, die vorher in unserem Haus gelebt hatte, und er hatte keinen Ort, an den er hätte gehen können. Als wir aus England ankamen, hatte Vater es nicht übers Herz gebracht, ihn wegzuschicken. Die anderen Diener schienen ihn zu respektieren, also blieb er. In Wirklichkeit war Ash der Hauptdiener, aber er hätte es nicht gewagt, etwas zu sagen.»

Ein warmes Grinsen breitete sich auf seinem Gesicht aus, und er lachte noch einmal. «Über fünfzehn Jahre lang arbeitete Ash unter einem Mann, der kein Recht hatte, in unserem Haus zu sein. Vater zahlte beiden sogar den gleichen Lohn. Ich nehme an, Ash hatte nichts zu beanstanden, Nishant hatte ein Zuhause und alles schien zu funktionieren. Als Nishant starb, übernahm Ash einfach die Rolle, zu der er all die Jahre die zweite Geige gespielt hatte.»

Charles ergriff Millies Hand und drückte sie. Sie gingen weiter in die Dean Street, überquerten dann die Park Lane und betraten den Park durch das Haupttor.

Obwohl es kalt war, schien jeder bereit zu sein, die eisigen Temperaturen zu ignorieren und den täglichen Spaziergang zu genießen. Millie hatte noch nie zuvor so viele Wagen an einem Ort gesehen. Ihr Blick folgte der scheinbar endlosen Reihe, die sich langsam durch den Park schlängelte.

Millie bemerkte, dass viele der Wagen mit Familienwappen markiert waren, und sah nach, ob einer von ihnen die Markierungen des Herzogtums Strathmore trug. Als sie aus dem Augenwinkel sah, wie Charles ihrem Blick folgte, drehte sie sich um und schenkte ihm ein unschuldiges Lächeln.

Wohin sie auch blickte, überall waren Menschen. In der Londoner

Gesellschaft war es offensichtlich von entscheidender Bedeutung, zu dieser Stunde gesehen zu werden, egal bei welchem Wetter.

Die langen Reihen von Blumenbeeten erstreckten sich bis in die Ferne. Wie irgendwas Gepflanztes bei diesem Wetter überleben konnte, überraschte sie. Ein paar Rosenbüsche blühten immer noch am Rand der Wege, aber der Rest der Beete war mit einer dicken Strohschicht bedeckt. Sie stellte sich vor, wie im Frühling ein Farbenrausch unter dem Stroh ausbrechen und die Blumenbeete füllen würde. Sie überlegte, ob sie vielleicht lange genug in London bleiben könnte, um den Hyde Park in seiner ganzen Pracht zu sehen.

Während sie gingen, wies Charles auf die neuesten Kutschenmodelle hin und versprach ihr einen Ausflug, sobald er sich eine eigene gekauft hatte.

«Papa sagt mir immer wieder, ich brauche einen anständigen Einspänner, um in der Stadt herumzukommen, etwas Schlankes, Elegantes. Oder so etwas in der Art», sagte er und zeigte auf ein glänzendes schwarzes Gefährt, das von zwei großartigen, zueinander passenden Grauschimmeln gezogen wurde.

Millie hob die Augenbrauen. Ihr Vater hatte angefangen, jeden Morgen die täglichen Nachrichtenblätter durchzusehen und in den Anzeigen nach dem neuesten Kutschenmodell gesucht, während er vorgab, Nachrichten vom Subkontinent zu lesen.

«Ich weiß nicht, wer erbärmlicher ist. Ihr seid beide wie Kinder», lachte sie.

«Obwohl er darauf besteht, dass er der erste sein wird, der mit dem Wagen ins Fünf-Uhr-Gedränge einsteigt. Immerhin will er sicherstellen, dass jeder weiß, dass Mama wieder in der Stadt ist», sagte Charles, während er mit glänzenden Augen eine andere hübsche Kutsche betrachtete.

Millie räusperte sich. Er war so begeistert von der Aussicht auf ein neues Pferd und eine neue Kutsche, dass er ihren Kommentar völlig überhört hatte. Es war ihr klar, dass er mit Begeisterung seine neue Rolle als zukünftiger Viscount übernehmen würde. Onkel Oscar hatte am Morgen vorbeigeschaut und ihn eingeladen, von der Besuchergalerie aus die Verhandlungen im House of Lords zu verfolgen. Wenn die

Zeit gekommen war, würde Charles seinen Platz im Parlament einnehmen.

Sie hoffte, dass dieser Tag noch in weiter Ferne lag. Die Aussicht, dass sowohl ihr Vater als auch ihr Onkel weg sein würden, wollte sie nicht in Betracht ziehen. Charles hatte es verdient, Zeit als englischer Gentleman zu verbringen, bevor er ein Stadthaus und ein beträchtliches Landgut leiten musste. Natürlich würde er bis dahin wahrscheinlich eine Frau und eine Brut von Kindern haben.

Sie sah zu ihm auf. Er hatte das gleiche kleine Lächeln im Gesicht, das er seit dem Tag ihrer Ankunft getragen hatte. London war ein großes aufregendes Abenteuer für ihn. In ein paar Monaten, wenn die Saison begann, würde er bereit sein, im *Ton* auf sich aufmerksam zu machen.

Sie fing sein ansteckendes Lächeln auf und war glücklich darüber, dass er in seinem neuen Zuhause erfolgreich sein würde.

Charles blieb plötzlich stehen und drehte sich zu ihr um.

«Hass mich nicht», sagte er.

Er nicke mit dem Kopf zu einer Gruppe von Menschen, die den Kiesweg herunter auf sie zukamen. Millie sah eine Hand in ihre Richtung winken, gefolgt von einem fröhlichen *Hallo*.

Es war Lucy Radley, begleitet von ihren beiden älteren Brüdern.

«Du Mistkerl, du hättest mich warnen können», fuhr Millie ihn an.

Er legte einen Arm um sie und zog sie an sich.

Er erwiderte Lucys Winken mit der erhobenen Hand und flüsterte Millie ins Ohr. «Du wärst nicht mitgekommen, wenn du gewusst hättest, dass sie hier sein würden. Ich weiß, dass du keine Szene machen wirst, wenn Lord Brooke versucht, sich persönlich bei dir zu entschuldigen. Du bist nicht die Einzige, die unter jener Nacht gelitten hat. Soweit ich weiß, war Lady Lucy deinetwegen sehr betroffen. Lass ihren Bruder versuchen, es wieder gut zu machen.»

Millie holte tief Luft und blies die Wangen auf. Obwohl diese Begegnung unvermeidlich gewesen war, würde sie dennoch Tacheles mit ihrem Bruder reden, wenn sie nach Hause kamen.

Zu den Plänen für ihre große Rache hatte die Vorbereitung einer ganzen Reihe witziger und schneidender Bemerkungen gehört. Als sich die Radley-Geschwister ihnen nun näherten, stellte sie fest, dass ihr Mund trocken geworden war und ihr nichts Witziges einfallen wollte.

Weine nicht, was auch immer du tust, weine nicht. Sobald er etwas Unangenehmes sagt, täuschst du Kopfschmerzen vor und bittest Charles, dich nach Hause zu bringen.

Sie hätte sofort zugegeben, dass ihr Plan nicht zu den größten Schlachtplänen in der Geschichte der Kriegsführung gehörte, aber sie konnte ja nur die ihr zur Verfügung stehenden Waffen einsetzen. Die zarte Frau mit plötzlichen Kopfschmerzen war eine bewährte Taktik, wie schwach sie auch war.

Lucy ließ Davids Arm los und eilte ihren Brüdern voraus. Als sie Millie erreichte, stürzte sie sich in eine Umarmung und rief: «Es freut mich so sehr, dich zu sehen. Ich war außer mir vor Sorge. Deine Mutter sagte, du wärst immer noch müde von der Reise, aber ich dachte, du hättest vielleicht eine schreckliche Tropenkrankheit.»

«Nein, ich war nur müde von der langen Reise und der Gewöhnung an dieses Londoner Wetter», antwortete sie. Sie warf einen schnellen Blick nach oben in den grauen Himmel.

«Außerdem, wenn Millie überhaupt an einer Tropenkrankheit erkrankt wäre, dann wäre sie schon *vor* ihrer Ankunft in London ausgebrochen. Wir haben nicht allzu viele von diesen Leiden hierzulande», bemerkte David, als er und Alex neben die Schwester traten.

Er drückte Charles die Hand. «Danke.»

Charles nickte ihm und Alex kurz zu. Dann verneigte er sich vor Lucy. «Es tut mir leid, dass es meiner Schwester nicht gut genug ging, um Sie zu besuchen. Sie hat etwas länger gebraucht als erwartet, um wieder gesund zu werden.»

Millie zwang sich Lucys zuliebe ein Lächeln ins Gesicht und bereitete sich im Stillen auf den Moment vor, in dem Lord Brooke zu sprechen beginnen würde. Vielleicht war es sein Plan, schweigend in der Gruppe zu stehen und nichts zu sagen, aber sie bezweifelte, dass David und Charles ihm dies gewähren würden. Die Brüder hatten dieses Treffen offensichtlich arrangiert, damit Alex sich entschuldigen konnte. Jetzt blieb abzuwarten, ob er es schaffen konnte, mit ihr zu sprechen, ohne weitere Beleidigungen zu äußern.

Sie stählte sich.

Alex räusperte sich und trat vorsichtig vor.

Die anderen Männer verstummten.

Und die arme unglückliche Lady Lucy brachte dieses Arrangement völlig durcheinander. Bevor jemand sie aufhalten konnte, hatte Lucy Millie fest am Arm gepackt und begonnen, sie zum Walnut Trees Walk zu führen.

Es war nicht ganz ihre Schuld. Niemand hatte sich die Mühe gemacht, Lucy gegenüber zu erwähnen, dass das scheinbar zufällige Treffen mit den Ashtons im Park einen Zweck hatte. Als ihre Freundin sie von der Gruppe wegzog, sah Millie zu den verblüfften Männern zurück. Sie winkte ihnen ganz leicht zum Abschied, musste aber zu ihrer Enttäuschung erkennen, dass Lord Brooke sich aufgemacht hatte, ihnen zu folgen.

Lucy begann, hundert Worte pro Minute zu sprechen, von denen Millie nur etwa ein Drittel verstand. Mit jedem zweiten Satz sprang sie zu einem anderen Thema. Sie sprach über ihre Familie, ihre Reisen nach Schottland, Frösche und die römische Geschichte. Sie hatte gerade angefangen, über das Große Feuer von London zu palavern, als Millie sie aufhielt.

«Langsam, langsam, ich kann mit deinen Gedankengängen nicht Schritt halten», flehte sie.

Ein entsetzter Ausdruck erschien auf Lucys Gesicht.

«Es tut mir leid. Ich kann es nicht ändern. Ich fange immer irgendwo an und meine Gedanken laufen so schnell, dass meine Lippen Schwierigkeiten haben, mitzuhalten. Oh, bitte geh nicht weg, Millie. Ich habe jeden Tag darauf gewartet, dass du wieder gesund wirst, damit ich dich sehen kann. Nachdem ich dich neulich getroffen hatte, wusste ich, dass du etwas Besonderes bist, dass du anders bist. Und ich weiß, mein Bruder hat dich in Verlegenheit gebracht, aber bitte sei ...»

Sie brach in Tränen aus.

Millie blickte zurück und sah Alex dicht hinter sich, einen Ausdruck tiefer Besorgnis in seinem Gesicht. Mit einem langen Schritt erreichte er seine Schwester, schlang seine Arme um sie und hielt sie fest. Sie vergrub ihr Gesicht im Aufschlag seines Mantels, während lautes Schluchzen ihren Körper erschütterte.

Millie war beschämt.

«Ist schon gut, Lucy», murmelte er in ihr Ohr.

Charles und David holten sie ein.

«Was ist passiert?», fragte Charles missbilligend.

«Ich habe sie nur gebeten, langsamer zu sprechen. Ich konnte nicht mal alles hören, was sie sagte.» Der Ausdruck auf dem Gesicht ihres Bruders sagte Millie, dass er ihr nicht glaubte. Millie war wütend auf Lucys Bruder, und jetzt hatte sie es an der armen Lucy ausgelassen.

«Die Darstellung Ihrer Schwester ist korrekt», antwortete Alex. «Miss Ashton bat Lucy einfach, langsamer zu reden. Sie sagte nichts anderes. Ich habe sie gehört.»

Er fuhr fort, Lucy über die Haare zu streicheln.

«Miss Ashton, seien Sie versichert, es war nicht Ihre Schuld. Lucy ist seit Tagen nervös und sie war ein wenig überwältigt von der Aufregung, Sie wiederzusehen. Wenn hier jemand schuld ist, bin ich es», sagte Alex.

Millie war verblüfft.

Der Marquis von Brooke hatte gerade in weniger als einer Minute zwei Wunder vollbracht. Er hatte mindestens ein Dutzend Worte mit ihr gesprochen und tatsächlich etwas Nettes gesagt. Sie überprüfte die Anzahl der Wunder und fand ein weiteres, das sie zur Liste hinzufügen konnte. Er hatte sie verteidigt.

Wo war der Tyrann von vor drei Nächten, der lächelnd dagestanden hatte, während er sie demütigte, und wer war dieser freundliche, fürsorgliche Bruder, der jetzt Lucy in seinen Armen hielt?

Erinnere dich nur daran, wie er dich anlächelte, nachdem er dich auf der Tanzfläche verspottet hatte. Das ist alles Teil seines Plans. Er bewahrt dich davor, wie eine Spitzmaus auszusehen, damit du ihn nicht zur Rede stellen kannst.

Lucy winkte Millie mit der Hand zu und zog sich von ihrem Bruder zurück. «Er hat recht, sie hat nichts Falsches gesagt. Ich bin nur ein bisschen verunsichert. Es ist so schön, dich wiederzusehen, Millie.»

Lucy wischte sich mit dem Handrücken die Tränen aus den Augen und holte einige Male tief Luft, um sich zu beruhigen.

Millie zog ein sauberes weißes Taschentuch aus ihrem Täschchen und bot es Lucy an, die ihre Tränen zurückschnüffelte und es akzeptierte. Sie rieb Lucy sanft den Rücken und flüsterte eine Entschuldigung. Es war vielleicht nicht ihre Schuld, aber sie fühlte sich immer noch schlecht, dass sie ihre neue Freundin durch etwas, das sie gesagt hatte, zum Weinen gebracht hatte.

Ein Seufzer der Erleichterung ging durch ihre kleine Gruppe, als Lucy sich fasste und es schaffte, ihnen ein Lächeln zu schenken. Millie spürte, wie Charles' Blick auf sie fiel, und wusste, dass sie diejenige sein musste, die den ersten Schritt tat. Da es seine Schwester war, die weinte, konnte sie nicht erwarten, dass Alex ihr zuerst eine Entschuldigung anbot.

«Kommen Sie jeden Tag in den Park, Lord Brooke?», fragte sie ihren Erzfeind.

Er nickte und wandte den Blick ab.

«Ja, wir kommen die meisten Tage», antwortete David. «Wir waren diese Woche nicht viel unterwegs, da mein Bruder Rückenschmerzen hatte und nicht in der Lage war, weit zu gehen.»

Wie aufs Stichwort rollte Alex mit den Schultern und legte eine Hand in seinen Rücken.

David nickte Alex zustimmend zu. «Sie erinnern sich vielleicht, dass er neulich auf der Party Schwierigkeiten hatte. Ich dachte, er würde sich nur einen Scherz erlauben, bis er mir erklärte, dass er höllische Schmerzen litt, der arme Kerl.»

Rückenschmerzen? Klingt für mich eher nach einer bequemen Lüge. Aber wenn es das ist, was Sie andere glauben machen wollen, wer bin ich, das in Frage zu stellen? Denken Sie nur nicht, dass Sie davonkommen, ohne sich richtig zu entschuldigen, Lord Brooke.

Sie zählte bis zehn, bevor sie einen besorgten Ausdruck auf ihr Gesicht malte und sich Alex näherte.

«Es tut mir so leid, dass es Ihnen auch nicht gut ging, Lord Brooke. Es scheint für uns beide eine unglückliche Woche gewesen zu sein. Sagen Sie mir bitte, wie haben Sie es geschafft, sich am Rücken zu verletzen?», fragte sie.

Alex warf ihr einen überraschten Blick zu, und sie hörte ihn tief schlucken. Er wirkte erschüttert. *Gut.* Warum sollte sie sich in diesem Moment als einzige unwohl fühlen? Sie verspürte jedoch einen Anflug von Enttäuschung, da es aussah, als würde Lord Brooke sich als unwürdiger Gegner herausstellen. Arroganz war schlimm genug, aber wenn sie mit Dummheit oder, noch schlimmer, mit Faulheit verbunden war, würde sie sich vom Schlachtfeld zurückziehen. Ihn zu besiegen wäre weder mit Ehre noch Spaß verbunden, wenn dies der Fall wäre.

David trat vor, aber Millie warf ihm einen Blick zu, der ihn aufhielt. Sie war bereit, höflich zu sein, aber Lord Brooke würde sich selbst verteidigen müssen. Eine falsche Bewegung von irgendjemandem, und sie würde sich umdrehen, zurück zum Haupttor und nach Hause gehen.

«Bei einem Ausritt im Park», antwortete Alex. «Ich ...» In diesem Moment wanderte sein Blick über ihren Kopf hinweg, und er hob eine Hand und winkte.

Als sie sich umdrehte, um zu sehen, wer seine Aufmerksamkeit erregt hatte, war Millie sicher, dass sie Alex «Gott sei Dank» flüstern hörte.

Eine Kutsche mit heruntergeklapptem Verdeck war im Tor aufgetaucht und fuhr in den Park ein. In der Kutsche saßen zwei Frauen. Sie kniff die Augen zusammen und konnte gerade eben das Wappen der Familie Strathmore an der Seite des Wagens erkennen.

«Das ist Mama, auf der uns zugewandten Seite, und die Dame auf der anderen Seite ist unsere Großtante Maude», erklärte Alex.

«Maude sollte bei diesem kalten Wetter nicht draußen sein, aber Mama konnte sie heute nicht von einem Besuch im Park abhalten», fügte Lucy hinzu. Aus den Augenwinkeln sah Millie, wie Charles und David einen kurzen Blick wechselten.

Als David sich räusperte und erwähnte, dass er es versäumt hatte, Charles seiner Mutter oder Tante vorzustellen, entwickelte Charles plötzlich ein Interesse am allgemeinen Wohlbefinden der älteren Tante Maude. Er schlug vor, sie sollten sich beeilen und die nur langsam fahrende Kutsche einholen.

«Komm schon, Lucy, Mama wird dich sehen wollen», sagte David und nahm seine Schwester fest bei der Hand.

Als die anderen sich auf den Weg zur Kutsche machten, dreht Alex sich um und verbeugte sich elegant vor Millie.

«Würden Sie mir erlauben, Sie zu begleiten, Miss Ashton? Ich bin sicher, meine Mutter würde gern Ihre Bekanntschaft machen. Lucy hat ihr viel von Ihnen erzählt.» Er bot ihr seinen Arm an, und für einen Moment war sie versucht, ihm zu sagen, wohin er sich seine auf wundersame Weise entdeckten Manieren stecken konnte, aber sie wusste, dass ein solches Verhalten ihre Mutter nur enttäuschen würde. Sie biss die Zähne zusammen und legte ihren Arm in seinen. «Gut», sagte er, und sie machten sich auf den Weg und folgten den anderen.

Millie hoffte, dass die Herzogin von Strathmore bei der Behandlung von Neuankömmlingen eher David als Alex ähnelte. Sie war erfreut, als sie feststellte, dass die Frau in der Kutsche keine furchterregende Gesellschaftsmatrone war , sondern die Herzlichkeit und Freundlichkeit in Person. Sobald sich die Gruppe näherte, bemerkte die Herzogin den verzweifelten Ausdruck auf Lucys Gesicht und rief ihrem Diener zu, die Stufen hinunterzuklappen.

Die Herzogin machte kein Aufhebens um Lucy. Vielmehr sprach sie fest, aber zärtlich mit ihrer Tochter. Millie begann jedoch zu vermuten, dass eine ganze Reihe von Menschen das zufällige Treffen zwischen den Ashtons und den Radleys im Hyde Park an diesem Nachmittag beobachteten. Die Ankunft der Kutsche der Herzogin von Strathmore in diesem Moment schien alles andere als zufällig zu sein.

Nach einem kurzen Gespräch und einem Kopfnicken von Lucy waren die Dinge geklärt. Millie schnappte ein paar Gesprächsfetzen auf, in denen sie hörte, wie die Herzogin Lucy aufforderte, langsamer zu reden und ihre neue Freundin nicht zu überfallen. Es folgten einige weise Ratschläge, die Lucy rieten, Millie zu erlauben, hier und da auch mal ein Wort zu verlieren.

Alex stand ruhig an ihrer Seite und wartete darauf, dass seine Mutter mit seiner Schwester fertig wurde. Dann stellte David Charles vor, und die obligatorischen Höflichkeiten wurden ausgetauscht.

Während ihr Bruder mit der Herzogin plauderte, richtete Millie ihre Ohren auf die Atemzüge von Alex. Ab und zu schien er mit seinem Atem zu kämpfen. Ein Zug blieb ihm in der Kehle stecken, und die Muskeln in seinem Arm spannten sich leicht an. Dann zog er jedes Mal einen tiefen Atemzug ein und schien die Luft sogar anzuhalten. Sie drehte sich zu ihm um, nachdem er dies mehrmals getan hatte, und sie konnte einen Ausdruck von Schmerz in seinem Gesicht sehen.

Vielleicht hatte er sich wirklich verletzt. Er schien zweifellos an einer mysteriösen Krankheit zu leiden.

Ich hoffe, er hat mir nicht die Wahrheit gesagt, jetzt, wo ich geschworen habe, ihn für die Ewigkeit zu hassen.

Ihre Gedanken wurden unterbrochen, als sowohl David als auch Charles beiseitetraten und Alex sie nach vorn brachte, um seine Mutter kennenzulernen. Er verbeugte sich vor seiner Mutter, worauf sie mit einem königlichen Kopfnicken antwortete. Millie sah, wie sich beide angrinsten, und erkannte, dass die Formalitäten nur um ihretwillen ausgetauscht wurden.

«Mutter, darf ich Ihnen Miss Millicent Ashton vorstellen, die Tochter von Mr. und Mrs. James Ashton, der kürzlich aus Kalkutta, Indien, nach London zurückgekehrt ist. Miss Ashton, meine Mutter Lady Caroline Radley, Herzogin von Strathmore», verkündete Alex.

Er befreite Millie von seinem Arm, und sie versank in ihren besten Knicks. «Euer Gnaden.»

Als sie aufstand, streckte die Herzogin eine Hand aus, und als Millie die Hand nahm, wurde sie in eine herzliche Umarmung gezogen. Sie spürte die Hitze in ihrem Gesicht, als die Herzogin einen Kuss auf ihre Wange drückte.

«Miss Ashton, ich freue mich sehr, Sie endlich kennenzulernen. Lucy hat seit der Nacht des Balls im Haus Ihres Onkels nicht aufgehört, über Sie zu reden.»

Millie warf Lucy einen Blick zu, die auf den Boden starrte, während sie ihren Pantoffel durch die Steine zu ihren Füßen zog.

«Es war eine Freude, Lucy kennenzulernen, und es tut mir leid, dass es mir in den folgenden Tagen nicht gut ging, so dass ich sie hätte besuchen können. Ich glaube, Lucy und ich haben viel gemeinsam», antwortete Millie. Lucys Kopf schoss hoch, und ein Lächeln erhellte ihr Gesicht.

Die Herzogin lächelte. «Ich fürchte, Lucy kann andere schnell überfordern, wenn sie eine neue Freundin findet, und einige Mädchen finden ihr Verhalten etwas schwer zu verstehen.»

Als Millie Lucy ansah, wurde ihr klar, wie ähnlich sie und ihre neue Freundin waren. Sie konnte verstehen, warum die einfachen Fräuleins Lucy trotz ihrer hervorragenden Verbindungen aus dem Weg gingen.

«Danke, Euer Gnaden. Ich wusste, dass ich Lucy mochte, im gleichen Moment, als ich sie traf », antwortete sie. Dann drehte sie sich zu Lucy um und streckte ihre Hand aus. «Du scheinst viele Dinge zu mögen, von denen ich nicht erwarten würde, dass die Tochter eines Herzogs daran interessiert ist. Du hast nicht ein einziges Mal von Mode geredet, oder welcher der jungen Herren deiner Meinung nach der schönste Mann in London ist. Wenn man darüber nachdenkt, bist du eigentlich genau wie ich, nur dass du schneller sprichst.»

Lucy warf mit einem Fuß ein Steinchen hoch und trat es unter den Wagen.

«Ich würde wetten, dass du alle Ozeane und Meere kennst und sie mit geschlossenen Augen auf einer Karte anzeigen könntest. Obwohl ich denke, ich könnte es dennoch mit dir aufnehmen, wenn es um die skandinavischen Fjorde geht», sagte Millie.

Lucy lachte.

«Millie, ich mag Kleider und Hüte. Es ist nur so, dass ich über andere Dinge sprechen möchte. Ich mag Juwelen, aber ich möchte wissen, woher sie kommen und wie sie entstanden sind, nicht nur sie anschauen und sie für hübsch halten. Ich weiß zum Beispiel, dass Saphire aus Indien kommen, und ich hatte gehofft, du könntest mir davon erzählen», antwortete Lucy.

Die Herzogin legte eine Hand an ihre Lippen und hustete leicht.

Lucys Blick richtete sich auf das Juwel in Millies Nase, bevor sie sich abwandte und Alex einen kurzen Blick zuwarf. Er lächelte seine Schwester an.

Was für ein Zufall, dass der Mann, der Blau mag, zufällig eine Schwester hat, die Saphire erwähnt.

Millie vermutete ein abgekartetes Spiel, aber sie würde die Stimmung nicht verderben. Lucy schien glücklich zu sein. Charles und David lächelten beide, ebenso wie die Herzogin. Lord Brooke murmelte immer wieder etwas vor sich hin, aber er lächelte auch.

Sogar Großtante Maude, die in dicke Wolldecken gewickelt saß, um die Kälte abzuwehren, lächelte.

«Da es Ihnen wieder gut geht, Miss Ashton, werde ich Ihrer Mutter eine Nachricht schicken, in der ich Sie beide für morgen zu einem Besuch bei uns zu Hause am frühen Nachmittag einlade. Ich hatte nicht viel Gelegenheit, mit Violet auf der Party zu reden, dabei bin ich wirklich daran interessiert, dass wir uns wieder kennenlernen. Wir waren beide Debütantinnen im selben Jahr, und sie war eine gute Freundin meiner verstorbenen Schwester.»

Die Herzogin nickte David zu, der kurz mit den Fingern sein Herz berührte.

«Lucy, ich denke, du solltest mit mir nach Hause kommen und dir eine kalte Kompresse für dein Gesicht holen. Wir essen heute Abend mit dem Bischof im Fulham Palace zu Abend, und du möchtest doch nicht mit geschwollenen Augen ankommen. Ich bin sicher, Miss Ashtons Bruder wird sie nicht mehr lange in den kühlen Gefilden des Parks lassen, da sie sich erst so kürzlich unwohl gefühlt hat.»

Millie war sich nicht sicher, ob der letzte Kommentar der Herzogin eine Beobachtung oder eine Anweisung war. Lucy tat, worum ihre Mutter gebeten hatte, stieg in den Wagen und setzte sich neben ihre ältere Tante. Sie winkte ihnen zu, als der Wagen vorwärts ruckelte und sie sich von der Gruppe entfernten.

Nachdem Lucy aus dem Weg war, verschwendeten Charles und David keine Zeit, um den wahren Grund für ihren Besuch im Park zu erörtern. Während die Kutsche der Strathmores wegrollte, entdeckten Charles und David am Ende der Wagenreihe ein neuartiges Gefährt. Sie machten hastige Versprechungen, so bald wie möglich zurückzukehren, und eilten davon, um genauer hinzuschauen.

«Sie versuchen nicht einmal, subtil zu sein», bemerkte Alex.

«Nein», antwortete Millie.

«Leider können wir nicht zu weit von hier weggehen, da sie uns ohne Aufsicht zurückgelassen haben. Wir müssen uns damit zufriedengeben, in der Auffahrt spazieren zu gehen und schlecht gelenkten Fahrzeugen auszuweichen.»

Er nahm ihre Hand, aber anstatt sie in seine Armbeuge zu legen, hielt Lord Brooke sie einfach fest, als sie anfingen zu gehen. Sie wusste nicht, ob es ein absichtlicher Fauxpas seinerseits war, aber sie fand es seltsam. Es war fast so, als würde er öffentlich einen Besitzanspruch deutlich machen wollen.

«Sie müssen sich darüber im Klaren sein, dass die heutige Begegnung vorbereitet wurde», sagte er, ohne sie anzusehen. «Ich habe Ihren

Bruder gebeten, Sie hierher zu bringen, sobald es Ihnen wieder gut genug geht, um sich hinauszuwagen. Auch ich war gespannt auf ein Wiedersehen.» Er blieb stehen und holte tief Luft.

Er drehte sich zu ihr um, und sie konnte sehen, dass sein Gesicht voll ernsthafter Absichten war. «Es tut mir so leid, wie ich mich auf der Party Ihnen gegenüber verhalten habe. Mein Verhalten war unentschuldbar und grob. Bitte akzeptieren Sie meine tiefste und herzlichste Entschuldigung für den Schmerz, den ich Ihnen verursacht haben muss. Meine einzige Verteidigung ist, dass ich Schmerzen litt und nicht klar dachte. Ich bin dankbar, dass David mich gerettet hat, bevor ich Ihren Abend in eine totale Katastrophe verwandelt habe.»

«Das haben Sie», antwortete Millie, nicht bereit, ihn wegen seines inakzeptablen Verhaltens auf der Party so leicht davonkommen zu lassen.

«Verzeihung?»

«Sie haben in der Tat den ganzen Abend für mich ruiniert. Sie haben mich vor Hunderten anderer Menschen gedemütigt und mich den Rest des Abends weiter angestarrt. Seitdem haben Sie mir drei großartige Blumenarrangements geschickt, ohne den Anstand zu haben, mit Ihrem Namen zu unterschreiben oder sich zu entschuldigen. Korrigieren Sie mich, wenn ich falsch liege, aber ich nehme an, die Blumen waren von Ihnen?»

Alex nickte. «Ich entschuldige mich jetzt.»

«Also gut, Ihre Entschuldigung wird angenommen, Lord Brooke. Und nun lassen Sie bitte meine Hand los», schnappte sie.

«Nein. Nicht, bevor Sie mir gesagt haben, wie ich es wieder gutmachen kann», forderte er.

Sie blieb mitten im Schritt stehen und versuchte, ihre Hand zurückzuziehen, aber er hielt sie fest. Sie starrte ihn an und wusste, dass sie es sich nicht leisten konnte, eine Szene an einem so öffentlichen Ort zu machen. Was war sein Spiel? Er hatte sich entschuldigt, und sie hatte es akzeptiert. Er hätte sie höflich in Richtung ihres Bruders lenken und nichts mehr sagen sollen.

Er trat näher und sprach, damit nur sie es hören konnte. «Bitte. Ich muss wissen, wie ich das wieder gut machen kann. Sie müssen ...»

«Ich muss was?», unterbrach sie ihn und hob die Augenbrauen.

Alex sah über ihre Schulter und schien die Landschaft nach einer Antwort zu durchsuchen. Sie hörte ihn tief durchatmen und schlucken, bevor er sprach.

«Ich möchte, dass Sie mich mögen. Ich mag Sie. Ich weiß, dass ich auf der Party ein kompletter Esel war, und es tut mir schrecklich leid. Ich wusste nicht, was ich tun oder wie ich mit Ihnen reden sollte. Um ehrlich zu sein, ich weiß es immer noch nicht. Sie haben mich völlig überrascht.»

Millies Welt kippte seitwärts, und sie blinzelte, während sie darauf wartete, dass die Umgebung sich wieder aufrichtete. Stattdessen blieb alles genau dort, wo es war, etwas außerhalb der Mitte und etwas unscharf.

Jetzt war sie an der Reihe, um Atem zu ringen und völlig sprachlos zu sein. Das konnte ja nicht wahr sein! Sie erinnerte sich daran, dass er Lord Brooke war, der Mann, den sie in den letzten Tagen sehr abgelehnt hatte. Sein einziges positives Merkmal war seine wunderbare Schwester. Warum sollte es ihn interessieren, was sie von ihm hielt? Ihr Mund öffnete und schloss sich zweimal, aber es kam nichts heraus.

Er lächelte sie an, und sein ganzes Gesicht leuchtete auf. Seine prächtigen grünen Augen funkelten.

Oh Gott, du bist so schön. Ist es das, was du tust, um alle in deinen Bann zu ziehen? Das wird schlecht enden, ich weiß es einfach.

«Haben Ihnen die Blumen gefallen?», fragte er und verwandelte gekonnt sein Lächeln in ein schüchternes Grinsen. «Ich habe sie speziell für Sie ausgewählt, um sie Ihren atemberaubenden blauen Augen anzupassen.» Er lachte leise in sich hinein. «Obwohl ich erwarte, dass Sie mich wegen des Lavendels zur Rede stellen werden. Es war das Einzige, was der Florist heute Morgen finden konnte, das halbwegs blau war. Er hatte Mühe, Sommerblumen in den Treibhäusern zu finden, also muss ich Sie erneut um Vergebung bitten.»

Ihr Herz machte einen Sprung. Er hatte die Blumen nicht geschickt, um sie zu verletzen. Vielmehr hatte er versucht, sich auf seine seltsame, ungeschickte Weise zu entschuldigen. Sie fand seinen Mangel an Finesse seltsam ansprechend. Wie dieser Gott von einem Mann sich mit einer einfachen Entschuldigung so schwertun konnte, war ihr ein Rätsel, aber er bat offensichtlich ernsthaft um ihre Vergebung. Sie hatte sich zwar schon manches Mal in Bezug auf andere Menschen geirrt, aber sie spürte immer noch, dass er viel von sich zurückhielt.

«Hey ho, ihr zwei», rief David, als er und Charles zurückkehrten. «Seid ihr euch einig geworden?»

Alex und Millie starrten sich weiterhin schweigend an. «Hallo.» David klopfte Alex auf die Schulter. Der Kopf seines Bruders schnellte herum, und David trat einen Schritt zurück, die Hände kapitulierend erhoben. «Ich habe nur versucht, dich dazu zu bringen, in die reale Welt zurückzukehren. Darf ich dich daran erinnern, dass du mitten in der verrückten Stunde im Hyde Park stehst?»

«Ganz zu schweigen davon, dass Miss Ashtons Bruder zwei Fuß entfernt steht und sich fragt, warum Sie die Hände seiner Schwester halten», fügte Charles hinzu. Millie blickte nach unten und sah, dass Alex nicht eine, sondern beide ihrer Hände hielt. Sie starrte sie verträumt an und dachte darüber nach, wie perfekt sie in seinen Griff passten.

Dann erinnerte sie sich, wer er war, und zog langsam ihre Hände zurück. Er war aus keinem anderen Grund nett zu ihr als aus Sorge um seine Schwester. Wenn er mit Millie keinen Frieden schließen könnte, würde es ihr unmöglich sein, Strathmore House zu besuchen, und Lucy würde ihm niemals vergeben.

Sie trat zurück. «Ja, Lord Brooke und ich haben unsere Differenzen beigelegt. Sie können Lady Lucy sagen, dass alles in Ordnung ist. Ich werde mit meiner Mutter darüber sprechen, einen Besuch zu vereinbaren, um sie so schnell wie möglich zu sehen.»

Ihr Herz akzeptierte stillschweigend, dass es jetzt sicher war, da sie Alex nichts

bedeutete und es niemals tun würde. Er war ein Marquis, eines Tages wäre er ein Herzog. Männer wie er verliebten sich nicht in unmoderne Mädchen wie sie. Sie bemerkten sie kaum. Er würde einen der Diamanten der Saison heiraten. Tatsächlich hatte er wahrscheinlich bereits eine Verlobte oder war zumindest jemandem versprochen.

Sie und er würden Freunde sein, nichts weiter, und wenn ihre Freundschaft ihr das Leben im *Ton* ein wenig erleichtern würde, würde sie sich der langen Liste seiner Bewunderer anschließen, wenn auch widerstrebend. Sie wandte sich an ihren Bruder, der ihr seinen Arm anbot. Als sie seinen Ellenbogen nahm, seufzte sie. «Ich glaube, ich möchte jetzt nach Hause gehen, Charles. Ich fühle mich ein bisschen müde. Hast du etwas dagegen, dass wir gehen?»

Charles und die Radley-Brüder verabschiedeten sich kurz, dann eskortierte er Millie durch das Tor in die Park Lane. Sie befanden sich an der Ecke der Straßen Union und Mill, abseits der Massen des Parks, als er schließlich sprach. «Wie stehen die Dinge tatsächlich? Habt ihr es geschafft, euren Ärger aus der Welt zu schaffen, oder habt ihr nur einen Waffenstillstand zugunsten von Lady Lucy erreicht?»

Seine Worte rührten Millie kaum aus ihren Gedanken. «Hmmm?»

Sie trat vom Gehweg hinunter und begann, die Straße zu überqueren. Charles packte sie fest am Arm und hielt sie von einem Blumenwagen fern, dessen Fahrer die Kontrolle über die Zügel verlor, sodass das Pferd und der Wagen plötzlich rückwärts ruckten.

«Pass auf, Millie. Du kannst nicht gleichzeitig träumen und über eine belebte Straße gehen. Du wirst dafür sorgen, dass wir beide überfahren werden, und ich jedenfalls werde es nicht zu schätzen wissen.» tadelte Charles sie, als er sie sicher auf die andere Straßenseite führte.

«Entschuldigung, ich habe den Wagen nicht gesehen», antwortete sie. Ihre Gedanken waren immer noch voll von den Augen eines gewissen jungen Mannes, seinem Lächeln und seiner Erklärung, dass sie ihn völlig überrascht hätte.

Er ist ein Freund. Wir sind Freunde. Er ist Lucys Bruder, und er ist ...

Sie fühlte eine Hand in ihrem Rücken, die sie fest vorwärts schob. Sie machte einen Schritt und dann einen weiteren, dann noch einen, bis ihre Zehen eine Steinkante berührten. Millie blieb stehen und sah auf. Sie waren zu Hause.

Charles stand bereits auf halber Höhe der Vordertreppe, und sein Gesichtsausdruck war verwirrt und frustriert. Er zeigte auf die Haustür und bedeutete ihr, ihm zu folgen. Als sie den Kopf drehte und die Mill Street zurückblickte, runzelte sie die Stirn. Sie konnte sich nicht erinnern, den letzten Block zu ihrem Haus gelaufen zu sein.

Sie rief ihm zu: «Was?»

«Kannst du bitte reinkommen? Ich mag es nicht besonders, wenn du mich draußen auf der Straße anbrüllst wie ein Orangenverkäufer am frühen Morgen», antwortete Charles.

Er warf angewidert die Hände hoch, drehte sich auf dem Absatz um und marschierte ins Haus.

Sie zuckte mit den Schultern, hob ihre Röcke und stieg die Stufen auf die anmutigste Weise hinauf, die sie aufbringen konnte. Millie lernte schnell, dass man in London nie wusste, wer zuschaute.

«Das sieht gut aus, bin ich jetzt fertig?», fragte Alex ungeduldig, als sein Diener aufstand und Alex' Abendgarderobe ein letztes Mal inspizierte.

«Fast fertig, Mylord. Ich muss nur Ihre Krawatte glätten», antwortete Phillips, als er vortrat und einen störrischen Zentimeter Halstuch unterschob.

Alex zählte langsam bis fünf, weil er sich nie die Mühe machen konnte, es bis zehn zu schaffen. Nachdem er von seiner erfolgreichen Mission zurückgekehrt war, sich bei Millie zu entschuldigen, wollte er nun unbedingt mit David feiern. Es war eine sehr lange Woche gewesen. Im Einklang mit den üblichen gesellschaftlichen Gewohnheiten stand er normalerweise erst gegen Mittag auf, aber in den letzten Tagen war er jeden Morgen früh unterwegs gewesen, um den Floristen zu besuchen und Blumen für Millie zu organisieren.

Er wusste nur zu genau, dass sie seine Geschichte über Rückenschmerzen nicht glaubte, aber sie hatte seine Entschuldigung akzeptiert, und das machte die Tage des frühmorgendlichen Aufstehens lohnenswert.

«Komm schon, wir werden zu spät kommen, und alle guten Tische werden weg sein», rief sein Bruder im Flur vor Alex' Schlafzimmer. Alex lachte. David hatte sich auf seine übliche zweckmäßige Weise rasiert, gebadet und angezogen und den ersten Versuch seines eigenen Kammerdieners akzeptiert, ihn fertigzumachen.

«Halt die Klappe und trink aus, ich werde nicht lange brauchen», rief Alex als Antwort. Es dauerte immer lange, wenn er sich auf eine Nacht in der Stadt vorbereitete. Phillips verbrachte jedes Mal Stunden damit, Alex' Garderobe zu perfektionieren, sein Haar zu legen und seine Krawatte mit mathematischer Präzision zu binden. Der Marquis von Brooke wäre heute Abend der makelloseste Aristokrat in London. Phillips würde dafür sorgen.

Phillips verbeugte sich. «Mögen Sie einen angenehmen Abend haben, Lord Brooke. Ich werde auf Ihre Rückkehr warten.»

«Danke, Phillips. Warten Sie nicht auf mich, da ich davon ausgehe, dass es spät wird», antwortete Alex, während er sich im Spiegel bewunderte.

«Hübscher Teufel», sagte er mit einem frechen Grinsen.

Die Tür schloss sich hinter Phillips.

Ein paar Minuten später verließ Alex sein Schlafzimmer. Er sah David an, der ihm zunickte. Alex' Hand fuhr in seinen perfekten blonden Haarschopf und zerraufte ihn kräftig, sodass er elegant durcheinandergeriet. Dann machte er sich an die Arbeit an seiner Krawatte, zog den letzten Knoten heraus und steckte das lose Ende in die Oberseite seines Hemdes. Ein kurzer Blick in den Spiegel im Erdgeschoss bestätigte seine Handarbeit. Endlich war er zufrieden und bereit, auszugehen.

«Gut. Wohin gehen wir zuerst?», fragte er.

David nahm einen Spazierstock vom Flurständer und reichte ihn ihm.

«Brooks zum Abendessen und ein oder zwei Drinks, dann weiter zu Whites, da ich eine kleine Wette abschließen muss. Wo wir den Abend beenden und mit wem, kann man nur raten», antwortete er mit einem gemeinen Grinsen. Alex lachte. Wann immer David diesen Ausdruck auf seinem Gesicht hatte, wusste er, dass ihnen eine lange Nacht bevorstand. Morgen würden sie jeder einen wohlverdienten Kater pflegen und schwören, es nie wieder zu tun. Das hielt natürlich nur bis zum nächsten Mal an, wenn sie sich wieder in die Stadt wagten.

«Bring mich einfach nicht wieder in eine Kaschemme wie *The Bloody Bosun's Mate*. Du ahnst nicht, wie viel Geld sie mir in der Nacht, in der du mich dorthin gebracht hast, abgenommen haben», sagte Alex.

«Soweit ich mich erinnere, warst du derjenige, der in die Bar geschlendert ist und laut angekündigt hast, dass du in einem Kartenspiel gegen alle Anwesenden antreten wolltest. Du hast weniger als eine Woche deiner Zuwendungen verloren und dich dann monatelang beschwert», antwortete David und schlug Alex auf den Rücken.

«Du solltest dankbar sein, dass wir es geschafft haben, dem Abendessen im Fulham Palace aus dem Weg zu gehen.»

Alex verdrehte die Augen. Manch einen Abend hatte er damit verbracht, seinem Onkel zuzuhören, der ihn darüber belehrte, wie dringend er heiraten musste.

«Erinnere mich noch einmal an den Vorteil, den Bischof von London als Verwandten zu haben», antwortete er, als sie auf die Straße traten.

David lachte. «Kostenlose Hochzeiten in der Kirche unserer Wahl. Jetzt komm schon, mein kostbares Blütenblatt, die Nacht ist jung und wir sind viel zu nüchtern.»

Kapitel Sieben

Als Millie am nächsten Morgen aufwachte, tat sie es mit einem Gefühl zufriedener Ruhe. Zum ersten Mal seit ihrer Ankunft in London freute sie sich darauf, jemanden zu Hause zu besuchen. Die Nachricht der Herzogin von Strathmore, die sie und Violet zu einem Besuch einlud, war kurz nach ihrer Rückkehr aus dem Park am Abend zuvor im Haus eingetroffen.

Sie lächelte, als sie an Lucy dachte und sich vorstellte, wie sie ihre Mutter gebeten hatte, die Einladung zu schreiben und sie so schnell wie möglich zuzustellen. Andererseits war es wahrscheinlicher, dass die Herzogin die Notiz lange vor den Friedensgesprächen im Park vorbereitet und nur auf die Gelegenheit gewartet hatte, sie auf den Weg zu schicken.

Zum Glück für alle Beteiligten hatten Millie und Lord Brooke es geschafft, die Dinge in Ordnung zu bringen. Sie hatte sich selbst davon überzeugt, dass sie sich nunmehr begegnen und einander gleichgültig gegenüberstehen konnten. Er war einfach der ältere Bruder ihrer Freundin, sonst nichts.

Sie rollte sich herum und kuschelte sich tiefer unter die Decke. Draußen würde es immer noch eiskalt sein. Stephens hatte recht gehabt, als er vorhergesagt hatte, dass es in der Nacht schneien würde.

Die Uhr auf ihrem Schlafzimmerkaminsims schlug sechs.

«Soviel zum Thema Schlafen», murmelte sie.

Sie steckte vorsichtig einen Zeh unter der Decke heraus und schauderte. «Ich schwöre, dieser Ort liegt näher an Island als auf den Karten angegeben.» Sie holte tief Luft, zählte schnell *eins, zwei, drei*, und warf die Bettdecke zurück.

Dankbar dafür, dass die Vorbesitzerin ihres Hauses beschlossen hatte, ein kleines Vermögen für moderne Klempnerarbeiten auszugeben, ging sie in ihr Badezimmer. Fließendes Wasser war einer der wirklichen Vorteile, die sie London gegenüber Kalkutta einräumen musste. Während ihrer Morgentoilette forderte sie Grace auf, eines ihrer neuen Winterkleider herauszulegen.

«Das hellblaue mit der cremefarbenen Spitze am Oberteil, Grace, bitte. Es passt zu meinem grauen Mantel und Hut. Mama und ich besuchen heute die Herzogin von Strathmore und ihre Tochter.»

Selbst über das Geräusch des fließenden Wassers hinweg konnte sie den vorgetäuschten Überraschungsausruf ihrer Zofe hören. Grace wusste ganz sicher längst alles über den bevorstehenden Besuch. Das Flüstern hatte zweifellos unten begonnen, sobald der an Mrs. Ashton gerichtete Brief von einem Diener in der Uniform des Herzogs von Strathmore abgegeben worden war. Warum sollte Grace sonst in Millies Zimmer sein und ein zwei Fuß breites Lächeln tragen, eine volle halbe Stunde vor ihrer üblichen Ankunft?

Millie trat frisch und bereit für den Tag aus ihrem Badezimmer und erwiderte Graces Lächeln. Heute würde ein guter Tag werden. Es war ihr egal, wie kalt es draußen war. Heute würde nichts ihre Stimmung trüben, nicht einmal arktische Winde mit all ihrer Macht.

«Zumindest müssen Sie diesen bösen Lord Brooke nicht treffen, wenn Sie heute Lady Lucys Haus besuchen», bemerkte Grace, als sie die Rückseite von Millies Kleid zuknöpfte.

«Warum nicht?», frage Millie und versuchte, nicht an dem Mann interessiert zu erscheinen, der die ganze Nacht im Mittelpunkt ihrer Träume gestanden hatte. Grace ging zum Schminktisch und nahm eine Haarbürste. Sie stand still neben dem Stuhl und wartete, dass Millie sich vor den Spiegel setzte.

«Nun?», fragte Millie Graces Spiegelbild. Die Wangen des jungen

Mädchens färbten sich knallrot, und sie schüttelte den Kopf, offensichtlich verärgert über sich selbst.

«Oh, es tut mir leid, Miss, ich hatte Mr. Stephens versprochen, dass ich kein Geschwätz mehr verbreiten werde, aber manchmal kann ich nicht anders. Ich öffne meinen Mund, und alles purzelt einfach so heraus», antwortete Grace.

Millie drehte sich auf dem Hocker um und sah Grace an.

«Es gibt nichts, was dir leidtun muss, Grace. Wenn du deine Ohren nicht offenhalten würdest, von wem würde ich dann auch nur die Hälfte von dem herausfinden, was hier vor sich geht? Außerdem verlasse ich mich darauf, dass du mein zweites Paar Ohren und Augen bist, sobald die Saison beginnt. Ich werde alle Informationen brauchen, die du von den Zofen der anderen Damen erhalten kannst, wenn wir an den großen Gesellschaftsbällen teilnehmen. Aber nur solange du es nur mir erzählst, sonst niemandem, verstanden?»

Sie konnte ihre Zofe Geheimhaltung schwören lassen, aber sie war der Meinung, dass es durchaus akzeptabel war, die Informationen zu verwenden, die Grace zufällig über den Weg liefen. Ihre Mutter hatte sehr deutlich gemacht, dass es im *Ton* nicht nur darum ging, wer jemand war oder wen man kannte. Es ging immer auch um Geheimnisse.

Grace begann zu summen, und Millie konnte sehen, dass sie sich herauswinden wollte.

«Grace.»

Die junge Zofe löste sich aus ihrem Tagtraum und begann schnell, Millies Haare zu bürsten. Millie saß noch einige Sekunden still, bevor sie seufzte und nach der Hand griff, die die Bürste schwang.

«Grace, du wolltest mir gerade von Lord Brooke erzählen und warum ich ihn nicht im Strathmore House sehen werde», sagte sie und versuchte, ihre gute Laune zu bewahren.

Grace blickte sie verständnislos an, und dann sah Millie, wie in ihren Augen die Erkenntnis aufleuchtete.

Grace schnalzte mit der Zunge. «Entschuldigung, Miss. Sie müssen wissen, Lord Brooke lebt nicht mehr im Strathmore House.»

Sie beugte sich näher und flüsterte Millie ins Ohr: «Ich habe von einem anderen Mädchen, das in einem anderen Haus arbeitet, gehört, dass sein Vater ihn und seinen Bruder rausgeworfen hat. Sie sagte, dass sie sich immer betranken und viel zu spät nach Hause kamen und dabei immer furchtbar laut waren.»

Millies Zehen krümmten sich in ihren Pantoffeln. Dies war genau die Art von bösem Klatsch, den sie hören wollte.

«Wirklich? Wie schrecklich», antwortete sie und vergewisserte sich, dass sie zutiefst besorgt aussah.

«Nun, letzten Sommer fand der Herzog Lord Brooke um acht Uhr morgens schlafend auf dem Boden in der Eingangshalle. Sogar die Lakaien konnten ihn nicht wecken. Sein Vater sagte, genug sei genug, und ließ ihn und seinen Bruder ihre Koffer packen. Können Sie sich das vorstellen, dass ein Herzog seinen Sohn vom Boden kratzen muss?»

Millie wollte Grace nicht erzählen, was Charles in den letzten Jahren mehrfach selbst angerichtet hatte. Nur sie war mit dieser Information vertraut. Und das nur, weil ihr Schlafzimmerfenster für ihren betrunkenen Bruder am einfachsten zu erklettern war, ohne in Gefahr zu geraten, zu fallen und sich den blöden Hals zu brechen. Er schuldete ihr immer noch etwas für die vielen Male, die sie seinen Kopf über einen Eimer gehalten hatte, während er den Inhalt eines wilden Trinkgelages von sich gab.

«Also, Lord Brooke und Mr. Radley haben Zimmer in der Bird Street bezogen», sagte Grace und beendete ihre Geschichte.

Ein Paar blaue Augen starrte Millie an, als sie sich im Spiegel ansah und ihr eigenes privates Gespräch mit ihrem Spiegelbild führte.

Wenn ich Lucys Haus besuche, wird Lord Brooke nicht in der Residenz sein. Gut. Ich bin sicher, es wird mir und auch ihm die Sache leichter machen. Gut. Ja, es wird für alle viel einfacher.

Verdammt.

Wie sollte sie ihn bezaubern, damit er ihr edler Ritter im Haifischbecken des *Ton* wurde, wenn er nicht anwesend war und erleben konnte, was für eine wunderbare Freundin sie für seine Schwester war?

Sie schalt sich dafür, dass sie daran gedacht hatte, Lady Lucy so kalt und berechnend zu benutzen. Es war falsch von ihr, Lucy als einen Weg zu ihrem teuflisch gutaussehenden und sehr beliebten Bruder zu sehen, besonders da Lucy Radley zufällig die einzige Freundin war, die sie in ganz London hatte.

Sie hatte keine Vettern in der Familie ihres Vaters, und nur einmal auf der langen Reise aus Indien hatte ihre Mutter ihre Verwandten in Northamptonshire erwähnt. Über dieser Seite der Familie schien sich eine dunkle Wolke zu befinden, so dass sie ihre Mutter nicht weiter auf das Thema gedrängt hatte. Außer ihrem Onkel war an dem Morgen, an dem ihr Schiff an den East India-Docks anlegte, niemanden dagewesen, der sie begrüßte.

Außerdem war es einfach viel lustiger, eine Freundin zu haben, die wusste, dass die Römer den Hadrians Wall gebaut hatten. Es gab Zeiten, in denen sie an den Frauen ihres Alters verzweifelte. Alles, woran sie Tag und Nacht dachten, war, wie sie ihre Krallen in einen unglücklichen Junggesellen und sein Bankkonto versenken konnten.

Nachdem sie sich fertig angezogen und Grace entlassen hatte, holte Millie eine große Teakholzkiste unter ihrem Bett hervor und stellte sie auf den Tisch am Fenster. Lord Brooke hatte an diesem Morgen keine Blumen geschickt, was sie seltsamerweise enttäuscht hatte. Es wäre schön gewesen zu wissen, dass er immer noch genug an sie dachte, um sie mindestens noch einmal zu erfreuen, nachdem sie seine Entschuldigung gnädig angenommen hatte.

Sie fragte sich, wie viele andere Mädchen in der Stadt drei Tage hintereinander Blumen vom Marquis von Brooke erhalten hatten. Der erste davon sogar persönlich an die Haustür geliefert. Und wenn es tatsächlich mehr als ein anderes Mädchen gab, das soviel Glück gehabt hatte, wollte sie es nicht wissen. Er hatte Blumen geschickt, weil er wollte, dass sie ihn mochte, und das war alles, was sie wissen musste, damit ihre Fantasie Luftsprünge machte. Logik und Realität könnten sich freundlicherweise im Nachbarhaus melden.

«Ein weiterer Strauß weißer Rosen wäre schön gewesen; Ich mochte sie sehr, besonders die Knospen», sagte sie sich, öffnete die Kiste und untersuchte den Inhalt. Darin lag ihr wertvollster Besitz. Sie hatte sich geweigert, an Bord des Schiffes nach England zu gehen, bis sie sicher war, dass die Kiste mit dem goldenen Seidenfutter sicher in ihrer Kabine war. Sie lächelte, als sie mit den Fingern über die in Leder gebundenen Bücher fuhr, die in der Kiste lagen. Fest entschlossen, keines davon zurückzulassen, hatte sie sie immer wieder neu eingepackt, bis sie es geschafft hatte, dass alle hineinpassten.

Ein kleines rotes Buch fiel ihr auf. Sie hob es sanft aus der Kiste und starrte auf den Einband. Für die meisten anderen Mädchen wäre es eine seltsame Geschenkwahl für eine neue Freundin gewesen, aber sie wusste, dass es perfekt war.

In einem ihrer anderen Reisekoffer fand sie einen schönen roten Seidenschal und wickelte das Buch darin ein. Ihre Mutter hatte befohlen, dass sie bis zum Ende ihrer zweiten Woche in England vollständig ausgepackt haben musste, aber die meisten Sachen von Millie befanden sich noch in den Koffern, in denen sie aus Indien angekommen waren.

«Vielleicht werde ich nächste Woche den großen ausräumen», sagte sie sich.

Als ihr Wagen vor Strathmore House vorfuhr, stand Millie schon vor dem Anhalten von ihrem Sitz auf und hielt sich an einem Riemen fest, um die Balance zu halten. Ihre Mutter ergriff Millies anderen Arm und befahl ihr, sich wieder zu setzen.

«Warte, bis die Kutsche zum Stillstand gekommen ist, meine Liebe. Wir möchten doch nicht, dass du einen Unfall hast, zumal du wahrscheinlich auf mir landen würdest.»

Millie warf ihr einen kurzen Blick zu.

«Mama, das ist unangebracht und unfreundlich», schnappte sie.

Sie musste nicht ständig an ihre Körperfülle erinnert werden, besonders nicht von ihrer Mutter.

«Ich bezog mich nicht auf die kleine zusätzliche Polsterung, die du mit dir herumträgst, junge Dame. Ich meinte, dass der Stoff dieses Kleides zerquetscht wird, wenn man es auch nur ansieht.»

Sie schaute auf das Maulbeerseidenkleid, das Violet ausgewählt hatte. Es war weitaus eleganter als die Kleider, die sie bei ihren Besuchen in anderen Häusern getragen hatte, und Millie fragte sich, ob ihrer Mutter der heutige Tag ganz besonders wichtig war.

«Aber wenn du in Bezug auf das Thema deiner Figur so sensibel bist, könntest du ja auch etwas dagegen tun. Du könntest beispielsweise Tanzstunden nehmen. Ich habe gehört, Lady Lucy hat heute eine. Ich kann mit ihrem Tanzmeister sprechen und sehen, ob er dich in seinen Wochenplan aufnehmen kann. Tante Beatrice wollte mit einer der Patroninnen über die Beschaffung von Gutscheinen für den Almack's Club sprechen. Du musst also besser Walzer tanzen lernen.»

Violet zog ihre Handschuhe an, bevor sie fortfuhr. «Da die Saison noch ein paar Monate entfernt ist, ist es jetzt an der Zeit, die kniffligen Schritte zu meistern und ein wenig leichtfüßig zu werden. Für die jungen Herren, die ihren Namen auf deine Tanzkarte setzen wollen.»

Ein Diener öffnete die Tür des Wagens, und sobald sie ihrer Mutter auf den Bürgersteig gefolgt war und ihre Röcke arrangiert hatte, sah Millie zu dem Haus vor ihnen auf.

Riesig und *stattlich* waren die ersten Worte, die ihr in den Sinn kamen. Strathmore House nahm fast den halben Block ein und war doppelt so groß wie die anderen eleganten Häuser auf beiden Seiten der Straße.

«Das Herzogtum Strathmore ist einer der ältesten Titel in England. Es stammt aus dem 14. Jahrhundert. Wenn dein Vater die Familie von jemandem als eine *alte* Familie bezeichnet, ist es das, was er meint», erklärte Violet.

Die riesigen Säulen aus Portland-Steinen, die sich dem Straßenbild geradezu aufdrängten, sprachen lautlos von großem Reichtum und Macht. Millie nahm sich vor, Lucy zu fragen, wie groß das Haus sei, damit sie berechnen könne, wie oft ihr altes Zuhause hineinpassen würde.

«Wenn es eine Freundschaft gibt, von der ich mir wünsche, dass du sie sorgfältig hegst und pflegst, ist es diese», flüsterte ihre Mutter, als sie sich vorbeugte, um etwas Unsichtbares von Millies Mantel zu entfernen.

Millies Augen leuchteten vor Freude.

«Nun, Mama, wenn ich dich nicht besser kennen würde, würde ich sagen, dass du jetzt klingst wie eine von diesen Frauen, die höher in der Gesellschaft aufzusteigen versuchen, als es ihnen zusteht.»

Ihre Mutter schürzte die Lippen.

«Ich möchte dich daran erinnern, dass ich die Tochter eines

Viscount bin und dein Vater der Bruder eines anderen. Mit solchen familiären Beziehungen steht man bereits ganz oben auf der sozialen Leiter, mein Schatz.»

Violet gab ihren Handschuhen und Seidenröcken eine letzte Inspektion.

«Als solches kenne ich die Feinheiten des *Ton* und weiß am besten, wie ich sicherstellen kann, dass meine Tochter in der kommenden Saison zu allen ausgewählten Partys und Bällen eingeladen wird. Ich mag vielleicht mehr als zwanzig Jahre weg gewesen sein, aber ich versichere dir, die Regeln haben sich kein bisschen geändert. Millie, du bist entweder eine von den richtigen Leuten, oder du bist draußen, und glaub mir, die Mauern des *Ton* sind dick und stark gegen Außenseiter befestigt.»

«Es war doch nur ein Scherz», antwortete Millie, als ihre Mutter sich umdrehte und die Vordertreppe zur Tür hinaufging.

«Das war es nicht», antwortete Violet kühl.

❧

«Oh Millie, das wäre doch nicht nötig gewesen», rief Lucy, als sie das mit Seide umwickelte Geschenk annahm. Als sie den Schal wegnahm und das kleine rote Buch sah, sprangen ihr fast die Augen aus dem Kopf.

«Mama, es ist ein Buch über Dschingis Khan, und es hat so schöne Zeichnungen. Schauen Sie sich dieses hier an. Man kann richtig erkennen, wie der Kopf dieses Mannes sauber abgeschlagen wurde.»

Violet schüttelte langsam den Kopf. «Es tut mir so leid, Caroline. Ich wusste nicht, dass Millicent ausgerechnet dieses Buch ausgewählt hat, um es Ihrer Tochter zu geben. Bitte lassen Sie mich es zurücknehmen, und ich werde etwas Passenderes wählen.» Sie streckte ihre Hand aus, aber Lucy hielt das Buch fest an ihre Brust gepresst und starrte sie an.

Die Herzogin von Strathmore lachte. «Violet, meine Liebe, Sie haben keine Ahnung, wie sehr sich diese beiden Mädchen ähneln. Ich glaube nicht, dass Sie dieses Buch bald zurückbekommen werden.»

Millie warf Lucy einen siegesgewissen Blick zu. Sie wusste genau, was Lucy gefiel. Hätte sie ihr einen Gedichtband geschenkt, hätte Lucy diesen gnädig angenommen und ihn dann wahrscheinlich bei der ersten Gelegenheit aus dem Fenster geworfen.

«Es gibt noch grausamere Bilder weiter hinten, aber die siehst du dir wohl besser erst später an», bot Millie an.

In einer der wenigen Hafenstädte, die sie auf der langen Seereise von Indien aus angelaufen waren, hatte Millie Charles auf einen Marktplatz gezerrt und eine schmuddelige Buchhandlung gefunden, die alle möglichen seltsamen Publikationen verkaufte. Während sie sich mit toten mongolischen Kriegsherren beschäftigt hatte, hatte Charles es geschafft, einige Bildbände mit unbekleideten Frauen zu finden. Millie hatte bemerkt, wie er diese speziellen Bücher an Bord des Schiffes versteckt hatte und sie nicht darin lesen ließ. Ihr großzügiger Bruder hatte an diesem Tag sogar für all ihre vielen Einkäufe in der Stadt bezahlt. Alles, was sie im Gegenzug tun musste, war, die Existenz der nackten Lady-Bücher vor ihren Eltern nicht zu erwähnen.

Sie lächelte, als sie darüber nachdachte, für wie behütet Charles sie hielt. Der Tag, an dem sie ihm sagte, dass sie nicht nur eines, sondern zwei Exemplare des *Kama Sutra* besaß, und zwar schon, seit sie sechzehn war, war ein Tag, an den sie sich für immer erinnern würde.

«Ich hatte gehofft, dass meine beiden ältesten Jungen heute Nachmittag hier sein würden. Alex versprach zumindest, sich zu melden und Ihnen Respekt zu erweisen. Leider vermute ich, dass er und David letzte Nacht mit Freunden unterwegs waren und die Zeit vergessen haben. Alex kommt oft an einem Mittwoch für Lucys Tanzstunde am späten Nachmittag», sagte die Herzogin, als sie Violet eine Tasse Tee überreichte. Violet lächelte sie an, und die beiden Frauen ließen sich nieder, um zwanzig Jahre Klatsch und Tratsch nachzuholen.

Lucy sah Millie mit angewiderter Resignation an. Dann beugte sie sich vor und erhaschte die Aufmerksamkeit ihrer Mutter.

«Wäre es in Ordnung, wenn Millie und ich nach oben in mein Zimmer gingen, Mama? Dann kannst du in aller Ruhe mit Mrs. Ashton reden, ohne dich um unsere empfindlichen Ohren zu sorgen.»

Die Herzogin hob die Augenbrauen und schaute Violet an, die ihr zunickte. Je früher die Mädchen weg waren, desto schneller konnten sie über die wahren Skandale der letzten zwei Jahrzehnte diskutieren.

«Ja, meine Liebe», antwortete die Herzogin.

Eine Stunde später saßen die Mädchen auf dem Boden in Lucys Schlafzimmer und blätterten durch die Seiten einiger Modebücher.

«Ich dachte nicht, dass du dich für Mode interessierst, Lucy», sagte Millie, als sie die Bücher übereinanderstapelte.

Lucy lächelte sie schlau an.

«Mir ist aufgefallen, dass du die Bücher in die Hand genommen hast, sobald wir hier im Zimmer waren. Gib es zu, Millie, wir beide sind vom selben Schlag. Wir mögen sowohl Häubchen als auch Bajonette.»

«Und blutüberströmte Barbaren», kicherte Millie.

«Manchmal wünschte ich mir, ich könnte durch den Hyde Park fahren und ein paar Köpfe abhacken. Zugegeben, man könnte mich deswegen von Ascot und all den guten Häusern fernhalten, aber ich denke, das wäre es wert», antwortete Lucy.

«Erinnere mich daran, dich nie zu verärgern», antwortete Millie.

Lucy lachte ihr bestes verrücktes Lachen, bevor sie ihren Rocksaum festhielt und sich mithilfe der Bettkante auf die Füße zog. Millie sah zu, wie sie zur Kommode ging und die untere Schublade öffnete. Lucy holte ein Paar einfache Pantoffeln heraus und tauschte sie gegen die, die sie bereits an den Füßen hatte.

Millie sah fragend auf die Uhr. *Gibt es eine bestimmte Tageszeit, zu der junge englische Damen ihre Schuhe wechseln?* überlegte sie. Vielleicht taten ihr auch die Füße weh, und diese anderen waren ihr bequemes Lieblingspaar.

Sie sah, wie Lucy sie anlächelte. «Ich habe heute Nachmittag eine Tanzstunde, erinnerst du dich? Diese haben eine glatte Sohle, um elegant über die Tanzfläche zu gleiten. Jedenfalls theoretisch.»

Millie begann, die Bücher wegzuräumen. Ihr erster Besuch im Strathmore House ging nun zu Ende; sie hoffte, dass es nicht ihr letzter sein würde. «Ich habe es wirklich genossen, dich heute zu besuchen. Danke, dass du mich eingeladen hast», sagte sie und lächelte Lucy dankbar an.

Lucy machte ein langes Gesicht. «Oh, du gehst schon? Ich dachte, du bleibst vielleicht ein bisschen länger», antwortete sie. Sie streckte die Hand aus, nahm Millies Hand und half ihr auf die Füße. «Ich habe noch ein Paar Pantoffeln, die perfekt zum Tanzen sind.» Sie sah auf Millies weniger als zierliche Füße hinunter und runzelte die Stirn. «Oder du könntest auch einfach dabei sein und mir eine Weile zusehen. Bitte bleib», flehte sie.

Die rührende Bitte brachte Millie ein bisschen zum Weinen, und in diesem Moment hoffte sie, dass sie und Lucy, egal, was die Zukunft brachte, für immer feste Freundinnen sein würden. Sie strahlte, als sich ihr Herz vor Freude füllte.

«Ich würde gern bleiben. Ich habe so viel Spaß, und selbst wenn ich nur dasitze und dir beim Üben zuschaue, bin ich sicher, dass ich mir einige der Feinheiten merken werde. Mama wird in Kürze nach Hause gehen wollen, aber ich werde sie bitten, mich bleiben zu lassen, damit ich deinen Tanzmeister kennenlernen kann. Ich bin sicher, sie wird zustimmen. Wenn sie sieht, dass ich Interesse daran habe, meine Tanzfähigkeiten aufzufrischen, schickt sie sicher gern später den Wagen nochmal hierher, um mich abzuholen.»

Lucy drehte sich auf der Stelle und verbeugte sich elegant vor Millie. «Wenn du Mr. Roberts fragst, findet er vielleicht eine Zeit in seinem Stundenplan, um dir Unterricht zu geben.» Sie schnappte nach Luft. «Oder, noch besser, wir könnten unsere Tanzstunden kombinieren und du könntest jede Woche hierherkommen», verkündete sie aufgeregt.

Millies linke Augenbraue hob sich leicht. «Ich könnte das tun, es sei denn, dein Mr. Roberts ist viel zu exklusiv für Leute wie mich. Wer weiß, vielleicht darf er ja nur die feinsten unter den bleifüßigen Damen unterrichten.» Sie kicherten beide.

Kapitel Acht

Es mochte ein bitterkalter Tag sein, aber Alex Radley spürte es nicht. Sein Gehirn war tief in selbst zugefügten Schmerzen versunken und unfähig, einen Großteil seiner Umgebung wahrzunehmen. Das blendende Licht der Sonne füllte sein gesamtes Blickfeld.

Seine bloßen Hände steckten in den Taschen seines aufgeknöpften Mantels, der im eisigen Wind flatterte und es der Kälte ermöglichte, sein Hemd zu durchdringen und seine Haut zu kühlen. Da sich sein Körper bereits in einem so schmerzhaften Zustand befand, spürte er die Kälte gar nicht. Es wäre ihm sogar egal gewesen, wenn es geschneit hätte.

Während er zu Fuß zum Haus seiner Eltern ging, war jeder Schritt, den er unternahm, eine Qual. Seine Augen waren wie zwei winzige Schlitze in seinem Gesicht, die es ihm kaum erlaubten, den Weg vor sich zu sehen. Als er die North Audley Street überquerte, machte er sich nicht die Mühe, nach links oder rechts zu schauen. Er trat einfach auf die Straße. So wie er sich in diesem Moment fühlte, wäre es eine segensreiche Erleichterung gewesen, von einer großen Postkutsche überfahren zu werden.

Als er an diesem Morgen aufgewacht war, dachte Alex zunächst, er hätte sein Hemd verschluckt. Es hatte einige Minuten gedauert, bis ihm klar wurde, dass das große tuchartige Ding, das seinen Mund füllte, tatsächlich seine Zunge war.

Er hatte daran gedacht, die mühsame Wanderung von einer halben Meile einfach bleiben zu lassen, aber wenn er das tat, würde es bedeuten, sich mit David befassen zu müssen. Nach der Demütigung, die er in der vergangenen Nacht durch seinen älteren Bruder erlitten hatte, war dieser erzwungene Todesmarsch die weitaus angenehmere Option.

«Dummkopf», murmelte er, als seine Füße auf den Bürgersteig traten. Sein verdrehter Magen drohte bei jedem Schritt Rache zu üben. «Ich kann nicht glauben, dass er allen erzählt hat, was mit Miss Ashton passiert ist. Wie soll ich mich jemals wieder unter Menschen wagen?»

«Oh je», sagte eine Stimme, und er wandte seine katzenartigen Augen dem Klang zu. Ein Arm legte sich sanft um seine Schulter, und als er sich bemühte, sich zu konzentrieren, konnte er den gequälten Ausdruck auf dem Gesicht des Familien Butlers Hargreaves sehen.

Er hatte Strathmore House erreicht, und mit etwas Glück die Erlösung.

«Mylord, ich nehme an, Sie fühlen sich heute Morgen ziemlich schlecht, weil Sie nämlich überhaupt nicht gut aussehen. Wie wäre es, wenn Sie ins Haus kommen, bevor Ihre Gnaden Sie bemerken? Das Letzte, was Ihr Kopf momentan braucht, ist der beruhigende Klang eines Vortrags Ihrer Eltern», sagte Hargreaves. Alex versuchte zu nicken, aber da sein Kopf kurz davorstand, von den Schultern zu rollen, überlegte er sich das im letzten Moment. Er war zufrieden damit, Hargreaves zu erlauben, ihn zum Hintereingang des Hauses und hinunter in die Haushaltsküchen zu führen.

Einmal drinnen, zwang ihm die Köchin Tee auf, und dazu ein fettiges Sandwich mit Ei und Speck. Es war ihre berühmte Katerkur. Der Tee half, das Hämmern in seinem Kopf zu stoppen, und das Sandwich kümmerte sich um die Säure, die den Magen verbrannte.

Alex saß schweigend auf einem Stuhl, trank seine zweite Tasse Tee und betete, dass sich niemand aus dem Haushalt oben in die Küche wagte, solange er dort war. Wenn das passierte, würde es nur eine Frage von Minuten sein, bis er die Vorladung zum Arbeitszimmer seines Vaters oder zum Wohnzimmer seiner Mutter erhielt, die ihn dort nicht allzu subtil an seine Position und seine Verantwortung erinnern würden.

Währenddessen gingen die Küchenmitarbeiter leise ihren Aufgaben nach und behandelten ihn, als wäre er nicht mehr als eine Katze, die auf einem Hocker saß und sich putzte. Sie wussten, dass er dort war, aber niemand würde mit ihm sprechen. Wenn sie es taten, bedeutete das, dass er in der Küche gewesen war, und sie könnten nicht mehr leugnen, ihn gesehen zu haben. Er brachte ein schwaches Lächeln zustande, als er an diese seltsame Regel der unteren Etage dachte, die allen, die sich daranhielten, Schutz bot. Wenn sie so taten, als wäre er nicht da, dann war er nie dort gewesen.

Die einzige davon ausgenommene Person war die Köchin Sie regierte tagsüber die Küchen und gab die Kontrolle erst dann ab, wenn der Familienkoch sie für eine Dinner Party übernahm. Und selbst dann tat sie es nur unter Protest.

«Diesmal hast du dich wirklich übertroffen, mein Junge. Ich habe dich schon lange nicht mehr in so schlechter Verfassung gesehen. Es ist ein Wunder, dass du es überhaupt bis hierhergeschafft hast. Mr. Hargreaves hat mir erzählt, dass du zu Fuß gekommen bist», sagte sie und legte ein kaltes, nasses Handtuch auf Alex' Gesicht.

Er schloss die Augen und ergriff ihren Arm, um sein Gleichgewicht zu halten. «Oh, das ist gut, danke, Cook. Du kümmerst dich immer so gut um mich. Ich habe das wirklich nicht verdient.»

Sie kicherte. «Du bist eine der armen Kreaturen Gottes, und ich hasse es, diese leiden zu sehen. Außerdem habe ich nicht gesagt, dass das Handtuch sauber ist», antwortete sie. Sogar in seinem empfindlichen Zustand erkannte Alex den Scherz, und er lachte.

Behutsam.

Er nahm das Tuch von seinem Gesicht und gab es der Köchin zurück, die sich die Hände abwischte und es in einen nahe gelegenen Korb mit schmutziger Wäsche warf. Er atmete tief durch. Er begann sich wieder wie ein Mensch zu fühlen.

«Du wirst es überleben», sagte die Köchin und tätschelte ihm sanft den Arm.

Er sah zu, wie sie frisch gebackene Scones aus dem Ofen nahm und acht davon vorsichtig auf einen feinen Porzellanteller stapelte, den sie neben verschiedene Marmeladen und einem Topf Sahne auf ein mit Baumwolle überzogenes Tablett stellte.

Eines der Küchenmädchen holte einen großen Wasserkessel vom Feuer und füllte eine elegante Teekanne mit heißem Wasser. Sie holte vier zueinander passende Tassen und Untertassen aus der Küchenkommode und stellte sie neben die Teekanne. Es war offensichtlich, dass seine Mutter Besucher hatte.

Alex trank seinen Tee aus und starrte auf das Tablett. Warum war er heute hierhergekommen, wenn er noch bewusstlos in seinem eigenen Bett hätte liegen können? Er fluchte, und sofort schnappte die Köchin einen Holzlöffel, den sie ihm über das Knie zog. «Nicht in meiner Küche, mein Junge. Es ist mir egal, wie schlecht du dich fühlst. Wenn du diese Art von Sprache verwenden willst, musst du nach oben oder in den Hof gehen.»

Alex saß beschämt da und schaute auf sein Knie, das jetzt mehr schmerzte als der Rest seines Körpers.

«Tut mir leid, Cook, ich habe mich gerade daran erinnert, wer die Besucher sind und warum ich heute hier sein sollte», antwortete er. Er seufzte und beschimpfte sich im Stillen dafür, wie sehr er sich in der vergangenen Nacht hatte gehen lassen. Nachdem David ihn bloßgestellt hatte, als er in volltrunkenem Zustand Alex' sexuelle Reaktion auf Millie Ashton beschrieb, hätte er nach Hause gehen und etwas schlafen sollen.

Stattdessen war er aus dem *Silken Slipper Club* gestürmt, das Lachen seiner Freunde klang immer noch laut in seinen Ohren, und hatte das nächste Wirtshaus aufgesucht, in dem er seine Sorgen ertränken konnte. Er hatte sich einer Gruppe von Seeleuten angeschlossen, deren Schiff gerade nach einer rauen Überfahrt von Westindien im Hafen angekommen war.

Wenn die Seeleute gedacht hätten, sie könnten diesen dummen jungen Mann unter den Tisch trinken, so hatten sie sich geirrt. Alex hatte angeboten, sie alle zu besiegen, aber stattdessen überzeugten sie ihn, für ihre Getränke zu bezahlen.

«Meine Herren und Gelehrten», waren die letzten Worte, an die er sich erinnerte, als er einen Kerl mit einem großen goldenen Ring in der

Nase beschimpft hatte, bevor er es geschafft hatte, nach Hause zu taumeln und ohnmächtig zu werden.

Er blickte auf seine Hände hinunter und sah, dass sie zitterten. Er hatte sich wirklich schrecklich aufgeführt.

«Ich werde in meinem gegenwärtigen Zustand mit Sicherheit keinen guten Eindruck hinterlassen», beklagte er sich.

«Nein, und du riechst wie der Boden eines Bierfasses», antwortete die Köchin scharf. «Wenn ich du wäre, würde ich die Besucher vergessen und lieber ein freies Bett finden, in das ich kriechen kann. Lord Stephen ist heute ausgegangen, also wird sein Zimmer leer sein. Ich werde mit Mr. Hargreaves sprechen, damit er dafür sorgt, dass dich keiner stört.»

Sie nahm die leere Tasse aus Alex' zitternden Händen und stellte sie auf den Tisch.

«Während du ein bisschen schläfst, werde ich einen der Lakaien beauftragen, Lord Stephens Diener zu finden. Der kann dir in einer oder zwei Stunden dabei helfen, dich in Ordnung zu bringen.»

Alex nickte, und zum Glück blieb sein Kopf auf seinen Schultern. Er rutschte langsam vom Hocker, und nachdem er einen herumliegenden Scone gestohlen hatte, ging er nach oben, um das Schlafzimmer seines jüngeren Bruders aufzusuchen und dort, so hoffte er, etwas Schlaf zu finden.

❧

Nachdem Violet sich verabschiedet und Lady Caroline für die Einladung gedankt hatte, fuhr sie nach Hause und versprach, die Kutsche noch einmal herzuschicken, um Millie später am Nachmittag abzuholen.

Sobald sich ihre eigene Mutter umgedreht hatte und wieder nach oben gegangen war, zerrte Lucy Millie in einen großen Ballsaal, der von einer Seite des großen Korridors abging.

Millie war beeindruckt, als sie die Größe des Ballsaals betrachtete. Den Ballsaal im Ashton House hätte man leicht hineinstecken können, und dann wäre immer noch Platz übrig gewesen. Als Lucy sie bei der Hand nahm und zu einer zweiten Tür zog, sah Millie sie fragend an.

«Ich dachte du hättest eine Tanzstunde im Ballsaal?», fragte sie, als Lucy eine weitere Tür öffnete und einen zweiten Raum betrat.

«Hab ich auch», antwortete Lucy, als sie Millie durch die Tür zog. «Dies ist aber nur der Winterballsaal. Er ist zu klein zum Üben. Wir werden den Sommerballsaal benutzen.»

Sobald sie die Größe dieses zweiten Raumes sah, fiel Millies Kinnlade buchstäblich herunter. Strathmore House war so riesig, dass es nicht nur einen, sondern zwei riesige Ballsäle enthielt.

Der Sommerballsaal war der größte Raum, den Millie jemals in einem Privathaus gesehen hatte. Er hätte zwei Ballsäle ihres Onkels beherbergen können. Als Lucy ihre Hand auf halbem Weg losließ, blieb Millie stehen und blickte auf. Über ihr schwebte eine kunstvoll verzierte Decke, die so hoch war, dass die Illusion entstand, sie würde bis in den Himmel reichen.

«Meine Güte», murmelte sie.

Auf der anderen Seite des Raumes konnte sie jemanden auf einem Klavier üben hören.

Ein Lächeln trat auf Lucys Lippen.

«Ich muss gehen. Mr. Roberts lässt nicht zu, dass mein Unterricht sich verspätet. Er hat noch einige Stunden zu geben, wenn er mit mir fertig ist.»

Sie winkte Millie zu und eilte durch den Raum hinüber zu ihrem Tanzmeister.

«Da drüben gibt es einige Stühle, falls du dich setzen und zuschauen möchtest», rief sie und zeigte auf mehrere Stühle an der Wand.

«Danke dir. Ich werde mir diese prächtige Decke ansehen, bevor ich dir zuschaue, wenn das in Ordnung ist», antwortete Millie.

Lucy blickte zur Decke hinauf und zuckte mit den Schultern. Sie hatte ihr ganzes Leben in diesem Haus verbracht, daher war die Decke des Sommerballsaals nichts, was sie besonders fand. Dann erschien ein Lächeln auf ihren Lippen.

«Du kennst doch die Fabeln von Aesop, nicht wahr? Mal sehen, wie viele von ihnen du da oben wiederfindest, und nachher vergleichen wir», rief Lucy ihr eine Herausforderung zu.

«Wenn du liest, was oben auf dem Bild verkehrt herum geschrieben steht, erhältst du einen offensichtlichen Hinweis. Und wenn du dann die Fabel immer noch nicht erkennst, findest du die Antworten auf den beiden Hauptwandtafeln im Bild in der Mitte des Raumes. Viel Glück.»

Millie war von der Decke fasziniert und stellte sich der Herausforderung, das erstaunliche Barockkunstwerk genüsslich zu untersuchen. Die Decke war mit einem vergoldeten Gitter verziert, und in jedem Abschnitt stellten verschiedene Tiere und Menschen eine Reihe antiker Fabeln auf farbigem Hintergrund nach. Stellenweise waren zwischen den Geschichten kleinere Bilder von lachenden Putten, Einhörnern und Engeln gemalt worden. Wer diese Decke in Auftrag gegeben hatte, hatte eine Vorliebe dafür, jeden Zentimeter des verfügbaren Putzes mit Farbe zu füllen.

Im ersten Abschnitt entdeckte sie sofort eine dicke weiße Gans auf einem goldenen Ei sitzend. «Das ist einfach», sagte sie.

Als sie sich langsam durch den Raum bewegte und zur Decke blickte, identifizierte sie die berühmteste der Fabeln, einschließlich der Schildkröte und des Hasen und des Jungen mit dem Wolf. Nachdem sie diese erraten hatte, ohne die Antworten zu überprüfen, ging sie weiter durch den Saal.

Sie war intensiv damit beschäftigt, auf ein Bild von einer schönen Frau und einer Katze zu schauen, und versuchte, sich an die Geschichte zu erinnern, als der Pianist einen Walzer anstimmte. Sie blickte hinüber und sah, wie Lucy und Mr. Roberts zu tanzen begannen. Millie lächelte, als sie sah, was für eine anmutige Tänzerin Lucy war. Sie musste daran denken, Mr. Roberts um seine Visitenkarte zu bitten, damit ihre Mutter mit ihm über den Unterricht sprechen konnte.

Sie wandte sich von den Tänzern ab und starrte wieder an die Decke. Während sie der Musik zuhörte, schloss sie langsam die Augen und begann, sich im Takt zu wiegen.

Alex war unheimlich stolz auf sich selbst. Er hatte es geschafft, ins Haus seiner Eltern zu schlüpfen und volle drei Stunden im Bett seines jüngeren Bruders zu schlafen, und nur eine Handvoll Diener wusste, dass er hier war. Und keiner von ihnen wollte irgendjemandem den Verbleib des zukünftigen Familienoberhauptes verraten. Alle, die in den Haushalten des *Ton* arbeiteten, wussten, dass die Familie Radley einer der besten Arbeitgeber in England war. Und wenn die Diener eines Anwesens schnell und gut bezahlt wurden, stellten sie sicher, dass sie ihre zukünftigen Lebensgrundlagen schützten.

Er stand oben auf der Treppe und blickte über das Balkongeländer. Vor ein paar Stunden hätte er eine so einfache Aufgabe nicht ausführen können, aber sein Kopf war jetzt klar. Der vordere Eingang lag verlassen, also machte er sich auf den Weg nach unten. Sein Plan war einfach. Leise die Haustür öffnen, sie ebenso leise wieder schließen, einmal um den Block gehen und dann erneut an der Haustür erscheinen.

Er hatte sich ein Hemd aus Stephens Garderobe geliehen, dankbar, dass sein Bruder klug genug war, schon mit vierzehn hübsch hochgewachsen zu sein. Das Hemd passte ihm gut genug.

Stephens Kammerdiener hatte dazu beigetragen, ihn vorzeigbar zu machen. Nachdem er mit einem heißen Handtuch sein Gesicht gereinigt hatte und dann mit einer Klinge einmal über seine Stoppeln gefahren war, konnte Alex seinen Anblick endlich wieder ertragen. Obwohl er, als er in den Spiegel seines Bruders starrte, erkannte, dass er wenig gegen die dunklen Ringe unter seinen Augen tun konnte. Die Nächte, die er mit unruhigen Träumen von Miss Millicent Ashton verbracht hatte, gefolgt von dem Trinkgelage am Vorabend, spiegelten sich in seinem müden und von Leiden gezeichneten Gesicht wieder auf ihn zurück.

«Ich sehe eine Million Jahre alt aus», murmelte er zu sich selbst, als der Kammerdiener die Rasierschüssel und den Pinsel zurück zum Waschtisch trug.

Nachdem er sich überzeugt hatte, dass sich m Erdgeschoss niemand befand, machte er sich auf den Weg nach unten. Nur für den Fall der Fälle hatte er einen fröhlichen Gruß und eine vorgefertigte Geschichte auf den Lippen für jedes Familienmitglied, dem er begegnen sollte, bevor er es auf die Straße schaffte. Strathmore House hatte über dreißig Zimmer, und die Mitglieder der Familie Radley verloren einander ständig aus den Augen, sei es im Obergeschoss oder unten. Alex hoffte, dass das Glück ihm hold war. Aber für den Fall, dass sich jemand in der Nähe der Haustür befand, verlangsamte er seine Schritte, um mit seinen Stiefeln kein Geräusch zu machen.

Als er die Tür öffnete, hörte er Musik aus dem Sommerballsaal. Er blieb stehen und wandte sich der Quelle der Musik zu. Seltsam, dass jemand im Ballsaal Klavier spielte. Dann erinnerte er sich, dass Mittwoch war. Lucy hatte ihren Tanzunterricht an einem Mittwochnachmittag.

Er erinnerte sich auch daran, dass er versprochen hatte, sie beim Üben zu beobachten. Das war die Ausrede gewesen, die er Lucy gegeben hatte, um heute zu kommen. Seine ursprüngliche Absicht war natürlich, ein bisschen früher zu kommen, um ein rein zufälliges Treffen mit Miss Ashton zu arrangieren. Er hatte das Gefühl, dass er sich noch mehr entschuldigen musste, bevor sie ihm wirklich vergab.

Da es jetzt später Nachmittag war, wären Mrs. Ashton und ihre Tochter schon längst wieder weg. Aber zumindest wäre sein Herkommen heute keine reine Zeitverschwendung gewesen, wenn er es schaffte, Lucys Tanzstunde zu besuchen. Zeit mit ihr zu verbringen würde sicherstellen, dass er sie wieder fest auf seine Seite gezogen hatte.

Er holte tief Luft und malte ein entspanntes Lächeln auf sein Gesicht, mit dem er durch die Tür des Winterballsaals trat. Als er den Sommerballsaal erreichte, hatte er es geschafft, seine Steifbeinigkeit in einen gemütlichen Spaziergang zu verwandeln. Man hätte ihn genau ansehen müssen, um zu wissen, dass er erst vor wenigen Stunden bei Gevatter Tod an die Tür geklopft hatte.

Einmal im Sommerballsaal angekommen, überquerte er die Tanzfläche und ging geradewegs auf die Stuhlreihe an der Wand zu. Dort konnte er bequem sitzen, während er Lucy und dem Tanzmeister zusah, wie sie auf der Tanzfläche arbeiteten und ihre bereits hervorragenden Fähigkeiten fein abstimmten. Sie war eine versierte Tänzerin, aber in der hart umkämpften Schlacht um einen guten Ehemann überließ Lucy nichts dem Zufall. Da ihre erste Saison im Vorjahr als Fehlschlag galt, wusste er, dass sie entschlossen war, vom ersten Ball nach Ostern an hell zu glänzen.

Eine Bewegung zu seiner Linken erregte seine Aufmerksamkeit. Er drehte sich um und blieb wie angewurzelt stehen. Dort in der Mitte des Ballsaals stand die kurvenreiche und äußerst üppige Miss Millie Ashton, deren Augen geschlossen waren und die im Takt der Musik tänzelte. Obwohl sie ihm den Rücken zuwandte, spürte er sofort eine Reaktion auf ihre Anwesenheit. Er leckte sich die Lippen und schluckte schwer.

Was machst du mit mir?

Er stand einen Moment wie gebannt da und beobachtete ihre Hüften, während sie sich bewegten. Sie war die sinnlichste Kreatur, die er jemals gesehen hatte. Völlig hemmungslos und in der Musik verloren, war sie so anders als jedes andere Mädchen, das er jemals getroffen hatte. Sie tanzte nur aus der Freude an der Bewegung.

Sie lachte, und er spürte sein eigenes Herzklopfen. War das Liebe? Was auch immer es war, er hatte noch nie in seinem Leben eine so starke Anziehungskraft von einem anderen Menschen gespürt. Wenn sie eine Sirene war, die gekommen war, um ihn zu seinem Schicksal zu locken, dann wäre er bereit, sich auf ihren Befehl über Bord zu werfen.

Hundert Mütter mit ihren rehäugigen Töchtern im Schlepptau fanden jede Woche eine Weise, seinen Pfad zufällig zu kreuzen. Und jedes Mal musste er sich das gleiche überraschte Quietschen der Freude dabei anhören. Wie wunderbar es doch sei, ihn kennenzulernen, und wie sehr sie sich darauf freuten, ihn bei jeder gesellschaftlichen Zusammenkunft zu treffen, bei der sie ihm zu zeigen planten, wie göttlich Prudence oder Primrose waren. Er war immer höflich, wenn er die Mütter traf, und reservierte die sanfte Zerstörung der Hoffnung für diese privaten Momente am Ende eines Tanzes, wenn die hoffnungsvolle junge Miss vor ihm knickste.

Im Vergleich zu den anderen Mädchen, die ihm ständig auf den Weg geworfen wurden, war Millie eine wahre Offenbarung, ein Balsam für seine abgestumpfte Seele. Während der Pianist weiter spielte, überwältigte Alex ein starkes Verlangen, zu ihr zu gehen und sie zu berühren. Sein Atem stockte immer wieder, während er zusah, wie sie sich zur Musik wiegte. Er sehnte sich so sehr danach, auf sie zugehen zu können, seine Arme um ihre Taille zu legen und sich mit ihr zur Musik zu wiegen, sie einfach zu halten.

Als sie die Augen öffnete und sich zu ihm umdrehte, sagte ihm das ungezügelte Glück, das er empfand, dass dieses Mädchen ihn auf viel mehr als nur der Ebene einer Urkraft beeindruckte. Zu wissen, dass es sie gab, berührte sein Herz. Er lächelte und winkte ihr zur Begrüßung zu.

Ihre Augen richteten sich auf sein Gesicht, und als sie den Fokus fanden, verschwand ihr Lächeln, und sie stieß ein entsetztes Quietschen aus. Ihre Wangen wurden knallrot, und ihr Tanz hörte plötzlich auf. Alex spürte, wie sein Herz sank. Er hatte den schönen, wilden Vogel erschreckt, und ihre farbenfrohe Darstellung war vorbei. «Oh, wie peinlich», flüsterte sie. «Ich hatte keine Ahnung, dass Sie hier sind. Sie müssen mich für eine Närrin halten.»

Er schritt über die Tanzfläche, und als er sie erreichte, blieb er stehen und verbeugte sich. Vielleicht würde sie aus Angst vor Spott nie wieder so in der Öffentlichkeit tanzen, aber eines Tages würde er sie bitten, ihm ihr ganzes bezauberndes Gefieder zu zeigen, eine private Aufführung nur für ihn.

«Guten Morgen, Miss Ashton», sagte er. «Mir gefällt es sehr, wie Sie tanzen. Sie sind auf ganz natürliche Weise eins mit der Musik.»

Sie lächelte zaghaft, und Alex stellte fest, wie freimütig er ihr Lächeln erwiderte. Sie standen da und lächelten sich an, genau wie sie es im Park getan hatten. Für einen Mann, der stolz auf sein gewandtes Auftreten war, war es äußerst erbärmlich - und er hätte es den ganzen Tag tun können.

«Es ist fast drei Uhr», antwortete Millie, als das Rot auf ihren Wangen verblasste. «Sie sehen aus, als wären Sie gerade aus dem Bett gestiegen, Lord Brooke.»

«Alex», antwortete er. «Einfach Alex.»

Er konnte sehen, dass sie ihn genau betrachtete, und er wusste, dass die Ringe unter seinen Augen ihn verrieten. «Sie sehen aus, wie mein Bruder Charles, nachdem er die ganze Nacht auf einer Diwali-Party war», antwortete sie. Ihr Lächeln kroch ein wenig verschlagen in ihrem Mundwinkel herum. «Sie haben Ihren Rücken nicht wieder verletzt, oder, Eure Lordschaft?»

Alex schüttelte den Kopf und fragte sich, ob sie ihn jemals die kleine Notlüge vergessen lassen würde, die er erzählt hatte.

Wenn sie weiß, dass mein Rücken in Ordnung ist, möchte ich lieber nicht erfahren, wie sie sich mein Verhalten an jenem Abend erklärte. Kein Wunder, dass sie immer noch wütend auf mich war.

«Sie würden mich doch jetzt nicht verspotten, nicht wahr, Miss Ashton?», tadelte er sie sanft. «Ich kann Ihnen ehrlich sagen, dass ich tausendmal besser aussehe als vor einigen Stunden. Aber ja, es tut mir leid zu sagen, dass die Ringe unter meinen Augen und mein spätes Kommen beide auf einen übermäßigen Genuss aller Arten von Alkohol zurückzuführen sind. Man würde denken, dass ich mit fast dreiundzwanzig den Punkt kennen muss, an dem ich aufhören sollte zu trinken. Aber leider muss ich dieses Quantum des gesunden Menschenverstandes erst noch entwickeln.»

Millie lachte und bedeckte dann schnell ihren Mund mit ihrer Hand. «Es tut mir so leid. Ich sollte Sie nicht auslachen, wenn Sie sich in einem so heiklen Zustand befinden. Ich weiß, mein Bruder Charles würde mich für meine Gedankenlosigkeit schelten.» Sie sah ihn verlegen an, und er konnte nicht anders, als zu lachen. «Ich habe gerade die prächtigen Deckenmalereien in diesem Raum bewundert. Ich hoffe, mein Tanzen hat Sie nicht erschreckt. Ich neige dazu, mich manchmal von der Musik mitreißen zu lassen.»

Alex seufzte. «Fette Babys», antwortete er.

«Verzeihung?»

Er sah zur verzierten Decke auf. «Als ich jünger war, wollte ich sie einmal weiß übertünchen lassen», fuhr er fort.

Noch immer blickte sie ihn verwirrt an, also zeigte er mit erhobener Hand auf eine der reich gemalten Szenen und hoffte, sie würde ihn verstehen.

«Da oben - die fetten goldenen Babys und die Engel und die ganzen Bildläufe. Früher dachte ich, es sei eine absolute Katastrophe. Ich habe geschworen, wenn ich dieses Haus eines Tages besitze, würde ich das alles übermalen lassen.» Er wedelte mit der Hand, als hätte er einen unsichtbaren Pinsel in der Hand. «Ich habe sogar darüber nachgedacht, eine Zwischendecke einzuziehen. Für mich war es nur ein unheiliges Durcheinander von Farben und albernen Tieren mit mehr Gold, als man jemals kaufen könnte. Ich konnte den Anblick nicht ertragen.»

«Cherubim», korrigierte sie ihn. «Das sind keine fetten Babys, sondern prächtig gemalte Engel und Cherubim. Diese Decke ist absolut atemberaubend. Ich liebe sie. Obwohl ich nicht viel Bildlauf sehen kann, es sei denn, Sie beziehen sich auf die witzigen Hinweise, welche Fabel, welche ist.»

Alex sah genauer an die Decke und blinzelte. Die Kringel und Schleifen blieben für ihn immer gleich. Nicht entzifferbar.

Verdammt, ich habe vergessen, dass es Buchstaben sind, keine Dekorationen. Das könnte sehr unangenehm werden. Was war gleich die Fabel über die Katze und die Frau? Ich kannte sie alle auswendig.

Er verfluchte schweigend den längst verstorbenen griechischen Philosophen.

«Ja, aber wenn Sie genau hinschauen, werden Sie feststellen, dass einige von ihnen mit Pfeil und Bogen bewaffnet sind. Sie sind also nicht so unschuldig, wie sie Sie glauben lassen wollen. Schauen Sie sich das da drüben an», sagte er und zeigte auf einen Cherub, der ein Einhorn zu beißen schien. Er hob die Augenbrauen und war überzeugt, dass er seinen Standpunkt bewiesen hatte.

Er hoffte, dass sie nicht bemerkt hatte, wie er subtil das Thema wechselte.

«Mein Bruder David und ich haben Stunden damit verbracht, da oben alle Bösen zu finden, und glauben Sie mir, es gibt einige von ihnen. Erst als ich älter wurde und das ganze großartige Bild zu schätzen begann, wusste ich, dass meine Familie mir niemals erlauben würde, irgendetwas in diesem Raum mit einem Pinsel zu berühren.»

«Philister», murmelte Millie.

«Ehemaliger Philister, danke, Miss Ashton», antwortete er mit einem Grinsen. Er deutete auf die Stühle. «Sollen wir uns hinsetzen und reden, während wir zusehen, wie Lucy ihre Tanzkunst perfektioniert?»

Sie nickte ihm zu, ergriff seinen dargebotenen Arm und erlaubte ihm, sie über die Tanzfläche zu begleiten, wo sie zwei nebeneinanderstehende Stühle einnahmen. Er war erst seit weniger als einer Stunde aus dem Bett heraus, aber Alex war dankbar, dass er sich setzen und seinen Kopf an die Wand lehnen konnte. Sie saßen ein paar Minuten da und genossen schweigend die Gesellschaft des anderen, während

Lucy und Mr. Roberts Walzer tanzten und ihr Lachen über die Tanzfläche schallte.

«Er ist sehr gut für sie», bemerkte Millie.

«Ja, ich denke, es gehört zu seinem Vertrag, dass sich alle jungen Frauen, die er unterrichtet, in ihn verlieben», antwortete Alex und richtete seinen Blick auf den Tanzlehrer.

«Es scheint Ihnen jedoch nichts auszumachen», antwortete sie.

Er schüttelte den Kopf.

«Weil ich weiß, dass er der am glücklichsten verheiratete Mann ist, den ich je getroffen habe, abgesehen von meinem eigenen Vater natürlich. Roberts' Frau war Tänzerin bei einer französischen Truppe, und glauben Sie mir, es gibt nur ganz wenige Frauen, die ihr das Wasser reichen könnten.»

Er warf Millie einen Blick zu und schenkte ihr ein leichtes Lächeln. Mit ihr an seiner Seite sah er sich zu keinem Zeitpunkt gezwungen, etwas zu inszenieren, er konnte sich entspannen und er selbst sein. Er rutschte auf seinem Sitz herum. Ob es eine Folge seines Katers war, konnte er nicht sicher sein, aber Alex war erleichtert zu entdecken, dass sein Körper beschlossen hatte, mit ihm zusammenzuarbeiten. Es würde keine peinliche Wiederholung ihrer ersten Begegnung geben. Er tippte mit den Füßen auf den polierten Holzdielen und war sich sicher, dass er, wenn er sich anstrengte, die Sache mit Millie schnell von einer aufkeimenden Freundschaft zu etwas machen könnte, das so viel mehr wäre.

«Werden Sie ebenfalls Unterricht bei Mr. Roberts nehmen? Er ist der beste Tanzlehrer in London», sagte er, bevor er seine Bemerkung sofort bereute. Er zuckte zusammen. «Wie unhöflich von mir, Ihre Tanzfähigkeiten zu beurteilen, wo doch ich derjenige war, der sich weigerte, mit Ihnen beim Ball zu tanzen. Übrigens tut mir jener Abend immer noch sehr leid. Jedes Mal, wenn ich daran denke, kann ich nicht glauben, dass ich Ihnen das angetan habe. Sie hatten das absolute Recht, mich auf der Tanzfläche stehen zu lassen.»

Sie lachte. «Mein Walzer entspricht in etwa Ihrem Taktgefühl, Lord Brooke: schrecklich. Also ja, ich werde mit Mr. Roberts darüber sprechen, Unterricht bei ihm zu nehmen.» Sie sah ihn ernster an, bevor sie ihre Hand kurz auf seinen Jackenärmel legte. «Danke für Ihre zweite

Entschuldigung, aber es ist nicht notwendig. Ich glaube, ich habe Sie im Park genug leiden lassen. Obwohl ich zugeben muss, dass ich es vermisse, jeden Morgen frische Blumen geliefert zu bekommen. Ich muss sicherstellen, dass Sie mich bald wieder beleidigen, damit Sie mir noch mehr davon kaufen können.»

Er schloss die Augen, dankbar, dass sie ihm nichts nachtrug. Er konnte eine lange Liste anderer junger Damen nennen, die nie wieder mit ihm sprechen würden, wenn er ihnen dasselbe angetan hätte. Und darin lag der Unterschied zu Millie. Sie war die Herrscherin ihres eigenen Verstandes. Sie hatte beschlossen, ihren Zorn zu überwinden und ihm seine dumme Übertretung zu vergeben. Es entging ihm auch nicht, dass sie in ihrem langen, kastanienbraunen Haar das blaue Band trug, das er so sorgfältig für eine seiner blumigen Entschuldigungen ausgewählt hatte. Er lächelte, wenn er daran dachte, dass sie ein Geschenk trug, das er geschickt hatte.

Sie saßen noch ein paar Minuten still, während derer Alex mutig nach Millies Hand griff. Er wusste, dass er die Grenze der gesellschaftlichen Höflichkeit überschritten hatte, aber so, wie er sich an ihrer Seite fühlte, war er bereit, das Risiko einzugehen. Millie sah auf seine Hand hinunter, die ihre bedeckte, kommentierte das aber nicht. Alex tröstete sich damit, dass sie nicht versuchte, ihre Hand wegzuziehen.

«Ich könnte Ihnen beim Unterricht helfen», bot er an. «Wenn Sie hier zusammen mit Lucy Unterricht nehmen, könnte ich als Ihr Partner agieren, wenn Mr. Roberts mit meiner Schwester tanzt. Würden Sie das für akzeptabel halten?»

Das antwortende Lächeln, das ihr Gesicht erhellte, gab ihm Hoffnung. Als ein schüchternes Leuchten auf ihren Wangen erschien, brauchte er seine ganze Kraft, um ihr Gesicht nicht zu berühren.

«Ich hätte gedacht, ein Gentleman wie Sie hätte viel bessere Dinge mit seiner Zeit zu tun, als meinem Wunsch nachzugeben, Walzer zu lernen», antwortete sie.

«Es würde mir helfen, mein Gewissen zu beruhigen», antwortete er und wusste, dass dies nur ein kleiner Teil seines Grundes war, Zeit mit Millie verbringen zu wollen.

Sie nickte. «Das wäre schön, danke, Lord Brooke.»

«Alex», antwortete er. «Sie müssen mich Alex nennen. Nur Diener und Ladenbesitzer nennen mich Lord Brooke. Meine Freunde, und ich hoffe, dass Sie zu ihnen zählen, nennen mich Alex.»

Freunde - wen wollte er hier täuschen? Es gab niemanden in seiner großen Gruppe von Freunden, den er küssen wollte, nur sie. Diese prallen, rosigen Lippen waren zum Küssen gemacht, und sobald ihm dieser Gedanke gekommen war, dachte Alex an wenig anderes. Sie mochte die neue Freundin seiner Schwester sein, aber es fiel ihm zunehmend schwerer, sie in einem so platonischen Licht zu sehen. Nur neben ihr zu sitzen, rührte sein ganzes Wesen auf.

«In Ordnung, Alex», antwortete der Gegenstand seines Verlangens. «Wir sind gleichaltrig, daher erwarte ich nicht, dass meine Eltern Einwände erheben werden, wenn ich Ihren Vornamen verwende, wenn wir uns nicht in einem breiteren gesellschaftlichen Umfeld befinden.»

Alex spürte, wie sein Atem stockte, und er stöhnte unwillkürlich.

«Alex, geht es Ihnen gut?», fragte Millie sichtlich besorgt. «Kopf oder Magen? Es ist normalerweise einer dieser beiden, der Charles in die Knie zwingt.»

Alex runzelte die Stirn, bevor er sich daran erinnerte, dass er seinen Kater erwähnt hatte. Er rieb theatralisch seine Schläfe. Sein Leiden am Morgen hatte sich plötzlich gelohnt.

«Kopf», log er. «Ich dachte, meinem Kopf würde es inzwischen besser gehen, aber er fängt wieder an zu pochen.»

Er rollte seine Zehen in seinen Stiefeln zusammen, während er ein Lachen unterdrückte, bei dem sein Kopf tatsächlich pochte. David hätte zweifellos einen ganzen Nachmittag lang über ihn gelacht, wenn er von Alex' gegenwärtiger Lage gewusst hätte.

«Befindet Ihr Bruder sich in der gleichen Verfassung wie Sie? Ich habe ihn heute hier nicht gesehen, also gehe ich davon aus, dass er nicht über eine so starke Konstitution verfügt wie Sie», sagte sie.

«Ich weiß nichts darüber, wie mein Bruder sich an diesem Morgen fühlt. Wir sind letzte Nacht nicht zusammen nach Hause gekommen. Ich habe gehört, wie sich seine Tür in den frühen Morgenstunden geschlossen hat, also muss er es in einem Stück zurückgeschafft haben», stieß er hervor.

Millie verstummte neben ihm, und Alex spürte, wie sie darauf wartete, dass er ihr mehr erzählte.

«Wenn Sie es wirklich wissen wollen, Miss Ashton, mein Bruder und ich sprechen derzeit nicht miteinander», fuhr er fort. «Wir hatten letzte Nacht einen Streit, und ich habe ihn mit ein paar Freunden in einem Club zurückgelassen, während ich woanders hingegangen bin.»

«Oh, es tut mir leid, das zu hören, ich hoffe, es ist nicht zu ernst und dass Sie bald wieder Freunde sein werden», antwortete sie.

Alex entfernte einen Fussel, der an seiner Jacke klebte. Es wäre unmöglich, ihr den Grund für seine derzeitige Entfremdung von David zu erklären. Jeder im *Ton* glaubte, dass niemals etwas zwischen die beiden älteren Radley-Brüder kommen würde und dass es für sie einfach unmöglich wäre, einen ernsthaften Streit zu haben.

Wie sehr sie sich doch alle irrten.

«Ja, natürlich», antwortete er, ohne nachzudenken, während sein Verstand damit beschäftigt war, schreckliche und blutige Wege zu finden, um seinen Bruder zu töten und den Körper erfolgreich zu verstecken.

«Also, wann möchten Sie beginnen?», fragte sie.

«Verzeihung?»

Millie rutschte auf ihrem Stuhl herum und drehte sich zu ihm um. Er hatte nicht aufgepasst, und sie wusste es.

«Miss Ashton, ich bin heute nicht ich selbst, und meine Manieren scheinen im Bett geblieben zu sein, also muss ich mich noch einmal für mein Verhalten entschuldigen», sagte er.

«Millie», antwortete sie mit einem Lächeln. «Eigentlich denke ich, dass Sie sich bemerkenswert gut gehalten haben, hierher zu kommen und Lucys Tanzstunde beizuwohnen. Charles hätte eine Entschuldigungsnotiz an meine Tür geheftet und für eine Woche sein Bett gehütet. Für jemanden, der stolz darauf ist, ein ausgezeichneter Gesellschafter zu sein, kann er ziemlich schnell die Waffen strecken.»

Alex unterdrückte ein Lachen. «Man darf nicht schlecht über die selbstverschuldeten Beinahe-Toten sprechen, Millie», neckte er. Er sah, wie ihre Augen aufleuchteten, als er ihren Namen sagte, und die Versuchung, einen Kuss auf ihre Lippen zu legen, überwältigte ihn fast.

Du bist so wunderschön. Du wirst in dieser Saison mehr als ein Herz brechen.

Die Saison. Oh, nein.

Es mochte noch Monate dauern, aber wenn die Saison ihren Höhepunkt erreichte, war London voll von partnersuchenden jungen Männern und Frauen. Wenn er nicht bald anfing, anständig um sie zu werben, würde er in den Schwarm anderer Junggesellen geraten, die um ihre Aufmerksamkeit wetteiferten, und das wäre einfach katastrophal. Dieses faszinierende Mädchen von der anderen Seite der Welt musste ihm gehören. Je länger er neben ihr saß, desto überzeugter war er davon. Ein Mädchen wie Millie Ashton lief nur einmal im Leben einem Mann über den Weg. Er wäre ein Dummkopf, seine Chance nicht zu nutzen und sie zu seiner Braut zu machen.

Du bist schon wieder nicht bei der Sache, Brooke. Sprich mit ihr, bevor sie es bemerkt.

«Nächsten Mittwoch werden wir proben, während Lucy ihren Unterricht hat. Das, zusammen mit dem Unterricht, den Ihre Mutter mit Mr. Roberts arrangiert, sollte Sie in kürzester Zeit zur Meisterin des Walzers erheben», sagte er.

«Gut. Ich freue mich darauf, obwohl ich denke, Mr. Roberts wird trotzdem um eine Zahlung bitten, da wir die Dienste seines Pianisten in Anspruch nehmen», antwortete sie.

«Überlassen Sie mir den leichtfüßigen Mr. Roberts, Millie. Ich werde dafür sorgen, dass er das Doppelte seines üblichen Honorars verdient. Wir sollten uns bemühen, Sie soweit zu bringen, dass Sie für Ihren ersten öffentlichen Walzer bei meinem Cousin, dem Earl of Shale, am ersten Montag im April bereit sind. Es ist normalerweise *das* Osterereignis, aber sie lassen es diesmal etwas früher stattfinden, da Rosemary, seine Gräfin, ein Kind erwartet.»

Er streckte noch einmal die Hand nach ihren Fingern aus. «Genug vom Tanzen und von Männern mit schmerzenden Köpfen. Was ist mit Ihnen, Millie Ashton? Ich möchte von Ihrem Leben in Indien hören, es muss so anders sein als hier.»

Die nächsten zehn Minuten sprachen sie über Indien und Millies Kindheit. Er befragte sie ausführlich über die lange Seereise nach

England und wie sie die Kälte Londons als scharfen Kontrast zur Hitze des Subkontinents empfinden musste.

«Abgesehen von dem Schock, zu merken, wie kalt Schnee wirklich ist, habe ich gelernt, mich ziemlich gut darauf einzustellen. Es sind die Dinge, die ich nicht mitbringen konnte, die ich vermisse. Ich ließ alle meine Freunde und mein Pferd zurück. Dann gibt es die dummen Dinge, von denen ich nicht wusste, dass ich sie vermissen würde, wie die Farbe des Hooghly River und die stinkenden, lauten Gewürzmärkte.»

«London stinkt auch, falls Sie es nicht bemerkt haben», antwortete Alex und versuchte, sie zum Lächeln zu bringen.

«Ja, das tut es, die meiste Zeit feucht und muffig. Mutter verspricht mir immer wieder, dass es im Sommer besser wird, aber ich bezweifle irgendwie, dass sich London plötzlich in eine Oase der Farben und sinnlichen Freuden verwandeln wird, nur weil die Sonne es endlich schafft, die Wolken zu durchbrechen. Mit etwas Glück muss ich nur einen Winter in England durchstehen, bevor ich nach Hause zurückkehre.»

Er spürte einen kalten Schauer über seinen Rücken rinnen. Hatte sie gerade gesagt, dass sie plante, England wieder zu verlassen?

«Sie gehen zurück?», fragte er, während ihn ein Gefühl überwältigender Traurigkeit erfüllte. Wie konnte sie gehen und nicht zurückkehren? Wie konnte sie ihn verlassen?

Weil sie nicht das Geringste über dich weiß, und wenn sie es tun würde, würde sie davonrennen, soweit sie ihre Füße tragen. Welches Mädchen, das bei klarem Verstand ist, möchte mit einem Trottel wie dir verheiratet sein?

Er schluckte und versuchte, die aufkommende Panik niederzuschlagen, die in ihm anschwoll.

«Ich bin sicher, wenn Sie mehr von der Landschaft und unsere schönen Frühlingsblumen gesehen haben, werden Sie anders darüber denken», antwortete er.

Sie zuckte mit den Schultern und beugte sich vor, um Mr. Roberts zu beobachten, wie er Lucy neue Tanzschritte zeigte. Lucys Lachen hallte durch den Raum, als sie sich bemühte, die Schritte zu meistern.

«Das sieht nach Spaß aus», sagte Millie.

Alex biss sich frustriert auf die Lippe. Er dachte über den Verlust des einzigen Mädchens nach, das jemals sein Herz berührt hatte, und sie machte einen Scherz über einen trivialen Tanz.

«Es wäre so schade, wenn Sie wieder gehen würden, bevor Sie den Ort wirklich kennen und lieben gelernt haben.»

Und mich.

Millie schüttelte den Kopf. «Unsere Familie ist nach England zurückgekehrt, um sicherzustellen, dass ein Erbe des Ashton-Titels in unmittelbarer Nähe ist. Meine Mutter wollte auch unbedingt nach Hause kommen, obwohl ich nie gemerkt habe, wie sehr sie es in Indien hasste. Das wusste ich erst, als wir London erreichten.» Sie seufzte. «Aber es ist egal, ob ich hierbleibe oder nicht. England hat mich nicht gerade mit offenen Armen empfangen. Ich würde lieber nach Hause zurückkehren.»

Zum ersten Mal in seinem Leben kam Alex der Gedanke, dass andere Menschen England und insbesondere London nicht so sahen wie er. Für Millie war dies nicht zu Hause. Ihr Herz blieb viele tausend Meilen entfernt. Er konnte sich nicht vorstellen, England zu verlassen und niemals zurückzukehren.

«Was ist, wenn Ihre Familie Ihnen nicht erlaubt, nach Indien zurückzukehren? Was werden Sie dann tun?», fragte er.

Sie drehte sich um und sah ihn fragend an, und er wusste, was sie dachte. Was bedeutete es ihm, was sie mit ihrem Leben anstellte? Sie blies die Wangen auf und zuckte noch einmal mit den Schultern. «Ich weiß es nicht. Ich habe noch nicht so weit voraus gedacht, also sprechen Sie bitte mit niemandem in meiner Familie darüber. Es war nachlässig von mir, es überhaupt erwähnt zu haben. Es ist einfach so, dass mir die Vorstellung, zurück zu gehen, immer wieder in den Sinn kommt. Vielleicht wird die kommende Saison die Dinge für mich lösen. Wer weiß? Vielleicht treffe ich einen feschen jungen Mann, der mir den Kopf verdreht und mich zu seinem Schloss im schottischen Hochland trägt», antwortete Millie.

Sie tätschelte Alex freundlich den Arm, aber es half wenig, sein wachsendes Unbehagen zu unterdrücken. Bis er es schaffte, ihre Zukunft für sie zu besiegeln, würde sie den Traum von einer Rückkehr nach Indien nicht aufgeben. Er würde ihr beweisen müssen, dass sie in ihrem neuen Zuhause glücklich sein könnte. Und dass er ein großes und imposantes Schloss zur Verfügung hatte. Zugegeben, es war in den Lowlands, aber es war trotzdem ein Schloss. Er würde es und sein Herz zu gern mit ihr teilen.

Schließlich hörte die Musik auf, und als ihre Tanzstunde vorbei war, kam Lucy zu ihnen beiden herüber. Alex erkannte den Moment, in dem seine Schwester bemerkte, wie eng er und Millie beieinandersaßen, und er sah einen missbilligenden Ausdruck auf ihrem Gesicht. Es war der gleiche Blick, den sie ihm immer zuwarf, wenn eine ihrer Freundinnen ihm ein wenig zu nahekam. Er hatte mehr junge Mädchenherzen gebrochen, als er zugeben wollte, und es hatte Lucy mehrere Freundschaften gekostet. Die Liste der Mädchen, die sich wegen Alexander den Großen in den Schlaf geweint hatten, war lang.

Er war jedoch kein Dummkopf. Er wusste genau, dass sich mehrere Mädchen mit Lucy angefreundet hatten, nur um *ihm* näher zu kommen. Er verstand die Anziehungskraft, die er auf die unverheirateten Ladys ausübte. Welches vernünftige Mädchen würde Lord Brookes Schwester nicht als Mittel benutzen, um dem zukünftigen Herzog von Strathmore näher zu kommen? Viele hatten es versucht, und alle waren gescheitert. Dann hatte er Millie getroffen. Sie hatte sich nicht auf ihn gestürzt. Sie hatte ihm nicht kokett zugeblinzelt oder war plötzlich ohnmächtig geworden. Sie war anders.

Sie hatte ihn im Hyde Park zur Rede gestellt. Sie wusste, dass sein Rücken nicht verletzt war, aber anstatt eine Szene zu machen, hatte sie ihre Freundschaft mit Lucy vor ihre verletzten Gefühle gestellt und seine Entschuldigung akzeptiert. Sie war eine neu entdeckte Freude, und wenn Lucy glaubte, er würde einen Schritt zurücktreten, täuschte sie sich ernsthaft. Millie würde ihm gehören, und Lucy würde es akzeptieren müssen.

«Du bist eine so geschickte und elegante Tänzerin, Lucy», sagte Millie und klatschte anerkennend in die Hände. «Ich muss daran denken, in Zukunft nicht in deiner Nähe zu tanzen. Auf diese Weise kann niemand deine leichten Füße mit meinen platten vergleichen.»

Lucy lachte, nahm Millie bei der Hand und zog sie auf die Füße. «Komm, du musst Mr. Roberts kennenlernen. Ich habe ihm alles über dich erzählt, und er ist möchte sehr gern deine Bekanntschaft machen.» Als Lucy Arm in Arm mit Millie über die Tanzfläche schritt, folgte Alex langsam und summte vor sich hin. Als Lucy sich zu ihm umsah, erwiderte er ihren vorsichtigen Blick mit einem warmen Lächeln. Er war zu beschäftigt damit, einen Plan auszuhecken, wie er Millie umwerben würde, als dass die Missbilligung seiner Schwester ihn stören konnte. Millie war diejenige, die er gewinnen musste, und erst nachdem sie sich in ihn verliebt und seinen Antrag angenommen hatte, würde er es wagen, sein demütigendes Geheimnis mit ihr zu teilen.

«Habe ich erwähnt, dass wir in Schottland ein Familienschloss haben, Miss Ashton?», murmelte er leise und merkte sich vor, es im nächsten geeigneten Moment im Gespräch zu erwähnen.

Kapitel Neun

Der Streit zwischen den Radley-Brüdern ging unvermindert weiter. David trat in den nächsten Tagen mehrmals an Alex heran, aber jedes Mal, wenn er versuchte, mit seinem Bruder zu sprechen, hob Alex eine Hand und warf ihm ein unmissverständliches *Versuch es gar nicht erst* entgegen, bevor er wegging.

Er wusste, dass David sich schuldig fühlte wegen dem, was im *Silken Slipper Club* passiert war, und dass der Brandy aus ihm gesprochen hatte. Aber Alex war immer noch nicht in der Lage, die Verlegenheit, die er in dieser Nacht erlitten hatte, hinter sich zu lassen. David, sein lebenslanger Champion und Beschützer, hatte ihn der Verachtung der Welt ausgesetzt. Im Moment war Alex' Stolz verwundet, und er war nicht in der Stimmung, zu vergeben.

Der Marquis von Brooke saß auf seinem prächtigen nachtschwarzen Wallach, als er sich dem Rest der frühmorgendlichen Hyde Park-Reiter anschloss. Er war der Inbegriff eines jungen englischen Adligen.

Unter seinem schwarzen Mantel war seine Krawatte richtig gebunden, aber weitaus lockerer, als es die derzeitige Mode vorschrieb. Er weigerte sich, sich an die Vorschriften des Dandy-Sets zu halten, und bestand darauf, dass seine Halstücher nur leicht gestärkt waren, so dass er beim Reiten die volle Kontrolle über seine Bewegungen hatte. Seine enge Reithose aus Wildleder klebte an seinen starken Beinen und zeigte jeden Muskel zu seinem besten Vorteil. Unterhalb des Knies schmiegten sich die Reitstiefel fest an seine Waden, das Ergebnis einer eleganten Verbindung von teurem englischem Leder und einem meisterhaften Kammerdiener. Weder Dandy noch Verlierer, Alex Radley zog sich an, wie es ihm passte, und andere hatten keine andere Wahl als es ihm gleich zu tun.

Einer der Vorteile, nicht mit seinem Bruder zu sprechen und daher nicht jede Nacht unterwegs zu sein, war das neu entdeckte Gefühl, jeden morgen früh aufzustehen und sofort munter zu sein. Er lächelte, als er sich an den überraschten Ausdruck auf dem Gesicht des Stallmeisters erinnerte, als Alex kurz nach Sonnenaufgang auf dem Hof erschien und befahl, sein Pferd innerhalb einer Stunde für einen Ausflug vorzubereiten.

Als Alex beobachtete, wie ein stetiger Strom des *Haute Ton* zu Pferd und mit den Pferdejungen im Schlepptau ankam, dachte er über die Ereignisse des Nachmittags vor einigen Tagen nach. Die Zeit, die er mit Millie im Ballsaal von Strathmore House verbracht hatte, war eine große Offenbarung gewesen. Sie war das erste Mädchen, das ihn dazu gebracht hatte, seine Lebensweise in Frage zu stellen.

Er hatte nach seiner Rückkehr mehrere Stunden wach auf seinem Bett gelegen und sich an jedes Wort erinnert, das sie zu ihm gesagt hatte. Die Erinnerung an seinen Kater war noch frisch. Er hatte die ungewöhnliche Entscheidung getroffen, an jenem Abend zu Hause zu bleiben, und die hochgezogenen Augenbrauen seines Kammerdieners ignoriert, als er Phillips mitteilte, dass er sich nicht auf den Weg machen würde. Als der Schlaf ihn schließlich übermannte, hatte er geträumt, er würde Millie halten, seine Hände an ihren Hüften, als sie zur Musik eines unsichtbaren Orchesters tanzte. Es war ein langer und sexuell befriedigender Traum gewesen.

Das Schnauben seines Pferdes und das Stampfen der Hufe auf dem harten, kalten Boden rissen ihn aus seinen Gedanken.

«Tut mir leid, Junge, ich weiß, dass du nicht hierhergekommen bist, um rumzustehen und zu sehen, wie alle anderen flott den Row hinunterrennen dürfen. Es ist Zeit aufzuhören, den Morgen zu verschwenden», sagte er, als er seine Fersen in die Seiten seines Reittiers grub und das Pferd in einen leichten Galopp fiel.

Weiter unten entlang des Sandweges ließ er seinem Pferd den Kopf frei, und das Tier reagierte, indem es sich zu einem vollen Galopp streckte. Der beißende Wind schlug Alex ins Gesicht, und er blinzelte die Tränen weg, die sich in seinen Augen bildeten. Er lachte vor purer Freude. Es war wunderbar, die Spinnweben aus seinem Kopf zu schütteln.

Das Geräusch hämmernder Hufe erregte seine Aufmerksamkeit, und als er über seine rechte Schulter blickte, sah er einen anderen Reiter auf einem Grauen, der langsam aufholte. Er spornte sein Pferd an, um als erster die inoffizielle Ziellinie bei der Lodge zu erreichen.

«Komm schon, Brooke, meine Schwester kann schneller reiten als du», brüllte der andere.

Alex schaute sich noch einmal um und sah, dass es Charles Ashton auf dem Grauen war, der aufschloss.

«Verdammt, Ashton, du reitest wie der Teufel», antwortete Alex mit einem Schrei. Er grub noch einmal die Fersen in die Weichen seines Wallachs und beugte sich im Sattel vor.

Schneller und schneller rasten die beiden Pferde. Über das schwere Keuchen seines Tieres hinweg konnte Alex die Schreie anderer Parkbesucher hören, die ihn anfeuerten. Mit dem Rauschen des Blutes in den Ohren packte er die Zügel und drängte sein Reittier weiter.

Er erreichte die Lodge eine halbe Länge vor Charles Ashton und stieß einen lauten Freudenschrei aus. «Huzzah, der Sieg gehört mir!»

Er lehnte sich im Sattel zurück und lockerte die Zügel, während sein Pferd ausgaloppierte. Charles lenkte den Grauen neben ihn und bot Alex seine Hand an.

«Gut gemacht, Brooke. Zum ersten Mal seit Jahren wurde ich geschlagen. Das ist ein zielstrebiges Tier, das du dort hast.»

Alex schüttelte Charles die Hand und sah auf sein Reittier hinunter. «Vom Anwesen meines Vaters in Schottland. Ich gehe davon aus, dass er es seit Tagen kaum erwarten konnte, rauszukommen und endlich einen guten Auslauf zu bekommen.»

Er warf sein Bein über den Sattel und ließ sich zu Boden fallen.

Charles tat es ihm nach. Die schweißnassen Pferde senkten die Köpfe ins Gras über dem eisbedeckten Boden.

«Ich habe dich noch nie im Park gesehen. Reitest du hier oft?», fragte Charles.

Alex zuckte mit den Schultern. «Ich schäme mich zu sagen, dass dies das erste Mal seit Monaten ist, dass ich so früh ausreite, aber ich verspreche, dass du mich von nun an jeden Morgen hier sehen wirst.»

Charles lächelte. «Ausgezeichnet. Dann kann ich mich revanchieren. Ich hätte dich am Ende fast noch eingeholt.»

Alex nahm die Zügel seines Pferdes auf, als er und Charles den langen Weg zurück zu ihren Pferdejungen begannen. Er musste Charles zustimmen. Der Neuankömmling war ein großartiger Reiter, genau wie er selbst. Furchtlos und bereit, dem Pferd den Kopf freizugeben, wenn es drauf ankam. Nur wenige andere Reiter waren bereit, darauf zu vertrauen, dass ihr Pferd so darauf versessen war wie sie selbst, das Rennen zu gewinnen. Es war kein Wunder, dass Alex nie verlor.

«Also, wer hat dir beigebracht, wie ein Verrückter zu reiten?», fragte er.

Charles blieb stehen und starrte Alex mit einem harten Blick an. «Die Notwendigkeit.»

Alex runzelte die Stirn. «Was?»

Charles seufzte. «Ich bin einmal auf einem Waldweg ein paar Meilen von unserem Sommerhaus entfernt auf einen Leoparden gestoßen. Mein Pferd rannte los wie der Wind, und ich hielt mich grimmig an den Zügeln fest, weil ich noch nicht sterben wollte. Wenn ich jetzt reite, stelle ich mir diesen Tag vor und werde nie geschlagen.»

Alex hob eine Braue.

«Nun, fast nie», antwortete Charles mit einem Lächeln. «Was ist mit dir?»

«Ich bin seit dem Tag, an dem mein Vater mich zum ersten Mal auf den Rücken eines Pferdes gesetzt hat, immer wie ein rücksichtsloser Dummkopf geritten. Ich bin sicher, er glaubt, dass ich eines Tages stürzen und mir den blöden Hals brechen werde, aber das ist bisher noch nicht passiert», antwortete Alex.

Sie gingen weiter auf dem Weg zurück zum Haupttor und ihren

wartenden Dienern. Als er die Zügel übergab, klopfte Alex seinem Pferd noch einmal den Hals.

«Also, gehst du zum Frühstück nach Hause?», fragte er.

Charles schüttelte den Kopf. «Nein, wir essen früh bei uns. Millie ging gerade in den Frühstücksraum, als ich mich auf den Weg machte. Sie und unser Vater gehen heute Morgen ins British Museum, um die *Elgin Marbles* zu sehen, und wie ich Papa kenne, wird er dort sein wollen, sobald sie die Türen öffnen. Ich habe gehört, alle strömen herbei, um sie zu sehen. Ich selbst verbringe den Morgen bei meinem Schneider. Mama sagt, ich brauche mehr Abendkleidung für die Saison.» Er seufzte sichtlich angewidert. «Ich glaube nicht, dass es etwas Lästigeres geben könnte.»

«Genau» antwortete Alex und versuchte, desinteressiert zu klingen. «Nun, ich nehme an, ich sollte besser nach Hause gehen und sehen, was auf dem Frühstückstisch steht. Diese frische Morgenluft hat mir Appetit gemacht. Morgen um die gleiche Zeit, Ashton, und mal sehen, wie nahe du meinem feinen Ross kommen kannst.»

Alex verabschiedete sich von Charles und folgte seinem Pferdejungen durch das Haupttor. Aber anstatt nach Hause in die Bird Street zu gehen, hielt er eine Mietkutsche an und befahl dem Fahrer, die Park Lane hinaufzufahren. Er lehnte sich auf der Lederbank zurück und begann, einen Plan zu ersinnen. Wenn es eine Person in London gab, die einen Besuch im British Museum schätzen würde, dann war das sein Bruder Stephen, dieses Urbild eines Geschichtswissenschaftlers. Und wenn sie dort zufällig einer jungen Dame und ihrem Vater begegneten, die an diesem Morgen ebenfalls das Museum besuchten, würde er dies als den glücklichsten Zufall bezeichnen.

❧

«Ich freue mich, dich glücklich zu sehen», sagte Mr. Ashton, als Millie in anlächelte.

Millie und ihr Vater waren früh beim Montagu House, der Heimat des British Museum, angekommen. Ein kleines Trinkgeld für den Einlasser erlaubte ihnen den Zutritt zum Besichtigungsraum, eine halbe Stunde vor der offiziellen Eröffnung. Mit nur einer kleinen

Anzahl von Personen im Raum hatte Millie einen freien Blick auf einen zwanzig Fuß breiten Ausschnitt aus dem Parthenon-Fries.

«Sie sind atemberaubend, und ich habe mich seit dem Tag unserer Ankunft danach gesehnt, sie zu sehen. Besonders der Parthenon-Fries. Ich kann nicht glauben, dass sie es geschafft haben, mehr als zweihundert Fuß davon zu verschicken. Es muss Lord Elgin ein absolutes Vermögen gekostet haben», antwortete sie.

Der Museumsführer, der sie begleitete, schenkte ihr ein bevormundendes Lächeln. «Die junge Dame muss sich nicht um so etwas Vulgäres wie Geld sorgen, da die britische Regierung diese Kostbarkeiten jetzt besitzt», sagte er.

Millie holte tief Luft und antwortete hochmütig. «Und ich gehe davon aus, dass sie dann für immer in England bleiben werden? Immerhin hat die Regierung fünfunddreißigtausend Pfund für sie ausgegeben.»

Der Angestellte warf Mr. Ashton einen kurzen Blick zu.

James flüsterte Millie ins Ohr. «Der Mann versucht nur, seine Arbeit zu machen. Lass ihn uns ein wenig herumführen, und dann werde ich ihn bezahlen. Ich bin sicher, du weißt mindestens genauso viel wie er über die Marmorfriese, aber es besteht die Möglichkeit, dass der Mann eine Familie hat, die er versorgen muss.»

Millie nickte und schenkte dem Mann ein kleines entschuldigendes Lächeln.

«Was sagten Sie?», fragte sie.

Eine Kutsche mit dem Wappen des Herzogs von Strathmore hielt vor dem British Museum in der Great Russell Street, und Alex und sein Bruder Stephen stiegen aus.

«Erinnere mich noch einmal daran, warum du mich hierher schleifst, obwohl ich doch die Friese schon zweimal gesehen habe?», fragte Stephen, als er seine Arme um seinen Oberkörper schlang, um sich in der bitteren Kälte warm zu halten.

Alex seufzte und verdrehte die Augen. «Weil du, mein Lieber, alles weißt, was man über diese Dinge wissen muss, also brauche ich nicht die Dienste eines Museumsführers», antwortete er und winkte mit dem Arm in Richtung der Eingangstür des Museums.

«Aber ich habe dir zuhause längst alles erzählt, und du hast es auswendig gelernt. Du vergisst nie etwas», antwortete Stephen.

Nachdem er nach seinem Ausritt im Hyde Park im Strathmore House angekommen war, hatte Alex seinen jüngeren Bruder aus dem Schlaf gerissen und ihn dazu gebracht, ihm alles zu erzählen, was er über die *Elgin Marbles* wusste. Nach einem hastigen Frühstück hatte er Stephen aus dem Haus gescheucht, bevor sich jemand erkundigen konnte, wohin sie wollten.

«Ich weiß, aber Miss Ashton ist hier mit ihrem Vater, und es würde seltsam aussehen, wenn jemand wie ich zu irgendeiner Tageszeit allein im Museum wäre, geschweige denn zu dieser Stunde. Du, mein Junge, bist die beste Ausrede, die ich mir vorstellen kann. Wie könnte ich eine junge Frau besser beeindrucken, als ihr zu zeigen, was für ein toller Bruder ich bin?», konterte Alex.

«Du hättest David mitbringen können. Miss Ashton hat ihn bereits kennengelernt.»

Der eisige Blick, den Alex auf seinen Bruder schoss, sagte alles.

Stephen trat näher. «Nur damit du es weißt. Papa hat den Verdacht, dass etwas mit dir und David nicht stimmt. Sei also nicht überrascht, wenn er euch beide ins Haus bestellt und verlangt, dass ihr reinen Tisch macht. Was ist übrigens das Problem?»

Alex legte freundschaftlich einen Arm um die Schulter seines Bruders. «Das geht dich nichts an, Zwerg. Gehen wir jetzt hinein, und vergiss nicht, dich daran zu erinnern, wer in späteren Jahren einmal für dich sorgen wird. Wir würden nicht wollen, dass du Not leiden musst, nur weil du mir nicht geholfen hast, Miss Millicent Ashton zu beeindrucken, oder?», fragte er jovial.

Die Brüder tauschten ein Lachen aus und wussten genau, dass Alex seinem jüngsten Bruder niemals etwas verweigern würde.

«Warum willst du sie beeindrucken?», fragte Stephen. Der Ausdruck auf seinem Gesicht gehörte jemandem, der die Freuden des anderen Geschlechts noch nicht entdeckt hatte.

«Weil ich muss, und das ist alles, was du darüber wissen musst», antwortete Alex.

«Okay, aber ich möchte einen Zwiebelkuchen und eine heiße Schokolade, wenn wir hier fertig sind. Oder weißt du was? Mach zwei Kuchen draus, ich bin sehr hungrig», antwortete Stephen mit einem Grinsen.

«Abgemacht.»

❧

Millie und ihr Vater hatten mehrere große Teile des Parthenon-Frieses genau betrachtet, als Mr. Ashton dem verärgerten Führer schließlich ein großes Trinkgeld gab und ihn seines Weges schickte.

«Er ist gegangen. Bist du jetzt zufrieden?», fragte er, als der Angestellte sich auf den Weg zum Foyer machte.

«Danke. Es ist schwer, ihre Schönheit zu bewundern, wenn jemand mir ständig ins Ohr plappert. Außerdem ist es ein Zentaur, kein *Menschenpferd*», schnaubte sie und zeigte auf eine Tafel, auf der ein Zentaur und ein Lapith im Kampf dargestellt waren. Wenn es um Fragen der Geschichte und Mythologie ging, nahm Millie es mit der Wortwahl sehr genau.

Sie bemerkte, dass dem Zentauren einer seiner Arme fehlte, und zog enttäuscht die Nase kraus. Obwohl Lord Elgin behauptet hatte, er wolle die Marmorskulpturen erhalten, war allgemein bekannt, dass viele Stücke beim Entfernen aus ihrem ursprünglichen Zuhause Schaden erlitten hatten. Selbst wenn die britische Regierung eines Tages die Marmorskulpturen ihren angestammten Besitzern zurückgeben würde, bezweifelte sie, dass sie die lange Seereise ein weiteres Mal überleben würden. Sie zeigte auf eine sitzende Statue eines Mannes, dem der Kopf fehlte. «Ich dachte, Marmor sollte weiß sein, wie das Tadsch Mahal, aber einige davon sind fast schwarz.»

«Das ist Schmutz, Miss Ashton. Sie müssen sich daran erinnern, dass sich die Skulpturen über zweitausend Jahre lang als Teil eines griechischen Tempels auf einem windgepeitschten Berg befanden», murmelte eine tiefe Männerstimme in ihr Ohr. Sie drehte sich um und war überrascht, Alex neben sich stehen zu sehen. Ein Lächeln fand den Weg auf ihre Lippen.

«Guten Morgen, Lord Brooke», antwortete sie.

Alex verbeugte sich. «Guten Morgen.» Nachdem er die Hand von Mr. Ashton geschüttelt hatte, bedeutete er einem jungen Mann, einen Schritt nach vorn zu machen.

«Das ist mein Bruder, Lord Stephen Radley», sagte er.

Millie sah den jungen Mann an und bemerkte die starke Ähnlichkeit mit Alex. Lord Stephen verbeugte sich und sah dann zu seinem Bruder. Alex räusperte sich.

«Wie ich schon sagte, die Skulpturen stammen aus der Zeit um vierhundert vor Christi Geburt. Man darf also erwarten, dass sie seitdem etwas verwittert sind. Ich bin jedoch der Ansicht, dass einige Gegenstände während ihrer Reise hierher beschädigt wurden, insbesondere diejenigen, die mit der Brigg *Mentor* untergegangen sind. Sie haben fast zwei Jahre auf dem Meeresgrund verbracht.»

Millies Augen weiteten sich vor Freude.

«Ich hatte keine Ahnung, dass Sie ein Mann der Wissenschaften sind, Lord Brooke», erwiderte Mr. Ashton. «Es ist erfrischend, einen jungen Mann Ihres Standes zu treffen, der sich für die Antike interessiert.»

Alex nickte. «Ich halte es für wichtig, dieses Wissen zu erlangen und es an junge, beeinflussbare Köpfe weiterzugeben.» Er warf einen Blick in die Richtung seines Bruders, als Lord Stephen schnaubte.

Der jüngere Bruder wühlte in seiner Manteltasche herum, holte ein Taschentuch heraus und bemühte sich sehr, alle Anwesenden davon zu überzeugen, dass er erkältet war. Alex blickte ihn finster an, bevor er fortfuhr. «Ich sehe, Sie haben sich nicht der Dienste eines Führers versichert. Es wäre mir eine große Ehre, wenn Sie mir erlauben würden, Sie durch den Raum zu begleiten und über die Geschichte der ausgestellten Gegenstände zu informieren.»

Millie sah zu ihrem Vater, der einen seltsamen, fast amüsierten Gesichtsausdruck annahm. «Natürlich, Lord Brooke. Keinesfalls möchte ich mir nachsagen lassen, dass ich der Belehrung meiner Tochter im Wege stand. Und die Bildung Ihres Bruders ist von größter Wichtigkeit.»

Millie blickte Alex an, und während sie in seine magnetischen Augen sah, spürte sie einen Hitzeblitz, der über ihren Rücken lief.

«Darf ich?», fragte Alex, als er Millie seinen Arm anbot. Sie starrte ihn einen Moment an, während sie ihren Atem wieder unter Kontrolle brachte, dann sah sie zu ihrem Vater, der zustimmend nickte. Als sie seinen Arm nahm, stieg die Temperatur ihres Körpers weiter an. Wenn sie es nicht besser gewusst hätte, hätte sie geschworen, wieder in der dampfenden Hitze von Kalkutta zu sein.

Sie gingen weiter durch den Raum, aber da das Museum nun offiziell eröffnet war, stieg die Zahl der Besucher stetig an. Es wurde schwierig, eine klare Sicht auf die Skulpturen zu bekommen. Alex spürte eine Gelegenheit. «Es ist ziemlich voll hier drin. Wenn ich vorschlagen darf, könnte Lord Stephen vielleicht Mr. Ashton auf der linken Seite des Raumes begleiten. Er sollte sich an die meisten Dinge erinnern, die ich ihm erklärt habe. Gleichzeitig werde ich mit Miss Ashton nach rechts gehen. Wir können uns in der Mitte an den Statuen des Ostgiebels treffen.»

Millie sah ihren Vater an.

Bitte, Papa. Bitte sag ja.

Der lächelte und nickte. «Das ist ein sehr guter Vorschlag.»

Sie schluckte schwer und war erleichtert zu wissen, dass ihre Nachricht angekommen war.

«Ausgezeichnet», antwortete Alex.

Auf ihrem Weg durch die Menge bemerkte Millie mehrere andere Gäste, die Alex und dann sie ansahen. Eine Matrone flüsterte ihrer Begleiterin zu, als sie vorbeikamen: «Wer ist das Mädchen? Ich habe Lord Brooke noch nie mit einer jungen Dame spazieren gehen sehen. Der Marquis scheint ziemlich zufrieden mit sich zu sein.»

Millie starrte die Frauen über die Schulter an, als sie weitergingen.

«Hier ist endlich etwas, das wir tatsächlich sehen können», sagte Alex und blieb vor einem großen Pferdekopf aus Marmor stehen. Millie wandte sich zurück zu Alex, aber nicht schnell genug, um zu sehen, dass er stehengeblieben war. Sie trat einen Schritt an ihm vorbei, bevor er sie wieder an sich zog.

Er legte eine große, warme Hand auf ihre Taille, wo sie lange liegen blieb. Sie sah zu seinem Gesicht auf und erhielt ein weiteres verwegenes Lächeln.

«Oh», seufzte Millie, weil ihr keine intelligente Antwort einfiel.

Alex lächelte. «Eines Tages werde ich lernen, nicht plötzlich stehenzubleiben, wenn wir nebeneinander gehen. Aber ich denke, diesmal bin ich vielleicht nicht der Schuldige. Warum haben Sie diese Frauen angestarrt?»

Millies Wangen wurden heiß, während sie schweigend betete, dass er die beiden nicht gehört haben möge. «Ich ... ich dachte, ich hätte sie letzte Woche bei einer Matinee getroffen, aber ich muss mich geirrt haben», log sie.

Er hob für einen Moment eine Augenbraue. «Ja, sicher.»

«Das Pferd vom Wagen der Selene», sagte sie und blickte an Alex vorbei. «Die Details seiner Gesichtszüge sind großartig. Papa und ich blieben stehen und sahen es uns an, als wir ankamen. Ich denke, es könnte mein Lieblingsstück der gesamten Sammlung sein.»

Er streckte die Hand aus und rieb mit dem Finger unter dem Kiefer des Pferdes entlang.

«Dieses Pferd ist nicht besonders reaktionsschnell. Ich glaube, uns wurde eine Fälschung aus Marmor verkauft.»

Millie lächelte. «Lassen Sie uns sehen, wie reaktionsschnell Sie sind, wenn Sie zweitausend Jahre alt sind und jemand Ihnen den Kopf abgehackt hat.»

Sie grinsten sich schweigend an.

Millie sah zurück zu dem Pferd. «Obwohl ich es immer noch traurig finde, dass dies die letzte Heimat eines so wunderbaren Stücks der Antike ist.»

«Sie stimmen nicht zu, dass die Skulpturen in England sein sollten?», antwortete Alex.

Sie ballte die Hand um ihr Täschchen und murmelte tapfer: «Nein.»

Alex nickte. «Gut für Sie, Millie. Ich bewundere jeden, der seine eigene Meinung dazu hat. Für mich selbst war das Heraushacken der Marmorfriese aus den Wänden in Athen ein kultureller Vandalismus der niedrigsten Art», sagte er. «Und dass Elgin sich dafür auch noch fast ruiniert hat, zeigt eine hartnäckige Missachtung des Wohlergehens seiner Untergebenen und Erben.»

Millie drehte ihr Täschchen zu einem festen Knoten. Endlich stimmte jemand anderes in London mit ihrer Meinung überein. Überrascht öffnete sie den Mund.

«Sie dachten, jemand wie ich müsse natürlich Elgins Handlungen dulden? Seien Sie versichert, ich habe lange und hart dagegengesprochen, sie in England zu behalten. Das Osmanische Reich regierte Griechenland über Hunderte von Jahren, und die Türken hatten nie das Bedürfnis, die alten Tempel zu zerstören. Deshalb verstehe ich nicht, warum ein englischer Graf das tun sollte.»

Alles, was er sagte, ergab für sie vollkommen Sinn. Es war eine Überraschung, dass sie sich bei einem so kontroversen Thema einig waren. Er ergriff ihre Hand und drückte sie sanft und beruhigend. Als sich ihre Blicke trafen, hatte Millie keinen Zweifel an der Gefahr, in der sie sich befand. Sie war hoffnungslos und unwiderruflich in Alex Radley verliebt, und sie konnte nichts tun, um ihr Herz zu retten.

Als sie sich wieder ihrem Vater und Lord Stephen anschlossen, verzauberte Alex sie mit seinem beeindruckenden Wissen über die Mythen und Götter des antiken Griechenland. Während er sprach, begannen andere Besucher und Führer, sich um ihn herum zu scharen, und schließlich befand sich Millie in einer großen, begeisterten Menge. Sie beobachtete den Marquis von Brooke, der mitten im Museum Hof hielt, und lächelte ihn stolz an. Er war wirklich Alexander der Große.

Sie erinnerte sich kaum daran, sich auf den Stufen von Montagu House von Alex und seinem Bruder verabschiedet zu haben, und saß für die kurze Heimfahrt still in der Kutsche. Ihr geistiges Auge war erfüllt von dem Bild eines lächelnden Alex, während sich die Worte der Matrone in ihrem Kopf immer wieder wiederholten.

Der Marquis scheint ziemlich zufrieden mit sich zu sein.

Als ihr Vater ihr aus der Kutsche half, schenkte er ihr ein wissendes Lächeln und küsste sie auf die Stirn. Sie war in Alex verliebt. Natürlich konnte ihr Vater das spüren.

Kapitel Zehn

Am Abend des Osterballs des Earl und der Gräfin von Shale saß Millie vor ihrem Schminktischspiegel und starrte auf ihre eigene Reflexion. Sie sah genauso aus wie immer in den letzten Monaten, aber etwas in ihr hatte sich geändert.

Sie lächelte und erinnerte sich daran, wie Alex sein Versprechen eingelöst und ihr eine Tanzstunde gegeben hatte. Diese Stunde hatte zwar wenig geholfen, ihre Tanz-Fähigkeiten zu verbessern. Stattdessen hatten sie die ganze Zeit gelacht, während er neue und verrückte Fabeln erfunden hatte, die an der Decke des Ballsaals verewigt werden müssten.

«Ich muss nur dafür sorgen, dass ich im Damen-Rückzugsraum bin, wenn sie Walzer spielen», tröstete sie sich. Es wäre nicht gut, einen schlechten Eindruck auf dem Osterball zu hinterlassen.

Millie wartete, bis ihre Zofe mit ihren Haaren fertig war, bevor sie aufstand und hinüberging, um sich in dem Standspiegel zu betrachten, den ein Diener in der Mitte ihres Schlafzimmers platziert hatte.

Sie stellte sich ordentlich hin, die Hände in damenhafter Manier vor sich gefaltet. Mit einem schüchternen Lächeln auf den Lippen probierte sie einen Knicks. Eine junge Dame sollte sich immer so verhalten, als wäre sie ein wenig schüchtern und unsicher, hatte ihre

Mutter sie angewiesen. Dadurch erweckte sie den Eindruck, niemals vorlaut zu sein.

«Oder irgendeine Intelligenz zu haben», flüsterte Millie in den Spiegel.

Sie drehte sich und stellte sich seitlich zum Spiegel, und ihr Herz sank. Ihr Haar war perfekt, ihr blass-silbernes Kleid von einer der besten Modistinnen in London, aber nichts davon konnte die Kurven verbergen, die sie von den anderen jungen Damen abhoben.

Enttäuscht rümpfte sie die Nase.

«Wenn ich vorschlagen darf, mit einem kleinen Spaziergang jeden Tag würden die überflüssigen Pfunde schon bald purzeln, Miss Millie», sagte Grace, als sie sich niederkniete, um den Saum von Millies Kleid zu richten.

«Du hast recht, Grace. Später in dieser Woche werden du und ich anfangen, durch die nahe gelegenen Straßen und einige der Geschäfte zu spazieren», antwortete Millie.

Sie sah den Blick der Enttäuschung auf Graces Gesicht. Ihre Zofe hatte offensichtlich nicht damit gerechnet, durch London gezerrt zu werden, während ihre Herrin versuchte, sich von ihrer zusätzlichen Polsterung zu befreien. «Das wird dich lehren, mit so guten Ideen zu kommen», scherzte Millie. «Da Mama heute früh auf dem Eis im Hinterhof ausgerutscht ist und unter ärztlichen Anweisungen ihren Knöchel für eine ganze Woche schonen muss, wird sie nicht mit mir spazieren gehen oder einkaufen können. Aber wenn du willst, kannst du den Diener aussuchen, der uns begleitet. Ich bin sicher, dass dir schnell ein geeigneter in den Sinn kommen wird.»

Grace lächelte verschmitzt, und der Deal war besiegelt.

Kurz nach neun Uhr half Charles Millie aus der Familienkutsche vor dem Stadthaus des Earl of Shale in der Duke Street. Der Weg vor dem Haus war vom Schnee geräumt worden, sodass die Gäste aus ihren Gefährten aussteigen konnten, ohne sich die Schuhe zu durchnässen.

Das Dutzend Hausangestellte, die eine Ehrengarde auf den vorderen Stufen bildeten, war in schwarzer Uniform und mit goldenen

Helmen geschmückt, die ihnen das Aussehen von römischen Zenturionen verliehen. Die vier riesigen Feuerkäfige, die auf beiden Seiten der Haustür hoch brannten, sorgten dafür, dass die Szenerie zu Lord und Lady Shales Partythema *Die Iden des März* passte. Von den Gästen wurde natürlich erwartet, die Tatsache zu ignorieren, dass die Party für Caesar zu spät und für das letzte Abendmahl zu früh war.

Oben auf der Treppe wurde ihnen eine Tasse heißen Honigweins überreicht. Charles und Millie tauschten einen Blick freudiger Erwartung, während sie im Kreise mit anderen lächelnden Gästen am Wein schlürften. Der Rauch, der von den Feuern aufstieg, wirbelte im Nachtwind umher, und der verlockende Duft brennenden Birkenholzes erreichte Millies Nase. In ihren Pantoffeln rollte sie aufgeregt die Zehen.

Das war die Art von Party und Glamour, die ihr so lange versprochen worden war. Mit etwas Glück könnte sie ihrer bettlägerigen Mutter am Morgen viele wunderbare Geschichten erzählen. «Ich kann nicht glauben, dass dies die erste Party ist, die du und ich jemals allein besucht haben. Ich weiß, dass es falsch von mir ist, aber ich bin froh, dass Papa lieber bei Mama zu Hause geblieben ist. Schau dir an, wie erstaunlich die Dekorationen sind. Ich hoffe, dass es drinnen ebenso toll aussieht», rief sie.

«Sie sind großartig, aber ich denke, die Zenturionen sind ziemlich erleichtert, keine Togas oder Sandalen zu tragen.» Sie schaute auf den nächsten Hauptmann und sah, dass seine Zähne klapperten. Sie und Charles tauschten einen gequälten Blick aus. «Armer Kerl. Ich hoffe, dass unten in der Küche einen riesige Kanne Kaffee auf sie alle wartet», sagte Charles.

Im Inneren wurden sie von ihrem Gastgeber begrüßt, der als Cäsar mit den obligatorischen Spuren einer Messerstecherei im Stoff seiner Toga verkleidet war. Er wies sie in Richtung Ballsaal, wo sie Lady Shale vorfanden, die sich wunderbar auf einer Couch auf einem Podium am anderen Ende des Raumes räkelte.

Sie spielte die Rolle einer hochschwangeren Kleopatra zur Perfektion. Immer wieder zog sie eine hölzerne Spielzeugschlange heraus und gab vor, sich von ihr beißen zu lassen. Ihre Gäste stießen dann entsetzte Rufe aus und flehten sie an, es nicht zu tun, und am Ende ihrer allzu dramatischen Todesszene erfüllte brüllendes Gelächter den Saal.

«Ich frage mich, wie oft sie heute Abend sterben wird?», sprach eine bekannte Stimme hinter ihnen. Sie drehten sich um und sahen einen strahlenden Alex, der in formeller schwarzer Abendgarderobe glänzte. Nachdem er und Charles einander die Hände geschüttelt hatten, ergriff er Millies Hand und platzierte einen Kuss auf ihren Handschuh. Er verbeugte sich, und Millie fühlte, wie ihr Gesicht zu brennen begann, als sie seinen Gruß mit einem Knicks erwiderte.

Als sie aufstand und ihre Augen sich trafen, versuchte sie ihm ihr eingespieltes, vielerprobtes Lächeln zu schenken, musste dann aber lachen, weil er eine Augenbraue hob. An jenem Nachmittag, als sie lachend durch den Strathmore Ballsaal getanzt waren, hatte sich ein Band zwischen ihnen gebildet. Jetzt fiel es beiden schwer, sich zu verstellen.

«Gut gemacht, Miss Ashton, Sie werden in dieser Saison ein ausgezeichnetes London-Debüt geben», sagte Alex mit einem frechen Schimmer im Auge. «Sie werden mit Sicherheit all die pompösen Esel beeindrucken.»

Millies Augen weiteten sich vor Entsetzen über die grobe Sprache, und sie starrte Charles an. «Hast du ihm etwa ...»

Charles seufzte, sichtlich angewidert von sich selbst.

«Oh ja. Ich habe ihn heute Morgen noch einmal geschlagen, als wir im Hyde Park geritten sind. Jedes Mal, wenn wir ein Wettrennen veranstalten, muss der Verlierer etwas Peinliches bekennen, das er getan hat. Dein kleines Spiel mit den Schimpfworten war die heutige Offenbarung», antwortete Alex.

Um die Langeweile auf der langen Seereise zu lindern, hatten sich die Ashton-Geschwister das Schimpfwortspiel ausgedacht. Dabei ging es darum, Profanitäten in höfliche Gespräche zu bringen, ohne erwischt zu werden. Je profaner das Wort, desto höher die Punktzahl. Sie stellte sich vor, wie peinlich es ihrem Bruder gewesen sein musste, ein so kindisches Spiel zuzugeben.

«Verdammt großartig, wenn man mich fragt», sagte Alex.

Charles wandte sich an seine Schwester. «Es wird heute Abend keine Punkteverteilung geben, Millie. Dies ist unsere erste Auszeit ohne Mama und Papa, und du willst nicht, dass die Leute deine ungezähmte Zunge zur Kenntnis nehmen. Wenn Mama herausfindet, dass du in Diskussionen über blutige Schlachten verwickelt bist, wirst du zwei Wochen lang nicht aus dem Haus gelassen. Brooke, ich möchte Sie bitten, dass Sie meine Schwester nicht ermutigen, ein kindisches Spiel zu spielen, das aus purer Langeweile entwickelt wurde. Ich beginne zu bereuen, dass ich es Ihnen jemals gesagt habe.»

Millie seufzte, weil sie wusste, dass seine Worte keine leere Drohung waren. Violet Ashton hatte in letzter Zeit begonnen, gegen die unangenehmeren Gewohnheiten ihrer Tochter vorzugehen. Es hatte Millie bereits einen neuen Hut und Handschuhe von *Harding, Howell und Co* gekostet, als ihre Mutter hörte, wie sie in der Abteilung für Accessoires ein raues Seemannslied trällerte. Kein Flehen hatte geholfen, und sie war in ihr Zimmer verbannt worden, sobald sie nach Hause kamen. Nur wegen des Wunsches ihrer Mutter, die Freundschaft zwischen Millie und Lady Lucy zu pflegen, durfte Millie später am selben Tag Strathmore House besuchen.

«Ja Charles, ich verspreche, mein bestes Verhalten zu zeigen und so unsichtbar wie nur möglich zu bleiben», antwortete sie.

«Außer natürlich, wenn Sie mit mir tanzen», fügte Alex hinzu, um sie aufzumuntern. «Dann erwarte ich, dass die ganze Gesellschaft zuschaut und sich fragt, wer die großartige Tänzerin ist, die sie in ihrer Mitte haben.» Er schenkte ihr eines seiner blendenden Lächeln, und sie lächelte zurück, wohl wissend, dass sie, wenn sie bei ihm war, nicht lange traurig bleiben konnte.

«Sie sind zu bescheiden. Wie kommen Sie darauf, dass alle *Sie* anstarren werden?», antwortete sie.

Er lachte herzhaft und zog sie einen Schritt näher zu sich. Charles räusperte sich laut, sichtlich verärgert über die Art und Weise, wie Alex mit seiner Schwester umging. Millie warf ihrem Bruder einen scharfen Blick zu.

«Darf ich Sie daran erinnern, Brooke, dass wir uns an einem öffentlichen Ort befinden? Also schlage ich vor, dass Sie die Hand meiner Schwester sofort loslassen», sagte Charles. Die Drohung mochte höflich ausgesprochen worden sein, aber Millie konnte sehen, wie ein vertrauter grauer Schatten durch den Blick ihres Bruders glitt. Sie versuchte, sich zurückzuziehen, und spürte, dass Alex in größerer Gefahr war, als er erkannte, aber er hielt an ihr fest.

«Ich habe nur geprüft, ob Ihre Schwester ihre Tanzkarte bei sich hat, damit ich meinen Namen hinzufügen kann. Das gilt natürlich nur dann, wenn sie noch ein Tänzchen frei hat», antwortete Alex mit dem Charme eines Menschen, der es gewohnt war, seinen Willen zu bekommen.

«Ja, Sie können sich auch mit ein wenig mehr Abstand auf ihrer Karte eintragen, wenn es Ihnen nichts ausmacht, Brooke», erwiderte Charles bissig. Millie starrte ihn noch einmal an. Ihrer Meinung nach nahm er seine Rolle als Aufsichtsperson für den Abend viel zu ernst.

«Nun, liebe Schwester, beeile dich bitte und gib ihm deine Tanzkarte, damit Lord Brooke seine Tänze auswählen kann. Dann werde ich dir helfen, Lady Lucy zu finden.»

Millie erinnerte sich an ihr Versprechen, den Abend mit Alex' Schwester zu verbringen, und antwortete: «Ja, natürlich, lieber Bruder.»

Alex ließ ihre Hand los und griff nach dem Band von Millies Karte. Er betrachtete das vergoldete Bild der Sphinx auf der Vorderseite und öffnete dann die Karte. Aus seiner Abendjackentasche zog er einen kleinen Bleistift heraus und bot ihn ihr an.

«Würden Sie die Tänze markieren, die ich heute Abend haben darf, Miss Ashton?», fragte er.

Ihr Magen flatterte vor Aufregung. Er wollte mit ihr in der Öffentlichkeit tanzen.

«Diese armselige Tanzstunde, die ich Ihnen neulich gab, kann man ja kaum als eine ausreichende Entschuldigung für mein Verhalten Ihnen gegenüber bezeichnen, als ich Sie auf der Party Ihres Onkels so jämmerlich habe aussehen lassen. Ich denke, es ist nur gerecht, wenn ich meine Entschuldigung öffentlich mache.»

Ihr Herz sank. Er war der Bruder ihrer besten Freundin und wollte nur freundlich sein. Er würde mit ihr tanzen, weil er sich verpflichtet fühlte.

Es war ein schöner Traum gewesen.

Sie würde diesen Moment der Fantasie mit all den anderen, die sie in den letzten Wochen erschaffen hatte, tief in ihrer Erinnerung verschließen. Sie gehörten ihr, um sie noch einmal zu erleben, wenn sie nachts wach in ihrem Bett lag. Ihre Lieblingsvorstellung endete immer damit, dass er ihr sagte, dass er sie liebte, und dann ihren Mund mit seinem in einem heftigen Kuss verschloss.

Wenn er nur wüsste. Vielleicht tat er es, und deshalb war er so süß zu ihr. Sie wusste, dass er andere Freundinnen von Lucy verletzt hatte. Doch weil er wusste, dass sie die Dinge so akzeptierte, wie sie waren, hatte er kein Bedürfnis, ihr Schmerz zu verursachen. Fantasien waren privat und sicher, dachte sie, und niemand wurde in ihnen verletzt. Nun, nur ein bisschen.

Ein schüchternes Lächeln fand seinen Weg auf ihre Lippen. Es war eine nette Geste, so typisch für Alex, wenn er sich von seiner besten Seite zeigte, dass er ihr die Wahl zwischen Tänzen gab.

«Stellen Sie sicher, dass Sie einen Walzer dabeihaben. Ich möchte allen zeigen, wie gut wir uns auf der Tanzfläche zusammen bewegen», fügte er hinzu. Seine Augen funkelten verschmitzt.

«Lord Brooke, ich bezweifle, dass Sie und ich an diesem Nachmittag es wenigstens einmal rund um die Tanzfläche schaffen werden. Aber da Sie so hartnäckig sind, kann ich Ihnen vorschlagen, Ihren Namen neben einen Walzer zu setzen und dann vielleicht selbst noch einen anderen Tanz zu wählen?», antwortete sie.

Er starrte auf die Karte, und sie sah, wie sich seine Stirn furchte, als er die Reihenfolge des Abends las. Dann seufzte er und bot ihr noch einmal den Bleistift an. «Ich kann mich nicht entscheiden. Wenn ich das tue, bin ich sicher, dass ich etwas falsch machen werde. Lassen Sie es uns gemeinsam angehen. Sie wählen den Walzer, und ich werde den anderen wählen.»

Millie fuhr mit dem Finger über die Liste. Als sie ihren Finger auf den ersten Walzer des Tages legte, nahm Alex den Bleistift und setzte ein kleines Häkchen auf die Linie neben dem Tanz.

Er verbrachte die nächste Minute damit, mit dem Finger über die Liste zu fahren und immer wieder zu dem einen Tanz zurückzukehren, den er bereits markiert hatte. Dann platzierte er bei jedem zweiten Walzer eine kleine Linie unter dem W.

«Ich stelle nur sicher, dass ich nur *einen* Walzer ausgewählt habe», bemerkte Alex.

Er nahm sich übermäßig viel Zeit, um den nächsten Tanz auszuwählen. Jedes Mal, wenn er seinen Finger auf einen Tanz legte, sah er zu ihr auf. Als er schließlich auf eine Quadrille zeigte und sie lächelte, setzte er sein Häkchen daneben auf die Karte.

Für jemanden, der nur aus Pflichtgefühl mit ihr tanzen wollte, war er erstaunlich darum bemüht, es nicht so aussehen zu lassen. Alex war nicht nur freundlich, er war auch gedankenvoll. Sie war doppelt verflucht.

«Da bist du ja; Ich habe mich gefragt, wo du bleibst», rief Lucy ihnen zu, als sie es schaffte, sich durch die wachsende Menge der Partygäste zu kämpfen. Millie winkte ihr zu.

Aus den Augenwinkeln sah sie, wie Alex den Bleistift wieder in seine Jackentasche steckte. Sie hätte leicht darum bitten können, den Bleistift auszuleihen, falls andere Herren mit ihr tanzen wollten, aber sie tat es nicht.

«Tut mir leid, dass wir zu spät sind. Mama bestand darauf, mir ihre Liste an potenziellen Strafen vorzutragen, bevor wir losgingen», antwortete Millie.

Lucys Augen weiteten sich. «Also bist du alleine hier. Wie praktisch. Unsere Eltern haben auch abgesagt, aber ich freue mich sagen zu können, dass ich meine arme liebe Mutter nicht die Vordertreppe hinunterschubsen musste, damit sie das tat.» Alex' Augenbrauen hoben sich überrascht, als Millie Lucy einen Ausdruck gespielter Empörung zuwarf.

«Unsere Mutter ist vor dem Haus auf dem Eis ausgerutscht und hat sich am Knöchel verletzt. Ich war nicht in ihrer Nähe, als es passierte, und es war im Hinterhof», erklärte sie.

«Ich hoffe, sie wird sich vollständig erholen. Bitte senden Sie ihr meine besten Grüße», antwortete er. Sie sah ihn an und stellte fest, dass er eine unheimliche Fähigkeit hatte, sein Verhalten dem Moment anzupassen. In einer Minute war er der lebenslustige Schlingel, der seinen Freunden als Alex bekannt war. Im nächsten wurde er der ernsthafte und sehr formelle Lord Brooke. Sie musste zugeben, dass es eine bewundernswerte Fähigkeit war, von der sie wusste, dass sie ihr leider fehlte.

Im Falle von Millie Ashton bekam man genau das, was man sah.

Infolgedessen wusste sie, dass es in der Londoner Gesellschaft immer Menschen geben würde, die sie nicht akzeptierten.

«Hast du dich schon auf Miss Ashtons Tanzkarte eingetragen, Alex?», fragte Lucy. Ihr Bruder schenkte ihr ein seltsames kleines Lächeln und nickte.

«Sehr gut, dann kann ich ja Mr. Ashton bitten, sich auf meiner Karte einzutragen», antwortete sie und trat an Millies Bruder heran. Sie reichte ihm kühn ihre Karte und einen Bleistift.

«Zwei bitte, wenn es Ihnen recht ist, Mr. Ashton», sagte sie mit einem frechen Grinsen im Gesicht. Charles verbeugte sich und markierte seinen Namen bei denselben zwei Tänzen, die Millie und Alex teilen würden.

«Na bitte, so werden wir alle vier gleichzeitig auf der Tanzfläche sein. Ist Ihnen das recht, Lady Lucy?», erkundigte sich Charles.

Sacht berührte sie seinen Handrücken.

«Ausgezeichnet, vielen Dank, Mr. Ashton», antwortete Lucy.

Charles lachte und sah Millie an. «Ihr zwei seid euch so ähnlich, dass es an Hexerei grenzt.»

Millie lächelte. Sie wusste genau, was er meinte. Sie und Lucy würden sich auf ewig am Rande des Anstands bewegen. Oft kurz davor, darüber hinaus zu gehen, aber irgendwie würden sie es jedes Mal schaffen, sich in letzter Minute zu retten.

Lucy klatschte in die Hände und wandte sich an Millie.

«Das war ein guter Beginn. Jetzt kannst du noch deinen Bruder dazu bringen, sich auf deiner Karte für einen der langweiligeren Tänze einzutragen. Ich werde dasselbe mit Alex und David tun, und dann müssen wir nur ein paar andere junge Herren finden, die bereit sind, sich unsere übrigen Tänze zu teilen, und unsere Karten werden für den Abend gefüllt sein.»

Alex und Charles sahen sich unbehaglich an, woraufhin Alex sich räusperte. «Diese Sache mit den anderen Gentlemen, die mir dir zu tanzen wünschen, Lucy. Denk daran, was Vater gesagt hat, bevor wir gegangen sind. Entweder David oder ich müssen Tanzpartner genehmigen, bevor sie ihre Namen auf deine Karte setzen dürfen. Ich nehme an, Mr. und Mrs. Ashton haben Charles auch gebeten, dasselbe für Miss Ashton zu tun.»

Lucy sah verärgert aus, aber hielt sich im Zaum. Millie nickte, den Regeln zustimmend, bevor Charles die Gelegenheit hatte, seine Meinung zu sagen.

«Also gut, dann lasst den Abend beginnen.» Lucy ergriff Millies Arm und zog sie zu der größten Gruppe von Partygästen. Millie hatte kaum Zeit, sich von ihrem Bruder und Alex zu verabschieden, bevor sie in der Menschenmenge verschwanden. Sie warf einen Blick auf Lucy, die ein breites Grinsen im Gesicht hatte.

«Das ist so großartig. Keiner unserer Eltern ist hier, und alles, was du und ich tun müssen, ist sicherzustellen, dass wir unsere jeweiligen Brüder so weit wie möglich meiden. Wir werden eine tolle Zeit haben.»

«Warum sind deine Eltern nicht zur Party gekommen?», fragte Millie, als sie zu Cleopatras erhöhtem Podium gingen.

Lucy blieb stehen und kicherte. Nachdem sie sich umgesehen hatte, um sicherzustellen, dass niemand in Hörweite war, antwortete sie: «Mama und Papa hatten eine Stunde vor unserer Abreise einen großen Streit. Mama nannte ihn einen dickköpfigen Narren, weshalb Papa sich dann weigerte, mit ihr zur Party zu gehen. Dann wurde sie wütend und sagte ihm, er könne sie nicht alleine losgehen lassen.» Lucy seufzte, aber Millie sah ein Funkeln in ihren Augen.

«Dann stürmte Mama in ihr privates Wohnzimmer, während Papa in sein Arbeitszimmer ging. Fünf Minuten später kam er aus seinem Arbeitszimmer, und ich hörte, wie sich die Tür des Wohnzimmers öffnete und schloss. An diesem Punkt sagten sowohl Alex als auch David, wir würden losfahren, und ließen mich in den Wagen steigen.»

«Also sind deine Eltern zu Hause und haben einen heftigen Streit?», fragte Millie.

Lucy lächelte sie wissend an. «Nein, sie sind zu Hause, um sich nach ihrem Streit wieder miteinander zu versöhnen. Und so, wie ich meine Eltern kenne, werden sie den Rest des Abends mit ihrer ‚Versöhnung' beschäftigt sein.»

Millies Mund öffnete sich zu einem kleinen O, bis sie sich daran erinnerte, die Lippen wieder zu schließen. «Ich verstehe. Worüber in aller Welt haben sie gestritten?», fragte sie.

«Über Schottland», antwortete Lucy, die, nachdem sie das Interesse an den sexuellen Heldentaten ihrer Eltern verloren hatte, eifrig den Raum nach geeigneten jungen Männern absuchte.

Nach den ersten Tänzen ließ der Glanz des Abends bereits merklich nach. Lucy trug neue Tanzschuhe, die ihre Zehen einklemmten und kleine Blasen an den Seiten ihrer Füße verursachten. Sie humpelte zu einem Stuhl und zog die Pantoffeln von ihren Füßen. Millie nahm neben ihr Platz.

«Oh, das ist so viel besser. Auf keinen Fall schaffe ich all die anderen Tänze. Besonders jetzt, wo ich diese schrecklichen Pantoffeln ausgezogen habe, kann ich spüren, wie meine Füße anschwellen», beklagte sich Lucy.

«Du könntest ja auch barfuß tanzen, aber irgendwie denke ich, dass du damit dieses römische Thema auf die Spitze treiben würdest», bemerkte Millie. Lucy schüttelte traurig den Kopf. Heute Abend würde sie nicht mehr tanzen.

«Ich glaube, der nächste Tanz ist der erste Walzer. Das ist ein Jammer, da muss ich deinem Bruder absagen», antwortete Lucy. «Ich hoffe, es macht ihm nichts aus, aber ich kann in diesen Dingern mitnichten grazil über die Tanzfläche gleiten.»

«Ich bin sicher, Charles wird es nichts ausmachen. Er ist meines Wissens gar nicht so verrückt auf Tanzen. Außerdem haben deine Füße genug für einen Abend gelitten. Du hast es nicht verdient, dass er dir nun auch noch auf den Zehen herumtritt.»

Lucy blickte auf, und Millie sah einen Ausdruck von Schmerz in ihrem Gesicht, als Alex näherkam. «Du bist nicht immer noch sauer auf ihn wegen seines Streits mit David, oder?», fragte Millie.

«Da ich nicht weiß, worum es in ihrer Auseinandersetzung geht, kann ich keinen von ihnen beschuldigen. Aber das ist es nicht, was mich ärgert.» Sie drehte sich zu Millie und nahm sie bei der Hand. «Bevor Alex zu uns kommt, werde ich nur sagen, dass du auf dein Herz aufpassen sollst, Millie. Ich würde es so sehr hassen, wenn er dich verletzt.»

Einen Moment später kam Alex mit einem breiten Grinsen zu ihnen. Er streckte Millie die Hand entgegen und zog sie auf die Füße.

«Der erste Walzer beginnt gleich, und ich glaube, mein Name ist auf Ihrer Tanzkarte vermerkt, Miss Ashton.» Er nickte seiner Schwester kurz und freundlich zu, bemerkte ihren Mangel an Schuhen und wandte sich wieder an Millie. «Sollen wir?», fragte er.

Sie lächelte, als er sich vor ihr verbeugte, zum zweiten Mal an diesem Abend. Sie knickste noch einmal.

«Sie haben diesen tiefen Knicks wirklich perfektioniert, Miss Ashton. Er ist einer Großherzogin würdig», sagte er.

Sie lachte. «Übung, Lord Brooke, alles Übung.»

Er führte sie zur Tanzfläche. «Glauben Sie, wir hätten bei Lucy bleiben oder zumindest nach Charles suchen sollen?», fragte Millie, besorgt darüber, Lucy allein sitzen zu lassen.

Er seufzte. «Nein, ich denke nicht, dass sie uns braucht. Sie macht sich jedes Mal Sorgen, wenn ich mit einer ihrer Freundinnen tanze, aber seien Sie versichert, Sie haben nichts zu befürchten.»

Sobald die Musik begann, nahm Alex Millie in seine Arme, und sie bewegten sich mit Anmut und Geschick über die Tanzfläche. Wie leichtgläubig war sie gewesen? Alex Radley war ein leichtfüßiger Tänzer und nicht weniger elegant als seine Schwester.

Seine ungeschickten Bewegungen während ihrer Tanzstunde waren geschauspielert gewesen. Sie sah ihm in die Augen, in denen ein freches Lachen glitzerte.

«Ich habe nie gesagt, dass ich nicht tanzen kann, Millie. Ich wollte nur, dass wir Spaß haben, während Sie üben», flüsterte er.

«Ich sollte zur Strafe auf Ihre Zehen treten», antwortete sie.

«Na zur Hölle, versuchen Sie es doch.» Er verstärkte seinen Griff und begann, sich schneller zur Musik drehen. Alles, was Millie tun konnte, war, sich festzuhalten und zu versuchen, mit ihm Schritt zu halten.

«Sie sind ein Teufel, Lord Brooke, aber ich werde Ihnen zwei Punkte geben.»

«Nur zwei?», antwortete er.

«Ja, Sie können die maximal fünf Fluch punkte nur dann erzielen, wenn Sie mit Menschen spielen, die vom Spiel keine Ahnung haben. Entschuldigung, das sind die Hausregeln, und sie sind in Stein gemeißelt», antwortete sie mit einem Grinsen. «Und sagen Sie mir, welche Schwäche mussten Sie zugeben, Lord Brooke?»

«Keine, denn ich habe noch keines unserer Wettrennen verloren. Ich würde lieber riskieren, mir den Hals zu brechen, als mich demütigen zu lassen. Ihr Bruder könnte den Teufel heraufbeschwören, und ich würde ihn immer noch überholen.»

Sie hob den Kopf, und an seinem Gesichtsausdruck konnte sie erkennen, dass er nicht scherzte. Sie fragte sich schweigend, wie er damit umgehen würde, wenn er jemals mit einem Misserfolg konfrontiert würde. Würde er das überhaupt überleben?

Er wirbelte sie herum und zog sie für eine Sekunde an sich. «Lockere deinen Griff und genieße den Tanz. Ich verspreche, ich werde dich nicht fallen lassen», hauchte er in ihr Ohr. Sie entspannte sich und erlaubte sich, ihm zu vertrauen, während er sie fest und sein Wort hielt. Sie fühlte sich, als wäre sie wieder klein und tanzte mit ihrem Vater durch den Dachgarten ihres Hauses in Kalkutta. Wissend, dass er sie niemals fallenlassen würde und dass sie bei ihm immer in Sicherheit wäre.

Schließlich verlangsamte sich die Musik, und Alex zog sie in eine letzte Umdrehung. Dann, als der Tanz endete, befand sich Millie genau dort, wo sie sein sollte. Direkt vor ihrem Partner, seinen gnädigen Dank dafür entgegennehmend, dass sie ihm den Tanz geschenkt hatte.

«Soll ich dich zu Lucy zurückbringen?», fragte er.

Sie schaffte ein Nicken, während ein breites Lächeln auf ihren Lippen blieb. Sie hatte noch nie in ihrem Leben so getanzt. Er war stark und geschickt als Tänzer, aber es war die Art, wie er sie hielt, die so aufregend war. Ihr ganzer Körper pulsierte Hitze, und ihr Herz schlug heftig in ihrer Brust.

«Ich sollte besser nachsehen, wie es ihr mit diesen schmerzenden Füßen geht», stammelte sie. In diesem Moment existierte Lucy tatsächlich nur ganz am Rande ihrer Wahrnehmung. Sie war zu beschäftigt damit, die Tatsache zu bedauern, dass der nächste Tanz, den sie für Alex reserviert hatte, kein Walzer war.

Sie gingen langsam zurück zu Lucy. Als sie näherkamen, konnte Millie sehen, dass das Gesicht ihrer Freundin immer noch bedrückt war. «Ich lasse euch beide reden», sagte Alex und verabschiedete sich.

Er verschwand in der Menge, während Millie ihm nachschaute. Als sie sich wieder Lucy zuwandte, sah sie, dass der traurige Blick ihrer Freundin immer noch auf den Rücken ihres Bruders gerichtet war. Eine plötzliche Erkenntnis traf sie.

«Lucy, es gibt nichts, worüber man sich Sorgen machen müsste. Alex und ich sind nur Freunde, sonst nichts. Ich bin nicht so dumm, die Vorstellung zu hegen, dass er sich jemals romantisch für mich interessieren könnte», sagte sie.

Lucy nickte. «Ich hoffe es, Millie, das tue ich aufrichtig. Ich liebe meinen Bruder sehr, aber es gab Zeiten, in denen er sich meinen Freundinnen gegenüber schlecht benommen hat. Ich wäre total am Boden zerstört, wenn ich deine Freundschaft wegen etwas verlieren würde, das Alex getan hat.»

Millie gab Lucy einen sanften Kuss auf die Wange. «Du wirst mich nicht verlieren.»

Sie stand auf und holte tief Luft.

«Jetzt muss ich das Ruhezimmer der Damen aufsuchen. Dieser Tanz hat mein Gesicht ziemlich erhitzt, und ich möchte mich mit einem feuchten Handtuch abkühlen. Möchtest du mit mir kommen?», fragte sie.

«Nein», antwortete Lucy. «Meine Füße tun immer noch weh, also werde ich mich hier ausruhen, bis wir bereit sind, etwas zu essen.» Ihr Blick fiel auf eine junge Frau, die sich ihnen von der anderen Seite des Raumes näherte. Ein breites Lächeln erschien auf Lucys Gesicht, und sie rief der Frau ein freundliches *Hallo* zu.

«Ist schon gut, Millie, du kannst gehen. Meine Cousine Eve ist hier, und sie ist immer gut für den neuesten Klatsch. Ich werde euch beide später einander richtig vorstellen. Lass nicht zu, dass meine dumme Wahl an Tanzschuhen dir den Abend verdirbt. Du solltest dich umsehen und versuchen, neue Leute kennenzulernen.»

«Also gut, dann sehen wir uns gleich», antwortete Millie und machte sich auf die Suche nach dem Ruhe Saal. Sie verbrachte die nächste halbe Stunde damit, sich auszuruhen, während sie dem leisen Klatsch im Damensalon lauschte. Eine der Zofen legte ein kaltes Handtuch auf Millies Gesicht und ordnete ihre Haare.

Als sie zur Party zurückkehrte, nahm Millie sich die Zeit, sich unter die anderen Gäste zu mischen und sich mit einigen Freunden von Lord Ashton zu unterhalten, die sich an sie von der Versammlung im Ashton House erinnerten.

Als sie es endlich satt hatte zu erzählen, wie anders sie England im Vergleich zu Indien fand, entfernte sie sich von der Menge und fand eine kleine Nische, in der sie ruhig allein sitzen konnte. Sie beschloss, am nächsten Morgen den Rat ihrer Mutter einzuholen. Sie wollte keinen Keil zwischen die Radley-Geschwister treiben, deren Freundschaften sie beide schätzte.

Sie stand auf und ging zum Hauptballsaal, um Charles zu finden und zu sehen, wie es ihm an diesem Abend erging. Als sie sich dem Ende der Tanzfläche näherte, bemerkte sie zwei Mädchen, die mit dem Rücken zu ihr standen. Sie waren in ein Gespräch vertieft.

«Er hat nur mit ihr getanzt, weil sie die Freundin seiner Schwester ist. Die kleine Idiotin ist ein Dummkopf, wenn sie denkt, dass er sie aus irgendeinem anderen Grund mag. Du weißt, ich habe recht, Clarice. Kein vernünftiger Engländer konnte sich in ein Mädchen verlieben, das einen Saphir in der Nase trägt», spottete die lange Dünne.

«Sei nicht so lieblos, Susan. Ich denke, Miss Ashton sieht mit ihrem Nasenring ziemlich exotisch aus. Aber du hast Recht. Das arme Mädchen wäre nicht die erste, die glaubt, Lady Lucy sei der Weg zum Herzen ihres Bruders. Wenn sie das tut, befürchte ich, dass sie bitter enttäuscht wird. Erinnere dich an das letzte Jahr, als Lucy beinahe das beliebteste Mädchen der Gesellschaft wurde, und das nur wegen ihres Bruders», antwortete Clarice.

Millie trat ein paar Schritte zur Seite. Wenn sich die beiden Mädchen in diesem Moment umdrehten, würden sie sie hinter sich stehen sehen und wissen, dass sie jedes Wort gehört hatte. Sie erkannte Clarice als die Tochter des Earl of Langham, dessen Haus sich in der Nachbarschaft des Hauses ihres Vaters befand. Violet hatte die verstorbene Gräfin von Langham gekannt, und die beiden Mädchen waren einander vorgestellt worden, als Violet und der Earl eines Morgens auf der Straße Grüße ausgetauscht hatten.

Für einen Moment bemitleidete sie Lucy. War es ein Wunder, dass sie Millie unbedingt als ihre Freundin haben wollte? Trotzdem fühlte sie sich sehr erleichtert, dass sie Lucy ihre geheime Zuneigung zu Alex nicht anvertraut hatte. Andere Mädchen hätten vielleicht darüber gelacht, dass eine Freundin eine Schwäche für ihren Bruder hatte oder ihn süß fand, aber sie wusste, dass Lucy daran verzweifeln würde. Die Wahrheit war, dass Lucy guten Grund hatte, eine beginnende Freundschaft zwischen Millie und Alex mit Misstrauen zu beobachten. Sie schüttelte den Kopf. Warum musste das alles so kompliziert sein?

«Dann hat sie zwei ausgezeichnete Heiratsanträge abgelehnt, nur um uns alle zu ärgern», fügte Susan hinzu.

Millie legte eine Hand auf ihren Mund, um nicht hörbar nach Luft zu schnappen. Lucy hatte ihre romantischen Misserfolge in der vergangenen Saison erwähnt, aber es machte Millie wütend, wenn jemand so in der Öffentlichkeit darüber klatschte.

«Nun, das kannst du ihren beiden verträumten Brüdern kaum vorwerfen», antwortete Lady Clarice. Nach dem anfänglichen Schock, Lucys Privatleben von Fremden kritisiert zu hören, erwärmte sich Millie schnell für Lady Clarice. Zumindest schien sie ein wenig Anstand zu haben, während ihre Freundin nur darauf bedacht zu sein schien, Lucy niederzumachen.

Susan seufzte angewidert. «Ja, nun, ich weiß nichts über den anderen Mr. Radley, aber Lord Brooke ist immer noch der begehrteste Junggeselle des *Ton*. Wenn er jemals seinen Namen auf meine Tanzkarte schreiben würde, würde ich die Karte in einen vergoldeten Rahmen legen lassen.»

«Und an der Haustür aufhängen?» Lady Clarice lachte leise. «Komm schon, genug über Männer, die wir niemals heiraten werden. Lass uns gehen und sehen, ob wir am Buffet etwas Anständiges zum Essen finden.»

Als Lady Clarice und ihre Freundin weggingen, blieb Millie stehen und dachte über ihre Unterhaltung nach. Sie sah auf ihre eigene Tanzkarte hinunter und lächelte über die zwei Häkchen, die Alex daraufgesetzt hatte. Es war bezaubernd, wie er sie dazu gebracht hatte, die Tänze auszuwählen und sie auf der Karte anzuzeigen, bevor er sich entschied.

«Nun, man könnte denken, Lucy ist ein Trottel und ich ein Idiot, aber ich hatte das Vergnügen, zweimal mit ihrem Bruder zu tanzen, und er hat meine Karte markiert, sobald ich ankam», murmelte sie. Natürlich war heute Abend vielleicht das letzte Mal, dass sie mit ihm tanzte, aber zumindest würde sie ihre wertvollen Erinnerungen haben.

«Wer hat Ihre Karte markiert?», fragte eine tiefe, sinnliche Stimme.

Sie drehte sich um und sah, dass Alex sich leise neben sie geschlichen hatte. Es war eine Gewohnheit von ihm, die sie sowohl aufregend als auch beunruhigend fand. Er war so nah, dass sie sein Duftwasser riechen konnte, und sofort wurde sie an die Gewürzmärkte in Kalkutta erinnert. Sie holte tief Luft und schloss die Augen.

«Sie tragen die Essenz der Bergamotte, wenn ich mich nicht irre, Lord Brooke. Ich habe es nicht bemerkt, als wir getanzt haben», antwortete sie.

«Tue ich das, Miss Ashton?», murmelte er. «Wann sind wir wieder so förmlich miteinander geworden?»

Millie lächelte. Wenn sie ihn bei seinem Titel nannte, fühlte sie sich überall heiß, und das Oberteil ihres Kleides verengte sich.

«Ich nenne Sie gern Lord Brooke. Es hilft, einen respektablen Abstand zwischen uns zu halten», log sie.

«Nicht so, wie Sie es sagen. Außerdem finde ich nicht, dass wir eine respektable Distanz zwischen uns hatten, als ich Sie auf der Tanzfläche hielt», neckte er.

Millie blitzte ihn an.

«Wie können Sie so etwas Unverschämtes sagen?»

Er lachte. «Ich liebe es, wenn Sie versuchen, ganz wohlerzogen und tugendhaft zu sein.»

«Warum?»

«Weil Sie darin so schlimm versagen.»

Millie nahm ihre Tanzkarte und fing an, sie als Fächer zu benutzen. Sie spürte die Hitze in ihren Wangen und Ohren brennen. Dieses Flirten wäre harmlos, wenn sie nicht so in ihn verliebt gewesen wäre.

Er ergriff ihren Arm.

«Wohin gehen wir?», fragte sie.

«Ich dachte, wir könnten nachsehen, ob wir eine Tasse Tee finden. Auf dem Weg hierher kam ich am Buffet vorbei, und es sah ziemlich gut aus. Mein Cousin Bartholomew lässt sich nie lumpen. Ich sah Lucy eifrig Essen auf einen Teller stapeln. Sie und unsere Cousine Eve hatten ihre Köpfe zusammengesteckt und planten wie gewohnt etwas. Ich bin überrascht, dass Sie nicht bei ihnen sind.»

«Lucy wollte, dass ich neue Bekanntschaften mache. Wir wollten uns beim Abendessen treffen», antwortete Millie.

«Wir könnten anhalten und Lucy *Hallo* sagen, etwas essen und dann Charles suchen. Ich habe ihn den größten Teil des Abends nicht gesehen. Ich gehe davon aus, dass Sie ihm irgendwann noch einen Tanz schulden», antwortete er.

Sie krauste die Nase. «Limonade wird guttun. Ich interessiere mich nicht so sehr für englischen Tee. Ich habe seit meiner Ankunft keine anständige Tasse mehr getrunken. Die lange Seereise muss die guten Blätter wohl verderben, und unsere Köchin konnte in London niemanden finden, der unseren Lieblingstee auf Lager hat», sagte sie.

«Wirklich? Niemand in ganz London hat einen Vorrat an leckerem Kalkutta Chai? Wie überraschend. Ich muss dem Mann, von dem ich meinen bekomme, sagen, dass er ein Betrüger ist, und ihn öffentlich entlarven», antwortete Alex leise lachend.

Millie packte Alex' Arm und schnappte nach Luft. «Nein! Sie können hier keinen richtigen Masala Chai gefunden haben, wir haben seit Wochen gesucht und niemand hat ihn. Sogar Twinings haben keinen auf Lager.»

Ein freches Glitzern erschien in seinen Augen, und ein schlaues Lächeln breitete sich auf seinen Lippen aus.

«Sind Sie bereit, Miss Ashton?»

Sie runzelte die Stirn. «Bereit wozu, Lord Brooke?»

Er warf einen kurzen verstohlenen Blick um sie herum, um nachzusehen, dass niemand ihn hören konnte, dann beugte er sich vor.

«Mein Haus ist nicht weit von hier. Wir könnten uns davonstehlen und eine Tasse meines Chai-Betrüger-Tees trinken und dann wieder hier sein, bevor jemand merkt, dass wir weg sind. Ich weiß, dass es eine freche Idee ist, aber glauben Sie mir, wir werden keinen Schaden anrichten. Sie haben mein Wort.»

Der Atem stockte in ihrer Kehle. Hatte Lord Brooke, der schönste und großartigste Mann des ganzen *Ton*, sie gerade gebeten, mit ihm wegzulaufen? Natürlich war es nur für eine Tasse Tee, nicht etwa eine Flucht bei Mondlicht bis nach Gretna Green, aber für ihre Ohren hätte es genauso gut Letzteres sein können. Sie drehte sich um und starrte ihn einen Moment lang an, während sie über seinen unerlaubten Tee-Vorschlag nachdachte. Er hob die Augenbrauen, um seinem Argument Gewicht zu verleihen. Als sein Grinsen sich in ein verführerisches Lächeln verwandelte, wusste sie, dass sie verloren hatte.

«Wie um alles in der Welt werden wir hier rauskommen, ohne dass mein Bruder weiß, dass ich weg bin?», fragte sie, wie immer das Praktische im Sinn.

Sein Lächeln wurde zu einem selbstgefälligen Grinsen. Alex war mit Sicherheit immer mit dem richtigen Lächeln ausgestattet.

«Darf ich Sie daran erinnern, dass der Earl of Shale ein lieber Cousin von mir ist, also ich nicht das erste Mal in diesem Haus zu Gast bin? Ich war im Laufe der Jahre auf unzähligen Partys und Familientreffen hier. Vertrauen Sie mir, wenn ich sage, dass ich uns hier herausbringen kann, ohne dass wir gesehen werden.»

Millies Herz schlug laut in ihrer Brust. Der Gedanke, mit Alex in die Nacht zu gehen, war berauschend. Es war auch skandalös und völlig verrückt, aber es würde die brillanteste Ergänzung zu ihrer Sammlung von Alex Radley-Fantasien sein.

Sie trat einen Schritt vor, bevor der rationale Teil ihres Gehirns sie daran erinnerte, dass sie ruiniert wäre, wenn man sie erwischte. Sie erinnerte sich an das feierliche Versprechen, das sie ihrer Mutter am frühen Abend gegeben hatte: Sich so zu verhalten, als wären ihre Eltern mit ihr beim Ball. Für nur einen ganz kurzen Moment siegte die Vernunft und verlockte sie zu einem *Nein*. Aber als sie den Mund öffnete, um sein Angebot höflich abzulehnen, sah sie das Lächeln von seinem Gesicht verschwinden. Er hatte ihr Zögern gespürt. Er beugte sich noch einmal vor und flüsterte: «Ich verspreche, niemand wird es jemals herausfinden. Es ist nur eine Tasse Tee. Ich werde nicht versuchen, Sie zu verführen.»

Millie blickte weg. Sie wusste, dass er das Richtige tat, indem er die Unschuld ihres kleinen Abenteuers bestätigte, aber sie fand seine angeblichen Trostworte überraschend schmerzhaft. Wenn er nur wüsste, wie sie sich fühlte; wie sehr sie ihre Seele dafür hergeben würde, dass er sie in seine Arme nahm.

Dann sprach ihr rationales Selbst noch einmal. Was wäre, wenn sie erwischt würden? Er würde gezwungen sein, sie zu heiraten. Und was dann? Er würde den Rest seiner Tage damit verbringen, sie dafür zu hassen. Männer wie Lord Brooke entschieden sich nicht dafür, Mädchen wie sie zu heiraten, es sei denn, sie wurden gezwungen.

Bei diesem Gedanken fasste sie ihren Entschluss. Ihr Ruf wäre sicher; Alex würde sicherstellen, dass sie nicht gesehen wurden. Er hatte genauso viel zu verlieren, wie sie, wenn sie entdeckt wurden. Er wäre das Gespött des *Ton*, wenn er sie zu seiner Braut nehmen müsste. Was hatte er darüber gesagt, dass er sich niemals demütigen ließ?

«Also gut, ja, aber wir werden nur schnell eine Tasse Tee trinken und dann direkt zum Ball zurückkehren. Als ich Charles das letzte Mal sah, ging er in einen der Salons und sprach mit einem jungen Mann über ein Paar Pferde, die dieser zum Verkauf hatte, aber wir können uns nicht darauf verlassen, dass er zu lange interessiert bleibt», antwortete sie.

«Braves Mädchen. Ich wusste, dass Sie es tun würden», antwortete Alex, und das Lächeln kehrte zu seinem Gesicht zurück. «Sie könnten Ihren Umhang von der Garderobe der Damen abholen, aber das würde vielleicht Verdacht erregen. Also werde ich mir einen zusätzlichen Mantel aus der Garderobe der Herren ausleihen und Sie in Kürze wieder hier treffen. Aber Sie sollten versuchen, außer Sichtweite zu bleiben, falls eines unserer jeweiligen Geschwister vorbeikommt. Ich werde nicht lange brauchen.»

Er verschwand wieder in der Menge und ging zur Garderobe, und Millie setzte sich auf eine goldene Plüschcouch in der kleinen Nische hinter ihr. Da die Nische vom Ballsaal entfernt war, war sie für die meisten Partygäste nicht zu sehen. Solange niemand nach ihr suchte, hatte sie eine gute Chance, nicht gesehen zu werden, bevor Alex mit den Mänteln zurückkehrte.

Sie saß allein auf der Couch und spürte, wie das Herz schwer in ihrer Brust schlug. Sie blickte auf ihre Hände hinunter und sah, dass sie zitterten. Tief holte sie Luft und versuchte, sich zu beruhigen. «Ich kann nicht glauben, dass ich das tue. Ich muss verrückt sein. Was ist, wenn wir ertappt werden?», murmelte sie vor sich hin. Sie war Sekunden davon entfernt, das Ganze abzusagen und zur Party zurückzukehren, als Alex mit zwei Mänteln über dem Arm zurückkam.

«Versuchen Sie, den so fest wie möglich zusammenzuknüllen», wies er sie an, als er ihr den feinen Wollmantel überreichte. «Dann wird ihn niemand sehen und denken, dass Sie die Party verlassen. Wenn Ihre Tanzschuhe jetzt nass werden, müssen Sie nachher vergessen, Ihre Überschuhe anzuziehen, wenn Sie gehen. Dann können Sie den Schnee auf der Straße vor der Tür dafür verantwortlich machen.»

Sie sah auf ihre silbernen Pantoffeln mit ihren feinen weißen Quasten hinunter und verabschiedete sich schweigend von ihnen. Sobald sie einen Fuß nach draußen setzte, wusste sie, dass sie irreparabel ruiniert wären.

«Wenn wir jetzt im Flur sind, gehe ich zuerst, um sicherzustellen, dass wir nicht gesehen werden, und dann können Sie folgen», sagte er.

Millie tat, was er verlangte, und faltete den Mantel zu einem engen kleinen Bündel zusammen. Sie drückte es an ihre Brust und verschränkte die Arme. Mit etwas Glück würde jeder, dem sie zwischen hier und draußen begegnen könnte, denken, ihr sei kalt und sie trage einen wärmenden Umhang.

Die Mehrheit der Gäste auf der Party zu meiden, war eine überraschend einfache Aufgabe. Alex und Millie schlenderten zusammen, bis sie das Ende eines langen Flurs erreichten, entlang dessen sich in verschiedenen Abständen mehrere Türen befanden.

«Bereit?», fragte er, als er sich ein letztes Mal umsah. «Schauen Sie, wohin ich gehe, und folgen Sie mir dann. Wenn jemand aus diesen Türen kommt, tun Sie einfach so, als würden Sie nach der Garderobe suchen, in der Sie Ihren Umhang aufhängen können. Ich werde draußen auf Sie warten.»

Er drehte sich um und ging den langen Flur zum Seiteneingang des Hauses hinunter. Am Ende der Halle blieb er stehen und schaute zurück, um sicherzugehen, dass sie den Weg gesehen hatte, den er gegangen war. Er hob seine Hand und winkte ihr, ihm zu folgen, dann ging er durch die Tür und schloss sie leise hinter sich. Mit dem Mantel in ihren schwitzenden Händen ging Millie hinter ihm her.

Ungefähr in der Mitte des Flurs befand sich die Tür zum Ruhezimmer für Damen. Wenn sie es an dieser Tür vorbei schaffen würde, ohne gesehen zu werden, konnte sie frei zum Ausgang rennen, durch den Alex gerade verschwunden war.

Sie blies langsam die ganze Luft aus ihren Wangen, als sie den langen Weg den Flur hinunter zur Ausgangstür begann, und wusste, dass sie diesen Abend als einen der Höhepunkte ihres Lebens abstempeln würde, wenn sie es schaffte.

Glücklicherweise war der Läufer im Korridor ein tiefer, luxuriöser Perserteppich, der ihre Schritte dämpfte. Während sie einen Fuß vor den anderen setzte, verringerte sich zwangsläufig die Distanz zwischen ihr und der Tür zum Abenteuer. Sie konnte die Musik vom Ball und das Geräusch schlurfender Füße hören, als diejenigen, die gerade die Tanzfläche besetzten, sich wieder einem Walzer widmeten. Glücklicherweise war ihre Karte für diesen Tanz nicht markiert, sodass niemand nach ihr suchen würde. Der nächste Tanz, den sie auf ihrer Karte hatte, würde mit Alex sein, zum zweiten Mal an diesem Abend. Schade, dass es kein Walzer war, aber sie hatte ihrem Bruder den letzten Tanz des Abends versprochen.

Wir sollten rechtzeitig zurück sein. Charles wird mich suchen.

Die Tür am Ende des Flurs öffnete sich, und Alex streckte seinen Kopf herein. Er sagte leise: «Kommen Sie schon.»

Sie warf einen Blick auf die Tür zum Ruhezimmer der Damen und sah zu ihrem Entsetzen, dass sich der Griff zu drehen begann. Jemand kam. Im nächsten Moment würde derjenige in den Flur heraustreten, und sie würde gesehen werden. Alex sah Millie an, als sie einen letzten Blick auf die sich öffnende Tür warf und wusste, dass es *jetzt oder nie* war.

Sie hob ihre Röcke und rannte zu ihm.

Kapitel Elf

Sobald sie draußen war, schloss Alex die Tür hinter ihnen. Sie drehte sich um und legte ihre Hand auf ihr Herz.

«Das war eng», sagte er, als er den Seitenweg hinunterschaute, um sicherzustellen, dass niemand außer ihnen sich hier im Dunkeln ein Stelldichein gab.

«Das hat Spaß gemacht», lachte sie, ihre Augen voller Licht. «Ich habe nie Gelegenheit schneller zu gehen als ein langsamer Spaziergang es zulässt. Es gilt nicht als damenhaft. Tatsächlich scheint jede Art von Spaß für junge Damen in dieser Stadt verboten zu sein. Ich würde für eine Woche in mein Zimmer geschickt werden, nur weil ich gelaufen bin, wenn meine Mutter mich sehen könnte. Ich wage gar nicht daran zu denken, was sie tun würde, wenn sie herausfände, dass ich hier mit Ihnen stehe.»

Er zeigte auf den Mantel, den sie immer noch in ihren Händen hielt. «Vielleicht möchten Sie den anziehen; es ist ziemlich kalt hier draußen. Es dürfte ein wenig schwierig sein, Ihrer Mutter eine Erkältung zu erklären, wo Sie doch heute Abend nur eine Party in einem gut beheizten Haus besuchen wollten.»

Millie entrollte den dunkelblauen Mantel und erlaubte Alex, ihr beim Anziehen zu helfen. Seine Hände ruhten sanft auf ihren Schultern, als sie schnell die Knöpfe auf der Vorderseite schloss. Als er ein wenig nähertrat, begann sie, nervös mit den doppelten Messingknöpfen am Kragen zu fummeln.

«Hier, lassen Sie mich Ihnen helfen», bot er an, als er um sie herumdrehte, so dass sie direkt vor ihm stand. «Ich habe ein paar davon und sie sind die Hölle, wenn man keinen Kammerdiener oder Spiegel zur Verfügung hat.» Das mit den Knöpfen ging recht schnell, aber er erlaubte sich den Genuss, ein wenig näher bei Millie zu stehen, als er sollte.

Als er fertig war, ergriff er ihre Hand. Noch einmal schaute er sich kurz um, um sicherzugehen, dass sie allein waren, bevor er sie den dunklen Weg hinunterführte, der hinter dem Haus begann. Als sie den Weg hinter sich ließen und in die nächste Straße einbogen, schaute Alex in beide Richtungen. Wenn er weiter so sorgsam war, würden sie in kürzester Zeit wieder auf der Party sein, und niemand hätte etwas bemerkt.

Abgesehen von einer Mietkutsche, die ein paar betrunkene Alte Herren vor einem nahe gelegenen Haus absetzte, lag die Bird Street still und leer. Alex lachte. Das hier war frech und machte Spaß.

«Fast da; das ist mein Haus», sagte er und zeigte auf das hohe, schmale Gebäude auf der anderen Straßenseite. Sie überquerten die Straße und vermieden dabei von Eis und Schnee bedeckte Stellen.

Als sie die Treppe zur Haustür erklommen und oben stehenblieben, zog er einen Schlüssel. Millie hob eine Augenbraue.

«Wir nutzen das Personal von Strathmore House tagsüber, so dass an den meisten Abenden die einzigen Bediensteten im Haus Mr. und Mrs. Phillips sind. Zugegeben, es ist ein wenig seltsam, aber mein Bruder und ich mögen die Privatsphäre, die uns das bietet», erklärte Alex und öffnete die Tür. Als sie über die Schwelle seines eleganten Stadthauses trat, verbeugte er sich vor ihr, und sie lächelte.

«Willkommen in meinem bescheidenen Heim, Miss Ashton», sagte er.

Sie hielt ihren Kopf hoch wie eine Königin, als sie das Foyer seines Hauses kritisch untersuchte.

«Ja, es ist ziemlich bescheiden, nicht wahr?», antwortete sie.

Bevor er sich selbst stoppen konnte, packte Alex sie bei der Taille und schwang sie herum. Sie stieß ein Quietschen aus, und er erinnerte sich plötzlich daran, wer sie war und wo sie waren.

«Oh. Oh, es tut mir so leid, Millie», keuchte er, als er sie zu Boden gleiten ließ. «Ich bin so daran gewöhnt, das mit Lucy zu tun, wenn sie frech zu mir ist, dass ich für den Moment völlig vergessen habe, mit wem ich hier bin.»

Er stand ungläubig kopfschüttelnd da. Er hatte nicht nur die beste Freundin seiner Schwester von einer Hausparty entführt, sondern er hatte es auch geschafft, sie innerhalb einer Minute unschicklich anzufassen, nachdem er sie in seinem Haus hatte. Was für ein Schuft war er geworden?

«Nun, Sie haben versprochen, mich nicht zu verführen», antwortete sie, als sie ihre Kleidung ordnete. «Sie haben jedoch nicht erwähnt, dass Sie versuchen würden, mich zu Boden zu ringen.»

Alex suchte nach Worten, um sein Bedauern auszudrücken, aber er brachte nichts anderes heraus als ein weiteres erbärmliches *Tut mir leid*.

Millie hielt ihre Hände in Kapitulation hoch. «Ich gebe auf; sagen Sie mir einfach, was Sie von mir wollen.»

«Was?»

«Ich habe Piraten und Taschendiebe getroffen, Lord Brooke. Kalkutta ist voll von ihnen, aber ich bin noch nie so offen angegriffen worden. Sagen Sie mir einfach, was Sie wollen, und ich werde es Ihnen überlassen. Meine Handschuhe? Oder meine Schuhe vielleicht, obwohl sie ein bisschen nass sind. Ich habe eigentlich nicht viel anderes bei mir, das es wert ist, gestohlen zu werden.»

Er starrte sie an und konnte nicht antworten. Wohl wissend, dass alles, was er in diesem Moment sagte, ganz falsch herauskommen würde. Dann lachte sie, zu seiner ungeheuren Erleichterung.

«Es ist alles in Ordnung, Alex, ich habe nur gescherzt. Ich weiß, dass Sie mir nicht schaden wollten. Außerdem würden meine Pantöffelchen Ihnen niemals passen.»

Ein Laut der Erleichterung wich über seine Lippen, und er schloss die Augen. Abgesehen von seiner Schwester hatte er nur wenige junge Frauen mit einem echten Sinn für Humor kennengelernt. Und so seltsam ihr Sinn für Humor auch sein mochte, Millie hatte zumindest die Fähigkeit, in einer unangenehmen Situation zu lachen.

«Haben Sie wirklich einen Piraten getroffen?», fragte er fasziniert.

Sie nickte. «Ja, und er stahl mein goldenes Armband, das Schwein.»

Ein Wutausbruch bahnte sich seinen Weg durch Alex' Körper. Wo auch immer der Pirat jetzt war, er wäre besser tot. Er fühlte ein plötzliches und überwältigendes Bedürfnis, auf das nächste Schiff zu springen und über die Meere zu segeln, um den Wilden zu jagen, der Millies Armband genommen hatte.

«Was hat Ihr Vater getan? Hat er ihn auspeitschen lassen?», fragte er, während er darum kämpfte, seine Wut unter Kontrolle zu bringen.

Ihr Gesicht wurde krebsrot, und ihre Augen weiteten sich vor Entsetzen. Sie packte seinen Arm und zog ihn zu sich. «Sie dürfen das meinem Vater gegenüber nie erwähnen; er würde mich töten. Bitte Alex, schwören Sie, dass Sie niemals ein Wort davon an irgendjemanden verraten. Niemals», flehte sie.

«Warum nicht?», fragte er und spürte, dass die Geschichte mehr war, als sie ihm erzählt hatte.

Sie presste ihre Lider aufeinander und gestand. «Sie dürfen das niemandem sagen, denn ich habe das Armband in einem Kartenspiel verloren. Wenn meine Eltern oder mein Bruder das jemals herausgefunden hätten, wäre es sehr schlecht für einige unserer heutigen Hausangestellten. Es war nicht ihre Schuld; sie versuchten, mich daran zu hindern, aber ich war zu hartnäckig und zu dumm, um zuzuhören. Glauben Sie mir, ich habe meine Lektion gelernt und bin nie wieder in eine Taverne am Hafen gegangen.»

Alex nickte zustimmend, und sie ließ seinen Arm los.

«Können wir jetzt bitte diese Tasse Tee trinken, bevor jemand bemerkt, dass wir weg sind?», fragte sie.

Alex zeigte auf eine offene Tür gegenüber vom Eingang. «Zur Küche geht es dort nach unten.»

Millie folgte ihm, als er in die kleine Küche trat. Er überprüfte schnell den Herd. Glücklicherweise hatte Mrs. Phillips daran gedacht, noch ein Scheit ins Feuer zu legen, und so war das Wasser im Topf auf dem Herd heiß.

«Die Phillips' werden sich bereits für die Nacht zurückgezogen haben, aber zum Glück haben sie uns heißes Wasser dagelassen. Wir sollten in kürzester Zeit Tee haben», kündigte er an. Er drehte sich um und sah zu, wie Millie ihre Handschuhe auszog und am hölzernen Küchentisch Platz nahm.

«David und ich essen normalerweise hier oder in unseren Zimmern. Wir nutzen den Speisesaal nicht sehr oft, weil wir ihn nicht brauchen. Wenn wir Freunde bewirten wollen, gehen wir in unseren Club. Ansonsten speisen wir mit der Familie im Strathmore House», sagte er.

Sie lächelte ihn an. «Zuhause habe ich mein halbes Leben unten in der Küche verbracht. Unsere Köchin ist seit meiner Geburt bei der Familie, sodass sie genau weiß, was ich gern esse. Sie kann mit einem einzigen Blick in mein Gesicht erkennen, in welcher Stimmung ich bin und welches Essen mich glücklich machen wird.»

Alex wandte sich zurück zum Herd, fand die Dose mit dem Tee im Regal und brachte sie zum Tisch. Er hob den Deckel und schwenkte die Dose unter Millies Nase. «Masala Chai, Miss Ashton», verkündete er mit einer gewissen Genugtuung.

Ihre Augen leuchteten vor Freude auf, und sie nahm eifrig den Kanister. Sie hielt einen Finger hoch, um zu signalisieren, dass sie seine Gabe noch beurteilen musste. Dann legte sie ihr Gesicht über die offene Dose und atmete tief durch. Sie lehnte sich zurück, umklammerte noch immer die Tee dose und schloss die Augen.

«Oh Alex, Sie haben keine Ahnung, was dieses Aroma mir antut und wie sehr es mich an zu Hause erinnert», murmelte sie. «Ich hatte vergessen, wie wunderbar es sich anfühlt, wenn die Schärfe des Tees ihren Weg in die Kehle findet. Ich habe es so sehr vermisst.»

Es mochte zwar der Tee sein, über den sie urteilte, aber Alex hörte nur die ersten beiden Worte, die sie sagte. Er kehrte schnell zu den Schränken zurück, und nach mehreren tiefen Atemzügen begann er, nach der Teekanne zu suchen. Er fand sie am anderen Ende der Küchenzeile und füllte sie mit heißem Wasser, bevor er sie in die Mitte des Tisches stellte. Er nahm auf dem Stuhl gegenüber Millie Platz. «Wir werden damit zurechtkommen müssen, dass die Kanne nicht vorgewärmt wird. Darf ich um den Tee bitten, Miss Ashton? Er muss einige Zeit ziehen.»

Ihre Augen öffneten sich, und sie schaute zuerst zu ihm und dann zur weißen Porzellan-Teekanne. Sie setzte sich auf und entfernte den

Deckel. Mit einer vorsichtigen Handbewegung griff sie in die Tee dose und nahm eine Handvoll schwarzer Teeblätter heraus.

«Genau fünf Minuten, bevor man die erste Tasse ausschenkt, und keinen Moment weniger, Lord Brooke», verkündete sie mit großer Autorität und ließ den Tee in die Kanne rieseln. «Das sollte Ihnen genügend Zeit geben, um Kekse zu finden. Sie dürften einen großen Vorrat von ihnen versteckt haben, für all die Mädchen, die Sie hierher einladen, um Tee zu trinken», neckte sie. Sie legte den Deckel wieder auf die Teekanne.

Alex lachte.

Oh Millie, wenn du nur wüsstest, was deine Augen und deine Lippen mir antun.

«Das einzige *Mädchen*, das hier Tee trinken darf, ist Mrs. Phillips, und sie mag am liebsten Ingwerplätzchen. Wie oft habe ich um den letzten Keks kämpfen müssen», witzelte er auf dem Weg zur Tür.

«In letzter Zeit habe ich oft ein Päckchen von Fortnum und Mason in meinem Zimmer versteckt. Bin in einer Minute zurück.» Er durchquerte das Foyer und suchte im Obergeschoss sein Schlafzimmer auf.

Einmal in seinem Zimmer, nutzte er die Gelegenheit, um zu Atem zu kommen. Wäre es bei ihr immer so? Er schüttelte den Kopf und konnte nicht verstehen, warum dieses Mädchen eine solche Wirkung auf ihn hatte. Er hatte mit einer Reihe von schönen Mädchen auf der Party getanzt und die Gelegenheit genutzt, um zu sehen, ob er sich zwingen konnte, sich in eine von ihnen zu verlieben. Aber nur Millie konnte ein heimliches Lächeln auf seine Lippen zaubern.

«Haben Sie sie gefunden?» Millies Stimme driftete von unten zu ihm herauf.

«Ich suche noch», log er.

«Brauchen Sie Hilfe?»

Ein freches Lächeln fand seinen Weg zu seinen Lippen. «Nicht heute Abend, meine Liebe, aber bald», sagte er zu sich selbst.

Er fand die Kekse, noch eingewickelt ganz hinten im Kleiderschrank. Er lachte über die Vorstellung, Essen vor den Dienern verstecken zu müssen, besonders da Mrs. Phillips diejenige war, die in der Regel alle Einkäufe tätigte. Sie hätte einfach jede Woche zusätzliche Kekse kaufen können, aber das hätte ihm natürlich den Spaß verdorben, den er durch ihre verzweifelte Suche nach den versteckten Schätzen hatte.

«Nun, ich muss ein neues Versteck für das nächste Päckchen finden», murmelte er, als er bemerkte, dass mehrere Kekse fehlten. «Sie sind gut, Mrs. Phillips, zugestanden.» Er brach einen Teil eines Kekses ab und stopfte sich das goldene, knusprige Stückchen in den Mund.

«Hier sind sie», sagte er, trat zurück in die Küche und stellte die Kekse auf den Tisch.

Millie öffnete das angebrochene Päckchen, sah den zerbrochenen Keks und schüttelte den Kopf. Er wischte sich eine verräterische Krume aus dem Mundwinkel. Sie nahm zwei Kekse heraus und reichte ihm den zerbrochenen. Sie lächelten einander glücklich an, während Alex sich insgeheim wünschte, die Zeit würde stehenbleiben, und sie könnten die Ewigkeit damit verbringen, diesen einfachen Moment gemeinsam zu genießen.

«Tee?», fragte sie.

Alex, der verliebte Dummkopf, nickte.

Sie schenkte jedem von ihnen eine Tasse ein, dann saßen sie schweigend da und nippten an dem dunklen, aromatischen Gebräu, während das Aroma des fernen Indien den kleinen Raum erfüllte.

«Alex?», fragte Millie einige Momente später, als sie das letzte ihrer Teeblätter um den Boden ihrer Tasse wirbelte.

«Millie», antwortete er.

«Darf ich Sie nach David fragen?»

«Solange es nicht darum geht, warum er und ich derzeit nicht miteinander reden», antwortete er.

«Eigentlich geht es mir um seinen Rang in Ihrer Familie.»

Er hatte sich gefragt, wann dieses besondere Thema angesprochen werden würde.

«Sie meinen, wie es kommt, dass er älter als ich ist und ich dennoch der Erbe meines Vaters bin?», antwortete er.

«Ja, wenn es nicht zu persönlich oder schmerzhaft ist. Wenn ja, tut es mir leid, dass ich gefragt habe, und ich werde es nicht noch einmal erwähnen», antwortete sie.

Alex schlürfte seinen Tee. «Der ist wirklich gut, wissen Sie das? Ich hatte nicht daran gedacht, in meinen Tee Gewürze zu geben, aber seit ich in letzter Zeit angefangen habe, Chai zu trinken, kann ich das normale englische Zeug kaum noch ertragen. Wie auch immer, Sie wollten etwas über David wissen.»

Er stellte die Tasse ab und setzte sich mit leicht auf dem Tisch verschränkten Händen gerade hin, als er die Umstände von Davids Geburt erklärte: Wie Davids Mutter mit seinem Vater verlobt gewesen war und wie sie dann, nachdem sie beide die Beziehung *vollzogen* hatten, unerklärlicherweise die Verlobung aufgelöst hatte und geflohen war.

Der Herzog von Strathmore und die Schwester seiner ehemaligen Verlobten hatten monatelang nach ihr gesucht, ohne zu wissen, dass sie schwanger gewesen war, und als sie endlich von ihrem Aufenthaltsort erfuhren, waren sie nach Manchester gefahren, nur um dort zu erfahren, dass sie bei der Geburt auf tragische Weise gestorben war.

«Mein Vater und Davids Tante nahmen David mit nach Hause, zogen ihn auf, und irgendwo unterwegs verliebten sie sich ineinander und heirateten. Dann kam ich, dann Lucy, Stephen und Emma. Sie sehen, David ist sowohl mein Halbbruder als auch mein Cousin, wenn Sie ins Detail gehen möchten.»

Er nahm die Teekanne und schenkte noch etwas Tee in ihre beiden Tassen. Er dachte darüber nach, dass Millie ihn nach David gefragt hatte, als ob sie in den letzten Wochen nicht reichlich Gelegenheit gehabt hätte, Lucy dieselbe Frage zu stellen. Aus irgendeinem unbekannten Grund fühlte sie sich wohler, ihm diese heikle Frage zu stellen. Er mochte es, dass Millie ihm vertraute.

«Wie auch immer, er trägt den Namen meines Vaters und wird zu gegebener Zeit selbst etwas erben, obwohl ich denke, dass Vater ihm schon vorher etwas weitergeben wird. Hoffentlich hilft ein solides Vermögen in seiner Tasche, die Umstände seiner Geburt zu überwinden. Das ist alles, was es zu erzählen gibt. Er ist mein Bruder und war es schon immer.»

«Aber derzeit nicht ganz oben auf Ihrer Liste der beliebtesten Verwandten?», antwortete Millie.

«Nein.»

Er wollte nicht auf das Wie und Warum des Streits mit irgendjemandem eingehen, vor allem nicht mit Millie. Er seufzte und leerte seine Tasse. «Wir sollten besser zurückkehren. Es muss fast Zeit für unseren nächsten Tanz sein. Wenn wir nicht dort sind, werden Lucy und Charles unsere Abwesenheit mit Sicherheit bemerken.»

Er ging zur Küchentür hinaus, und Millie folgte ihm. Als sie den Eingang erreichte, blieb sie plötzlich stehen und rannte schnell zurück die Treppe hinunter in die Küche. Alex folgte ihr, und in der Tür kollidierten sie, als sie zurückkam.

«Oh», rief sie, als ihr Kopf auf seine Brust traf.

Sie trat einen Schritt zurück und hielt ihre Abendhandschuhe hoch. «Die darf ich doch nicht vergessen, sonst hätten wir beide viel zu erklären.»

Als sie anfing, ihre Handschuhe wieder anzuziehen, ergriff Alex ihre Hände und hielt sie auf. Er zog langsam ihren linken Handschuh aus, und nachdem er auch den anderen genommen hatte, steckte er beide in seine Manteltasche. Er nahm ihre Hände in seine. Sein Siegelring mit dem Wappen der Familie Strathmore bildete fast so etwas wie eine Krone über ihren verschränkten Händen. Das goldene Pferd und die Sterne in schwarzem Onyx repräsentieren den Reichtum und die Macht seiner Familie. Sie standen beide nur da und starrten auf den Ring.

Keiner von ihnen sagte etwas.

Er hob ihre Hände an seine Lippen und drückte einen zärtlichen Kuss auf das Ende ihrer Fingerspitzen. Sie schauderte, und er spürte, wie ihre Finger zitterten. Als sie den Kopf hob, wartete er auf den Moment, in dem sich ihre Blicke treffen würden.

Als sie das taten, starrte er in zwei prächtige tiefblaue Edelsteine. Umrahmt von langen, dunklen Wimpern, zogen ihn Millies Augen unaufhaltsam an. Er legte seine Hand unter ihr Kinn, neigte seinen Kopf und küsste sie vorsichtig auf die Lippen.

Er spürte die sanfte Wärme ihrer Lippen in dem kurzen Moment, in dem er sie berührte. Das Herz pochte heftig in seiner Brust. Er hatte zwar schon sehr viele Frauen geküsst, aber sein Herz war nie dabei gewesen. Dies war eine neue und berauschende Erfahrung, auf die er sein ganzes Leben gewartet hatte.

Er zog sich gerade genug zurück, um die Verbindung zu lösen, und als er sah, dass sie die Augen geschlossen hatte, beschloss er, einen zweiten Kuss zu riskieren. Dieses Mal, als er ihre Lippen nahm, konzentrierte er alle seine Bemühungen darauf, sich an die Regeln zu erinnern, wie man ein junges Fräulein küsste.

Finde zuerst ein williges Mädchen. Er setzte ein Häkchen auf die Liste in seinem Kopf. Er schien das im Griff zu haben. *Dann finde einen Ort, an dem du nicht gestört wirst. Diese Dinge erfordern Geduld und absolute Aufmerksamkeit. Außerdem, wenn man dich mit dem falschen Mädchen erwischt, könntest du dich plötzlich ihrem wütenden Vater gegenübersehen, und dann gibt es einen nicht minder wütenden Marsch die Gasse hinunter. Diskretion ist von größter Wichtigkeit.*

Er war erfreut, dass sie für ihren ersten Kuss allein waren und wahrscheinlich nicht gestört wurden. Millie richtig zu umwerben, würde Zeit brauchen. Er musste sicher sein, dass er ihr Herz gewonnen hatte, bevor er weiterging.

Das Gespenst ihres Wunsches, nach Indien zurückzukehren, hing noch immer über ihm. Sie musste bei ihm in England bleiben *wollen*, statt sich von Umständen gezwungen zu sehen oder unter Druck von anderen zu stehen. Wenn sie entdeckt würden und gezwungen wären zu heiraten, würde sie ihm niemals vergeben. Das Leben wäre für ihn unmöglich, wenn Millie seine Frau würde und ihre Ehe bereute.

Er musste sie gewinnen, Herz und Seele. Indem er sie jetzt küsste, machte er seine Absicht klar. Von diesem Moment an würde er seine Kampagne beginnen und sie offen umwerben. Ein Besuch bei ihrem Vater gleich am nächsten Morgen wäre der erste Schritt.

Er vertiefte den Kuss und übte mehr Druck auf ihre Lippen aus. Als sie den Mund ein wenig öffnete, nahm er ihre Oberlippe und küsste sie. Sie stöhnte. Sein ganzer Körper verhärtete sich. Dann, ermutigt von ihrer Antwort, grub er seine Hand in ihr Haar und zog sie näher an sich heran.

Sie stieß einen überraschten Atemzug aus, als er ihren Mund heftiger nahm. Sein Körper begann mit seinem Verstand um die Kontrolle zu ringen. Dies war so viel mehr als alles, was er jemals zuvor erlebt hatte.

Seine Zunge fuhr über ihre Lippen und in ihren Mund. Er fühlte Millies Hände auf seiner Brust und stählte sich für den Moment, in dem sie ihn wegschieben würde. Aber zu seiner großen Erleichterung ergriff sie das Revers seines Mantels und zog ihn näher an sich heran. Er ächzte.

Sie will das genauso wie ich, Gott sei Dank.

Ihre Antwort war genauso, wie er es immer gehofft hatte. Sie hielt nichts zurück, als sie ihm ihren Mund schenkte. Sie hielt sich an seinem Mantel fest, ihre Lippen waren weich und geschmeidig und nahmen alles, was er geben konnte.

Seine rechte Hand wanderte zu ihrer Hüfte und ließ sich auf der Kurve nieder, die seine Träume für so viele Nächte erfüllt hatte. Sein Geist und sein Körper kämpften miteinander, während er sich bemühte, nicht zu schnell vorzugehen und sich zu fest gegen sie zu drücken. Wenn er das tat, würde es keinen Zweifel an der beinharten Erektion geben, die unter seinem Mantel pochte.

Sie war unschuldig. Er wusste, wenn sie vermutete, dass ihr wirklich Gefahr von ihm drohte, würde der Abend schlecht enden und sein Vorhaben, sie zu gewinnen, hätte einen großen Rückschlag erlitten.

Die Zeit würde kommen, dass sie verstand, was zwischen einem Mann und einer Frau geschah, aber das war nicht jetzt. Dieser Moment würde bis ins kleinste Detail geplant sein. Sie hätte seinen Heiratsantrag bereitwillig angenommen, und ein Verlobungsring würde an ihrer Hand funkeln, wenn er sie zum ersten Mal in sein Bett brachte.

Die Uhr in der Eingangshalle schlug.

Sie lösten sich langsam voneinander. Millie legte einen Finger an ihre geschwollenen, roten Lippen. Der Stempel seiner Leidenschaft war für alle sichtbar. Alex griff in seine Tasche und reichte Millie ihre Handschuhe. Sie lächelte und zog sie mit offensichtlicher Anstrengung an.

«Ich liebe dich», sagte er.

Sie schüttelte den Kopf. «Nein, das tun Sie nicht», flüsterte sie. Sie trat einen Schritt zurück.

Der Moment war vorbei.

Sein Herz sank. Sie nahm ihn nicht ernst. Er konnte sehen, wie sie glaubte, dass sie nur eine weitere Freundin seiner Schwester war, mit der er gespielt hatte. All diese dummen, gedankenlosen Spiele, die er letzte Saison mit Lucys Freundinnen gespielt hatte, kamen jetzt zurück, um ihn zu verfolgen.

Sie schob sich an ihm vorbei und stieg die Treppe hinauf. Alex folgte ihr, und als sie den Haupteingang erreichten, ergriff er ihren Arm.

«Millie, ich meine es ernst mit meiner Zuneigung zu Ihnen, ich ...»

Er blieb stehen. Wütende Stimmen erklangen auf der anderen Seite der Haustür.

Als die Tür aufflog, ließ Alex Millie los und trat zurück. Er fing ihren Blick auf. «Es ist nichts passiert», flüsterte er.

Sie drehten sich beide um und sahen Charles, David und Lucy auf der Schwelle stehen. Charles stürmte in den Raum und nahm Millie am Arm. «Was zum Teufel spielst du?», brüllte er sie an.

David trat zwischen Alex und Millie und gab seinem jüngeren Bruder einen harten Stoß gegen die Brust. Alex taumelte rückwärts.

Millie fing an zu weinen. «Nichts, nichts ist passiert», jammerte sie.

Alex versuchte, einen Schritt nach vorn zu machen, aber David hielt ihn an den Schultern fest.

«Wir sind gekommen, um eine Tasse Tee zu trinken, sonst nichts. Wir wollten gerade zum Ball zurückkehren», sagte Alex.

Charles sah zu seiner Schwester. «Es ist nichts passiert, Lord Brooke hat Chai-Tee im Haus und hat mir angeboten zusammen eine Tasse zu trinken. Wenn du willst, geh da runter und sieh nach, es ist noch was in der Kanne.» Sie zeigte nach unten. «Ich lüge nicht.»

«Bleib hier», befahl Charles ihr. Einen Moment später kehrte er mit der Teekanne in der Hand zurück und zeigte sie den anderen. «Sie ist immer noch heiß. Sie sagt die Wahrheit, zumindest was diesen Teil betrifft.»

David nickte. Er packte Alex am Arm und begann, ihn zur Haupttreppe zu ziehen. Alex befreite sich und griff nach Charles. Er zog an Charles' Jackenärmel.

«Bitte, Sie müssen verstehen, nichts ist passiert, ich würde niemals etwas tun, um den Ruf Ihrer Schwester zu gefährden. Ich weiß, was wir getan haben, war ein bisschen unbesonnen, aber es war nur eine Tasse Tee.»

Charles schob Alex' Hand mit einer heftigen Bewegung seines Armes weg. «David, Sie sollten ihn schnellstens hier wegbringen, sonst werde ich mich nicht für die Prügel verantwortlich machen lassen, die ich Ihrem Bruder verabreiche», brüllte er.

Dann drehte er sich um und streckte Millie die Hand entgegen. «Wir gehen. Ich werde mich um dich kümmern, wenn wir nach Hause kommen. In der Zwischenzeit kannst du dir zwanzig Gründe einfallen lassen, warum ich Mama und Papa nicht sagen sollte, was du heute Abend getan hast.»

«Aber Sie haben versprochen ...», stammelte Lucy.

Charles holte tief Luft und starrte Millie an. «Ja, Lady Lucy, vergeben Sie mir. Millie, weißt du, was ich versprochen habe?»

«Nein», antwortete seine Schwester und schluchzte weiter.

«Ich habe versprochen, Lord Brooke nicht zu Brei zu schlagen, wenn du ruhig mit mir kommst und keinen Skandal auslöst. Ich stimmte auch zu, niemandem von diesem Abend und deiner dummen kleinen Expedition zum Haus eines unverheirateten Mannes zu erzählen. Obwohl ich im Moment so wütend bin, dass ich Brooke ziemlich gerne zu Boden schlagen und dann nach Hause gehen und Papa wecken würde, um ihm den Grund dafür zu sagen.»

Millie trocknete ihre Tränen auf der Rückseite ihres Handschuhs und nickte leise. Sie würde still mit ihm gehen.

«Millie», sagte Alex, aber sie weigerte sich, ihn anzusehen. Er wusste, dass sie ihn für einen Feigling halten würde, der die Freundinnen seiner Schwester benutzte und dann beim ersten Anzeichen von Ärger davonrannte.

Wenn sie ihn vor dem heutigen Abend noch nicht für einen Schuft gehalten hätte, hatten die Ereignisse dieses Abends für sie keinen Zweifel an seinem schlechten Charakter gelassen. Der Kuss und seine Folgen waren schon schlimm genug gewesen, aber jetzt konnte er nur noch die fast unüberwindliche Aufgabe vor sich sehen, Millies Vertrauen zu gewinnen, geschweige denn ihr Herz.

Als die Ashton-Geschwister zur Tür gingen, sah er mit sinkendem Herzen zu, wie Lucy vortrat und Millie ansah.

«Ich dachte, du wärst anders», sagte sie, und Tränen füllten ihre Augen. «Ich dachte, du magst mich für mich, aber du bist genau wie *alle* anderen. Ich hätte es wissen müssen, als ihr beide die Tanzstunde damit verbracht habt, zu kichern und miteinander zu flüstern. Du hast mich benutzt, um dir meinen Bruder zu angeln.»

Sie warf Alex einen verzweifelten Blick zu, bevor sie sich wieder Millie zuwandte. «Ich werde Mr. Roberts bitten, seine Karte an Ihre Mutter zu schicken. Sie kann dafür sorgen, dass Sie Ihre zukünftigen Tanzstunden woanders haben. Bitte versuchen Sie nicht länger, mich zu besuchen. Ich werde für Sie nicht zu Hause sein. Ich wünsche Ihnen viel Erfolg in der kommenden Saison.»

«Lucy», flehte Alex. «Es ist nicht ihre Schuld, sie hat nichts falsch gemacht.»

Lucy schüttelte den Kopf und hob die Hand, ohne seine Worte zu hören. «Du kennst die Auswirkungen, die du auf verletzliche Mädchen hast, und spielst dennoch deine erbärmlichen kleinen Spiele mit ihnen.» Sie wandte sich an David. «Wenn du soweit bist, würdest du mich bitte nach Hause bringen?»

Charles dankte David für seine Hilfe bei der Suche nach seiner Schwester, und sie gaben einander die Hand. Er nahm Millie fest am Arm und führte sie nach draußen.

Es dauerte nur bis zum Ende des ersten Blocks, bis Charles mit Millie anfing. Nachdem er sie grob in den Wagen geschoben und die Tür laut hinter sich zugeschlagen hatte, warf er sich ihr gegenüber auf die Bank. Er brodelte vor Wut.

«Es ist nichts passiert», sagte Millie.

Ihr Bruder schloss die Augen und hielt eine Hand an seine Stirn. «Es muss ja auch gar nichts passieren, das weißt du sehr wohl. Wenn jemand es herausfindet, bist du ruiniert. Du scheinst nicht zu verstehen, dass der Ruf einer jungen Frau das einzige ist, was sie innerhalb des *Haute Ton* von Wert besitzt. Wenn du den verlierst, kannst du ab sofort genauso gut in einem Nonnenkloster leben», antwortete er.

Er fing an, mit rasender Geschwindigkeit zu atmen. Millie konnte sehen, dass er versuchte, seine Selbstbeherrschung nicht zu verlieren.

«Der einzige Grund, warum du jetzt noch nicht mit Lord Brooke verlobt bist, ist, dass ich seinem Bruder zugestimmt habe, dass wir nicht ständig daran erinnert werden müssen, wie rücksichtslos ihr beide wart. Du solltest still dort sitzen und dich glücklich wähnen, dass dein älterer Bruder auf dich aufpasst. Andere hätten die Gelegenheit genutzt, ihre Schwester mit einem Verrückten zu verheiraten, der eines Tages einen Titel und ein beträchtliches Vermögen erben wird.»

«Er ist nicht verrückt.»

«Dann sag mir bitte, Millie, welcher vernünftige Mann lädt ein Mädchen deines Standes zu einem Spaziergang in die Nacht ein und erwartet keine Konsequenzen? Ich würde vorschlagen, dass nur einer, der für Bedlam bestimmt ist, so denkt. Außerdem habe ich ihn reiten sehen. Ihm fehlt der gesunde Menschenverstand.»

Sie würde diese Nacht in einem Streit mit Charles immer den Kürzeren ziehen. Das Schlimmste war, dass er recht hatte. Sie hatte alles riskiert, indem sie mit Alex zu seinem Haus gegangen war. Sie wusste auch, dass sie in kürzester Zeit die Marquise von Brooke sein würde, wenn jemand von ihrem Kuss erfuhr. Und egal wessen Schuld es war, sie konnte sich nicht der Aussicht stellen, dass sie die Schuld für Alex' Demütigung tragen würde, wenn sie heiraten müssten.

Zumindest hatten sie ihre Geschichte klargestellt, und beide hatten daran festgehalten. Das erste, was sie tun würde, wenn sie nach Hause käme, wäre, sich in ihr Schlafzimmer zurückzuziehen, um ihr Gesicht zu verbergen. Sie lehnte sich zurück in die dunkle Ecke des Wagens, damit Charles die offensichtlichen Spuren von Alex' Leidenschaft auf ihren Lippen nicht sehen konnte.

In der panischen Hoffnung, dass Charles ihr Gesicht nicht genau ansehen würde, hatte sie sich gezwungen zu weinen, als sie von ihrem Bruder konfrontiert wurde. Ihn anlügen zu müssen, machte die Sache nur noch schlimmer.

«Du wirst es niemandem erzählen, oder?», wagte sie zu fragen.

Charles' Temperament flammte erneut auf. «Dein Verhalten war skandalös. Wenn du das Spiel, das der Marquis von Brooke spielt, nicht sehen kannst, dann hat dich deine viel gepriesene Intelligenz verlassen.»

Millie holte Luft und versuchte zu antworten, aber sie konnte keine Worte finden.

In einem Moment hatte sie in Alex' Armen gelegen und einen Kuss genossen, der weitaus leidenschaftlicher war als alles, was sie sich jemals vorgestellt hatte. Im nächsten war sie mit ihrem schlimmsten Albtraum konfrontiert worden. Jetzt, als sie in der Kutsche saß und ihre Hand ihre geschwollenen Lippen berührte, konnte sie immer noch die Spur seines Duftwassers auf ihrer Haut riechen.

«Nun?», fragte Charles und riss Millie aus ihren Gedanken. «Interessiert dich Lucy nicht? Konntest du nicht sehen, wie verärgert sie war, wie am Boden zerstört sie ist, herausgefunden zu haben, dass du genauso bist wie alle anderen Mädchen, die sie benutzt haben, um zu ihrem Bruder zu gelangen? Was mich und meine Position in der Gesellschaft betrifft, könnte es dir nicht gleichgültiger sein, oder? Dir geht es doch nur um dich selbst. Wehe der armen Millie.»

Er lehnte sich in seinem Sitz zurück und zog die Jalousie hoch, schaute in die Nacht hinaus. «Ich werde dein Verhalten des heutigen Abends verschweigen, Millie, aber wenn du jemals wieder etwas so Dummes tust, werde ich dich deinem Schicksal überlassen.»

Kapitel Zwölf

Beschämt.

Es gab kein anderes Wort, um zu beschreiben, wie Millie sich am nächsten Morgen fühlte, als sie mit verkrampftem Gesicht am Frühstückstisch saß und auf ihren Teller starrte.

Zu ihrem Unbehagen kam noch die Anwesenheit ihres Bruders und Vaters beim nun regulären Morgenmahl dazu. Nach dem Willkommensball im Ashton House hatte ihre Mutter entschieden, dass es wichtig sei, Zeit miteinander zu verbringen, um ihre familiären Bindungen aufrechtzuerhalten. Also hatte sie verfügt, dass bis zum Beginn der Saison die ganze Familie für mindestens eine Mahlzeit am Tag denselben Tisch teilen würde. Anstatt jeden Tag bis zum Vormittag im Bett bleiben zu können, musste Millie nun tagtäglich früh aufstehen und sich zum Frühstück hinsetzen, lange bevor sie sich der Aussicht auf Nahrung stellen konnte.

Meistens machte sich ihr Bruder hastig ein Sandwich auf seinem Teller zurecht, wickelte es in ein sauberes Taschentuch und verließ das Haus, um im Hyde Park zu reiten. Heute Morgen saß Charles am Tisch, einen großen Teller vor sich, auf dem sich Toast, Black Pudding und Spiegeleier stapelten. Es war klar, dass er heute früh nirgendwo hingehen würde, und Millie war nicht so dumm, ihn nach dem *Warum* zu fragen. Eine weitere Folge des Vorabends war das Ende seiner täglichen Ausritte mit Alex.

Als Charles sie bat, ihm den Teller mit den Räucherheringen zu reichen, vermied sie seinen Blick. Sie hatte Angst, ihn anzuschauen, aus Sorge, dass er immer noch die ganze wütende Missbilligung in den Augen hätte wie gestern Abend in der Kutsche. Sein Zorn war wirklich erschreckend gewesen.

Als sie schließlich zuhause angekommen waren, hatte er sich derart hochgeschaukelt, dass er, als der Wagen zum Stillstand kam, die Tür aufgerissen hatte, auf den Bürgersteig sprang und ins Haus ging, bevor Millie Zeit hatte, sich überhaupt von ihrem Sitz zu erheben.

Zumindest hatte er Wort gehalten, dass er die Ereignisse der letzten Nacht ihren Eltern nicht offenbart hatte. Nach der peinlichen Situation, in die sie ihren Bruder gebracht hatte, musste sie für jede kleine Barmherzigkeit dankbar sein.

Sie konnte sich die Szene nicht vorstellen, die ihrer Abreise aus dem Haus in der Bird Street gefolgt sein musste. In Lucys Anwesenheit würden die Brüder einander vermutlich nicht verprügelt haben, aber die Möglichkeiten dessen, was geschehen sein könnte, nachdem David aus Strathmore House zurückgekehrt war, verdunkelte ihre Gedanken.

Was die arme Lucy betraf, so hatte Millie zweifelsfrei bewiesen, dass ihre ehemalige Freundin allen Grund hatte, sich Sorgen zu machen.

Was für ein Durcheinander.

Die letzte Nacht war eine totale Katastrophe gewesen, und es war alles ihre Schuld. Sie hätte zu Alex *nein* sagen sollen, egal, wie sehr er sie zu überreden versucht hatte, aber sie hatte der Versuchung nachgegeben. Nun war ihr Bruder wütend auf sie, David Radley dachte mehr als wahrscheinlich, dass sie ein leichtes Mädchen sei, und Lucy musste den Verlust einer weiteren Freundschaft beklagen.

Sie nahm ein Stück Toast aus dem Gestell, strich Butter darauf und legte das Brot dann auf ihren Teller. Sie schob den Teller von sich. Der bloße Anblick von Nahrung löste Übelkeit in ihr aus.

«Du hast gar nichts gegessen, Millie, Liebling. Fühlst du dich nicht gut? Ich habe dir gesagt, dass du aufpassen sollst, was du auf den Partys anderer Leute isst», sagte ihre Mutter.

«Mir geht es gut, Mama. Es ist nur ein wenig früh zum Essen», murmelte sie. Sie blinzelte und stieß einen Seufzer aus.

«Du klingst überhaupt nicht gut, meine Liebe. Was ist denn los?», beharrte Violet.

«Lass sie doch in Ruhe», schimpfte ihr Vater.

Über den Tisch hinweg traf sein Blick auf den seiner Frau, und er schüttelte den Kopf. James konnte Tränen am Frühstückstisch nicht ertragen. Violet musste warten, bis er zum East India House aufgebrochen war, ehe sie sich privat mit ihrer Tochter unterhalten konnte.

«Also, was sind deine Pläne für den Tag, Charles?», änderte James das Thema.

Millie sprach ein stilles Dankgebet für ihren Vater und seine Sensibilität. Er spürte, dass sie an ihren Emotionen festhielt. Ein sorgloses Wort, und sie würde sich in einer Flut von Tränen auflösen.

«Ich dachte, ich könnte heute Tattersalls einen Besuch abstatten und einen Blick auf ein Paar Pferde werfen, die Onkel mir empfohlen hat. Sie kommen zur Versteigerung später in dieser Woche, also werde ich den Stallmeister von Ashton House mitnehmen und ihn dazu bringen, sie zu begutachten. Onkel sagte, er werde sie für mich kaufen und sie behalten, bis mein Umgang mit englischen Straßen auf dem neuesten Stand ist», antwortete Charles.

James trank seinen Tee aus und wischte sich die Lippen mit einer Serviette ab. Dann stand er auf und bereitete sich darauf vor, zu gehen. «Das ist ein sehr großzügiges Geschenk. Aber du weißt, dass er sie nicht für dich kaufen muss. Ich gebe dir gern das Geld, um sie selbst zu kaufen.» Er ging zu seiner Frau herum und gab ihr einen Abschiedskuss. Sie schenkte ihm ein warmes Lächeln, und ihre Augen funkelten, als er ihr etwas ins Ohr flüsterte, was sonst niemand hören konnte.

Charles nickte. «Für ihn mag es zwar spannend sein, so üppige Geschenke zu machen, aber ich muss zugeben, dass mir ein bisschen unwohl ist bei der ganzen Sache.»

Sein Vater gab Millie einen kurzen Kuss auf den Kopf, ließ sie aber ansonsten in Ruhe. «Ich werde mit ihm reden. Du wirst zwar den Titel eines Tages erben, aber du bist mein Sohn und Erbe, also wenn jemand dir ein Pferd kaufen wird, sollte ich derjenige sein. Ich verbrachte nicht all die Jahre in Indien, um das Familienvermögen zu retten, nur um nach meiner Rückkehr in eine Nebenrolle abgeschoben zu werden. Ich werde später vorbeifahren und deinen Onkel treffen.»

Nachdem Mr. Ashton ins Büro aufgebrochen war, half Charles seiner Mutter, ins Hauptwohnzimmer zu humpeln, wo sie den Tag damit verbringen wollte, ihren geschwollenen Knöchel auszuruhen und mit ihrer Korrespondenz aufzuholen. Millie wusste, dass ihre Mutter irgendwann nach ihr schicken und beginnen würde, unangenehme Fragen zu stellen.

Charles kehrte bald zurück und schloss die Tür hinter sich, nachdem er den Diener weggeschickt hatte. Millie nahm ihre Teetasse und trank einen kleinen Schluck. Als sie den Atem anhielt, ging er um den Tisch und nahm neben ihr Platz. Er ergriff ihre zitternde Hand und legte ihr einen Kuss auf die Wange.

«Es wird in Ordnung gehen, Millie. Wir haben es geschafft, einen öffentlichen Skandal zu vermeiden. Die Geschwister Radley sind ebenso darauf bedacht, Stillschweigen zu bewahren, wie wir es sind. Sag Mama einfach nichts von der letzten Nacht», sagte er.

«Ich dachte darüber nach, was ich Mama sagen sollte, und ich denke, eine Version der Wahrheit wäre das beste», antwortete sie traurig.

Charles umklammerte ihre Hand. «Nein. Du kannst ihr nicht sagen, dass du mit Alex allein warst. Sie würde dich dazu zwingen, ihn zu heiraten.»

Sie drehte sich um und schaute ihn müde an. «Nein, ich bin nicht so dumm.»

Ihr Bruder hob die Augenbrauen.

«Zugegeben, ich habe letzte Nacht ein paar dumme Dinge getan, aber ich werde Mama nicht sagen, dass ich allein mit Alex in seinem Haus war und dass du uns zusammen mit David entdeckt hast. Ich werde ihr einfach sagen, dass Lucy und ich einen Streit hatten, was leider die Wahrheit ist.»

Charles lehnte sich in seinem Stuhl zurück und fuhr sich mit beiden Händen durch die Haare. Sie hoffte, dass es Erleichterung war, die nun auf seinem Gesicht erschien, aber sie spürte, dass er noch immer frustriert war. Nach der letzten Nacht hatten sich die Dinge zwischen ihnen geändert. Sie vermutete, dass er ihr nicht mehr vertraute. Es schmerzte sie, ihn auf so unvorsichtige Weise enttäuscht zu haben.

«Es tut mir leid wegen gestern Abend, Charles. Ich hatte kein Recht, zu tun, was ich getan habe. Du hast allen Grund, wütend auf mich zu sein. Du hattest Recht, ich war dumm und egoistisch und ich ließ meine mädchenhafte Verliebtheit für Lord Brooke mein Urteil trüben. Das wird nicht wieder passieren, das verspreche ich.»

Er hob noch einmal die Augenbrauen, und sie musste ein wenig kichern. Sie langte hinüber und gab ihm einen Schlag auf den Arm. «Hör auf, das ist ernst», sagte sie.

Er verdrehte die Augen. «Ich weiß das. Warum wohl sonst war ich letzte Nacht so aufgewühlt? Ich bin froh, dass du endlich erkennst, wie nahe du dem Ruin gekommen bist. Natürlich ist das größte Problem im Moment, wie du bei Lady Lucy Wiedergutmachung leisten kannst. Sie war fürchterlich verstimmt, als wir gingen. Du musst gleich heute Morgen mit ihr sprechen und versuchen, die Dinge in Ordnung zu bringen.»

Millie nickte langsam. Während eine große Katastrophe nur knapp abgewendet worden war, gab es immer noch verletzte Zuschauer.

«Ich weiß nicht, ob sie mich sehen will. Sie machte deutlich, dass unsere Freundschaft zu Ende ist. Wirst du mich zu Strathmore House begleiten? Ich könnte näher an sie herankommen, mit dir im Schlepptau.»

Charles spitzte seine Lippen und stieß dann einen langen, müden Seufzer aus. «Ja, je länger du wartest, desto schlimmer wird es sein. Ich habe heute Morgen ein paar Besorgungen zu erledigen. Du könntest mit mir kommen. Wenn ich damit fertig bin, werden wir uns im Strathmore House anmelden und sehen, ob wir den Schaden beheben können.»

«Danke», antwortete Millie. Sie griff hinüber, holte ihren Teller zurück, nahm einen Bissen des erkalteten Buttertoasts und kaute langsam, während Charles an dem kalten Braten, den Violet auf ihrem Frühstücksteller zurückgelassen hatte, herumstocherte.

«Warum schmeckt kaltes Fleisch zum Frühstück eigentlich so gut?», fragte er sich laut, nahm eine große Scheibe des Rindfleischs und stopfte es in seinen Mund.

«Ich weiß es nicht, aber ich kann immer noch kein Rindfleisch essen, egal zu welcher Stunde», antwortete sie und kräuselte ihre Nase. «Alles, woran ich dabei denken kann, ist, wie beleidigt unsere Hindu-Nachbarn in Indien wären, wenn sie herausfinden würden, dass du Fleisch von einer Kuh isst.»

Charles lachte. Er wischte seine Hände an der ausrangierten Serviette seiner Mutter ab und entschuldigte sich. «Lass mich nicht zu lange warten. Je eher wir nach Strathmore House kommen, um Lucy zu sehen, desto besser.» Er zerzauste ihr die Haare, bevor er zur Tür hinauseilte und Millie allein im Frühstücksraum sitzen ließ, wo sie immer noch auf ihrem Toast kaute.

❧

Charles' kleine Besorgungen dauerten viel länger als erwartet, und es war kurz vor Mittag, bevor Bruder und Schwester die Stufen von Strathmore House erreichten.

Das erste Zeichen, dass etwas nicht stimmte, war, dass ein einfacher Diener die Haustür öffnete, und nicht Hargreaves, der Butler der Familie Radley. Der junge Mann trug keinen Mantel, und die Ärmel seines Hemdes waren nach oben gerollt. Er sah ganz und gar nicht aus wie die Art von Bediensteten, die in einem eleganten Haus die Tür für Besucher öffneten.

Er wirkte ziemlich überrasch, dass jemand an der Haustür war, und sah sie beide seltsam an, bevor er fragte: «Ja, darf ich Ihnen helfen?»

Charles schaute zu Millie und hob die Augenbrauen.

«Charles und Millie Ashton, um Lady Lucy Radley zu sehen, bitte», antwortete er und bot seine Karte an.

Der Diener nahm die Karte, warf einen kurzen Blick darauf und verzog das Gesicht. «Sie sind weg.» Er hielt die Karte Charles hin, der sich weigerte, sie zu nehmen.

«Was meinen Sie mit *weg*? Wohin sind sie denn gegangen?», fragte Millie.

Der Diener schaute von Bruder zu Schwester und schien sich dann daran zu erinnern, was er den Besuchern des Hauses sagen sollte. Er drückte seinen Rücken durch und verkündete: «Der Herzog und die

Herzogin von Strathmore sind derzeit nicht in London. Sie und ihre Familie haben sich auf ihr Landgut in Schottland zurückgezogen.»

Millies Kinnlade klappte herunter, und ein unfreiwilliger Schluckauf entwich. Sie ergriff Charles' Hand und drückte sie fest.

Der Diener begann, die große schwarze Tür zuzuschieben. Nachdem er seine Botschaft übermittelt hatte, erwartete er offensichtlich, dass die Besucher einfach nicken und weggehen würden, so dass er zu jener Aufgabe zurückkehren konnte, wegen derer er mit hochgekrempelten Hemdsärmeln hier stand.

Charles trat vor und stellte seinen Stiefel in die Tür. «Die ganze Familie Radley hat London verlassen, um zu ihrem Anwesen in Schottland zu reisen?», fragte er.

«Ja, ich bin einfach noch nicht dazu gekommen, den Türklopfer abzumontieren», antwortete der Diener verstimmt.

«Die ganze Familie, einschließlich all ihrer Kinder?»

«Ja.»

«Wann kehren sie denn zurück?», drängte Charles. Millie war dankbar, dass ihr Bruder entschlossen war, nicht zu gehen, bis er die ganze Geschichte erfuhr.

Der bedrängte Diener atmete tief durch und antwortete langsam: «Die Familie Radley, einschließlich Lord Brooke, Mr. Radley, Lord Stephen, Lady Lucy und Lady Emma sind nach Schottland gereist und werden für die nächsten sechs Wochen nicht zurückkehren. Aus diesem Grund empfangen sie derzeit keine Besucher im Strathmore House. Gibt es noch etwas, das ich Ihnen sagen kann, Sir?»

Sechs Wochen!

Millie biss hart auf ihre Lippe und schmeckte Blut. Die letzte Nacht war schlimm genug gewesen, aber das war eine völlige Demütigung. Hier stand sie in aller Öffentlichkeit auf den obersten Stufen eines der größten Häuser Londons und entdeckte, wie unbedeutend sie wirklich im Leben der Familie Radley war. Sie hatten London wortlos verlassen.

Jedes andere junge Fräulein hätte sich wahrscheinlich inzwischen in Tränen aufgelöst und wäre geflohen, aber Millie stand unbewegt, den Rücken kerzengerade. Das einzige äußere Zeichen ihres Kampfes, ihre Gelassenheit aufrechtzuerhalten, war, wie fest sie an der Hand ihres Bruders festhielt. Wenn sie noch härter quetschte, befürchtete sie, dass sie ihm einen Knochen brechen würde.

«Verstehe. Vielen Dank. Wir werden wieder vorbeikommen, wenn die Familie zurückgekehrt ist», antwortete Charles.

Er entfernte seinen Fuß aus der Tür, und der Diener stieß einen Seufzer der Erleichterung aus. Die Tür schloss sich. Charles wandte sich Millie mit einem entspannten Lächeln im Gesicht zu, dann nahm er sanft ihre Finger von seiner Hand und küsste den Rücken ihres Handschuhs.

Als er sich über ihre Hand beugte, flüsterte er: «Lächeln, Millie, lächeln. Wenn jemand aus den anderen Häusern herausschaut, muss er sehen, dass wir über unseren Fehler lachen. Komm, lass uns nach Hause gehen. Ich könnte einen kräftigen Drink gebrauchen.»

Sie tat, um was er sie bat, und schaffte ein halbes Lächeln.

«Gut gemacht, mein Mädchen, und mach dir keine Sorgen. Ich werde Lord Brooke dafür bezahlen lassen», gelobte Charles, als Millie seinen Arm nahm. «Niemand ruiniert fast meine Schwester und verschwindet dann wortlos. Ich wusste, dass ich ihn gestern Abend hätte verprügeln sollen.»

Sie hatten die Straße erreicht und bereiteten sich darauf vor, nach Hause zu gehen, als sich die Haustür von Strathmore House noch einmal öffnete und Hargreaves die Stufen heruntereilte. Als er sie beinahe erreicht und ihre Aufmerksamkeit erregt hatte, verlangsamte er sein Tempo. Er reichte Charles die Hand. Charles erwiderte den Handschlag und steckte dann lässig die Hand in seine Tasche.

«Es tut mir so leid, dass Sie so schlecht empfangen wurden. Marshall ist ein guter Junge, aber er kann manchmal ein wenig unklar sein. Zum Glück für uns alle hat er mich gefunden und mir Ihre Karte gegeben», sagte Hargreaves. «Die Familie reist jedes Jahr zu dieser Zeit nach Schottland. Sie wollten eigentlich später in der Woche abreisen, aber Seine Gnaden kündigte dem Personal spät in der Nacht an, dass sie heute früh abreisen würden. Das ganze Haus ist die ganze Nacht über in Aufruhr gewesen, um zu packen, bereit für eine Abreise vor dem Morgengrauen. Einige Familienmitglieder erfuhren erst von der Änderung der Pläne, als sie am frühen Morgen aus ihren Betten geworfen wurden. Seine Gnaden mag es, den ganzen ersten Tag der

Reise durchzufahren, damit die Familie auf dem Anwesen des Earl of Wiltmore übernachten kann.»

Hargreaves schenkte Millie ein entschuldigendes Lächeln. «Ich bin sicher, Lady Lucy hätte eine Nachricht an Sie geschickt, Miss Ashton, aber da sie in so großer Eile abgereist sind, ist ihr das wahrscheinlich erst zu spät in den Sinn gekommen. Sie wirkte heute Morgen furchtbar abgelenkt.»

Charles lächelte über die offensichtliche Lüge. Nichts geschah in den großen Häusern, ohne dass der erste Butler davon wusste. Hargreaves wäre sich sehr wohl bewusst gewesen, dass Lady Lucy nur in Begleitung *eines* Bruders von der Party nach Hause zurückgekehrt war. Die Zofe dürfte Hargreaves über alle relevanten Details in Kenntnis gesetzt haben.

«Ich bin überrascht, dass Sie die lange Reise nach Norden nicht selbst mitgemacht haben, oder folgen Sie später?», erkundigte sich Charles. Je länger dieser angenehme kleine Austausch dauerte, desto unwahrscheinlicher würden neugierige Blicke etwas von Interesse bemerken.

Der Butler schüttelte den Kopf. «Nein, ich werde diese Woche die Schließung des Hauses überwachen. Ein paar Tage bevor die Familie zurückkehrt, werde ich das Haus wiedereröffnen, und das Personal wird es für die Saison bereit machen.»

Millie nickte. «Danke, Hargreaves. Ich erinnere mich, dass Lady Lucy von der Reise gesprochen hatte», antwortete sie, ihre Stimme war etwas wackelig. Hargreaves verbeugte sich höflich und wünschte den Ashton-Geschwistern einen guten Morgen. Als der Butler wieder im Haus verschwand, flüsterte Charles Millie zu: «Gut gemacht, Schwester, jetzt sind wir fast fertig. Glücklicherweise ist Hargreaves ein guter Kerl, und er wusste genau, was wir brauchen.»

Sie runzelte die Stirn.

Er klopfte sich auf die Hosentasche und zwinkerte ihr zu. «Er schrieb die Adresse des Strathmore-Anwesens in Schottland auf meine Karte. Jetzt kannst du wenigstens an Lucy schreiben und dich entschuldigen. Sechs Wochen könnten lang genug sein, um ein paar Briefe auszutauschen und sie zurückzugewinnen.»

Millie nickte. Da ihre Lippen fest in einem erzwungenen Lächeln verriegelt blieben, musste Charles klar sein, dass sie nicht bereit war, das andere Mitglied der Radley-Familie zu erwähnen, das in ihrem Kopf herumspukte. Nur ihre traurigen Augen verrieten die Tiefe ihrer Enttäuschung.

Charles schenkte ihr ein glückliches Lächeln, das eher jenen galt, die sie möglicherweise beobachteten, und Arm in Arm schritten sie in Richtung Park Street und in Richtung Heimat.

Kapitel Dreizehn

Als er aufwachte, zog Alex sich die Decke vom Kopf und sah sich in der Kutsche um. Sein Vater war damit beschäftigt, Zeitungen zu lesen, während sein jüngerer Bruder Stephen den Kopf in einem großen braunen Buch mit seltsamen Buchstaben auf dem Rücken hatte.

Er kniff die Augen zusammen und meinte, einen griechischen Buchstaben zu erkennen. Stephen war gerade mal vierzehn und konnte fünf Sprachen lesen, während Alex Schwierigkeiten hatte, mehr als zwei englische Wörter zu lesen, und so das Lesen um jeden Preis vermied. Als Kind hatte er geglaubt, dass er ein Dummkopf wäre, da er eine einfache Aufgabe wie das Lesen lernen nicht meisterte. Wie könnte ein Junge, der weder lesen noch schreiben konnte, eines Tages einer der mächtigsten Männer in ganz England werden?

Die Stunden in tränenreicher Frustration, in denen er versucht hatte, sein Gehirn dazu zu bringen, die wirbelnden Buchstaben zu entziffern, hatten seine Psyche geprägt. Er betrachtete seine fehlende Fähigkeit zu lesen als einen großen Mangel seines Charakters, eine Schwäche, für die er sich schämen sollte. Er war nicht mit den anderen Jungen seines Alters nach Eton gegangen. Stattdessen hatte sein Vater einen Tutor nach dem anderen eingestellt, um das Problem zu beheben.

Im Alter von zwölf Jahren wendete sich sein Glück schließlich. Sein Vater fand einen Tutor, der Alex beibrachte, sich alles zu merken, was er gelernt hatte. Alex war immer noch besorgt, dass sein Geheimnis gelüftet und er von den anderen Jungen verspottet werden würde, und weigerte sich, zur Schule zu gehen, bis diese zustimmte, dass er seinen *besonderen Kammerdiener* mitbringen könnte. Jeder Radley-Sohn hatte diese Schule seit ihrer Gründung besucht, und jetzt bot sich die Möglichkeit, dass sein Name ebenfalls dort im Schulregister stehen würde. Mit einem großen Gefühl der Angst und Besorgnis schloss er sich seinem Bruder in den heiligen Hallen von Eton an.

Zu seiner Überraschung schnitt er außerordentlich gut ab. Lange nachdem die Klasse am Ende eines Tages entlassen worden war, saß Alex mit seinem Tutor-Kammerdiener zusammen und lernte seine Lektionen auswendig. Da sein Vater im Stiftungssrat saß, konnte Alex eine Ausnahmegenehmigung erhalten und seine Prüfungen mündlich ablegen. Er stand am Ende jedes Semesters vor einer Gruppe von Prüfern und beantwortete die Fragen, die sie ihm stellten. Er bestand jede Prüfung auf diese Weise, und das mit Leichtigkeit.

Als Alex merkte, dass er kein Dummkopf war, sondern sein Gehirn einfach anders funktionierte, begann er, aus seiner Hülle herauszukommen. Aus dem schüchternen, unsicheren jungen Mann, der Anfang des Jahres neu dazugekommen war, wurde bald der beliebteste Junge in der gesamten Schule.

Seine Fähigkeit, sich an alles zu erinnern, bedeutete, dass er oft Wetten über fast vergessene Daten und Ereignisse der Geschichte gewann. Er hatte auch immer eine lange Liste von Scherzen parat. Mit seinem Selbstvertrauen wuchs auch sein Ruf. Die anderen Jungen hielten seine Fähigkeit, während des Unterrichts Bilder zu malen und sich dennoch bei Prüfungen auszuzeichnen, für ein Zeichen seines wahren Genies. Keiner seiner Klassenkameraden oder Freunde kannte die Wahrheit.

Während sein Bruder David ständig auf ihn aufpasste, glänzte Alex. Nachts allein in ihrem gemeinsamen Zimmer im Internat saßen sie und lachten über die Tatsache, dass der Eton-Schulhof von einem unehelichen Sohn des Herzogs und seinem jüngeren Bruder regiert wurde, der nicht einmal lesen konnte. Die Jahre, die die Brüder zusammen in Eton verbrachten, waren die glücklichsten Tage in Alex' Leben gewesen.

Zumindest hatte er gedacht, dass dies der Fall war, bis er Millie Ashton traf, die es schaffte, sein ganzes Leben augenblicklich auf den Kopf zu stellen. Als er sie am Abend zuvor in seinem Haus in den Armen gehalten hatte, hatte er sich so vor Freude überwältigt gefühlt, dass er dachte, sein Herz würde platzen. Wenn er ein Leben mit ihr führen könnte, wusste er, dass seine Tage in Eton im Vergleich dazu verblassen würden. Zusammen konnten sie alle Hindernisse überwinden, die seine Unfähigkeit zu lesen und zu schreiben aufwerfen könnten. Millie war nicht die Art von Mädchen, die einen Mann nach seinen Schwächen beurteilte, wenn sie ihn liebte. Oder war sie es doch?

Bei dem Gedanken kroch ein kalter Schauder über seinen Rücken. Was, wenn sie nicht verstand? Was wäre, wenn er sie wirklich falsch eingeschätzt hätte und sie ihn nicht liebte? Sie hatte seine Liebeserklärung mit einer sanften, aber festen Ablehnung zurückgewiesen. Er rieb sich über das Gesicht und seufzte.

Er wusste, dass er sie nicht vom Ball hätte entführen dürfen, dass ihr Ruf aufgrund seines unbesonnenen Verhaltens hätte zerstört werden können, aber er hatte sich nicht darum gekümmert. Er war letzte Nacht mutig gewesen, aber jetzt, mit dem Morgen, kam ein schleichendes Gefühl der Unsicherheit.

Da Millie viele Meilen entfernt in London war, konnte er wenig tun. Wenn sie heute Morgen aufwachte und feststellte, dass er nach Schottland gereist war, ohne ihr auch nur eine Notiz zu schicken, bestätigte dies nur ihre Wahrnehmung über die Tiefe seiner Gefühle für sie. Er konnte ihr kaum vorwerfen, wenn sie glaubte, die letzte Nacht sei einfach ein bisschen Spielerei seinerseits gewesen. Ehrenwerte Männer bekannten nicht ihre Liebe zu einer jungen Frau und machten sich gleich in der darauffolgenden Nacht aus dem Staub. Nach der Art, wie er sie geküsst hatte, würde sie denken, er sei nichts weiter als ein herzloser Halunke.

Er blickte hinüber zur anderen Ecke des Wagens und sah, wie David sich unter seinen grauen Wolldecken bewegte. Alex warf ihm einen bösen Blick zu. David sah weg. Alex war kurz davor, etwas Unangenehmes zu sagen, als er sich daran erinnerte, dass sein Vater und sein jüngster Bruder ebenfalls in der Kutsche saßen. Er sprach ein stilles Dankgebet dafür, dass Lucy in der Damenkutsche unterwegs war. Da er nicht in der Stimmung war, höfliche Gespräche zu führen, zog er sich grob die Decke über den Kopf und versuchte zu schlafen.

In den frühen Morgenstunden hatte er fest geschlafen und sich tief in einem Traum verloren, in dem er Millie ständig nachgelaufen war. Jedes Mal, wenn er sie einholte und seine Hand nach ihr ausstreckte, lachte sie ihn aus und sprintete davon. Alex warf sich immer wieder herum, bis Millie anhielt und mit ihm sprach. «Steh auf, Alex», sagte sie, hielt eine Lampe in der Hand und leuchtete damit in sein Gesicht. Das Licht war so hell, dass es ihn aus dem Schlaf riss.

Als er die Augen öffnete, sah er seinen Vater mit einer großen Lampe in der Hand über seinem Bett stehen. Er setzte sich auf und versuchte, seinen Blick zu fokussieren. Er rieb sich über das Gesicht und sah zu, wie zweistämmige Lakaien seinen Reisekoffer ins Schlafzimmer brachten und mit einem dumpfen Schlag zu Boden fallen ließen.

«Komm schon, hoch mit dir, Junge. Wir sind innerhalb der nächsten Stunde auf dem Weg nach Schottland. Also komm in Gang und sieh zu, dass du warme Sachen einpackst. Ich habe gehört, dass es da oben derzeit eisig kalt ist. Du kannst deine Decke mitnehmen. In der Kutsche bleibt noch viel Zeit zum Schlafen», befahl sein Vater.

«Aber warum fahren wir heute schon? Ich dachte, wir reisen erst Anfang nächster Woche nach Schottland», erwiderte Alex.

Der Herzog sah ihn streng an. «Ich habe eine Tochter, die letzte Nacht unter Tränen vom Ball nach Hause gekommen ist, und meine beiden ältesten Söhne gehen einander ständig an die Kehle. Wenn ich bis nächste Woche warte, habe ich vielleicht keine Familie mehr, die ich nach Schottland bringen könnte, wenn das so weitergeht. Jetzt zieh dich an.»

Sobald sein Vater gegangen war, hievte Alex sich unter den Decken heraus und starrte auf die Kleider, die auf seinem Bett lagen. Der Zeitpunkt der jährlichen Radley-Familienwallfahrt nach Norden hätte nicht schlechter sein können.

Als die Strathmore-Reisegesellschaft beim ersten Morgenlicht an einem Gasthof halt machte, nutzte Alex die Gelegenheit, einen Waschraum im hinteren Teil des Gasthauses aufzusuchen. Nachdem er sich den Schlaf aus den Augen gerieben hatte, tauchte er seinen Kopf in eine Schüssel mit eiskaltem Wasser, um sich selbst aufzuwecken.

Er kehrte in den Gastraum zurück, sein Gesicht noch taub. Im Hauptspeisesaal sah er seine Familie in der Ecke sitzen, vor sich Kaffee und eine Auswahl an kaltem Aufschnitt.

Alle außer Lucy. Seine Schwester saß in der äußersten Ecke einer der beiden Nischen und umklammerte einen kleinen Becher. Ihre Augen waren rot und geschwollen. Sie sah aus, als hätte sie die ganze Nacht geweint. Emma bot ihr eine Scheibe gebutterten Toast an, aber sie schüttelte den Kopf. Alex seufzte. Es würde eine lange und schreckliche Reise werden.

Noch sechs weitere Tage, verdammt nochmal. Ich frage mich, wie lange es dauern würde, zu Fuß zurück nach London zu gehen.

Er fing den Blick seines Vaters auf. «Alex, komm herüber und frühstücke», befahl der Herzog. «Wir bleiben nicht lange hier. Ich möchte spätestens am frühen Abend Wiltmores Anwesen erreichen. Deine Mutter und die Mädchen müssen sich ausruhen.»

Alex nahm in der Nische Platz und versuchte, in der Hoffnung, dass wenigstens ein Familienmitglied noch mit ihm sprach, ein Gespräch mit Stephen zu führen. Nachdem er es geschafft hatte, seinem Bruder das eine oder andere Schnaufen und Brummen zu entlocken, erkannte er, dass ein schwerer Kampf vor ihm lag. Während der jüngste Radley \große Bissen von Eiern und Speck verschlang, steckte er seine Nase fest in das Buch vor ihm.

Alex schob seine Hand in die Manteltasche und zog seine Geldbörse heraus. Er verabschiedete sich vom Tisch, ging zur Bar und kaufte eine kleine Flasche Whisky. Er nahm seinen Flachmann aus seinem Mantel und füllte ihn mit der blassen Flüssigkeit. Da er nicht herumsitzen und die langen Stunden mit einem Buch verbringen konnte, beschloss er, auf seinen Lieblingszeitvertreib zurückzugreifen, mit dem Fahrer und seinem Beifahrer oben auf dem Kutschbock zu sitzen. Der Blick auf die vorbeiziehende Landschaft und einige schmutzige Witze der beiden Männer waren viel besser, als den ganzen Tag in der Kutsche zu sitzen und David anzustarren.

Es würde nicht lange dauern, bis ihr Vater genug hatte und sie beide aus der Kutsche warf, damit sie den Streit am Straßenrand ein für alle Mal austragen konnten. Und was ihn selbst betraf, so war er an diesem Morgen nicht in der Stimmung, irgendwen um Verzeihung zu bitten. Wenn er sich mit seinem Vater überwarf, würde das vor versammelter Mannschaft geschehen, Familie, Dienerschaft, alle würden dabeistehen. Die Aussicht, zu Fuß zurück nach London zu gehen, wurde noch attraktiver.

Als er zum Tisch zurückkehrte, nahm er ein scharfes Messer vom Frühstückstablett und schnitt ein großes Stück eingelegtes Schweinefleisch ab. Mit einem Sandwich aus dickem Brot, Schweinefleisch und einer großzügigen Scheibe Käse war Alex bereit für die Weiterfahrt. Er nahm einen großen Bissen des Sandwiches, nickte anerkennend in Bezug auf seine eigenen kulinarischen Fähigkeiten und ging vor die Tür des Gasthauses.

Draußen im Hof pfiff er nach dem ersten Kutscher seines Vaters und zeigte auf einen leeren Sitz direkt hinter dem Beifahrer. Der Fahrer nickte, und Alex rieb sich voller Vorfreude die Hände. Nach einem Morgen der Stille und der bösen Blicke in der Kutsche machte er sich auf die Flucht.

Als er auf den Kutschbock stieg, schickte er ein stilles Gebet der Dankbarkeit an Phillips, der ihm zusätzliche Unterwäsche aufgeschwatzt hatte. Wenn sich die Dinge mit David nicht verbesserten, plante Alex, den größten Teil der Reise nach Schottland hier oben mit dem eisigen Wind im Gesicht zu verbringen. Zeit, die er gut nutzen konnte, um über Millie nachzudenken und wie er ihr Herz gewinnen konnte.

Als Alex sich dort oben einrichtete, tauschte er ein kameradschaftliches Grinsen mit dem Fahrer aus. Endlich hatte er ein freundliches Gesicht unter den Reisenden gefunden. Sein Vater schaute ihn an und schüttelte den Kopf, als er die Wagentür öffnete und hineinkletterte. Kurz darauf zog der Wagenkonvoi vom Hof, wobei die Kutsche der Damen die Führung übernahm.

Die Great North Road war überraschend frei von Schnee und Eis, aber die Seitenstraße, in die sie zwei Stunden nach dem Mittagessen in Richtung Henlow einbogen, war eine andere Geschichte. Es waren nur fünf Meilen zum Landgut von Lord Wiltmore, aber es dauerte den größten Teil des Nachmittags, um dorthin zu kommen. Mehrmals mussten beide Fahrer und ihre Beifahrer hinunterklettern und den Schnee wegschaufeln, um den Weg freizuräumen.

Sie waren anderthalb Kilometer vom Ende des Tagesabschnittes entfernt, als die vordere Kutsche mit den Radley-Frauen plötzlich nach rechts zur Seite kippte. Eines der Räder war in ein Schlagloch geraten, und der Wagen schlingerte gefährlich in Richtung einer schneebedeckten Böschung. Der Fahrer zog den Wagen im letzten Moment weg, aber das hintere rechte Rad versackte in einem tiefen Loch am Straßenrand. Alex beobachtete mit angehaltenem Atem, wie der Wagen zurückrutschte und sich gefährlich neigte, bevor er völlig zum Stillstand kam.

Glücklicherweise war der Fahrer von Alex' Kutsche ein erfahrener Haudegen und schaffte es, sein Gespann anzuhalten, bevor sie mit der verunglückten Kutsche zusammenstießen. «Halt!», rief der Fahrer, als Alex und der Beifahrer hektisch zum Gepäckwagen am Ende ihrer Gruppe winkten. Alle drei Wagen blieben nun mitten auf der Straße stehen.

Alex gab dem Fahrer einen Schlag auf die Schulter und kletterte vom Wagen. Sein Vater öffnete die Tür, und Alex steckte seinen Kopf hinein. «Die Kutsche der Damen ist in ein Loch geraten. Es sieht so aus, als wären sie festgefahren», sagte er.

Er marschierte zum führenden Wagen und tippte gegen die linke Seitentür. Seine Mutter öffnete. «Vielleicht solltet ihr herauskommen, während sie versuchen, den Karren wieder flügge zu machen», sagte er und bot seiner Mutter seine Hand an.

Ein Paar Arme erschien auf der rechten Seite von ihm. Er trat zurück, als sein Vater Lady Caroline ergriff und sie aus dem Wagen hob. Der Herzog flüsterte ihr etwas ins Ohr, über das sie lächelte.

In kürzester Zeit hatte der Herzog seine Frau und die beiden Töchter aus dem Wagen herausgeholt. Lucy umarmte ihre Schwester Emma. Das jüngste Radley-Kind hielt sich den Kopf, weil sie bei dem Unglück heftig mit der Stirn gegen den Fensterrahmen gestoßen war.

«Wenn ihr Ladys es vorzieht, euch im anderen Wagen warmzuhalten, bin ich sicher, dass die Jungs Platz machen werden. Etwas frische Luft wird ihnen allen gut tun», sagte sein Vater, nachdem er sich vergewissert hatte, dass mit Emma alles in Ordnung war. Er hob seine Tochter hoch und trug sie zum Wagen. David und Stephen kletterten heraus und sahen besorgt zu, wie ihr Vater Emma in den Wagen setzte.

«Sie hat nur eine Beule am Kopf. Bitte holt etwas Schnee zum Kühlen für eure Schwester.» Er reichte Stephen ein sauberes Taschentuch und zeigte auf einen Haufen Neuschnee weiter unten auf der Straße.

Als die Fahrer und Beifahrer der drei Reisewagen sich daran machten, die festgefahrene Kutsche zu befreien, standen Alex und David still am Straßenrand und beobachteten sie. Ihr Angebot, den Strathmore-Bediensteten zu helfen, wurde gutgelaunt zurückgewiesen.

David trampelte auf der Stelle. «Es ist eiskalt hier draußen. Ich hab da drin gerade so schön geschlafen, als Vater mich plötzlich weckte.»

Alex nahm einen Schluck aus seinem Flachmann und ignorierte ihn.

«Willst du das Teilen?», fragte David und nickte in Richtung der Flasche.

«Nein.»

David seufzte empört.

«Jeder würde denken, dass ich gestern Abend der Idiot gewesen bin, wegen der stinkigen Stimmung, die du den ganzen Tag verbreitest. Erinnere mich doch noch mal daran, wer es war, der das Ashton-Mädchen in unser Haus lockte? Ich bin mir sicher, dass *ich* es *nicht* war.»

«Halt den Mund, David», antwortete Alex.

David machte einen Schritt zur Seite und stand Schulter an Schulter mit Alex. «Seit jener Nacht vor zwei Wochen bist du mir gegenüber total mies gelaunt. Es ist nicht meine Schuld, wenn du keinen Witz ertragen kannst. Jeder würde denken, dass du der erste und einzige Kerl bist, der je mit einer unwillkommenen Erektion zu tun hatte. Du hast dich vollständig zum Trottel gemacht, indem du so reagiert hast, wie du es getan hast», sagte David.

Alex packte Davids Arm und hielt ihn fest. Er fühlte ihn zucken. Gut. Er wäre enttäuscht, wenn sein Bruder morgen nicht wenigstens ein paar Prellungen hätte.

«Das tut weh, Alex. Wenn du nicht willst, dass die Diener sehen, wie du am Straßenrand im Schnee landest, solltest du mich besser loslassen», sagte er mit zusammengebissenen Zähnen.

Alex lockerte seinen Griff. Sein Bruder war ein Meister des Faustkampfes. David trat weg und wandte sich zu ihm um. «Beabsichtigst du, dich die ganze Zeit in Schottland so zu verhalten? Denn eines kann ich dir sagen: Papa wird das nicht zulassen. Also, wir beide sollten das besser hier und jetzt aus der Welt schaffen. Ich habe gestern Abend den Ruf deiner kostbaren Miss Ashton gerettet, aber so, wie du dich verhältst, könnte man meinen, dass du gar nicht wolltest, dass sie gerettet wird.»

Alex stand still und starrte seinen Bruder an. Er nahm einen weiteren Schluck seines Whiskys und reichte David die Flasche.

«Danke», sagte David und nahm einen Schluck der feurigen Flüssigkeit, bevor er den Flachmann an Alex zurückgab.

«Du warst das Highlight des Clubs an jenem Abend. Lange nachdem du hinausgestürmt warst, lachten die anderen Jungs immer noch darüber, dass du wegen Millie Ashton eine Erektion hattest. Um fair zu sein, ist sie ein wirklich schönes Mädchen, aber …»

Bevor er das, was er sagte, beenden konnte, stieß Alex ein mächtiges Gebrüll aus und stürzte sich auf ihn. David hatte keine Zeit zu reagieren. Als er auf dem Boden landete, trat Alex vor und stellte einen schweren Lederstiefel auf seine Brust. Mit dem Flachmann in der Hand lehnte er sich über seinen angeschlagenen Bruder und beobachtete, wie Angst die Überraschung in Davids Blick ersetzte.

«Alex!», brüllte sein Vater und stürmte über die Straße zu seinen beiden ältesten Söhnen. «Was zum Teufel ist hier los?», fragte er.

Alex warf einen verächtlichen Blick auf David und spuckte auf den Boden, nur ganz knapp neben seinen Bruder. Er nahm seinen Stiefel von Davids Brust und wandte sich zum Gehen. «Frag ihn», schnappte er.

David kämpfte sich auf die Füße und fing an, den Schnee von seinem Mantel zu fegen.

«Nun?», fragte der Herzog. «Wir gehen nirgendwo hin, bis ihr beide mir Rede und Antwort steht. Und wenn ich keine befriedigende Antwort bekomme, könnt ihr verdammt nochmal den Rest des Weges zu Felix' Anwesen zu Fuß gehen.»

David schloss die Augen und stieß einen Seufzer aus. «Es ist meine Schuld, Papa. Ich hatte ein bisschen zu viel getrunken und erzählte einigen unserer Freunde die Wahrheit über Alex' peinliche Lage bei Viscount Ashtons Ball. Offensichtlich hat Alex den Humor in meinen Bemerkungen nicht erkannt.»

Das Gebrüll der Wut hallte unvermindert in Alex' Ohren nach. Er war fast so weit gewesen, sich bei seinem Bruder zu entschuldigen, und dann hatte David Millie beleidigt. Nun war er von einer solchen mörderischen Wut besessen, dass er gar nicht darüber nachdenken wollte, was er getan hätte, wenn ihr Vater nicht eingegriffen hätte.

«Ist es das, worum es hier geht? Ihr geht euch an die Kehle, weil Alex' kostbarer Stolz verletzt wurde? Du musst dir ein dickeres Fell wachsen lassen, mein Junge», antwortete der Herzog und zeigte wütend mit dem Finger auf Alex.

Alex schüttelte den Kopf. «Vielen Dank für Ihren rechtzeitigen Rat, Papa, aber die Verletzung meines Rufes ist nur die Hälfte davon.» Er hob den Whisky an seine Lippen und trank den Rest in einem Zug. Er stopfte den Flachmann wieder in seine Tasche und starrte seinen Vater an. «Wenn du den wahren Grund wissen willst, warum der Arsch meines dummen Bruders vom Rollen im Schnee durchnässt ist, dann deshalb, weil er den guten Namen von Miss Ashton vor unseren Freunden beschmutzt hat und jetzt auch noch die Dreistigkeit besitzt, mir diese Beleidigung soeben noch einmal direkt ins Gesicht zu sagen. Damit kommt er bei mir nicht ungestraft durch.»

Sein Vater nickte und legte ihm einen Arm um die Schultern. Sie gingen zusammen hinüber zu David, und der Herzog zog seinen älteren Sohn auf seine andere Seite. Mit dem Rücken zu den Kutschen konnte niemand das anschließende Gespräch hören.

«Wir sind als Familie unterwegs und auf dem Weg zu unserem Stammhaus in Schottland. Ich werde nicht zulassen, dass ihr beide euch die ganze Zeit in den Haaren liegt, solange wir nicht in London sind. Und ganz besonders nicht vor den Frauen und den Bediensteten. Nun, David, entschuldige dich für das, was du über Miss Ashton gesagt hast, da Alex sich eindeutig beleidigt gefühlt hat. Alex, du wiederum wirst dich entschuldigen, dass du deinen Bruder angegriffen und ihn zu Boden geschlagen hast.»

Die Brüder tauschten Blicke aus. Alex konnte sehen, dass David noch immer von dem plötzlichen Angriff benommen war.

David zuckte mit den Schultern. «Ich verstehe nicht, was dazwischen dir und Miss Ashton ist, aber sie ist eindeutig eine geschätzte Freundin, über die ich unangemessene Bemerkungen gemacht habe. Ich entschuldige mich vorbehaltlos und bitte dich darum, dass wir uns ein wenig über die junge Frau unterhalten, damit ich die Situation besser verstehe.»

«Alex?», fragte Ewan.

Alex spürte, wie sich der Arm seines Vaters um seine Schulter spannte. Er sah seinen Bruder an und senkte dann seinen Blick auf die Straße. «Es tut mir leid», antwortete er emotionslos.

David bot seine Hand an, und Alex nahm sie widerwillig. Er war müde, und die Ereignisse der vorherigen Nacht lagen immer noch ungelöst zwischen ihnen.

Ihr Vater legte einen Arm um Alex und den anderen um David. «Meine Jungs», murmelte er. «Lasst niemals etwas oder irgendjemanden zwischen euch kommen. Familie steht immer an erster Stelle.»

Alex hörte ein Schniefen und sah, als er sich umdrehte, Stephen neben sich, den Tränen nahe. Der junge Bursche hatte die heftige Auseinandersetzung zwischen seinen beiden Brüdern miterlebt. Alex streckte die Hand aus und legte einen Arm um seinen jüngeren Bruder, um ihn mit in die Umarmung der Radley-Männer zu ziehen.

Was die Diener, die sich an den nun befreiten Wagen lehnten, über die berührende Szene dachten, spielte keine Rolle. Die Familie Radley hatte das Strathmore-Herzogtum fast sechshundert Jahre lang zusammengehalten, indem sie sowohl in ihrem Zweck als auch in ihrer Unterstützung vereint war. Die Brüder standen immer füreinander ein.

Als sich die Gruppe schließlich trennte, gab es viel Schulterklopfen und Lächeln. Stephen versuchte, mit Alex zu ringen, aber er wurde leicht überwältigt und fand sich mit einem Hemd voller Schnee wieder, bevor er in die Wärme ihrer Kutsche zurückkehrte.

Als die Damen sicher zu ihrem eigenen Wagen zurückkehrten, fuhr die Familie weiter zu Lord Wiltmores Anwesen und dem Ende des ersten Abschnitts ihrer Reise.

Kapitel Vierzehn

Als Millie und Charles nach Hause zurückkehrten, ging Millie in ihr Zimmer. Charles hatte angeboten, ihr im Salon im Obergeschoss Gesellschaft zu leisten, aber sie hatte sein freundliches Angebot abgelehnt. In diesem Moment war ein offenes Ohr das Letzte, was sie brauchte.

«Es geht mir gut. Es war nur ein kleiner Schock, dass die Radleys die Stadt heute Morgen so eilig verlassen haben», sagte sie und drückte seine Hand ein letztes Mal.

Sie entließ Grace, sobald sie konnte, und sagte ihr, dass sie sich ausruhen müsse. Sobald sich die Schritte ihrer Magd den Flur hinunter entfernten, schloss Millie die Tür zu ihrem Schlafzimmer. Mit verschränkten Händen stand sie mitten in ihrem Zimmer und wartete darauf, dass die Tränen kamen. Das Gefühl äußerster Enttäuschung und Verlegenheit, dass sie empfunden hatte, als sie in der Kälte vor Strathmore House stand, hatte sie bis ins Mark erschüttert. Wie wenig hatte sie Lucy wirklich bedeutet?

Und Alex?

Sie würde für immer in der Schuld ihres Bruders stehen, der sie in diesem Moment gerettet hatte.

Danke, Charles.

Während sie in der Stille ihres Schlafzimmers stand, überkam sie langsam ein Gefühl der Ruhe. Es hätte ja weitaus schlimmer kommen können. Die Ereignisse des Vorabends und dieses Nachmittags hatten ihr eine Reihe wertvoller Lektionen beigebracht.

Sechs Wochen, ohne Lucy oder Alex zu sehen, wären ein Segen. Sie hatte zugelassen, dass ihre Welt aus einem kleinen, ausgewählten Freundeskreis bestand. Jetzt war die Zeit gekommen, hinauszugehen und neue Bekanntschaften zu machen. «Das wird mich lehren, nicht alles auf ein einziges Pferd zu setzen.»

Sie zog Charles' Karte aus ihrem Täschchen und sah sich die Adresse auf der Rückseite an. Hargreaves hatte gesagt, es würde sechs Tage dauern, bis die Familie Radley ihr Zuhause in Schottland erreicht hatte, also hatte sie genügend Zeit, um einen geeigneten Brief an Lucy zu schreiben.

Es bestand kein Zweifel, dass Lucy eine Entschuldigung verdient hatte, aber die würde sie nicht heute schreiben. Die letzte Nacht war immer noch zu nah. Millie brauchte Zeit, um die Fakten zu verarbeiten und die Dinge ins rechte Licht zu rücken. Erst dann würde sie etwas niederschreiben. Wenn Alex sein Wort hielt, bräuchte sie sich nur für ihr Verschwinden vom Ball entschuldigen.

Was als harmloser Moment begonnen hatte, ihrer Fantasie nachzugeben, war allzu real geworden. In einem Moment teilten sie auf unschuldige Weise eine Tasse Tee, im nächsten Augenblick küsste er sie. Was um alles in der Welt hatte ihn dazu gebracht, so etwas zu tun? Wenn es Wahnsinn war, dann hatte sie an derselben Krankheit gelitten. Sie hatte seinen Kuss erwidert.

«Es ist nichts passiert», flüsterte sie und erinnerte sich an Alex' Worte. Sie berührte ihre Lippen mit einem Finger und seufzte. «Nichts anderes, als dass du dich wie eine Idiotin in ihn verliebt hast und dich von ihm hast küssen lassen.»

Indem er die anderen angelogen hatte, hatte er sicherlich ihre Haut gerettet, aber Alex' wahre Natur bestätigt zu sehen, tat immer noch zutiefst weh. Ganz zu schweigen von der Demütigung, zu wissen, dass er am selben Morgen, nachdem er erklärt hatte, dass er sie liebte, London wortlos verlassen hatte.

Millie hatte einen Blick in seinen Augen gesehen, der sie für den kürzesten Moment dazu verleitet hatte, seinen Worten zu glauben. Der Kuss war mutig genug gewesen, aber als er ihr sagen wollte, dass er seine Zuneigung ernst meinte, war der Moment zur Farce geworden. Ihre Antwort war völlig angemessen gewesen. Er hatte kein Recht, mit ihr über Liebe zu sprechen. Indem sie die Begegnung als eine Art Scherz betrachtete, hatte sie seine Erklärung mit der Nüchternheit behandelt, die sie verdiente.

Letzte Nacht war sie gnädig gewesen, aber wenn sie ihn das nächste Mal traf, würde er die Tiefe ihrer Verachtung für sein Verhalten zu spüren bekommen. Wie viele andere Mädchen hatten diese Liebesworte gehört, sie ernst genommen und sich dann das Herz brechen lassen, ganz zu schweigen davon, was es Lucy gekostet hatte?

Sie sah sich im Spiegel an und lächelte. In ihrem Herzen steckte ein Stachel der Enttäuschung, aber sie verstand, dass kein Mädchen wirklich immun gegen die Reize von Lord Brooke war. Sie holte tief Luft und sprach ein Dankgebet. Sie war mit ihrem guten Ruf und einem größtenteils intakten Herzen davongekommen, und jetzt war es an der Zeit, alles hinter sich zu lassen.

Es gab ein Leben nach Alex Radley. Der Verlust von Lucys Freundschaft wäre ein Schlag, wenn sie den Schaden nicht reparieren konnte, aber Millie hatte jetzt über einen Monat Zeit, um neue Freundschaften zu schließen, bevor Lucy nach London zurückkehrte. Ein Funke Hoffnung flammte in ihr auf. Wenn sie einen Notfallplan vorbereitete, hätte sie zumindest genügend Zeit, um zu entscheiden, ob sie in England bleiben oder nach Indien zurückkehren wollte. Die Dinge sahen viel heller aus als noch vor einer Stunde.

«Wer weiß, vielleicht finde ich jemanden, der mich dazu bringt, bleiben zu wollen.»

Sie entschied, dass es keine bessere Zeit als die Gegenwart gab, öffnete die Schlafzimmertür und ging, um ihre Mutter zu finden. Während Violet in den nächsten Tagen immer noch mit ihrem beschädigten Knöchel liegen musste, würde sich zweifellos eine wundersame Genesung ergeben, sobald sie wusste, dass Millie es ernst damit meinte, neue Freundschaften zu schließen.

Zwei Wochen später hatte David zu bedauern begonnen, dass er und Alex wieder miteinander sprachen. Irgendwann in den Tagen nach ihrer Ankunft in Schottland hatte sein Bruder beschlossen, dass er an Millie schreiben musste, und wenn Alex eine Idee in den Kopf bekam, konnte ihn nichts mehr aufhalten.

Am Morgen nach einem ihrer regelmäßigen Abende in der Taverne des Dorfes saß David beim Frühstück und fühlte sich nicht so besonders. Nachdem er das gepökelte Schweinefleisch und das Brot auf seinem Teller zum dritten Mal kritisch betrachtet hatte und spürte, wie sich sein Magen umdrehte, gab er auf und schob den Teller weg. Eine Tasse heißen, süßen Tees sah sicherer aus.

Er hörte, wie Alex sich näherte, lange bevor sein Bruder den Frühstücksraum erreichte. Als er den Raum betrat, pfiff Alex vor sich hin, nahm einen Teller und stapelte Essen darauf.

«Guten Morgen, lieber Bruder. Was für eine erfrischende Nachtruhe ich hatte. Ich fühle mich wunderbar und bin absolut am Verhungern», verkündete Alex. Obgleich sich auf seinem Teller schon Speck, Weißwurst und Roastbeef stapelten, legte er noch mehrere fettige Spiegeleier obenauf, bevor er den silbernen Deckel wieder über die Servierplatte klappte.

Wenn David sich besser gefühlt hätte, hätte er den Kopf geschüttelt. Stattdessen schloss er nur die Augen und versuchte sich darauf zu konzentrieren, seinen Tee im Magen zu behalten. Alex warf sich auf den Stuhl gegenüber und rieb sich vor Freude die Hände.

«Heute wird ein guter Tag. Lust auf einen Ritt durchs Tal? Papa sagt, der Hauptweg ist größtenteils frei. Ich kann es kaum erwarten, auf ein Pferd zu steigen und einfach irgendwohin zu reiten. Keine Kutschen und keine Menschen, nur die Wildnis Schottlands. Was denkst du?» Alex stopfte sich ein großes Stück Weißwurst in den Mund und kaute glücklich.

In der vergangenen Nacht hatte Alex seinen Bruder unter den Tisch getrunken, und nun saß er hier früh am Morgen, als hätte ihm das alles nichts angehabt.

David nahm seinen Tee und trank einen Schluck. Der Gedanke, auf dem Rücken eines Pferdes auf und ab federnd zu galoppieren, gepaart mit dem Geruch des Specks, brachte ihn mehr und mehr an den Rand des Erbrechens. «Nein, ich glaube, ich verbringe den Tag damit, etwas zu lesen und vielleicht ein paar Briefe zu schreiben», antwortete er.

Alex klatschte laut in die Hände. David zuckte zusammen.

«Ausgezeichnet, genau das, was ich hören wollte», sagte Alex und stach erneut mit der Gabel in sein Frühstück. Er beugte sich über den Tisch und schwang ein Stück Speck, von dem Eigelb tropfte, am Ende seiner Gabel. «Du musst einen Brief für mich schreiben.»

David starrte Alex an. In seinem ganzen Leben hatte Alex noch nie einen Brief geschrieben, noch hatte er David jemals gebeten, das für ihn zu tun. Die ganze Zeit, die sie zusammen in Eton verbracht hatten, hatte Alex immer darauf gelauert, dass David seinen wöchentlichen Brief nach Hause schrieb, um dann unten seine eigenen Initialen hinzuzufügen.

Alex hatte etwas vor.

«An wen würde dieser Brief gehen, darf ich fragen?», erwiderte David.

«Millie Ashton», antwortete Alex.

David sah Alex besorgt an. «Bist du dir da sicher?», fragte er schließlich.

Das Lächeln verschwand aus Alex' Gesicht. «Völlig überzeugt», antwortete er, als er Messer und Gabel in die Mitte seines Tellers legte und sich in seinem Stuhl zurücklehnte.

Im Raum herrschte Stille, während David nach den richtigen Worten suchte.

«Also, was soll dieser Brief aussagen, abgesehen von einer aufrichtigen Entschuldigung dafür, dass du ihren Ruf riskiert hast? Darf ich einen schönen freundlichen Brief vorschlagen, der ihr von deiner Reise nach Schottland erzählt? Ein bisschen was über das Wetter und vielleicht noch eine kleine Bemerkung, dass du ihr Lächeln vermisst. Nichts zu Ernstes», antwortete David.

Alex kratzte sich am Ohr. «Du musst einen Liebesbrief für mich schreiben.»

«Warum?», fragte David vorsichtig.

Alex seufzte. «Weil ich in jener Nacht, als ich Millie zu uns nach Hause brachte, sie geküsst und ihr gesagt habe, dass ich sie liebe. Darum. Und je mehr ich darüber nachdenke, desto sicherer bin ich mir, dass es Liebe ist. Wie du also siehst, ich muss etwas tun. Ich möchte sie heiraten. Ich möchte, dass sie eines Tages meine Herzogin ist. Ich denke, sie wäre genau die Richtige dafür.»

Davids Herz sank. Das arme Mädchen hatte wahrscheinlich seit jener Nacht jeden Tag damit verbracht, davon überzeugt zu sein, dass Alex ein herzloser Schuft war, der sie benutzt hatte. Wenn Alex eine Chance haben wollte, Millie zu umwerben, hatte er keine andere Wahl. Er musste tun, was Alex verlangte.

«Also, hast du die Worte im Kopf, die ich schreiben soll?», fragte David.

Alex verzog die Nase. «Eigentlich, nein. Du weißt doch, wie hoffnungslos ich bin, wenn es darum geht, vernünftige Sätze in meinem Kopf zu bilden. Ich bin sicher, du könntest viel schneller als ich etwas Passendes zusammenschustern.»

«Du könntest nach London zurückkehren», antwortete David. Diese Option war ihm weitaus lieber. Tatsächlich war alles besser, als einen Liebesbrief an ein Mädchen schreiben zu müssen, dass er kaum kannte.

«Ich habe Papa heute Morgen schon gefragt. Er hat nein gesagt. Ich sagte ihm, dass es dringend sei. Er sagte, ich müsse meine Verantwortung als zukünftiger Besitzer dieses Tals ernster nehmen und ich könnte nicht einfach aus einer Laune heraus nach London zurückkehren», antwortete Alex.

Er schob seinen halb aufgegessenen Teller weg, während David die Ohren spitzte. Wenn es eine Sache gab, die sein Bruder nie getan hatte, war es, Essen zu verschmähen.

«Er hat mir vorgeschlagen, jemanden zu bitten, an Millie zu schreiben. Er sagte, er sei nicht überzeugt, dass ich es mit ihr Ernst meine, und ich solle nichts überstürzen. Er meint, ich sollte die Dinge langsam angehen und ein Verständnis für ihren Charakter entwickeln, bevor ich mich formell an ihren Vater wende. Er sieht das so: Wenn sie mich nicht will, habe ich wenigstens ein paar Wochen Zeit, um meine Wunden zu pflegen, bevor wir zurückkehren. Bitte, David, ich brauche wirklich deine Hilfe.»

David wischte sich mit seiner Serviette den Mund ab und stand auf, um zu gehen. Er drehte sich zu Alex um und hob kapitulierend die Hand. «Also gut, aber ich werde Zeit brauchen, um darüber nachzudenken. Solange du mich nicht nervst, werde ich versuchen, in den nächsten Tagen etwas zu Papier zu bringen», sagte David.

«Danke. Das bedeutet mir alles, und ich werde es dir nicht vergessen», antwortete Alex.

David zuckte zusammen. «Genaugenommen wirst du es vergessen. Wenn ich diesen Brief schreibe, möchte ich nie wieder ein Wort darüber hören. Wenn du jemandem auch nur ein Wort von meiner Beteiligung zuflüsterst, werde ich nie wieder mit dir sprechen. Alles klar?»

Alex hatte keine andere Wahl und nickte.

Mit den Händen in den Jackentaschen ging David zurück in sein Zimmer und hoffte, dass Alex mit etwas Glück zur Besinnung kommen und es vergessen würde. Wenn er es Alex gegenüber nichts erwähnte, würde vielleicht die ganze dumme Idee, an Miss Ashton zu schreiben, eines natürlichen Todes sterben.

Aber beim Abendessen wusste er, dass er damit kein Glück hatte. Alex hatte es sich zur Aufgabe gemacht, jede seiner Bewegungen zu verfolgen. Seine freundlichen Angebote alle halbe Stunde, ihm Tee zu bringen, machten David verrückt. Er hatte sogar einen besonderen Ausflug in die nächste Stadt gemacht, um Davids Lieblingskonfekt zu besorgen. Ein vierstündiger Ritt zu Pferd in der bitteren Kälte, und Alex lächelte immer noch bei seiner Rückkehr.

Nachdem David sich von der Abendunterhaltung der Familie zurückgezogen hatte, ging er schließlich in den privaten Salon, der für seinen und Alex' persönlichen Gebrauch reserviert war. «Ich kann nicht glauben, dass ich mich dazu überreden ließ. Ich muss verrückt sein», murmelte er, als er die Tür zum gemütlichen Salon aufstieß. Er schloss die Tür hinter sich, lehnte sich von innen dagegen und musterte schweigend den Raum. Das Feuer brannte seit dem frühen Nachmittag, so dass es hier drinnen angenehm warm war. Der Whiskyschrank war gut bestückt, und eine Auswahl an Zigarren stand penibel angeordnet in einem Kasten obenauf.

«Lass uns das Erledigen, und dann lässt er mich hoffentlich in Ruhe», sagte er sich.

Er durchquerte den Raum zu dem großen Schreibtisch vor dem

Fenster und nahm Platz. Ein paar Zeilen über Blumen und die Sterne am Himmel, gefolgt von einer sentimentalen Liebeserklärung, und seine Arbeit wäre erledigt. Er hob die Schreibfeder auf, tauchte sie ins Tintenfass und beugte sich über den Schreibtisch. Es würde nur ein paar Minuten dauern, um eine einfache Liebeserklärung zu schreiben.

Zehn Minuten später starrte er immer noch auf das jungfräuliche weiße Papier, wobei der Stift sanft zwischen seinem Mittel- und Zeigefinger rollte. Er fluchte und legte die Feder hin.

«Komm schon, bring einfach etwas auf die Seite, es muss nicht Wordsworth sein», grummelte er frustriert.

Sein Blick wanderte durch den Raum zum Whiskyschrank, wo er an seiner Lieblingssorte hängenblieb. Das Licht des Feuers spielte magisch über die Vorderseite der Kristallkaraffe. Er lächelte. «Also gut, mein Lieber, ich höre den Ruf der Sirene.»

Mit einem Becher der goldenen Herrlichkeit in der Hand kehrte David zum Schreibtisch zurück und setzte sich wieder. Er nahm einen Schluck Whisky und schmeckte das starke Malz, das über seine Zunge glitt. Er entschied sofort, dass er sich am Feuer wohler fühlen würde. Mit Papier, Tinte und Stift bewaffnet, ließ er sich in einem großen Ledersessel nieder.

Er schaute prüfend auf das Briefpapier und betete um Inspiration. Wie konnte er einem Mädchen, das er kaum kannte, einen Liebesbrief schreiben? «Aha!», sagte er und schwenkte das Schreibgerät herum, als wäre es ein Dirigentenstab. Wenn er einen Liebesbrief schreiben sollte, musste er seine Muse finden.

Ein Bild von Lady Clarice Langham kam ihm leicht in den Sinn. Er hatte sie viele Jahre lang von weitem geliebt, aber sie hatte sich immer höflich geweigert, mit ihm zu tanzen. Ihr Vater hatte deutlich klargestellt, dass der uneheliche Sohn eines Herzogs für seine Tochter niemals gut genug sein würde. Er wusste, dass es Zeitverschwendung sein würde, sie zu umwerben, aber sein Herz gehörte ihr. Solange sie unverheiratet blieb, brannte immer noch ein schwacher Hoffnungsschimmer.

Während sein Herzenswunsch außerhalb seiner Reichweite lag, konnte er zumindest das verwenden, was er für Clarice empfand, wenn er einen Liebesbrief für seinen Bruder schrieb. Er musste sich nur vorstellen, dass sie diejenige war, die den Brief las.

Er tauchte die Feder in die Tinte und begann zu schreiben.

Etwa eine Stunde später öffnete Alex leise die Salon Tür und fand David tief schlafend auf dem Stuhl. Mehrere Blätter zerknitterten, teilweise verbrannten Papiers lagen am Rand des Kamins. Er schüttelte den Kopf, als er sie aufhob und in die schwelende Glut legte. David hatte einen furchtbar schlechten Wurfarm.

Auf dem Boden, ein paar Meter vor Davids Stuhl, lag ein gefaltetes Stück Papier. Es war adressiert, aber noch nicht versiegelt. Alex nahm es auf und drehte es um. Er konnte die Worte der Adresse nicht lesen, da Davids Handschrift noch schlimmer war als sein Wurfarm. Aber er konnte immerhin das große gedruckte L von London auf der Unterseite ausmachen. Erleichterung überkam ihn. Sein Bruder hatte ihn nicht im Stich gelassen.

Er nahm das Papier und legte es auf den Schreibtisch. Mit einem Stück schwarzen Wachses aus der Schreibtischschublade ging er zum Feuer, um es zu erhitzen. Dann kehrte er zurück und versiegelte den Brief mit seinem persönlichen Wappen.

Alex stand und schaute auf den Brief, während das Wachs langsam abkühlte. Anstatt einer Liebeserklärung, von der sein ganzes zukünftiges Glück abhing, sah es aus wie jeder andere Geschäftsbrief, den sein Vater geschickt hätte.

Es sieht nicht aus wie ein Brief von mir. Da ist nichts, das beweist, dass ich ihn geschrieben habe, was natürlich daran liegt, dass ich es nicht getan habe, aber ich muss es persönlicher machen.

David rührte sich im Schlaf, und als Alex zu ihm hinüberblickte, bemerkte er Tinte und Feder auf dem Tisch neben dem Sessel, in dem sein Bruder döste.

«Dem Mutigen gehört die Welt», murmelte er.

Alex setzte den Stift und das Tintenfass auf dem Schreibtisch, sorgsam bedacht, dass keine Tinte auf den kostbaren Brief geriet. Dann machte er sich daran, seine Initialen auf der Rückseite des Briefes, knapp unter dem Siegel, mühsam hinzuzufügen. Sobald diese Aufgabe erledigt war, lehnte er sich zurück und schaute sich das Ergebnis an, glücklich in dem Wissen, dass Millie, wenn sie den Brief erhielt, wissen würde, dass er von ihm war, bevor sie ihn überhaupt öffnete.

Mit dem Brief in der Hand ließ er David weiterschlafen und machte sich auf die Suche nach dem obersten Butler des Schlosses. Beim ersten Morgenlicht wäre das wichtigste Stück Korrespondenz, das er jemals abschicken würde, auf dem Weg nach London.

Nachdem er den Brief übergeben hatte, ging er zurück in den Salon, um seinen Bruder zu wecken, damit sie gemeinsam einen letzten Drink und eine Zigarre genießen konnten, aber als er die Tür öffnete, fand er den Raum leer. David schien aufgewacht zu sein, während er selbst weg gewesen war, und war ins Bett gegangen.

Ein Jammer.

Alex betrachtete das Feuer. Wenn er beabsichtigte, noch eine Weile wach zu bleiben, musste er noch ein paar Scheite nachlegen. Stattdessen schob er das größte Holz nach hinten und verstreute die Glut, so dass das Feuer langsam niederbrennen konnte. Er nahm eine kleine Zigarre vom Tablett und zündete sie mit Hilfe einer der Kerzen auf dem Kaminsims an.

Nachdem er in sein Zimmer zurückgekehrt war und seinen Mantel angezogen hatte, verließ Alex die privaten Räume des Schlosses. Mit der Decke über der Schulter, die er aus London mitgebracht hatte, und einem dicken Wollschal um den Hals, kletterte er über die Steintreppen, die zu den Burgwällen führten. Wie es das Glück wollte, hatte es aufgehört zu schneien, und er konnte sich in einem seiner Lieblingsverstecke aus der Kindheit warmhalten. Er blickte durch eine der in die Steinmauer geschnittenen Schießscharten, die einen Blick über das dunkle Tal boten, vorbei am nahegelegenen See. Indem er den Kopf hob, konnte er noch gerade so die Lichter des Dorfes unterhalb der Burg erkennen.

Er konnte es kaum erwarten, Millie nach Schottland zu bringen und ihr die Burg und ihre Umgebung zu zeigen. Er war überzeugt, dass sie das Anwesen lieben würde, und sobald sie sie kennenlernten, würden die Bewohner sie auch lieben. Wenn es gelang, einen besonderen Platz in ihrem Herzen für Schottland einzurichten, hoffte er, dass der Schmerz, den sie durch den Verlust ihrer Heimat in Indien verspürte, nachlassen würde.

Er saß mit zugeknöpftem Mantel und um seinen Kopf gewundenen Schal und blies Rauchringe in die kalte, stille Luft, während er versuchte, sich Millies Reaktion auf seinen Liebesbrief vorzustellen. Er zählte die Tage, die es dauern würde, bis seine Erklärung sie erreichte, und wie lange es dann wiederum dauern würde, bis ihre eilige Antwort zu ihm zurückfand. In etwas mehr als anderthalb Wochen sollte er ihre kostbaren Worte haben.

Er war zuversichtlich, dass sie mit dem Briefwechsel alle ihre Differenzen würden ausräumen können. Sobald er nach London zurückkehrte, würde er ihren Vater aufsuchen und um Millies Hand bitten.

«Eine Hochzeit im Juni wäre gut.»

Er schrieb sich ins Gedächtnis, die Kirche von St. George zu buchen, sobald er Mr. Ashtons Zustimmung hatte. Sobald bekannt wurde, dass seine Hochzeit am zweiten Samstag im Juni stattfinden sollte, wäre niemand sonst im *Ton* dumm genug, eine weitere Hochzeit für diesen Tag zu buchen.

Alex zog an seiner Zigarre. Ein Lächeln fand den Weg zu seinen Lippen. Seine Ehe mit Millie wäre der entscheidende Moment in seinem Übergang vom Salonlöwen zum zukünftigen Herzog. Er würde nicht länger mit seinem Bruder Unterkünfte teilen und bis in die frühen Morgenstunden trinken und spielen. Stattdessen hätte er eine liebevolle Frau und ein warmes Bett, für die es sich lohnte, jeden Abend nach Hause zu kommen.

«Wir werden irgendwo leben müssen», sagte er und sprach die Steinmauern an.

Er begann, eine Liste von Dingen zusammenzustellen, die er tun musste, sobald er nach London zurückkehrte. Je länger die Liste wurde, desto mehr erkannte er, dass es die ganze Zeit bis zur Hochzeit dauern würde, nur um seine Angelegenheiten in Ordnung zu bringen. Es bedeutete viel Arbeit, eine Frau zu heiraten.

Am Morgen würde er mit seinem Vater sprechen. Es musste eine Möglichkeit für die Familie geben, ihren Aufenthalt in Schottland zu verkürzen. Er stand auf und warf die Zigarre auf den kalten Steinboden. Ein Zischen entwich dem gerollten Blatt, als er es mit seinem Stiefel zerquetschte. Als er sich zur Tür wandte, um zu Bett zu gehen, sah er, wie sich die Tür öffnete und Lucy in die eisige Nacht heraustrat.

Sie schenkte ihm ein Lächeln. «Ich hatte gehofft, dich hier oben zu finden. Alle anderen sind ins Bett gegangen», sagte sie und schloss die Tür hinter sich.

«Ich war gerade dabei, mich ebenfalls zurückzuziehen», antwortete Alex.

Lucy nahm ihre Hand aus ihrem Pelz muff und zog zwei große Haferkekse heraus. «Könnte ich dich dazu verleiten, vielleicht noch ein paar Minuten zu bleiben?»

Alex nickte.

Sie ließen sich wieder in der Nische nieder, wo Alex die ganze Zeit gesessen hatte, und er legte die Decke über ihre Beine. Lucy überreichte ihm einen der Haferkekse, und sie saßen in geselliger Stille, während sie kauten.

«Ich will schon seit Tagen mit dir sprechen, aber es war schwierig, einen privaten Moment zu finden. Ich dachte, es interessiert dich vielleicht, dass ich vorgestern einen Brief von Millie erhalten habe», sagte Lucy.

Alex spürte, wie der Atem in seiner Kehle stockte.

Lucy drückte seine Hand. «Obwohl sie nicht viel geschrieben hat, war ich erfreut zu sehen, dass es sich um eine Entschuldigung handelte. Sie akzeptierte, dass sie töricht gewesen sei, mit dir vom Ball wegzulaufen, und dass sie dadurch meine Gefühle verletzt hatte. Sie erklärte, dass unsere Freundschaft für sie von großer Bedeutung sei, und bat um Verzeihung.»

Ein Hauch von Erleichterung ergriff ihn.

«Was ich wissen möchte, ist: Soll ich ihre Entschuldigung annehmen, oder war dies nur eine weitere Freundschaft, die nur existierte, weil jemand näher an dich herankommen wollte? Sag mir, Alex, soll ich ihr vergeben oder sollte ich Millie gehen lassen, wie ich es mit allen anderen getan habe?»

Alex legte Lucy einen Arm um die Schulter und zog sie an sich. «Ich wünsche mir von ganzem Herzen, dass du Millies Entschuldigung akzeptierst und ihr Freunde bleibt. Millie hat dich nicht benutzt, um an mich heranzukommen. Es war umgekehrt.»

Lucy betrachtete ihn prüfend, und er lächelte. «Bitte halte dies geheim, Lucy, denn es gibt noch Dinge zu erledigen. Aber ich möchte, dass du mit Millie befreundet bleibst, denn ich beabsichtige, um ihre Hand zu bitten, sobald wir nach London zurückkehren.»

Lucy schnappte vor Überraschung nach Luft. «Alex, ich hatte keine Ahnung, dass du so für sie empfindest. Es wäre schön, Millie als Schwester zu haben. Ich werde ihr noch in dieser Woche schreiben und dafür sorgen, dass wir uns versöhnen.» Sie drehte sich um und starrte ihn mit stechendem Blick an. «Du liebst sie, nicht wahr? Eine Ehe soll man nicht leichtfertig eingehen.»

Er stand auf und zog Lucy auf die Füße, wobei die Decke zu Boden glitt. Sie legte ihre Arme um seine Taille, und sie umarmten einander.

«Ja, ich liebe sie. Ich bin kein ganz so großer Halunke», flüsterte er, schob eine Hand in Lucys Haare und zerraufte sie zärtlich. Mit Lucy und Millie miteinander versöhnt und seiner Liebeserklärung auf dem Weg nach London, fühlte sich Alex seiner Zukunft sicher. Angesichts einer nur wenige Tage ausstehenden positiven Antwort von Millie konnte er es sich leisten, in Schottland zu bleiben, um seinem Vater einen Gefallen zu tun.

Am folgenden Nachmittag nutzten Alex und David die Gelegenheit, um im Tal auszureiten.

Als sie unterhalb des felsigen Teils ankamen, hielt Alex sein Pferd an und sprang hinunter. Das Knirschen des Eises unter seinen schweren Lederstiefeln klang wunderbar.

«Mi gefällt es sehr hier oben, es ist so gut, aus London raus zu sein und die frische Luft zu atmen», sagte er und beobachtete, wie David von seinem Pferd stieg.

«Nichts ist besser als gefrorene schottische Luft in der Lunge», antwortete David.

«Das Leben ist schön.»

David griff in seine Tasche und nahm ein kleines gefaltetes Blatt Papier heraus. Er übergab es Alex.

«Was ist das?», fragte Alex.

«Der Brief, den ich für dich geschrieben habe. Sag mir nicht, dass du die Idee bereits aufgegeben hast. Ich verbrachte Stunden letzte Nacht damit, etwas zu Papier zu bringen, aber am Ende habe ich jeden Versuch verbrannt. Anstatt also mein Versprechen zu brechen, stand ich heute früh auf und schrieb das», antwortete David und deutete auf den Brief.

Ein eisiger Schauer raste Alex' Wirbelsäule hinunter.

Was habe ich nach London geschickt?

«Was war falsch an all den Briefen, die Du gestern Abend geschrieben hast?», wagte er vorsichtig zu fragen.

David zuckte mit den Schultern. «Ich habe ein paar gescheiterte Versuche unternommen, bevor es mir schließlich gelungen ist, etwas Bedeutungsvolles hinzukritzeln. Aber nachdem ich den Brief adressiert hatte, kam ich zur Erkenntnis, es war zu stark. Es gibt eine Grenze an tief empfundener Leidenschaft, die man sicher in einem Brief an eine unverheiratete Frau schreiben kann.»

«Also hast du auch den letzten Brief zusammen mit den anderen verbrannt?», erkundigte sich Alex, während sich seine Zehen in den Stiefeln verkrampften.

«Ja.»

Alex schaute auf den Brief in seiner Hand und traf eine Entscheidung. Der Brief, von dem David glaubte, ihn verbrannt zu haben, war auf dem Weg nach London, und es gab nichts, was einer von ihnen dagegen tun konnte. Es David zu sagen, würde nur dazu führen, dass sie einander erneut an die Kehle gingen.

Er lächelte und nickte seinem Bruder dankbar zu.

Wenn der Brief, der derzeit nach London unterwegs war, tatsächlich voller Hitze und Leidenschaft war, hatte sein Bruder Alex unabsichtlich genau das gegeben, was er brauchte, um Millie davon zu überzeugen, dass er sie wirklich liebte.

Als sie zum Schloss zurückkehrten, verbrannte Alex den zweiten Brief.

Kapitel Fünfzehn

«Schön. Absolut atemberaubend, meine Liebe», sagte Violet, als Millie hinter dem Sichtschutz im Umkleideraum von Madame de Feuillide's Salon herauskam. Das dunkelroséfarbene Kleid, das Millie ausgesucht hatte, saß perfekt auf ihren Hüften und zeigte ihre neue Figur sehr vorteilhaft.

«Kann man sehen, dass ich abgenommen habe?», fragte Millie nervös. Sie starrte in den langen Spiegel und drehte sich, um ihr neues Kleid von allen Seiten zu betrachten. Sie erwartete keine Wunder, aber es wäre schön, wenn es sich doch ein bisschen auszahlen könnte, wie diszipliniert sie gewesen war.

Die lächelnde Madame de Feuillide hielt Daumen und Zeigefinger auseinander, um anzuzeigen, um wieviel sie das Kleid seit Millies letzter Anprobe hatte enger machen müssen. Ein weiterer Zoll. Ganze zweieinhalb Zoll waren nun Millie in den Tagen, seit sie ihre täglichen Spaziergänge begonnen hatte, von der Taille abhandengekommen. Violet hob die Augenbrauen und lächelte.

Millie würde niemals schlank sein, das lag einfach nicht in ihren Genen. Aber sie fing an, das zu mögen, was ihr aus dem Spiegel entgegenblickte. Vielleicht könnte sie doch die Frau sein, die ihre Mutter beschrieben hatte. Eine Frau mit der Art von Kurven, die Männer schätzten und Frauen neideten. Sie stützte ihre Hände in die Hüften und tanzte ein wenig.

«Ist dies der Moment, in dem du eine Bemerkung darüber machst, wie ein Schmetterling aus seinem Kokon hervorbricht?», scherzte Millie. Violet seufzte und wischte sich eine Träne ab, die ihr in die Augen trat.

«Die Farbe ist großartig. Ich dachte nicht, dass du diesen dunklen Farbton tragen könntest und es sogar gut aussieht, aber es funktioniert wirklich mit der Farbe deines Haares», sagte Violet. «Obwohl es immer noch nicht gerade die richtige Form der Kleidung für eine junge Debütantin ist. Ein sehr helles Créme oder Weiß wäre besser.»

Millie lächelte in dem Wissen, dass sie sich von dieser Bemerkung nicht ködern lassen würde. In den Tagen, seit sie ihrer Mutter von dem Streit mit Lucy berichtet hatte, waren die beiden Ashton-Frauen ununterbrochen damit beschäftigt gewesen, neue Freundinnen für Millie zu finden. Ein Knackpunkt in ihren Plänen war eine Einigung über Millies Status innerhalb des *Ton*. Violet hatte argumentiert, dass ihre Tochter ein formelles Coming-out haben und sich bei Hofe zeigen sollte, während Millie gesagt hatte, dass sie mit fast einundzwanzig viel zu alt war, um ihr Debüt zu geben.

Die Meinungsverschiedenheit hatte sich fortgesetzt, bis sie sich schließlich auf eine Lösung geeinigt hatten. Wenn jemand fragte, ob Millie der Gesellschaft vorgestellt worden sei, würden sie demjenigen einfach sagen, dass sie ihr Debüt in Kalkutta gegeben hatte. «Eine kleine Notlüge für einen Sommer des Friedens», mit diesen Worten hatte Millie die Idee an ihre Mutter verkauft.

Eine Einigung war erzielt worden, aber Millie wusste, dass sie an einer kurzen Leine gehalten wurde. Sie konnte niemanden mit Geschichten über die wundervolle Nacht ihres Debütantinnenballs verwöhnen, noch könnte sie detailliert das Kleid beschreiben, das sie dabei getragen hatte. Sie war Teil der Gesellschaft, und der Rest war Geschichte.

Es war die Woche nach Ostern, und jeden Tag kamen neue Einladungen zu Partys und Veranstaltungen bei den Ashtons an.

«Ich glaube, ich könnte das am Dienstag zum Ball tragen, Mama. was denkst du? Ich weiß, dass es noch einige Wochen bis zur Saison ist, aber ich würde dieses Kleid gern zu Lord Langhams Ball tragen. Ich denke, es wäre genau das Richtige», sagte Millie.

Der Ball im Haus des Earl of Langham war in ihrem Tagebuch als wichtiges Ereignis markiert. Es wäre die perfekte Gelegenheit für die Familie Ashton, mehr von ihren Nachbarn zu treffen. Für Millie wäre es eine Chance, einigen der anderen Mädchen zu zeigen, dass sie ihnen mehr Konkurrenz bot als nur eine beträchtliche Mitgift.

Wer weiß? Ich könnte einen jungen Mann treffen, der mich unwiderstehlich findet und mich bittet, mit ihm nach Gretna Green davonzulaufen.

«Bitte, Mama? Ich habe mich so auf den Ball gefreut. Ich verspreche, ich werde nicht mal in die Nähe des Buffets kommen und meine Tanzkarte nur mit geeigneten Herren füllen», flehte Millie.

Violet nickte. «Aber nur, wenn das Kleid bis dahin fertig ist. Und nein, ich werde nicht zulassen, dass Madames Mädchen rund um die Uhr arbeiten müssen, nur um es fertig zu machen.»

Die Modistin winkte Violet mit der Hand zu. «Es ist kein Problem, Mrs. Ashton. Wir müssen heute Nachmittag nur den letzten Saum verzieren, und das Kleid wird fertig sein. Ich werde es heute Abend zu Ihnen nach Hause schicken. Miss Ashton soll das Kleid zum Ball tragen.»

Millie lächelte und gab der alten Frau einen Kuss auf die Wange. Im Gegensatz zu vielen anderen Schneiderinnen in London versteckte Madame keinen Cockney-Akzent unter ihrem makellosen französischen.

Millies Blick fiel traurig auf das kleine Abbild eines Mannes, das Madame de Feuillide an ihrem Kleid befestigt trug. England hatte vielen, die vor dem Terror des revolutionären Frankreich geflohen waren, einen Zufluchtsort geboten, aber einige, wie Monsieur de Feuillide, hatten es nicht geschafft.

Die Modistin legte ihre Hände auf die von Millie und drückte sanft. «Merçi, meine Liebe. Sie sehen so schön aus, ich bin sicher, Sie werden viele der jungen Männer auf sich aufmerksam machen. Ich hoffe, dass ich bis zum Ende des Sommers Ihr Hochzeitskleid machen werde. Jetzt gehen Sie und ziehen sich um, während ich überprüfe, ob Ihre Tanzschuhe vom Schuhmacher angekommen sind.»

Nachdem ihr Kleid für den Ball jetzt organisiert war, kehrten Millie und Violet nach Hause zurück, saßen im Wohnzimmer und planten den Rest der gesellschaftlichen Ereignisse der kommenden Woche.

«Dein Vater und ich essen diesen Donnerstag bei deiner Tante und deinem Onkel zu Abend, damit du nach dem Ball am Dienstag einen Tag zu Hause ausruhen kannst. Es steht einer jungen Dame nicht gut zu Gesicht, zu Beginn der Saison jeden Abend unterwegs zu sein. Es heißt dann, dass sie zu frivol und nicht vernünftig genug ist, um über die ernste Angelegenheit der Ehe nachzudenken. Wir müssen sorgfältig Abende einplanen, in denen du zu Hause bleibst, um genau den richtigen Eindruck innerhalb des *Ton* zu erzeugen», erklärte Violet.

«Ja Mama», antwortete Millie geistesabwesend. Sie hörte ihrer Mutter nur halb zu, ihre Gedanken waren fest darauf gerichtet, wie sie ihren großen Auftritt für den Dienstag angehen wollte. Sie griff nach oben, und ihre Finger suchten unbewusst in ihrem Gesicht nach ihrem Nasenring. Sie bewegte die Finger und erinnerte sich daran, wie sie den Ring am Morgen nach dem Ball des Earl of Shale herausgenommen und nicht wieder hineingesteckt hatte.

Vielleicht ist es das Beste. Zumindest werden mich die Leute nicht anstarren. Ich werde alles tun, damit es ein Erfolg wird. Ich kann nicht nach Hause kommen, ohne mindestens eine, nein, zwei neue Freundinnen auf dem Ball gefunden zu haben.

«Millie?»

«Hmm?»

Sie fühlte eine Hand auf ihrem Knie und zuckte überrascht zusammen. Sie hob den Kopf und sah, wie ihre Mutter sie besorgt anblickte. «Geht es dir gut, mein Schatz?», fragte ihre Mutter.

Millie nickte. «Entschuldigung, ich war damit beschäftigt, an den Ball zu denken. Mir ist heute Morgen aufgefallen, als ich mich darauf vorbereitete, auszugehen, wie wichtig dieser Ball in unseren Plänen ist. Dies wird das erste große Ereignis sein, an dem ich teilnehme, seit Lady Lucy nach Schottland gereist ist.»

«Apropos, hast du ihr geschrieben?», antwortete Violet.

«Ja, ich habe Anfang letzter Woche einen Brief geschickt. Ich dachte, ich hätte es dir gesagt, aber dann habe ich das wohl vergessen. Sie hat ihn inzwischen sicher bekommen.»

Millie hatte Violet gegenüber behauptet, dass der Streit zwischen den

Mädchen ein einfaches Missverständnis beim frühen Osterball gewesen war, dass ein höfliches Entschuldigungsschreiben erforderte, um es wieder auszubügeln. Millie schrieb die Notiz so gut sie konnte, stellte die Fakten dar und argumentierte ihren Fall. Der Besuch im Haus von Alex und David war zwar ein dummes Unterfangen gewesen, aber nur, um eine anständige Tasse Tee zu teilen. Nichts weiter. Sie hatte den Brief heimlich nach Schottland geschickt, um sicherzustellen, dass Violet seinen Inhalt nicht sah.

Sie hasste es, sowohl Lucy als auch ihre Mutter anzulügen, aber wenn einer von ihnen die ganze Wahrheit über diesen Abend wüsste, würden sie und Alex in ernsthafte Schwierigkeiten geraten. Umso wichtiger war es, die bevorstehende Party zu einem erfolgreichen Unterfangen bei der Suche nach neuen Freundinnen zu machen. Wenn Lucy ihre Entschuldigung nicht akzeptierte, würde Millie dann wenigstens ihre Mutter davon ablenken können, an die Tür von Strathmore House zu klopfen und eine Antwort zu verlangen.

«Ich habe nicht gebettelt. Ich war ehrlich zu ihr. Wenn sie mich nicht als Freundin haben will, werde ich ihre Entscheidung anstandslos akzeptieren», sagte Millie und starrte auf ihre Hände. Sie war keine gute Lügnerin, und sie wusste, dass ihre Mutter ihr Gesicht wie ein Buch lesen konnte.

Das Haus des Earl of Langham war nur fünf Türen vom Haus der Familie Ashton auf derselben Seite der Mill Street entfernt. Um acht Uhr am Abend des Balls wurde der Wagen der Familie Ashton vor die Nummer dreiundzwanzig gefahren, und die Familie stieg für den kurzen Weg ein.

Millie musste immer wieder an den Ausdruck auf den Gesichtern ihres Vaters und ihres Bruder Denkens, wie die beiden sie zum ersten Mal erblickten, als sie vor wenigen Minuten die Treppe heruntergekommen war. Mr. Ashton hatte vor Stolz gestrahlt, während Charles mit großen Augen und sprachlos zusah, wie sie das Erdgeschoss erreichte. Ihr Vater nahm sie bei der Hand und schwenkte sie herum, damit das Kleid das Licht des Kronleuchters am Vordereingang einfangen konnte.

«Wer ist diese göttliche Kreatur und woher kommt sie?», fragte ihr Vater voller Liebe zu seiner Tochter.

Charles lachte. «Ich weiß es nicht, aber wenn du sie gegen Millie eingetauscht hast, hast du das bessere Ende des Handels erwischt, würde ich sagen.»

Violet sah ihn missbilligend an. «Deine Schwester sieht wunderschön aus, Charles. Sie hat in den letzten Wochen so hart an sich gearbeitet, dass wir alle sehr stolz auf sie sein sollten.»

Millie ihrerseits war es egal, was ihr Bruder in diesem Moment dachte oder sagte. Sie fühlte sich leicht wie eine Feder. Eine Göttin, die vom Himmel herabgestiegen war. Heute Nacht war ihre Nacht. Miss Millicent Ashton war bereit, den *Ton* in Flammen zu setzen.

Als ihr Vater endlich damit aufhörte, sie herumzuwirbeln, nickte sie Charles leicht zu. Er nahm ihre Hand und legte einen zärtlichen Kuss auf ihren langen weißen Handschuh.

«Ihre Kutsche wartet, Mylady», sagte er und verbeugte sich tief.

Während Charles Millie mit ihrem Umhang half, beugte er sich vor und flüsterte ihr ins Ohr. «Gut gemacht, Millie. Zeit, London zu zeigen, dass die Ashton-Familie aus hochwertigem Stoff geschneidert ist. Du siehst fabelhaft aus!»

Als die Familie kurze Zeit später Langham House erreichte, betrat Millie den Ballsaal am Arm ihres Vaters. Charles und Violet gingen ein paar Schritte hinter ihnen. «Ich möchte, dass deine Schwester ihren Moment hat, um zu glänzen», murmelte Violet zu Charles, verlangsamte ihr Tempo und ließ eine angemessene Lücke zwischen sich und den anderen Mitgliedern ihrer Familie entstehen.

Nachdem die Ashton-Geschwister ihren Gastgeber, den Witwer Earl of Langham, begrüßt hatten, konnten sie sich unter den Partygästen umsehen. Wenn sie geglaubt hatte, dass sie sich ohne Lucy oder die Radley-Brüder verloren fühlen würde, so sorgte ihr atemberaubendes Kleid dafür, dass sie diese Sorgen bald vergessen konnte. Innerhalb einer Stunde hatte sie mit mehreren hochqualifizierten jungen Männern getanzt, die ihr alle ein Kompliment für ihr Kleid machten. Und die neidischen Blicke einiger junger Damen blieben nicht unbemerkt.

Die Welt war für Millie wie eine Auster, die sich endlich öffnete.

Als sie am Arm ihres Vaters den Raum betreten hatte, hatte Millie das Gefühl gehabt, Licht auszustrahlen. Jetzt war sie geradezu berauscht von ihrem Erfolg. Jedes Wort, das von ihren Lippen kam, schien das Perfekte zu sein. Sie lachte an den richtigen Stellen zu den Witzen anderer Leute, und sie tanzte so leichtfüßig, dass sie den Boden kaum berührte.

«Ich brauche nur einen Moment, um mich mit Onkel Oscar zu unterhalten, Millie. Kannst du hier allein sitzen, bis ich zurückkomme?», fragte Charles, als sie auf dem Weg von der Tanzfläche zum Buffet vor einer Reihe von Stühlen anhielten. Charles hatte es am späten Abend endlich geschafft, mit seiner Schwester zu tanzen, aber erst nachdem er heftige Worte mit einem eifrigen jungen Mann ausgetauscht hatte, der fest davon überzeugt war, dass sein Name für diesen bestimmten Tanz auf Millies Karte stand.

Sie konfrontierte Charles mit seinem schlechten Benehmen, sobald sie außer Hörweite des beleidigten Tanzpartners waren. «Du hattest nicht das Recht, dich so vorzudrängeln, Charles. Mr. Banks' Name stand auf meiner Karte.»

«Ich wollte mit meiner schönen Schwester tanzen. Außerdem interessiert sich Banks nur für deine Mitgift. Du hättest heute Abend in einem Sack auftauchen können, und er hätte immer noch darum gebeten, mit dir zu tanzen. Sein Vater hat gerade ein Vermögen mit einem gescheiterten Bergbauunternehmen in Schottland verloren, und der Sohn braucht dringend Bargeld. Tausch einen verrückten Raufbold wie Lord Brooke nicht gegen den Sohn eines Spielers, Millie. Zumindest weiß Brooke, wie man sich in der Öffentlichkeit aufführt», antwortete er.

Als Charles sich auf den Weg machte, um ihren Onkel zu finden, ruhte sich Millie auf einem der bequem gepolsterten Stühle aus. Im Mittelpunkt des Abends zu stehen, bescherte ihr schmerzende Füße. Warum mussten neue Tanzschuhe immer kneifen? Sie warf einen kurzen Blick auf das Buffet und entschied sich klugerweise für eine Tasse Tee, die von einem der Hausangestellten der Langhams angeboten wurde.

«Er ist so romantisch, so ein Held. Ich kann nicht glauben, dass er zu schüchtern wäre, um mit ihr zu sprechen, aber als ich den Brief sah, wusste ich, dass er von ihm war. Sie hat so ein Glück.» Millie spitzte die Ohren. Jemand hatte einen heimlichen Bewunderer.

Sie saß still und nippte an ihrem Tee, während sie sich bemühte, das Gespräch zwischen den beiden jungen Frauen zu belauschen, die sich mehrere Stühle von ihr entfernt hingesetzt hatten.

«Sie hat ihn gestern erhalten. Aus Schottland.»

Millie erkannte eines der Mädchen als Lady Clarice Langhams Freundin, die beim Earl of Shale's Ball so schreckliche Kommentare über Millie abgegeben hatte. Lady Susan Soundso war ihr Name. Sie waren einander nie offiziell vorgestellt worden, aber sie wusste genau, was für ein Mädchen Susan war: eine boshafte Klatschbase, die sich über das Elend anderer freute.

«Also, denkst du, Clarice wird ihn nehmen?», fragte das andere Mädchen.

Millie starrte in ihren Tee. Lucy hatte ihr anvertraut, dass David furchtbar verliebt in Lady Clarice Langham war. Jetzt schien es, als hätte er endlich den Mut aufgebracht, sein Herz sprechen zu lassen, wenn auch von weitem. Sie lächelte. Nach allem, was passiert war, mochte sie David immer noch und wünschte ihm Glück.

Lady Susan seufzte angewidert und antwortete laut.

«Sei nicht albern, natürlich wird sie ihn nehmen. Er ist hübsch und lustig, und eines Tages wird sie eine Herzogin sein. Man bekommt keinen Liebesbrief von Lord Brooke und legt ihn in die oberste Schublade, um ihn nie wieder zu lesen. Dies wird *die* Hochzeit der Saison sein, und es ist erst April.»

Eine Hitzewelle raste über Millies Nacken und brannte sich von dort heiß auf ihr Gesicht. Die Porzellantasse klapperte, als sie den Rand der Untertasse fest in der Hand hielt. Sie war sich nicht sicher, ob ihr der Atem gestockt war. Sie wusste nur, dass sie keine Luft mehr bekam. Sie biss die Zähne zusammen und hob langsam den Kopf. Als ihre Lider sich hoben, begann sie, verzweifelt den Ballsaal zu überblicken und nach Anzeichen von Erlösung zu suchen.

«Ist das nicht Millie Ashton, Lady Lucys Freundin?», fragte das Mädchen, das nicht Susan war.

«Aber ja, ich glaube, sie ist es. Obwohl der Brief erst gestern eingetroffen ist, hat sie wahrscheinlich noch nichts von Lord Brooke und

Clarice gehört. Was für ein Jammer», antwortete Lady Susan mit einer Stimme, die zu laut war für ein privates Gespräch.

Die beiden Mädchen standen auf und gingen weg. Als sie an Millie vorbeikamen, sah Susan über ihre Schulter und schenkte ihr ein selbstzufriedenes Lächeln. Sie ließ keinen Zweifel daran, warum sie diesen bestimmten Ort und genau diesen Moment gewählt hatte, um Lady Clarices gute Nachricht zu verbreiten. Susan hatte sich gewünscht, die Ergebnisse ihrer harten Arbeit zu sehen. Den Herzschmerz auf Millies Gesicht.

Mit einem brüchigen Lächeln auf den Lippen sah Millie weg und winkte einer imaginären Person quer durch den Raum zu. Sie würde lieber sterben, als Susan irgendeine Befriedigung zu geben.

Als Charles einige Zeit später an die Seite seiner Schwester zurückkehrte, war sie weiß im Gesicht und zitterte. «Millie?», fragte Charles.

Ohne aufzusehen, bot sie ihm ihre Hand an. «Ich muss gehen, Charles», antwortete sie. «Jetzt gleich, wenn es dir nichts ausmacht. Ich würde zu Fuß nach Hause gehen, aber Mama hat ein kleines Vermögen für diese Tanzschuhe bezahlt, und ich kann nicht ein zweites Paar ruinieren. Ich brauche meine Schuhe für draußen und meinen Mantel, bitte.» Sie zeigte in Richtung der Damengarderobe.

Charles schaute in ihr niedergeschlagenes Gesicht und ergriff ihre Hände.

«Was ist passiert? Du warst so glücklich und zufrieden, als ich ging, und jetzt siehst du aus, als müsstest du dich dem Henker stellen.»

«Er heiratet», sagte sie ohne Emotionen.

«Wer? Wer heiratet?», fragte er ratlos.

Sie schloss die Augen und flüsterte: «Alex.»

Charles seufzte.

Millie holte tief Luft. «Er hat einen Liebesbrief an Lady Clarice Langham geschrieben, und jeder weiß es. Oder wenn sie es noch nicht wissen, wird diese schreckliche Susan-Freundin es bis zum Ende der Nacht im ganzen Raum herumposaunt haben. Bitte Charles, ich kann es nicht ertragen, Clarice gegenüberzutreten. du musst mich nach Hause bringen.»

Ihr Bruder ließ ihre Hand los. «Nein», entgegnete er dann.

«Was?»

Er schüttelte den Kopf, und um sicherzugehen, dass sie ihn verstand, legte er einen Arm um sie und lenkte sie zurück zum Hauptballsaal. «Nein, ich bringe dich nicht nach Hause, Millie. Ich werde dir auch nicht erlauben, den ganzen Abend in einer dunklen Ecke zu sitzen und zu jammern. Du warst heute Abend das Zentrum von Lachen und Freude, und soweit es mich betrifft, ist unsere Arbeit hier noch nicht erledigt.»

«Aber ...», stammelte Millie.

«Aber gar nichts.» Charles wedelte mit der Hand durch die Luft. «Sag es mir nicht, weil ich dir die Geschichte selbst erzählen kann. Du, zusammen mit den meisten anderen jungen Frauen in London, hast dir erlaubt, dich in Lord Brooke zu verlieben. Er hat dir etwas Aufmerksamkeit geschenkt, und du hast gedacht, er sei ein Geschenk, das speziell vom Himmel nur für dich gesandt wurde. Soll ich weitermachen?»

Millie zuckte mit den Schultern, und Charles fuhr fort. «Sobald er spürte, dass er dich zu tief hineingezogen hat, trat er einen großen Schritt zurück. Oder genauer gesagt, er floh nach Schottland.»

Charles hielt einen vorbeikommenden Diener an und nahm zwei Gläser Champagner von einem gut beladenen Tablett. Er reichte Millie eines davon. «Hier ist ein Toast auf dein verletztes Herz, Millie. Trage es mit Stolz, und lerne die Lektion gut.»

Er trank seinen Champagner in einem Zug und zeigte dann mit seinem leeren Glas in Richtung von Millies noch vollem. «Komm schon, wir haben eine lange Nacht vor uns. Es ist Zeit, dass du deine erste Londoner Morgendämmerung im Abendkleid erlebst.»

Millie schaute auf das Glas in ihrer Hand und lachte vorsichtig. Wenn es jemals einen entscheidenden Moment gab bei ihren Versuchen, vom *Ton* akzeptiert zu werden, dann war es dieser. Das Kleid, so exquisit es auch war, diente nur als dünne Dekorationsschicht. Wie sie sich angesichts einer möglichen öffentlichen Demütigung verhielt, war der wahre Test dafür, wie weit sie in den letzten Wochen gekommen war. Wenn sie Lady Clarice Langham begegnete, dann mit all der Anmut und dem Humor, die sie aufbringen könnte.

Sie nahm einen kleinen Schluck Champagne. «Erlaube mir nur

nicht, dieses Kleid zu ruinieren, Madame de Feuillide wird mich töten.»

«Deal», antwortete Charles.

Millie setzte das Glas noch einmal an ihre Lippen und leerte den Rest in einem großen Zug. «Es ist Zeit, interessante Leute zu finden, mit denen wir Spaß haben können, und während wir einmal dabei sind, versuchen wir, noch mehr von diesem herrlichen Champagner zu finden», verkündete sie, als sie ihren Rücken streckte.

Arm in Arm gingen Schwester und Bruder zurück in den Ballsaal, und Millies Mantel und Schuhe hingen sicher in der Garderobe.

Am Tag nach dem Ball schrieb Millie an Lucy und beendete ihre Freundschaft.

Mit der Zeit würde ihr Herz heilen, aber sie konnte es nicht riskieren, Alex und seiner neuen Braut bei einem Besuch im Strathmore House zu begegnen. Der Preis, den sie für die Wahrung ihres Stolzes bezahlen musste, war leider ihre Freundschaft mit Alex' Schwester.

«Ich habe keine Verlobungsnotiz in der *Gazette* gesehen», bemerkte Violet, als sie und Millie in der folgenden Woche über ihrer täglichen Planung brüteten. «Es ist seltsam, das ganze Geschäft. Ich habe nur ein Gerücht gehört, dass Lord Langhams Tochter einen Liebesbrief von Lord Brooke erhalten hat, aber sonst scheint niemand in der Lage zu sein, die Situation weiter zu erhellen», fügte Violet hinzu.

Millie blätterte weiter durch die neueste Ausgabe von *La Belle Assemblée* und achtete dabei sorgfältig auf die neuesten Frisuren. Sie hatte überlegt, ihre Haare kurz zu schneiden, aber als sie ihrer Mutter gegenüber die Änderung der Frisur erwähnte, hatte Violet die Augen vor Entsetzen weit aufgerissen.

«Woher um alles in der Welt hast du so eine dumme Idee, meine Liebe? Kurzes Haar ist überhaupt nicht für ein junges, unschuldiges Fräulein wie dich geeignet», erklärte ihre Mutter. «Solange du nicht eine sehr öffentliche Affäre mit einem besonders faszinierenden Menschen hast und auf überbordende Dramatik Wert legen musst, würde die Gesellschaft es gar nicht gutheißen. Du würdest nur albern aussehen.»

«Vielleicht wartet er darauf, die Dinge öffentlicher zu machen, wenn er nach London zurückkehrt», antwortete Millie und versuchte, die Gefühle von Angst und Schuldgefühlen abzuschütteln, die ihre derzeitigen ständigen Begleiter waren.

«Das verstehe ich nicht.»

«Verzeihung?», antwortete Millie.

Violet beugte sich über Millies Schulter und zeigte auf ein Kleid mit weißen Rüschen und hohem Ausschnitt. «Das ist süß», sagte sie.

Millie schloss das Buch und starrte ihre Mutter an. «Was verstehst du nicht?»

«Warum die Familie Radley immer noch in Schottland ist, das ist, was ich nicht verstehe. Wenn Lord Brooke zu heiraten beabsichtigt, warum hat er dann an dieses arme Mädchen geschrieben und ist trotzdem in Schottland geblieben? Das ergibt überhaupt keinen Sinn. Hast du übrigens wieder an Lucy geschrieben? Nun, da ihr zwei euch miteinander versöhnt habt, würde ich denken, wenn jemand eine Vorstellung hat, was in ihrem Bruder vorgeht, wäre sie die beste Informationsquelle. Ich bin überrascht, dass sie es in dem Brief, den sie an dich schrieb, nicht erwähnt hat. Andererseits steht sie ja vielleicht nicht im Vertrauen ihres Bruders. Männer neigen dazu, eher geheimnistuerische Wesen zu sein, wenn es um ihre persönlichen Angelegenheiten geht.»

Millie blies die Wangen auf und dachte, es könnte an der Zeit sein, ihrer Mutter etwas von der Wahrheit zu sagen. Es war schwer genug, den Schmerz eines gebrochenen Herzens zu verbergen, aber zumindest konnte sie die Traurigkeit teilen, die sie über den Verlust von Lucys Freundschaft empfand.

«Ich habe wieder an Lucy geschrieben, aber ich erwarte keine Antwort. Angesichts der bevorstehenden Hochzeit von Lord Brooke habe ich beschlossen, dass es ratsam wäre, jegliche Verbindung mit der Familie Radley zu beenden», antwortete sie.

Sie hörte Violet seufzen. Ein Arm legte sich um ihre Taille. Ein sanfter Kuss wurde warm auf ihre Wange gesetzt. «Fühlst du dich besser, jetzt, wo du es mir endlich gesagt hast? Ich dachte, du hast vielleicht ein bisschen Herzschmerz, Liebling. Seit dem Tag, als Lucy und ihre Familie die Stadt verließen, schienst du mir verändert zu sein.

Zuerst dachte ich, es wäre vielleicht eine Enttäuschung über Lucys Abreise gewesen, aber es dauerte nicht lange, bis ich den Verdacht hatte, dass mehr dahinter steckt.»

Millie lächelte und erwiderte den Kuss ihrer Mutter.

«Danke», sagte sie.

Violet lächelte. «Keine Sorge, meine Liebe, dein besonderer Jemand ist schon irgendwo, und ich wäre nicht überrascht, wenn du ihn sehr bald treffen würdest. In den nächsten Monaten wird die Stadt voller charmanter junger Männer sein.»

Es klopfte an der Tür des Wohnzimmers, und als die beiden Frauen aufblickten, sahen sie, wie Mr. Ashton den Raum mit einem verwirrten Gesichtsausdruck betrat.

«Ihr werdet nie erraten, wer mir gerade einen Besuch abgestattet hat.»

Kapitel Sechzehn

Alex' Rücken schmerzte, und er rutschte unbehaglich auf der Lederbank herum. Er würde sich nie wieder beschweren, wie unbequem es sei, in der Strathmore-Familienkutsche zu reisen.

Als er und David Darlington erreicht hatten, war er bereit gewesen, den Fahrer zu bestechen und die Zügel der Londoner Postkutsche selbst zu übernehmen. Er würde alles dafür geben, aus dem beengten öffentlichen Gefährt hinaus und an die frische Luft zu kommen. Er hätte auf die heilige Bibel schwören mögen, dass der Mann, der ihm gegenüber saß, entschieden hatte, dass Schniefen eine Kunstform sei. Er hatte es mindestens die letzten dreißig Meilen über ausdauernd praktiziert.

Als die Kutsche anhielt, um die Pferde zu wechseln und Post auszutauschen, war es nur für ein paar Minuten. Es gab nur Zeit für einen kurzen Besuch im Hinterhof, gefolgt vom übereilten Kauf von Proviant, bevor sie wieder in den beengten Wagen stiegen und sich für die nächsten vierzig Meilen des Weges einrichteten.

«Wir kommen gut voran», bemerkte David, als er Alex eine Scheibe frischgebackenen Brotes überreichte. «Die Fahrt bis hierher hätte normalerweise zwei Tage gedauert.»

Alex nickte. Sie waren in den anderthalb Tagen, seit sie Edinburgh verlassen hatten, wirklich weit gekommen. Er schaute aus dem Fenster auf die Landschaft, die vorbeirollte, dankbar, dass die Great North Road schneefrei war. Er konnte kaum glauben, dass sein Vater ihn nicht davon abgehalten hatte, nach London zurückzukehren.

Sie waren für etwas mehr als zwei Wochen ihres geplanten Aufenthalts in Schottland gewesen, aber Alex wusste, wenn er noch länger auf dem Schloss blieb, würde er verrückt werden.

Während dieser Zeit hatte Lucy den Entschuldigungsbrief von Millie erhalten und ihren eigenen Versöhnungsbrief verfasst. Wenige Tage, nachdem er Millie seinen eigenen Brief geschickt hatte, hatte Alex damit angefangen, auf dem ganzen Schloss herumzutigern und ungeduldig auf den Wagen zu warten, der morgens Vorräte aus dem Dorf heraufbrachte. Aber jeden Morgen kehrte er mit leeren Händen und enttäuscht in die Unterkunft zurück.

Nach Alex' Rechnung sollte er ein fast verlobter Mann sein, aber seine beabsichtigte Verlobte erachtete es nicht für nötig, ihm eine Antwort zukommen zu lassen. Millie hatte mehr als genug Zeit gehabt, auf seine von ganzem Herzen kommende Erklärung zu antworten, und ihr Schweigen begann ihn zu beunruhigen.

Eines Morgens erhielt Lucy dann ihren zweiten Brief von Millie. Sie kam mit einem Blick tiefer Traurigkeit in den Frühstücksraum, den Brief fest in der Hand.

«Alex, ich muss mit dir sprechen», sagte sie. Die Haare in Alex' Nacken stellten sich auf, als er den schmerzverzerrten Ausdruck in ihrem Gesicht sah.

«Das sieht nicht gut aus», murmelte David und setzte seine Kaffeetasse ab.

«Ich weiß nicht, was passiert ist, aber Millie hat unsere Freundschaft höflich, aber entschieden beendet.» Sie ging zu David hinüber und reichte ihm den Brief. Seine Stirn furchte sich, während er las, und ein Gefühl der Angst und Vorahnung packte Alex, als er zusah.

In London war etwas furchtbar schief gelaufen.

«Sie sagt, dass es ihr aufgrund der jüngsten Entwicklungen nicht mehr möglich ist, Strathmore House zu besuchen, da sie sich nicht wohl fühlen würde zu wissen, dass du auch dabei sein könntest», sagte David.

Als Lucy den Brief von David zurücknahm, schaute sie Alex traurig an. «Ich *wusste*, dass an diesem Abend in deinem Haus mehr geschehen ist, als du bereit warst zuzugeben. Du warst viel zu schnell bereit, deine Unschuld zu beteuern. Aber abgesehen davon scheint es, dass Millie *nicht* in dich verliebt ist und beschlossen hat, dass du ein zu großes Risiko für ihren Ruf darstellt, um in deiner Gesellschaft gesehen zu werden. Es tut mir leid, Alex, aber es sieht nicht so aus, als ob du dein *Happy End* bekommen wirst.»

Sie faltete den Brief und warf einen kurzen Blick auf das Essen auf dem Tisch. David zog einen Stuhl heraus und bot ihr einen Sitzplatz an, aber sie schüttelte den Kopf. «Ich habe heute Morgen keine Lust auf Frühstück. Ich könnte einfach eine Tasse Kaffee mitnehmen und auf den Wällen spazieren gehen. Die frische Luft könnte helfen, meine Gedanken zu klären.»

David schenkte seiner Schwester eine Tasse Kaffee ein, begleitete sie zur Tür und schloss sie, nachdem sie gegangen war. Alex blieb derweil auf seinem Platz verwurzelt, verblüfft von Lucys Offenbarung. Als David an den Tisch zurückkehrte, setzte er sich an Alex' Seite. Ein kalter Schauer rieselte ihm über den Rücken, als David eine Hand auf seinen Arm legte und ihm einen freundlichen Klaps gab.

«In dem Brief stand noch mehr, und es wird dir nicht gefallen. Nachdem sie die Dinge mit Lucy beendet hatte, sagte Millie weiter, dass sie den ersten Mann heiraten werde, der anbietet, sie zurück nach Indien zu bringen.»

Alex schoss auf die Füße. «Ich muss gehen», sagte er.

«Vater wird nicht damit einverstanden sein, dass du gehst. Du weißt das.»

Alex nickte. «Ich weiß, aber ich muss Millie sehen. Wenn Vater nicht damit einverstanden ist, dass ich gehe, dann muss ich meinen eigenen Weg zurück nach London finden. Ich werde versuchen, mit ihm zu sprechen, sobald er aus dem Dorf zurückkehrt. In der Zwischenzeit werde ich nachsehen, wie viel Bargeld ich habe. Vielleicht muss ich mir ein Ticket für die Postkutsche kaufen.»

Er nahm einen frischen Teller vom Tisch und stapelte ihn mit Essen vom Buffet voll. Ganz gleich, wie das Gespräch mit seinem Vater ausgehen würde, er konnte nicht sicher sein, wann er das nächste Mal in die Nähe einer warmen Mahlzeit kommen würde. Er setzte sich wieder an den Tisch und fing an zu essen, nur nach oben schauend, als David ein Tablett mit einem ganzen gebackenen Lachs auf den Tisch vor ihm stellte.

«Du wirst Kraft brauchen für das Treffen mit ihm und dann den langen kalten Weg zurück nach London», sagte David, löste etwas rosa Fleisch vom Fisch und legte es auf Alex' bereits überladenen Teller.

Die Diskussion zwischen dem Herzog von Strathmore und seinem Sohn verlief genau so, wie Alex es erwartet hatte. Sobald sein Vater zum Schloss zurückgekehrt war, suchte Alex ihn auf und verlangte, dass er gehen dürfe. Ein wütender Streit entspann sich, an dessen Ende Alex eine Tasche gepackt hatte, sich von seiner Mutter und seinen Schwestern verabschiedete und nach Edinburgh zu laufen begann.

Drei Stunden später schickte sein Vater einen Wagen. Der Herzog von Strathmore würde seinen Sohn und Erben nicht erfrieren lassen, nur um recht zu behalten.

Als der Wagen an den Straßenrand fuhr, sprang David herunter und begrüßte Alex. «Hast du genug?», rief er.

Alex nahm einen Schneeklumpen von der Straße und warf damit nach ihm. «Es wurde verdammt nochmal Zeit. Hat er erwartet, dass ich den ganzen Weg zu Fuß gehe?»

David wich dem Schneeball aus und machte mit seiner Hand eine unanständige Geste. «Du hast es gut gemacht, so weit zu kommen, ich bin beeindruckt. Ich denke, Vater erwartete, dass du dich für ein paar Stunden in der Taverne verkriechen und sauer sein würdest, bevor du wieder aufs Schloss kommst. Er wartete über eine Stunde, bevor er jemanden schickte, um nach dir zu suchen. Der Rest der Verzögerung war meine Schuld. Ich beschloss, mir die Zeit zu nehmen, eine Tasche zu packen, als er mich bat, dir nachzufahren.»

«Ich gehe nicht zurück zum Schloss. Ich fahre nach London.»

David legte einen Arm um ihn und zog Alex in Richtung des

Wagens. «Ich weiß. Deshalb hat er mich geschickt. Er macht sich Sorgen, dass du dich da in etwas reinsteigerst und Entscheidungen triffst, ohne sie zu durchdenken. Ich soll die Stimme der Vernunft sein.»

Sie schauten einander an und lachten.

«Vater sagte, wir können mit dem Wagen nach Edinburgh fahren und dann mit der Postkutsche weiter nach London. Bis Donnerstag sollten wir wieder in der Stadt sein. Er gab mir sogar Geld.» David zog einen Stapel von Fünf-Pfund-Scheinen aus seiner Tasche und schnüffelte daran.

«Um die Wahrheit zu sagen, ich denke, er war froh, dass du dich nicht mit einem *Nein* hast abspeisen lassen. Als ich den Raum verließ, ich schwöre, ich habe ihn etwas darüber murmeln hören, dass du endlich Rückgrat zeigst.» Lächelnd ergriff David die Klinke der Wagentür. Er wandte sich an Alex, und alle Fröhlichkeit verschwand von seinem Gesicht. «Bist du sicher? Du verdammst uns beide nicht nur deshalb zu einer langen Reise, weil du nicht zurückgehen und Papa gegenübertreten kannst?», fragte er.

«Ja, da bin ich mir sicher: Ich muss Millie sehen. Es ist etwas passiert, das sie dazu bringt, alle Bindungen zu uns zu kappen, und ich werde verrückt, wenn ich gezwungen bin, in Schottland zu bleiben», antwortete Alex.

Die Brüder tauschten einen kurzen Handschlag aus. David kletterte zurück in den Wagen, während Alex dem Beifahrer seine Tasche zuwarf und dann seinem Bruder folgte. Mit einem Peitschenknall versicherte sich der Fahrer der Aufmerksamkeit der Pferde, und sie machten sich auf den Weg nach Edinburgh.

Später versuchten Alex und David, zusammengekauert im Postwagen, der stetig die Meilen zwischen Edinburgh und London verschlang, einen Plan für Alex zu ersinnen, um die Hand von Miss Millicent Ashton erfolgreich zu gewinnen. Blumen und Geschenke würden ihn nur bis zu einem gewissen Punkt bringen. Millie hatte Alex' frühere blumige Entschuldigungen durchschaut und sich nicht davon beeinflussen lassen. Sie würde höchstwahrscheinlich alles zurückschicken, mit dem er versuchte, ihre Gunst zu kaufen.

Nach mehrtägigen Diskussionen und einigen wertvollen Beiträgen einer alten Witwe, die in Richtung Cambridge unterwegs war, waren sie sich einig, dass der direkte Ansatz der einzige war, bei dem Alex auch nur eine entfernte Erfolgschance hatte. Nach ihrer Rückkehr nach London würde er sich bei Millies Vater vorstellen und um Erlaubnis bitten, dessen Tochter zu umwerben.

«Sie könnte sich nicht weigern, mich zu sehen, oder?», fragte er die Witwe. Sie zog die Augenbrauen hoch. Währenddessen schlief David in der Ecke weiter, nachdem er einige Stunden zuvor jegliches Interesse an dem Gespräch verloren hatte.

«Es wird davon abhängen, wie schrecklich Sie sie verletzt haben. Wenn es nur eine Kleinigkeit ist, sollten Sie in der Lage sein, Abhilfe zu schaffen», antwortete die Dame.

Alex verzog das Gesicht. Er hatte der alten Dame alles erzählt, alles außer seinem Namen. Aber wenn sie so scharfsinnig war, wie er vermutete, würde sie das Familienwappen auf seiner Whiskyflasche gesehen und erkannt haben, dass die beiden jungen Männer in der Kutsche tatsächlich die Söhne des Herzogs von Strathmore waren. Er würde es ihrer Fantasie überlassen, sich vorzustellen, warum diese beiden Herren in einer einfachen Postkutsche reisten.

Als der Wagen in Biggleswade die Pferde wechselte, verließ die Witwe sie. Als sie sich verabschiedeten, legte sie ihre Karte in Alex' Hand. Sie sagte: «Denken Sie nicht zu viel darüber nach, junger Mann, folgen Sie einfach Ihrem Herzen.»

Nachdem er sie über den Hof begleitet und sie sicher an Bord des Wagens nach Cambridge gesetzt hatte, eilte Alex zurück zum Gasthaus, um nach David und ihrem Essen zu sehen. Wenn er Glück hatte, war dies seine letzte Mahlzeit auf der Straße. Morgen würden sie London und ihr eigenes Haus erreichen.

Als David ihm eine warme Fleischpastete reichte, gab Alex ihm die Karte der alten Dame. David las die Rückseite und drehte sie dann um. Alex sah einen roten Schimmer auf den Wangen seines Bruders.

David schnalzte mit der Zunge. «Da steht *Viel Glück. Laden Sie mich zu Ihrer Hochzeit ein, und grüßen Sie Ihre Mutter von mir. Caroline war immer so ein süßes Mädchen.*» Er schüttelte den Kopf und sah dem Wagen nach Cambridge nach, der den Hof und die Straße hinunter rollte.

«Das war Lady Margaret Sutton. Warum um alles in der Welt ist sie in der Postkutsche gereist?», fragte David.

«Ich weiß es nicht, aber sie hat mich daran erinnert, dass ich die Kirche von St. George's buchen muss, sobald wir zurück sind. Dann muss ich zu James Ashton gehen», antwortete Alex.

Kapitel Siebzehn

Alex nahm einen Umweg nach Hause. Nach dem katastrophalen Treffen mit Millies Vater musste er sich dringend abreagieren.

Die Radley-Brüder waren am Morgen des Vortages in London angekommen, und nachdem sie den dringend benötigten Schlaf nachgeholt hatten, machten sie sich daran, sich wieder öffentlich zu sehen zu lassen. Ein gelangweilter Phillips hatte sich gefreut, David und Alex mit Reisetaschen in der Hand an der Haustür zu sehen, und den nächsten Morgen damit verbracht, sicherzustellen, dass ihrer beider Garderobe den Anforderungen entsprach.

«Leider wird für einige Tage keiner der anderen Mitarbeiter verfügbar sein», bemerkte Phillips. «Aber ich bin sicher, das Mrs. Phillips und ich auch so zurechtkommen werden.»

David verzog angewidert das Gesicht, während Alex mit den Schultern zuckte. Er hatte wichtigere Dinge zu erledigen.

Am folgenden Nachmittag, nachdem Alex es geschafft hatte, etwas Schlaf zu bekommen und sich um ein paar dringende Besorgungen zu kümmern, stellte er sich bei den Ashtons vor, um den Hausherrn zu sprechen. Der Empfang, den Millies Vater ihm bot, war überhaupt nicht das, was er erwartet hatte.

James Ashton war höflich, aber nicht übermäßig freundlich gewesen, als er Alex an der Tür seines Arbeitszimmers begrüßte. Er hatte den Besucher zu einem grünen Ledersessel gewiesen und sich dann auf den passenden Stuhl gegenüber gesetzt. Ihre Diskussion war kurz gewesen, und James' Antwort auf Alex' Bitte, Millie den Hof machen zu dürfen, war, gelinde gesagt, knapp ausgefallen.

Jetzt, als er nach Hause ging, konzentrierte Alex seinen Blick auf den Gehweg, in der Hoffnung, dass nur der Schlafmangel für den surrealen Tag verantwortlich war, den er erlebte. Ihm fiel ein, dass er Mr. Ashton möglicherweise nicht richtig verstanden hatte, als dieser den Earl of Langham erwähnte. Doch die Tatsache, dass Millies Vater ihm dann schnell die Tür gewiesen hatte, ließ ihn ohne Zweifel darüber, unwillkommen im Ashton-Haus zu sein.

Er blieb mitten auf der Straße stehen und blickte zurück auf den Weg, den er gekommen war. Was hatte Millies Vater gesagt? «Ich glaube nicht, dass der Earl of Langham oder seine Tochter mit Ihrem Vorschlag allzu einverstanden wären, junger Mann», murmelte Alex in Erinnerung an James Ashtons Worte. Was sollte das heißen?

Er ging weiter am Grosvenor Square vorbei in die Bird Street und kam schließlich etwas mehr als eine Stunde später wieder zuhause an. In dem Moment, da er durch die Haustür trat, wurde er von David mit einem erwartungsvollen Lächeln begrüßt.

«Nun, wie ist es gelaufen?», fragte sein Bruder und versuchte, ihm einen herzlichen Glückwunschklaps auf den Rücken zu geben.

Alex trat aus Davids Reichweite und hob eine Hand. «Furchtbar. Er hat nicht gerade die Art von Rede gehalten, mit der man ein neues Familienmitglied willkommen heißt. Genaugenommen bot er mir nicht einmal eine Tasse Tee an. Er sagte nein und bat mich dann zu gehen.» Alex zog seinen Mantel aus, und nachdem er ihn grob auf den Kleiderständer geworfen hatte, schüttelte er ungläubig den Kopf.

«Ich bin noch nie zuvor aus einem Privathaushalt geworfen worden», sagte er mit vor Wut angespannter Stimme.

«Kein guter Zeitpunkt für eine Premiere. Also, was ist passiert? Was hast du falsch gemacht?», antwortete David.

Alex verzog das Gesicht. Er hatte keine Ahnung, warum die Dinge so schief gelaufen waren. Er seufzte. «Es macht mich völlig ratlos. Das einzige, dessen ich mir zu diesem Zeitpunkt sicher bin, ist, dass ich vor

Durst sterben werde, wenn ich in den nächsten fünf Minuten keine Tasse heißen Tee bekomme.»

«Du gehst nach oben. Ich werde Phillips finden und ihn dazu bringen, uns ein Tablett zum Hauptsalon zu bringen. Wir sehen uns in ein paar Minuten», sagte David und klopfte Alex auf den Rücken.

Alex nickte zustimmend und ging in sein Zimmer. Allein in seinem Schlafzimmer starrte er auf sein Abbild im Spiegel über dem Kamin. Er rieb sich die Schläfe und machte sich ein stilles Versprechen, mit dem finsteren Blick aufzuhören. «Wann habe ich meinen Charme verloren?», fragte er den Spiegel. Er hörte ein Klopfen an seiner Schlafzimmertür, als David vorbeikam. Er warf seinem Spiegelbild einen letzten Blick zu.

David saß im Wohnzimmer mit einer Tasse Tee in der Hand und versuchte ihm zu helfen, die Situation zu verstehen. «Du hast also nach Millie gefragt, aber Mr. Ashton sagte nein. Dann hast du darum gebeten, ihr den Hof machen zu dürfen, aber er hat erneut nein gesagt, und dann hat er etwas über den Earl of Langham gesagt, bevor er dich rausgeworfen hat? Habe ich es richtig verstanden?», fragte David.

Alex nickte. «Das ist die Kurzfassung, genau. Ich war nur fünf Minuten in seinem Arbeitszimmer. Ich denke, ich muss mich glücklich schätzen, dass er mir überhaupt einen Platz angeboten hat.»

David trommelte mit den Fingern auf den Ledersessel. «Wenn wir also den seltsamen Brief, den Lucy erhalten hat, zu deinem nicht so einladenden Empfang im Ashtons hinzufügen, können wir daraus schließen, dass etwas ernsthaft nicht stimmt.»

Alex rieb sich die Augen. «Und als wenn das nicht schon seltsam genug wäre, kam ich auf dem Rückweg an Viscount Lewis vorbei, und er gratulierte mir.»

David hob die Augenbrauen. «Wozu?»

«Ich weiß es nicht, aber je mehr ich darüber nachdenke, desto mehr glaube ich, dass wir nur dann Antworten bekommen, wenn wir rausgehen und mit Leuten reden. Die Saison hat begonnen, also müssen Bälle und Partys stattfinden. Mit etwas Glück kann ich bei einem davon Millie aufstöbern und eine Antwort von ihr bekommen. Ansonsten raten wir nur.» Er hielt einen Finger hoch. «Ich habe eine Idee. Bin gleich zurück.»

Er stellte die Tasse ab und ging nach unten in die Eingangshalle. Auf dem kleinen Tisch in der Halle hatte Phillips einen Stapel Briefe und Einladungen hinterlassen. Er nahm den Stapel mit nach oben. Nachdem er die Umschläge auf den Couchtisch im Wohnzimmer geworfen hatte, machten er und David sich daran, sie alle zu öffnen.

«Mach dir keine Sorgen um Veranstaltungen, die bereits stattgefunden haben, verbrenne sie einfach. Wir müssen uns nur um Partys kümmern, die diese Woche stattfinden», befahl Alex, als er einen großen, schweren Brief aufriss und ihn David reichte.

Er sah zu, wie Davids Augen über das Papier flogen, dann spürte er, wie sein Herz einen Satz machte, als sich der Mund seines Bruders öffnete und ein Laut herauskam. «Ja! Oh, gut gemacht, Alex, du Analphabetengenie.»

«Was ist das?», fragte er und ignorierte das zweischneidige Kompliment .

«Jährlicher Empfang der East India Company. James Ashton ist in der Firma ziemlich hochrangig, daher würde er so etwas auf keinen Fall verpassen, besonders nachdem er all die Jahre weg gewesen ist.»

Er las etwas weiter unten in der Einladung und lächelte. «Und ein besonderes Geschenk für Mr. James Ashton zur Feier seiner herausragenden Dienste für das Unternehmen und seiner Ernennung zum Prinzipal. Brillant. Jetzt wissen wir, dass die ganze Familie da sein wird.»

«Also, wann ist es?», antwortete Alex.

David lächelte wissend, sagte aber nichts. Alex beugte sich vor und griff erfolglos nach dem Brief. David lachte. «Entspann dich, lieber Bruder, die Party ist heute Abend. Du hast den ganzen Nachmittag Zeit, dich fertig zu machen.»

Alex schloss die Augen und seufzte erleichtert. Er würde nur noch ein paar Stunden warten müssen, bevor er mit Millie sprechen konnte. Sicher hätten sie am Ende des Abends alles geklärt, und alle Missverständnisse zwischen ihnen wären ausgeräumt.

Er trank seine Tasse Tee aus und ging zurück in sein Zimmer, wo er sich auf sein Bett legte. Die weiche, burgunderfarbene Bettdecke war ein willkommener Trost für seinen gequälten Verstand, aber innerhalb von Minuten ließ das Vertrauen, das er während des Gesprächs mit

David gefühlt hatte, nach, und die ersten Anzeichen von Zweifel schlichen sich ein.

Was wäre, wenn Millie nicht mit ihm sprechen wollte? Nein, er war sicher, dass sie nicht die Art Mädchen war, die einen Mann mit Missachtung strafte. Wenn irgendetwas auf dieser Welt sicher war, dann die Tatsache, dass Millie Ashton bis zu ihrem Tode das letzte Wort haben würde. Er rollte sich auf die Seite und legte ein Kissen unter seinen Kopf.

«Ich weiß eine Sache, die ich brauche, und das ist Schlaf», murmelte er, als er die Augen schloss. «Ich könnte nur ein kleines Nickerchen machen. Zumindest werde ich dann ein bisschen weniger zerrauft aussehen, wenn sie mich ansieht.»

Als der Schlaf ihn überwältigte, geriet Alex in einen seltsamen Traum, in dem er mit einer wütenden Frau verheiratet war, die genauso aussah wie der Earl of Langham.

Millie saß still in der Familienkutsche, die zum East India House unterwegs war. Sie trug ein ruhiges, selbstzufriedenes Lächeln und wusste, dass das tiefblaue Seidenabendkleid, das sie trug, perfekt zu ihren Augen passte. Sobald sie den Stoff in Madame de Feuillides Salon gesehen hatte, wusste sie, dass sie ihn haben musste.

Jedes Argument, das Millie von ihrer Mutter erwartet hatte, löste sich in Luft auf, als Millie die Probe der blauen Seide neben ihr Gesicht hielt. «Ja», hatte Violet ohne zu zögern gesagt.

Unter ihrem Umhang lag auf ihrer erhitzten Haut eine atemberaubende Saphirhalskette. Von Zeit zu Zeit streckte Millie die Hand aus und berührte ihren Hals, nur um sicherzugehen, dass sie immer noch da war. Tante Beatrice hatte angeboten, ihr das Familienerbstück zu leihen, als sie Millies neues Kleid gesehen hatte. Mr. Ashton hatte zugestimmt, dass seine Tochter es tragen durfte, unter der Bedingung, dass sie den Hauptempfangsraum im East India House nicht verlassen würde, außer in Begleitung eines anderen Familienmitglieds.

«Ich muss dir nicht sagen, wie unbezahlbar diese Halskette ist, Millie», hatte ihr Vater am Nachmittag erklärt, als er das Stück aus Ashton House zurückbrachte. «Wenn diese Kette abhanden käme, würde dein Onkel nie wieder mit mir sprechen. Es war eines der wenigen Dinge, die wir nicht verkaufen wollten, als wir herausfanden, wie viel vom Familienvermögen dein Großvater verspielt hatte.»

«Ja, Papa. Ich verspreche, sie mit meinem Leben zu beschützen», hatte sie geantwortet und die schwarze Samtschachtel in der Hand gehalten, in der die Kette lag.

Ein Schauer der Aufregung überlief sie, als sie aus dem Familienwagen stieg und den glitzernden Empfangsbereich betrat. Dies war ein besonderer Abend für ihren Vater, und sie würde alles tun, um ihn zum Erfolg zu führen. Sie hatte als Kind so viel über East India House gehört, dass es ein wenig surreal war, endlich in seinen heiligen Mauern zu stehen.

An jeder Wand des Raumes hingen riesige Gemälde, die die Länder und Handelswege zeigten, die The East India Company kontrollierte. An den Wänden hingen sechs große Leinwände, von denen jede einen Ort auf der Welt darstellte, der eine Quelle des Wohlstands des Unternehmens war. Sie erkannte ein Bild von Kalkutta und lächelte.

Näher an der Tür zum Hauptempfangsraum sah sie eine große Karte von Indien mit Kalkutta in der oberen rechten Ecke. Zu beiden Seiten des indischen Gemäldes befanden sich goldene Seidentapeten, die mit Quasten aus reinen Gold- und Silberfäden eingefasst waren. Sie waren von unschätzbarem Wert. Ein Kloß bildete sich in ihrem Hals, und sie blinzelte eine Träne weg. Das East India House war ein kleines Stück Zuhause mitten im Herzen von London.

Charles betrat den Hauptempfangsraum, nahm ein Glas Champagner von einem Diener und reichte es ihr. Sie schenkte ihm ein Lächeln. «Danke, Charles. Dies ist das erste von nur zwei Gläsern Champagner, die ich heute Abend trinken werde.»

Ihr Bruder hob eine Augenbraue. «Wieso?», fragte er.

Sie sah an ihm vorbei in die elegante Menge. «Weil ich, lieber Charles, heute Abend vorhabe, kultiviert und nüchtern zu sein. Ich weiß, wie viel das für Papa bedeutet», antwortete sie und nahm einen Schluck von dem feinen Getränk.

Charles trat näher und flüsterte ihr ins Ohr. «Und hier stehe ich und denke, es ist, weil Vater dich lebendig häuten würde, wenn du diese Kette verlieren würdest.»

Millie nickte ihm gelassen zu. «Das auch.»

Es war kurz vor neun Uhr, als Alex und David eintrafen. Alex hatte bis in den Abend hinein geschlafen, und es hatte Phillips' immense Fähigkeiten als Kammerdiener gebraucht, um ihn innerhalb von knapp einer Stunde zu waschen, zu rasieren und anzuziehen.

«Zumindest sind die Ringe unter deinen Augen verschwunden», bemerkte David, als sie die Treppe hinaufstiegen und sich der Reihe der Gäste anschlossen, die vom Leiter des Londoner Büros des Unternehmens empfangen wurden.

«Gott sei Dank », antwortete Alex, obwohl er das schreckliche Gefühl hatte, dass er mehr als sein jungenhaftes Aussehen brauchen würde, um heute Abend bei Millie irgendwas zu erreichen. Der Brief, den Lucy von Millie erhalten hatte, hatte ihn tagelang wach gehalten. Seine größte Angst war, dass sie jemand anderen gefunden hatte und dass seine eilige Rückreise nach London gänzlich umsonst gewesen war.

Die völlige Ablehnung ihres Vaters hatte ihn bis ins Mark erschüttert. Er musste sie finden. «Ich werde die linke Seite des Raumes absuchen, du nimmst die rechte. Je früher ich sie finde und mit ihr spreche, desto besser wird es laufen», sagte Alex. Er winkte David zu und begann sich durch die Menge zu arbeiten.

Eine halbe Stunde später suchte er immer noch. Sein Vorwärtskommen wurde durch die schiere Anzahl von Gästen behindert, die wünschten, dass er ihre Grüße an seinen Vater weitergab. Irgendwann ergriff ihn Panik: Was, wenn Millie nicht auf der Veranstaltung war? Eine kurze Nachfrage beim Hauptgeschäftsführer bestätigte, dass die Familie Ashton gegen acht Uhr gekommen war und sich irgendwo in der Hauptempfangshalle aufhielt.

«Wo bist du?», murmelte er, als er sich umdrehte und zu einer Gruppe von Gästen ging, die sich in der Nähe eines großen Fensters versammelt hatten.

. . .

Lord Gilbert war unglaublich lustig. Er war auch extrem frech. Der dritte Sohn des Herzogs von Lamberton hatte einen Ruf, der sich fast bis nach Schottland erstreckte.

Als ungenierter Lebemann war er eine personifizierte Warnung, die Mütter ihren unverheirateten Töchtern mitgaben. Millie fand ihn brillant. Und die Tatsache, dass sie in einer Gruppe stand und Lord Gilberts neuesten Heldentaten auf der Rennstrecke zuhörte, zeugte davon, wie beliebt Millie in den vergangenen Wochen geworden war.

Die alte Millie wäre nicht in der Lage gewesen, sich ihm zu nähern, aber mit ihrer neuen Gestalt und Zuversicht hatte sie Zugang zu seiner ausgewählten Gruppe von Freunden erhalten.

«Nun, natürlich stürmte der Jockey verärgert davon und mampfte zwei der größten Pies, die er finden konnte. Der Besitzer konnte absolut nicht verstehen, warum sein Pferd als Schlusslicht ins Ziel kam. Und ich schwöre, es hat mich meine ganze Kraft gekostet, ein ernstes Gesicht aufzusetzen, als ich zum Buchmacher ging, um meine Gewinne einzustreichen», verkündete Lord Gilbert der begeisterten Versammlung, die sofort in Gelächter ausbrach.

Eine Runde Applaus folgte seiner Geschichte, bei der Lord Gilbert sich elegant verbeugte. Als Millie sich die Lachtränen aus den Augen wischte, grinste sie Charles an. Endlich hatte sie in London einen Mann gefunden, dessen Sinn für Humor sie schätzen konnte. «Er ist ziemlich gut darin, ein Publikum bei Laune zu halten», sagte sie.

Ihr Bruder lächelte. «Lass dich nicht zu sehr auf unseren neuen skandalösen Freund ein, Millie. Wenn Mama oder Papa in diese Richtung kommen, müssen wir beide schleunigst verschwinden.»

«Ich weiß, ich weiß. Ich glaube, er war die zweite Person, vor der ich gewarnt wurde, als wir vom Schiff kamen», antwortete sie. «Aber das heißt ja nicht, dass wir bei einer öffentlichen Veranstaltung keinen Spaß in seiner Gesellschaft haben können.»

«Stimmt, aber ...» Charles brach mitten im Satz ab. Etwas hinter Millies rechter Schulter war ihm aufgefallen.

Als sie sich umdrehte, um zu sehen, was es war, packte ihr Bruder sie am Arm und zog sie zurück.

«Pass doch auf, deinetwegen habe ich jetzt fast meinen Champagner verschüttet», schnappte sie und überprüfte hastig ihr Kleid, um sicherzustellen, dass nichts den Stoff verdorben hatte. Zufrieden, dass ihr Aussehen in Ordnung war, blickte sie zu ihm auf und sah einen Ausdruck tiefer Besorgnis auf seinem Gesicht.

«Was ist los, Charles?»

«Lord Brooke ist gerade erschienen, und wenn ich mich nicht irre, sucht er jemanden.»

Sie blinzelte heftig. Warum hatte Alex ausgerechnet diesen Abend gewählt, um wieder aufzutauchen? Und warum musste es bei einer Veranstaltung sein, von der er sicher wusste, dass sie daran teilnehmen würde?

«Er ist ganz schön dreist», antwortete sie mit gedämpftem Ton.

«Ja, nun, Lady Clarice Langham ist heute Abend auch hier, also ist es doch verständlich, dass er sie sucht», antwortete Charles. Sie nickte. Natürlich würde er nach seiner zukünftigen Braut suchen.

Es schien, als hätte Alex Radley die unglückliche Angewohnheit entwickelt, jedes Mal an Veranstaltungen teilzunehmen, bei denen er Millie den Abend verderben konnte. Sie holte tief Luft. Dies war ein Abend, den er nicht für sie ruinieren würde.

«Gut, lass ihn für den Rest der Saison zu jeder Party kommen. Wir bedeuten einander nichts. Er ist nur ein Bekannter.»

Charles fuhr sich mit der Hand durch die Haare. «Ich wäre eher geneigt, dir zu glauben, wenn ich nicht zufällig wüsste, wer heute bei Papa vorstellig geworden ist, um zu fragen, ob er dir den Hof machen darf», antwortete er.

Sie beobachtete seinen Blick, mit dem er Alex' Weg durch den Raum verfolgte. «Ja. Nun. Papa hat nein gesagt, und das ist das Ende, er kann nicht zwei Frauen gleichzeitig umwerben», antwortete sie. Sie nahm einen großen Schluck Champagner. «Lass ihn kommen.»

Millies feste Entschlossenheit und und ihr aufgesetztes Desinteresse begannen zu bröckeln, als Charles näher kam und flüsterte: «Sei mutig, mein Mädchen, er hat mich gesehen und kommt in diese Richtung.»

Sie legte ihre Hand auf die kostbare Saphirhalskette und berührte sie wie einen Talisman, während sie Alex den Rücken zukehrte.

«Ashton. Ich kann nicht glauben, dass ich endlich einen von euch gefunden habe. Ich fing an zu glauben, ihr wärt gekommen und wieder gegangen und ich hätte euch gänzlich verpasst», sagte Alex mit offensichtlicher Erleichterung in seiner Stimme.

«Brooke, ich habe gehört, Sie sind zurück in der Stadt», antwortete Charles.

Aus den Augenwinkeln sah Millie, wie Alex ihrem Bruder seine Hand anbot. Charles schüttelte den Kopf und steckte die rechte Hand in die Tasche. Das war unmissverständlich.

«Oh», sagte Alex überrascht. Millie ballte die linke Faust.

Gut, soll er zur Abwechslung mal lernen, wie sich Enttäuschung anfühlt.

Ein leichtes Lächeln bildete sich auf ihren Lippen, als sie hörte, wie ihr Bruder Alex auf die unfreundlichste Weise ansprach. «Lassen Sie es gut sein, Brooke, bewahren Sie es sich für die Gratulanten auf. Ich bin mir sicher, dass heute Abend viele davon im Raum sind. Wenn es Ihnen nichts ausmacht, denke ich, ist es am besten, wenn Sie gehen und uns in Ruhe lassen. Denn wenn Sie dies nicht tun, könnte ich das Bedürfnis verspüren, Ihr betrügerisches Gesicht ein bisschen zu verändern.»

Millie biss sich auf die Lippe. Charles hatte immer ein Gespür für Worte, besonders wenn er in Kampfstimmung war. Sie sah zu ihrem Bruder auf, sehr stolz auf ihren Streiter. Sie hatte einen Ritter, der nicht nur die Ehre seiner Schwester verteidigte, sondern sich für ihr gebrochenes Herz einsetzte.

Ein Funke Tapferkeit fand ihren Weg in ihr Herz, als ihr klar wurde, dass sie nach dem heutigen Abend möglicherweise nie wieder die Gelegenheit bekommen würde, ehrlich mit Alex zu sprechen. «Ich denke, Sie sollten besser tun, was er sagt, Lord Brooke. Mein Bruder gibt seinen Gegnern normalerweise keine zweite Chance, unbeschadet wegzugehen», sagte sie, den Blick immer noch fest auf Charles gerichtet.

Ein langer Moment der Stille folgte, bevor Alex wieder sprach. «Millie?»

Bevor sie sich zu ihm umdrehte, erlaubte sie sich eine kurze Sekunde, um ihren Gesichtsausdruck zu festigen. Sie drehte sich um und starrte Alex an. «Da wir keine Freunde mehr sind, Lord Brooke, werden Sie mich als Miss Ashton ansprechen. Die Verwendung meines Vornamens zeigt einen Mangel an Anstand, den ich persönlich als unangenehm empfinde.» Sie sah zu, wie seine Augen sich vor Schock weiteten.

«Was hast du dir angetan?», stammelte er. «Wo sind all deine schönen Kurven?» Er trat einen Schritt vor und sah ihr Gesicht genau an. «Und wo ist dein magischer kleiner Nasenring? Oh Millie, bitte sag nicht, dass du genauso geworden bist wie all die anderen?»

Charles streckte die Hand aus und packte Alex fest an seiner Abendjacke. Er zog ihn zu sich heran, bevor er ihn hart wegstieß. Alex taumelte zurück, sein Blick war immer noch auf Millie gerichtet.

«Wie ich bereits sagte, Brooke, sind Sie in der Gesellschaft meiner Schwester nicht willkommen. Wenn Sie also nicht auf dem Boden sitzen und sich Ihr eigenes Blut vom Gesicht wischen möchten, sollten Sie sich entfernen», befahl Charles.

Millie legte eine Hand sacht auf den Arm ihres Bruders, lenkte ihn weg und nutzte die Gelegenheit, um einen kleinen Blick zurück zu Alex zu werfen. Der Ausdruck der Verachtung, den sie ihm schenkte, war all die Übungsstunden wert, die sie vor ihrem Schlafzimmerspiegel verbracht hatte.

«Komm Charles, ich glaube, er versteht unseren Standpunkt. Lasst uns keine Szene machen. Er ist es einfach nicht wert. Außerdem sollten wir zurück zur Tanzfläche gehen. Das Orchester wird bald wieder anfangen. Und da meine Tanzkarte voll ist, sollte ich keinen der Gentlemen, die ich nun Freunde nennen darf, enttäuschen, indem ich woanders verweile und ihnen den Spaß verderbe», sagte sie.

Sie wandte sich an Charles, nickte und erlaubte ihm, sie wegzubringen, während Alex hinter ihnen stehen blieb.

Millie achtete darauf, für andere Gäste anzuhalten und sie zu begrüßen, zu lächeln und Hände zu schütteln, als sie sich durch die Menge zum Hauptballsaal bewegten.

Als sie den Empfangsraum hinter sich gelassen hatten und Alex außer Sicht war, seufzte Charles tief. «Gut gemacht, Millie», sagte er.

Sie antwortete nicht. Der Schock, Alex nach all den Wochen zu sehen, war schnell eingetreten und hatte ihre Entschlossenheit erschöpft. Sie packte den Arm ihres Bruders fest und blies ihre Wangen auf.

Ich werde nicht mitten in einem Empfang weinen. Ich werde ihm nicht die

Befriedigung geben, zu sehen, wie sehr er mich verletzt hat. Ich bin nicht mehr dieses Mädchen. Ich werde nicht weinen.

«Ich glaube, ich werde jetzt das zweite Glas Champagner trinken, bitte, Charles», antwortete sie.

Alex stand wie angewurzelt und beobachtete, wie Millie durch die Menge schritt, bis sie schließlich aus dem Blickfeld verschwand.

Seine Brust tat weh, wo die Faust von Charles Ashton gelandet war. Obwohl er kein kräftig gebauter Mann war, hatte Charles einen mächtigen Boxerarm. Stillschweigend dankte er dem Herrn, dass Charles seine Drohung, Alex' Gesicht *ein bisschen zu verändern,* nicht umgesetzt hatte.

«Nun, wie ist es gelaufen?», fragte eine vertraute Stimme.

Er drehte sich zu David um, der ihn besorgt ansah. «Ich hatte nicht das Glück, Millie oder Charles zu finden, aber ich habe ihre Eltern gefunden. Du hattest Recht. Hier passiert etwas sehr Seltsames», erklärte David.

«Ich habe sie gefunden, aber sie haben klar gemacht, dass ich nicht länger als Freund angesehen werde. Ashton hat mit körperlicher Gewalt gedroht, wenn ich wieder in die Nähe seiner Schwester komme», antwortete Alex.

«Glaubst du, Ashton weiß, dass du Millie geküsst hast?», fragte David. «Das könnte diese unterkühlte Haltung dir gegenüber erklären.»

«Wenn Millies Familie auch nur ansatzweise vermuten würde, dass ich sie auch nur berührt habe, wäre ich von Mr. Ashton nicht aus dem Haus geworfen worden. Stattdessen könntest du morgen früh unsere Verlobungsanzeige in der *Gazette* lesen. Nein, etwas anderes stimmt nicht. Ich kann das aber noch nicht klar erkennen.»

«Nun, ich glaube nicht, dass wir heute Abend viel mehr aus irgendjemandem herausholen werden. Wie wäre es, wenn ich den Wagen kommen lasse und wir nach Hause fahren und versuchen, das Problem auf eine andere Weise anzugehen?», fragte David. «Du hast dir zwar heute Nachmittag dringend benötigten Schlaf gegönnt, aber ich fühle mich immer noch, als würde ich am liebsten meinen Kopf auf den Henkersblock legen.»

Alex sah seinen Bruder an. Er war sich nicht sicher , ob er tun sollte, was David sagte, oder ob er erneut versuchen sollte, mit Millie zu sprechen. «Also gut, ich mache noch eine letzte Runde im Raum und sehe nach, ob ich sie finden kann. Ich werde dich in Kürze draußen treffen», antwortete Alex.

David ging zur Haustür. Während Alex ihm nachblickte, sah er, wie sein Bruder anhielt und einige alte Freunde begrüßte. Er lächelte. Sobald David anfing zu reden, musste er aus der Party gezerrt werden, und damit wusste Alex, dass er genug Zeit hatte, um Millie noch einmal aufzuspüren.

Er fand sie auf der Tanzfläche. Sie wirbelte mit einem großen, dünnen Mann, den er nicht kannte, durch einen Walzer, und sie lachte. Das atemberaubende blaue Kleid, das sie trug, schmiegte sich eng an ihren neuen, schlankeren Körper. Ihre kleineren Brüste spähten sanft über den Ausschnitt. Bei der Millie, die er gekannt hatte, wäre das Dekolleté übergequollen, wenn sie es gewagt hätte, diese Art von Kleid zu tragen.

Sie bewegte sich anmutig durch die Wendungen des Tanzes, während er sich bemühte, den Anblick vor seinen Augen zu verstehen. Wo war seine Millie mit all ihren üppigen Kurven? Wer war diese Kreatur, die jetzt ihren Körper bewohnte und ihn als bloßen Bekannten betrachtete?

Sein Atem stockte, als sein Körper sich daran erinnerte, wer sie war und wie sehr er sich noch immer nach ihr sehnte. Was sein Herz anging, so hatte sich in den letzten Wochen nichts von dem geändert, was er für sie empfand. Er war in sie verliebt.

Ein Klopfen auf seiner Schulter weckte ihn aus seinen Gedanken. Er drehte sich um und sah Lady Clarice Langham, die ihn mit einem verwirrten Blick anstarrte. Clarice Langham, Davids heimliche Liebe. Hochgewachsen, dünn und kein bisschen wie Millie. Während Millie Kurven und einladende Brüste hatte, bemühte sich Clarice, mit ihren Kleidern irgendwie Eindruck zu machen Alex kam sie geradezu altbacken vor. Während David nicht verstehen konnte, was Alex an dem jetzt etwas weniger molligen Mädchen von der anderen Seite der Welt fand, war sein Bruder aufgrund seiner eigenen Wahl der geliebten Frau gleichermaßen ratlos.

Er verbeugte sich. «Lady Clarice, wie schön, Sie zu sehen, ich vertraue darauf, dass es Ihnen gut geht.»

Sie stieß ein Schnauben aus. «Ist das alles? Du lässt mich warten, und kannst dann nur nach meiner Gesundheit fragen?»

Er runzelte die Stirn. Wovon in aller Welt sprach sie?

Clarice trat einen Schritt vor und brachte ihr Gesicht nahe an seines. «Warum hast du mich seit deiner Rückkehr nicht aufgesucht?», fragte sie.

Alex war seit einigen Jahren mit ihr befreundet und hatte im Laufe der Jahre genug Albernheiten mit Clarice ausgetauscht, um anzunehmen, dass sie scherzte. Er lachte. «Nun, wir sind erst gestern in London angekommen. Ich arbeitete mich immer noch durch die lange Liste junger Damen, denen ich meinen Respekt erweisen muss. Keine Sorge, du warst oben auf der nächsten Seite», sagte er mit einem leisen Lachen. «Natürlich kann ich jetzt deinen Namen abhaken.»

Er sah, wie ihre Unterlippe zitterte.

Eine kalte Angst ergriff ihn. Gab es heute Abend nichts, was er richtig machen konnte?

«Verstehe. Ich wusste nicht, dass ich so weit unten auf deiner Liste war. Es liegt mir fern anzunehmen, dass ich irgendeine Priorität habe», antwortete sie. Tränen bildeten sich in ihren Augen, und Alex hatte das Gefühl, dass Clarice Langham gleich weinen würde.

Er schüttelte den Kopf, während sein Mund sich lautlos öffnete und schloss. Er war so durcheinander, dass er keine Ahnung hatte, was er tun sollte. Er streckte die Rechte aus, ergriff Clarices Hand und tätschelte ihr sanft den Handschuh. *Schon gut.*

Da das Schicksal offensichtlich noch immer nicht zufrieden war mit der völligen Katastrophe, zu der Alex' Abend sich entwickelte, entschied es, dass in eben diesem Moment die Musik aufhören sollte. Millie und ihr Tanzpartner würden die Tanzfläche direkt hier verlassen, wo er stand. Er sah, wie Millie bemerkte, dass er Lady Clarices Hand hielt, und sein Herz sank noch ein bisschen mehr.

Ihre Blicke trafen sich für einen Moment, und er wusste, dass die Situation jetzt hoffnungslos war, als Millie ihn genauso ansah, wie sie ihn auf der Tanzfläche im Ashton House angeschaut hatte, kurz bevor sie weggegangen war. Zum zweiten Mal an diesem Abend waren seine Bemühungen, mit ihr zu sprechen, gescheitert.

«Es tut mir leid, wenn es ein Missverständnis gegeben hat. Ich wollte nicht sprechen, ohne dass es mir zusteht», sagte Clarice und zog ihre Hand zurück. «Ich hätte nicht so vorlaut sein sollen. Bitte entschuldige mich.» Bevor Alex etwas sagen konnte, drehte Clarice sich um und verschwand wieder in der Menge.

«Was um alles in der Welt war das denn?», flüsterte er zu sich selbst. «Dies dürfte die seltsamste Nacht meines Lebens sein.»

Sein Blick wanderte zurück in den Raum, wo er erneut auf Millie fiel. Sie hatte ihm den Rücken zugewandt, und Charles stand an ihrer Seite. Sein Arm war locker um die Taille seiner Schwester gelegt, während sie sich sanft an ihn lehnte. Als Charles einen zärtlichen Kuss auf Millies Kopf drückte, sah sie zu ihm auf und lächelte.

Alex hätte in diesem Moment alles gegeben, was er besaß, um mit Charles Ashton die Plätze zu tauschen. Aber man musste kein Genie sein, um zu wissen, warum Charles seine Schwester trösten musste. Ihre Tapferkeit hatte gerade lange genug gereicht, um Alex in die Wüste zu schicken. Er hatte sie verletzt, die Frau, die er liebte.

Er schloss die Augen und seufzte. Zum ersten Mal in seinem Leben verstand er, was es heißt, unbeliebt zu sein, und er genoss das seltsam stachelige Gefühl sicherlich nicht. Er war Alexander der Große, freundlich und lässig-elegant. Männer drohten ihm nicht mit körperlicher Gewalt, und er brachte Frauen nicht zum Weinen.

Sein Gewissen gab ihm einen scharfen Stoß in die Rippen. Er wusste, dass er eine ganze Menge an jungen Damen dazu gebracht hatte, nach Hause zu gehen und über ihn zu weinen. Bis jetzt hatte er keinen Grund gehabt, sich den Konsequenzen seiner albernen, verletzenden Spiele zu stellen.

Heute Nacht, innerhalb einer halben Stunde, hatte er zwei Mädchen dabei beobachtet, wie sie den Tränen nahe waren, und wusste, dass es seine Schuld war. Sein Gewissen grub sich etwas tiefer in seine Seele und zog sein Schamgefühl schmerzhaft an die Oberfläche. Inmitten eines überfüllten Ballsaals in London sah sich Alex Radley der hässlichen Wahrheit gegenüber, dass er nichts weiter als ein gefühlloser, selbstsüchtiger Herzensbrecher war.

Das Orchester stimmte eine neue Melodie an, und er sah zu, wie Millie die Hand ihres Bruders nahm und ihm erlaubte, sie auf die Tanzfläche zu führen.

Als er erkannte, dass er an diesem Abend nicht weiterkommen würde, gestand er sich seine Niederlage ein und ging, um David und die Kutsche zu finden.

Nachdem er seinen Schlüssel aus der Haustür gezogen hatte, schlug Alex die Tür laut hinter sich zu.

Der unerwartete einstündige Heimweg zu Fuß hatte nicht dabei geholfen, seine ohnehin schon finstere Laune zu verbessern. Als er herausfand, dass David nicht auf ihn gewartet hatte, war er zu wütend gewesen, um eine Mietkutsche heranzuwinken. Stattdessen hatte er seinen Mantel zugeknöpft und war den ganzen Weg zurück zur Bird Street marschiert. Jeder, der dumm genug gewesen wäre, ihn auszurauben, hätte seine Entscheidung ernsthaft bereut.

«David!», brüllte er im Foyer. «Sie ist hoffentlich die beste verdammte Hure in der Stadt sein, die es wert wäre, mich ihretwegen sitzen zu lassen.»

Eine Tür im Obergeschoss schloss sich, und David erschien oben an der Treppe. Er hatte seinen schweren Mantel angezogen und eine Reisetasche über seine Schulter geworfen.

«Wohin zum Teufel willst du um diese Zeit?», schnauzte Alex.

Als er das Ende der Treppe erreichte, warf David die Tasche auf den gefliesten Boden. Er öffnete einen Schrank und zog zwei Paar saubere Stiefel heraus, die er in die Tasche stopfte. Er nahm die Tasche wieder auf und machte sich auf den Weg zur Haustür.

Alex ging dazwischen und blockierte den Weg. Die Hände an seinen Seiten zu Fäusten geballt, stand er fest und würde nicht weichen, ehe er eine Antwort bekam.

Als David um ihn herumtreten wollte, trat auch Alex zu dieser Seite. Sie standen einander gegenüber und funkelten sich wütend an.

«Geh mir aus dem Weg, Alex. Wenn du es nicht tust, werde ich dich zu einem blutigen Matsch schlagen», antwortete David. Die Ruhe in seiner Stimme war nur ein dünner Film über seinem Zorn.

«Erst wenn du mir sagst, wohin du gehst und warum du mich bei dem Empfang sitzengelassen hast», antwortete Alex. «*Das* schuldest du mir zumindest »

David warf die Tasche wieder runter und traf diesmal Alex ans Bein. «Ich schulde dir nichts, du dummer Esel. Dir reicht es nicht, ein Durcheinander aus deinem eigenen Leben zu machen. Jetzt hast du beschlossen, auch noch meines zu ruinieren.»

«Wovon redest du?», erwiderte Alex.

David holte tief Luft und ließ sie langsam wieder entweichen. «Lass mich fragen: Hast du den Brief, den ich dir gegeben habe, an Millie Ashton geschickt?», fragte er in einem Ton, der normalerweise einem widerspenstigen Kind vorbehalten gewesen wäre.

Alex verzog das Gesicht. «Ähm ... ja und nein.»

«Was zur Hölle soll das bedeuten?»

«Ich habe den Brief, den du mir gegeben hast, nicht abgeschickt, weil ich den anderen Brief bereits versendet hatte.»

«So viel verstehe ich jetzt. Aber was ich nicht verstehen kann, ist, warum du dir nicht die Mühe gemacht hast, es mir gleich zu sagen», schnappte David.

Alex seufzte. «Ich fand den ersten Brief auf dem Boden, als du geschlafen hast. Ich habe ihn einem Diener gegeben, der ihn abschicken sollte. Als du mir am nächsten Tag den anderen Brief gegeben hast, war es zu spät. Ich dachte, dass ein leidenschaftlicher Brief an Millie besser war als ein netter süßer, also erzählte ich dir eine kleine Notlüge.»

«Die nun leider zu einem sehr großen Problem geworden ist», sagte David.

Alex spürte, wie sein Herz von Minute zu Minute weiter sank. «Was meinst du damit?»

«Ich meine, dass der erste Brief nicht für Millie Ashton gedacht war. Ich setzte mich hin, um einen Liebesbrief für dich zu schreiben, aber nach ein paar erbärmlichen Versuchen wusste ich, dass ich es nicht tun konnte. Also trank ich ein paar Gläser Whisky und schrieb schließlich einen Brief an die Frau, die *ich* liebe. Ein Brief, in dem ich mein Herz ausgeschüttet habe.» Er legte eine Hand über seinen Mund, und Alex sah Tränen in den Augen seines Bruders. David schüttelte den Kopf, während er um Gelassenheit kämpfte. «Ich sagte ihr, wie sehr ich sie liebe und die Hoffnung hege für eine Zukunft mit ihr als meine Frau. Ein Brief voller unmöglicher Träume.»

David kniff sich mit Daumen und Zeigefinger in die inneren Augenwinkel. «Ein Brief, den ich adressiert, aber nie unterschrieben habe. Ein Brief, von dem ich annahm, dass er zusammen mit all den anderen gescheiterten Versuchen im Feuer gelandet war.»

«Oh, David. Oh nein», flüsterte Alex. «Ich hab ihn aufgehoben, ich dachte, es war ...»

«NEIN! Du hast nie etwas gedacht, Alex. Du hast einfach meinen Brief genommen, ihn versiegelt und abgeschickt, ohne dir Gedanken zu machen. Und dann besitzt du auch noch die Frechheit, mich darüber zu belügen», schnappte David. Er fuhr sich mit der Hand über die Augen, aber als er sie wegnahm, ersetzten weitere Tränen schnell die, die er weggewischt hatte.

«Aber der Diener, dem ich den Brief zeigte, sagte, dass er an Millie adressiert war. Deshalb habe ich gesagt, er soll ihn abschicken», flehte Alex.

«Hat er das, Alex? Wirklich? Sag mir, Alex, was hat er genau gesagt?»

Alex zerbrach sich den Kopf, während er versuchte, sich an das Gespräch von vor fast drei Wochen zu erinnern. Nachdem er David schlafend auf dem Stuhl zurückgelassen hatte, hatte er den ersten Bediensteten angesprochen, der ihm über den Weg gelaufen war, und ihm den Brief überreicht, um ihn der morgendlichen Briefpost hinzuzufügen. Der junge Mann hatte das Schreiben überprüft und die Adresse bestätigt.

«Hat er dir gesagt, dass der Brief an eine junge Dame in der Mill Street adressiert sei?», fragte David und atmete tief durch.

«Ja», antwortete Alex und spürte, wie der Boden unter ihm nachgab.

David beugte sich vor und nahm seine Tasche. «Du erinnerst dich vielleicht, dass der Earl of Langham und seine Tochter in der Mill Street residieren, fünf Türen entfernt vom Haus der Ashtons. Clarice war die *Dame,* auf die sich der Diener bezog, als er den Namen auf dem Brief las. Also hast du meinen Liebesbrief unterschrieben und ihn dann an die einzige Frau schicken lassen, die ich je geliebt habe. Sie glaubt jetzt, dass du beabsichtigst, sie zu heiraten, und das gilt auch für den größten Teil der Londoner Gesellschaft.»

Zu fassungslos, um zu antworten, konnte Alex nichts anderes tun, als hilflos zuzusehen, wie David sich an ihm vorbeischob. Als er die Haustür öffnete, blickte David zurück und sagte: «Es gibt nichts, was du jetzt sagen könntest, was einen Unterschied machen würde. Was mich betrifft, so hast du dieses Durcheinander angerichtet, dann kannst du es auch allein ausbaden. Wenn jemand mich sucht, kann er mich im Strathmore House finden.»

«Aber das Haus ist geschlossen. Das Personal wird für die nächsten paar Wochen keine Familie erwarten», stammelte Alex, um seinen Bruder davon abzuhalten, einfach zu gehen.

«Ja, ich weiß, aber ich würde lieber zu Hause schlafen als hier unter demselben Dach wie du. Um ehrlich zu sein, so wie ich mich im Moment fühle, ist die Versuchung, dich in deinem Bett zu ermorden, zu stark, als dass ich bleiben könnte. Du bist von nun an auf dich allein gestellt, Alex. Viel Glück dabei, dich aus dieser Katastrophe herauszuwinden. Du wirst es brauchen.»

Er fing an, durch die Tür zu gehen, hielt dann aber noch einmal an und marschierte schnell zurück zu Alex. Er hielt Alex eine geballte Faust ins Gesicht. «Und bevor du anfängst, Mitleid mit dir selbst zu empfinden, versuch mal, fünf Minuten lang in meinen Stiefeln zu stehen. Kannst du vielleicht anfangen zu begreifen, wie das für mich ist? Wie deprimierend es für mich war, da zu stehen und zuzuhören, wie unsere Freunde mir erzählten, wie wunderbar es doch sei, dass mein Bruder im Begriff ist, die Liebe meines Lebens zu heiraten?»

Er drehte sich auf der Ferse um, ging dieses Mal endgültig durch die Tür und knallte sie hinter sich zu. Alex stand allein im Foyer und starrte auf die Tür.

Er legte die Hände an seinen Kopf. «Oh, Alex, du Idiot!», flüsterte er und sank auf die Knie. Er schlang die Arme um seinen Oberkörper. Mit fest geschlossenen Augen schwankte er hin und her, als die ganze schreckliche Realität dessen, was er getan hatte, drohte, ihn zu überwältigen.

Jetzt ergab alles einen schrecklichen Sinn. Millie hasste ihn, weil er ein elender Lügner war. Wie konnte er behaupten, sie zu lieben, nachdem er sich zu Clarice bekannt hatte? Er wagte nicht daran zu denken, wie sie sich gefühlt haben musste, als sie von dem leidenschaftlichen Liebesbrief hörte, den er an ein anderes Mädchen geschickt hatte.

«Ist es ein Wunder, dass sie mich nicht mehr kennen will?», stöhnte er.

Und was die arme Lady Clarice betraf, so glaubte diese, sie sei im Begriff, die Marquise von Brooke zu werden. Das erklärte zumindest die seltsame Begegnung mit ihr auf der Party. Er hatte angeblich einen wunderbaren Liebesbrief geschrieben, in dem er seine Gefühle für sie erklärte, aber anstatt sie bei der ersten Gelegenheit aufzusuchen, als er nach London zurückkehrte, hatte er sie einfach ignoriert.

Eine kalte Leere ballte sich in seinem Magen zusammen, als er sich daran erinnerte, wie er Clarice gehänselt hatte und wie das arme verwirrte Mädchen unter Tränen davongelaufen war. Wäre sie eine andere von Lucys falschen Freundinnen gewesen, könnte er sich fast eine lahme Entschuldigung für sein Verhalten ausdenken, aber im Fall von Lady Clarice war das keine Option. Alex war einer von nur einer Handvoll Menschen, denen David das Geheimnis seiner Liebe anvertraut hatte, und nun hatte er das alles für seinen Bruder völlig ruiniert. Wenn er dies nicht wiedergutmachte, würde David ihm niemals vergeben.

Zynisch lachte er auf. Zumindest konnte er jetzt den kryptischen Kommentar von Mr. Ashton einordnen.

«Wie zum Teufel werde ich da wieder rauskommen?», murmelte er.

Langsam kam er auf die Füße und knöpfte seinen Mantel auf. Es hatte keinen Sinn, in die Nacht hinauszurennen, um David hinterher zu rennen. Sein Bruder hatte klargestellt, dass das Letzte, was er von Alex brauchte, gerade jetzt eine herzliche Entschuldigung war.

Den Mantel in der Hand, stieg er die Treppe hinauf und ging ins Wohnzimmer. Das Feuer war vor ihrem Aufbruch zur Party gut angeheizt worden, und der Raum war warm und hell in Vorbereitung auf die Rückkehr der Radley-Brüder, die in diesem Raum ihren letzten Drink des Abends zu nehmen pflegten.

Nachdem er seinen Mantel über die Rückenlehne eines gepolsterten Ledersessels geworfen hatte, goss er sich einen großen Schluck aus dem Whisky-Dekanter ein. Er nippte daran und warf sich in den Sessel. Als er ins Feuer starrte, wurde ihm die Ungeheuerlichkeit dessen, was er getan hatte, immer bewusster, und er verspürte immer größere Wellen der Verzweiflung. Die Angst war fast unerträglich. Mit der Whiskyflasche an seiner Seite trank er sich nach und nach in die Bewusstlosigkeit.

Kapitel Achtzehn

Als Grace am nächsten Morgen zum Dienst erschien, fand sie Millie immer noch schlafend im Bett.

Seit Wochen hatte Millie jeden Morgen den Weg zur Park Lane und dann bis zur Oxford Street gemacht, bevor sie von ihrem Spaziergang nach Hause zurückkehrte. Aber an diesem besonderen Morgen konnte nichts Millie aus ihrem Bett bringen.

«Geh weg», war die erste Antwort, die Grace von Millie bekam, nachdem sie einige Minuten lang die Decken geschüttelt hatte.

«Aber Miss, es ist Zeit für Ihren Spaziergang. Wir sind spät dran», antwortete Grace.

Millie zog sich die Decke vom Gesicht. «Wir gehen heute Morgen nicht spazieren, Grace. Mir geht's nicht so gut. Bitte geh nach unten und sieh nach, welches Frühstück du Mrs. Knowles abschwatzen kannst. Ich werde nach dir schicken, wenn ich bereit bin, mich anzuziehen. Wenn jemand fragt, sag ihm, dass ich mich heute Morgen schlecht fühle.» Sie zog die Decken wieder über das Gesicht und ahnte nur, dass Grace die Schultern zuckte, bevor sie den Raum verließ

Nachdem sich die Tür geschlossen hatte, zog Millie die Decken zu ihrem Hals hinunter und rollte sich herum, um zum Fenster hinauszuschauen. Obwohl fast schon Sommer war, war es in London bei Tagesanbruch immer noch kalt. Sie sprang aus dem Bett und eilte zu ihrer Kommode. In der obersten Schublade, in einem kleinen Umschlag verstaut, befand sich ein Stück Papier, auf dem die Reisedaten aller Schiffe nach Indien für die nächsten vier Monate aufgeführt waren. Sie warf einen Blick auf die Liste und fragte sich, auf welches dieser Schiffe sie gehen würde.

Sie faltete das Papier wieder und legte es sicher weg. Das einzige, was ihr fehlte, war ein Ehemann, der bereit war, England aufzugeben und sie nach Hause zu bringen.

Sie kletterte zurück ins Bett und beschloss, das Haus an diesem Morgen nicht zu verlassen. Das Risiko, einem bestimmten jungen Herrn zu begegnen, war zu groß. Auch wenn er sich bei dem Empfang taktisch klug zurückgezogen hatte, ergab sie sich nicht der Illusion, dass Alex plötzlich aufgeben und sie in Ruhe lassen würde.

Sie hatte es geschafft, an der Seite von Charles in einem überfüllten Ballsaal mit ihm fertig zu werden, aber die Aussicht, ihn nur in Begleitung ihrer Zofe und eines Dieners, die sie beide wohl kaum beschützen könnten, auf der Straße zu treffen, erfüllte sie mit Furcht. «Ich weiß nicht, welch ein Spiel er spielt. Er hat klar gemacht, dass er Lady Clarice heiraten möchte, also kann er es vergessen, das ich mich mit ihm gut stellen werde», sagte sie sich und kuschelte sich tiefer ins Bett.

Die Familie Ashton war in den frühen Morgenstunden nach Hause gekommen. Sie hatten zu den letzten gehört, die den Galaempfang verließen. Mr. Ashton hatte sich geweigert zu gehen, bevor nicht die Mitarbeiter der Firma das Porträt von ihm, das kurz vor seiner Abreise nach Indien gemalt worden war, an einen Haken über der Haustür hängten.

«Hartnäckiger Mann», murmelte sie unter der Decke.

Natürlich wäre ihr Vater heute Morgen schon sehr früh aufgestanden, um mit seiner Arbeit zu beginnen, ganz gleich, wie spät es gestern geworden war.

Millie schloss die Augen und beschloss, den Morgen wegzuschlafen. «Ich werde heute Nachmittag im Park spazieren gehen. Wenn Alex in meine Nähe kommt, kann Charles seine Drohung, ihm auf die Nase zu schlagen, wahr machen», murmelte sie, als sie wieder einschlief.

. . .

Am späten Nachmittag konnte Alex nicht entscheiden, welcher griechischen Tragödie sein Leben am meisten ähnelte. Wenn es *Medea* wäre, wäre Millie perfekt in der Rolle der verachteten Frau und würde Rache an ihm üben. «Ich kann mich nicht erinnern, dass Medea einen Bruder hatte, der boxen konnte», murmelte er, als er durch das Haupttor des Hyde Park schlenderte und sich den anderen Mitgliedern des *Ton* zur täglichen Promenade anschloss.

Da die Saison in vollem Gang war, gab es im Park ein Gedränge von Menschen, die alle darum wetteiferten, alle zu sehen und von allen gesehen zu werden, die Rang und Namen hatten. Es erforderte eine Menge Händeschütteln und höfliches Geschwätz über Nichts, bis er sich endlich von der Menge losreißen und nach Millie suchen konnte.

In dem Moment, als er Lady Clarice und ihre Freundinnen entdeckte, die sich ihm näherten, drehte er sich um und lief auf eine Gruppe Walnussbäume zu. Er ging so schnell er konnte, ohne Aufmerksamkeit auf sich zu ziehen. Eine Wiederholung der unangenehmen Begegnung in der vergangenen Nacht konnte er nicht gebrauchen. Er hatte immer noch keine Ahnung, was er Clarice sagen würde, jetzt wo er wusste, dass sie den Liebesbrief erhalten hatte.

Sobald er die Bäume erreichte, versteckte er sich hinter einem dicken Stamm. Alex stand mit dem Rücken zum Baum und versuchte,zu Atem zu kommen. «Ich wette, über mir hängt in diesem Moment ein Damoklesschwert», sagte er laut und wagte nicht, nach oben zu schauen und die Theorie zu überprüfen. «Eine falsche Bewegung, und ich bin ein toter Mann.»

«Das lässt sich einrichten», antwortete eine Stimme.

Er drehte sich um und duckte sich, als David zu einem halbherzigen Schlag gegen seinen Kopf ausholte. Er war mittlerweile zu reaktionsschnell, als dass David mit solchen Manövern noch den Erfolg von früher hatte.

David stellte sich neben ihn und lehnte sich gegen den Baum. «Bist du hier, um zu sehen, wie du noch mehr Schaden anrichten könntest, oder bist zufrieden damit, dich auf deinen Lorbeeren auszuruhen?», fragte er.

Alex sah die dunklen Schatten unter den Augen seines Bruders. Während er den Schlaf des Betrunkenen geschlafen hatte, war es offensichtlich, dass David keine solche Ruhe gefunden hatte. «Hast du letzte Nacht überhaupt geschlafen?», fragte Alex.

«Nein. Wie sich herausstellt, sind Sofaüberwürfe nicht die wärmsten Dinge, unter denen man schlafen kann», antwortete David mit genau der richtigen Prise von schulderweckendem Sarkasmus. «Hast du es geschafft, etwas zu erreichen, oder bist du nur wegen der Flora hier?»

«Nein, ich hatte gehofft, Millie zu sehen, und wollte versuchen, mit ihr zu sprechen. Bisher habe ich es nur geschafft, halb London die Hand zu schütteln und deiner Zukünftigen aus dem Weg zu gehen.»

«Lady Clarice ist hier?»

«Was glaubst du denn, vor wem ich mich hinter diesem Baum verstecke? Mit Sicherheit nicht vor dem Bischof von London», antwortete Alex. Er hatte lange geschlafen, aber seine düstere Stimmung hatte sich nicht verbessert.

David brummelte missbiligend «Nein, aber ich könnte dir keine Vorwürfe machen, wenn du es tust. Wenn Seine Gnaden Wind davon bekäme, dass sein Lieblingsneffe auf dem Heiratsmarkt wandelt, würde er dich mit dem ersten ahnungslosen Mädchen verkuppeln, das vor ihm auftaucht.» Alex schob seinen Kopf um die Seite des Baumes. Clarice und ihre Gruppe von Freundinnen gingen auf die Parktore zu. Endlich schien sich sein Glück zu wenden.

«Das Problem ist, ich bin auf dem Heiratsmarkt, aber es muss mit dem richtigen Mädchen sein. Und leider scheint eben dieses Mädchen in eben diesem Moment eine ziemlich schlechte Meinung von mir zu haben.»

David stieß sich vom Baum ab und ging weg. Alex rief ihm nach: «Willst du nicht bleiben und mir helfen?»

«Ich habe es dir letzte Nacht gesagt, Alex: Du bist auf dich gestellt. Die Tage, in denen ich deinen traurigen Hintern aus jedem Loch gezogen habe, in das du gerätst, sind vorbei», antwortete David und winkte ihm zum Abschied zu. «Aber wenn du nach den Ashtons suchst, solltest du es vielleicht in der Nähe des Rasens versuchen, der von Rosenbeeten umgeben ist.»

Er drehte sich um und rief noch über die Schulter: «Oh, und übrigens habe ich dir Mrs. Phillips gestohlen, also musst du dich zum Frühstück selbst versorgen. Die meisten der wichtigsten Haushaltsbediensteten sind erst Ende der Woche wieder da. Und bevor du dich beschwerst, sei einfach dankbar, dass ich den Rest der Diener nicht mitgenommen habe. Du könntest mir keine Vorwürfe machen, wenn ich es getan hätte.»

Alex' Magen knurrte, als er dastand und David weggehen sah. Er betete, sein älterer Bruder würde sich umdrehen und zurückkommen. Nach dem Durcheinander, das er angerichtet hatte, war es immerhin ein Glück, dass David sich die Mühe gemacht hatte, ihn aufzusuchen und ein paar zivilisierte Worte mit ihm zu wechseln. Angesichts Davids ruinierter Träume hatte Alex die Gunst seines Bruders sicherlich nicht verdient.

David schloss sich einer Gruppe ihrer gemeinsamen Freunde an, und nachdem er Grüße ausgetauscht hatte, sah Alex, wie er mit ihnen den Park verließ und in Richtung der Park Lane ging. David hielt an seinem Wort fest: Alex würde das alles selbst klären müssen.

Er lehnte sich gegen den Baum und schloss die Augen. «Komm schon, Alex, du schaffst das, finde einfach Millie und sprich mit ihr. Verwende das alte süße Radley-Lächeln und Charme. Mädchen konnten dieser Kombination nie widerstehen», murmelte er vor sich hin. Er ballte eine Faust. «Komm schon, Alexander der Große.» Er schob sich vom Baum weg und machte sich nach einer kurzen Überprüfung seiner Kleidung und einem kleinen Gebet auf den Weg, Millie zu finden.

Während er über den Rasen ging, redete Alex auf diese ermutigende Weise weiter mit sich. Als er endlich die andere Seite der Rosenbeete erreichte, hatte er sich davon überzeugt, dass er Millie für sich gewinnen konnte.

Sein Blick fiel auf sie, wie sie mit Charles und einem Quartett gut gekleideter junger Männer lachte. Er zügelte sich und spürte einen Stich von etwas, das er als Eifersucht erkannte. Er hatte Konkurrenz.

Als er sich der fröhlichen Versammlung näherte, drehte sie sich um, und das Lächeln erstarb auf ihren Lippen. Ihre Blicke verhakten sich für einen Moment ineinander, bevor sie sich losriss und ihm den Rücken zuwandte.

«Welchen Teil von *verschwinde* verstehen Sie nicht, Brooke?», spottete Charles Ashton, als er sich von der Gruppe löste und direkt vor Alex stehen blieb.

Alex nickte. «Ich möchte um eine kurze Audienz bei Miss Ashton bitten. Es gab ein Missverständnis, und ich möchte die Angelegenheit mit ihr klären», antwortete er.

«Das einzige Missverständnis, das mir bewusst ist, ist, dass Sie denken, ich würde es nicht ernst meinen mit meiner Drohung», biss Charles zurück.

Alex schluckte. «Nein, ich verstehe sehr gut, dass Sie ein ausgezeichneter Faustkämpfer sind und mir Schaden zufügen wollen, sobald ich Ihnen auch nur eine halbe Gelegenheit dazu gebe. Das ändert jedoch nichts an der Tatsache, dass ich unbedingt mit Ihrer Schwester sprechen muss, und ich werde nicht gehen, bis ich es getan habe», antwortete er so ruhig, wie es die prekäre Situation erlaubte.

Charles schnaubte. «Also gut, ich werde meine Schwester fragen, ob sie mit Ihnen zu sprechen wünscht. Aber wenn die Antwort *nein* ist, müssen Sie sie in Ruhe lassen. Akzeptiert?»

«Akzeptiert.»

Alex hoffte, dass Millie wusste, dass er kein *Nein* als Antwort hinnehmen würde, aber dennoch war er erleichtert, als er sah, dass Charles zu Millie ging und direkt mit ihr sprach. Als Charles seiner Schwester den Fall darlegte, warf sie einen Blick in Alex' Richtung und sagte mit einer Stimme, die laut genug war, dass Alex sie hören konnte: «Also gut, ich werde mit ihm sprechen. Ich habe das Gefühl, dass er nur so verstehen wird, was er getan hat, und mich endlich in Ruhe lässt. Ich dachte, ich hätte letzte Nacht meinen Standpunkt klargestellt, aber einige Leute müssen die Dinge offensichtlich zweimal hören.»

Sie verließ die Gruppe und kam langsam auf Alex zu. Er schenkte ihr sein hoffentlich charmantestes Lächeln, doch Millie sah ihn nur finster an.

«Millie», sagte Alex, als sie einige Meter entfernt zum Stehen kam. Er verneigte sich. Ihre Antwort war ein knappes Nicken.

«Miss Ashton für Sie, Lord Brooke. Sie werden mich auf die gesellschaftlich akzeptable Weise ansprechen, oder dieses Gespräch ist zu Ende. Ist das klar?», fuhr sie ihn an. Sie drehte sich um, um zu gehen, doch Alex streckte die Hand aus und ergriff ihren Arm.

«Wie kann ich dich Miss Ashton nennen, wenn meine Nächte voller Gedanken sind, deinen Namen zu flüstern, während ich in deine Augen schaue?», antwortete er.

Sie lachte und zog ihren Arm aus seinem Griff. «Was für eine silberzüngige Schlange Sie doch sind, Lord Brooke. Aber Sie können Ihre Lügen für Ihre zukünftige Braut aufbewahren. An mich sind Ihre Worte verschwendet.»

Er blinzelte. Das klang nicht nach der Millie, die er kannte und liebte. Etwas, das zu einem selbstzufriedenen Lächeln werden wollte, huschte über ihr Gesicht.

«Aber ich bin für dich zurückgekommen», antwortete er schließlich. «Ich habe dich in jener Nacht nicht angelogen, als wir uns geküsst haben. Ich liebe dich. Ich will dich heiraten.»

Das Lächeln erstarb. Ihre Lippe zitterte, als sie mit leiser, bedrohlich giftiger Stimme sagte: «Lügner.»

Er seufzte frustriert. «Ich lüge dich nicht an, Millie, ich weiß, dass du mich nicht ernst genommen hast, als ich dir zum ersten Mal sagte, was ich für dich empfinde. Aber ich verspreche dir, dass ich die Wahrheit sage», flehte er.

Millie versteifte sich, und ihre Nasenflügel bebten. «Wie ich das sehe, Lord Brooke, sind Sie gar nicht in der Lage, jemand anderen als sich selbst zu lieben. Sie flirten und spielen Spiele, aber Sie würden Ihr Herz niemals ernsthaft in Gefahr bringen.» Sie holte tief Luft und fuhr fort. «Ich muss zugeben, dass ich ziemlich schockiert und etwas verzweifelt war, als ich herausfand, dass Sie einen Liebesbrief an Clarice Langham geschickt hatten, aber das ergibt natürlich Sinn. Sie ist eine Freundin der Familie, jemand, auf den man sich verlassen kann, so dass sie eine solide, unkomplizierte Ehefrau für Sie sein wird.» Sie sah auf ihre Finger hinunter, die die Schnüre ihres Handtäschchens verdrehten. «Obwohl ich denke, dass es das Grausamste und Selbstsüchtigste war, was Sie jemals getan haben, ihr diesen Brief zu schicken. Ihr eine solche Hoffnung einzupflanzen, obwohl Sie doch längst wissen, dass Sie dieselbe Hoffnung in Stücke schlagen werden, sobald Sie verheiratet sind.»

Alex starrte auf seine Stiefel.

Millie ballte die Fäuste, und als Alex den Kopf hob, sah er den Ausdruck der Verachtung in ihren Augen. «Sie haben keine Antwort darauf? Warum wundert es mich nicht, dass Sie nicht an die Gefühle anderer gedacht haben? Sie werden wohl kaum gesehen haben, wie Lady Clarice spät gestern Abend weinte, oder? Nein, ich nehme an, Sie hatten da gerade Spaß mit einem anderen armen, leichtgläubigen Mädchen.»

Millie bückte sich und hob einen Stein von der Einfahrt auf. «Hier ist Ihre Antwort, Lord Brooke», antwortete sie, als sie mit dem Stein nach ihm warf und ihn gegen die Brust traf. Er fühlte es kaum. Der Schmerz in seinem Herzen war größer als alles, was sie ihm körperlich zufügen konnte. «Sie sind ein Schuft der schlimmsten Art, Alex Radley», fuhr sie mit einem Hauch von Tränen in ihrer Stimme fort. «Ich habe nur Mitleid mit Clarice. Sie wird den Rest ihrer Tage damit verbringen, ihr Leben nach Ihren Wünschen zu leben, während sie nachts wach liegt und sich fragt, wo Sie sind und mit wem. Es befriedigt mich nicht zu wissen, dass Ihre Schwester Lucy Recht hatte wegen Ihnen. Sie hat versucht, mich zu warnen, aber habe ich zugehört? Nein, ich war wie jedes andere dumme Mädchen in London. Ich habe Ihnen erlaubt, mit mir zu flirten, und mich dann in Sie verliebt. Um aus *Amazing Grace* zu zitieren: *Ich war blind, aber jetzt sehe ich.*»

Sie schluckte und trat näher an Alex heran. Als sie nur noch wenige Zentimeter voneinander entfernt waren, sah sie ihm ins Gesicht. Nur ein Narr konnte ihren Blick für etwas anderes als bittere Enttäuschung halten, dachte Alex kläglich. Er suchte ihr Gesicht ab und nahm das tiefe Blau ihrer Augen in sich auf, das vor Tränen schimmerte. Ihre üppigen Lippen, die er so liebevoll geküsst hatte, bildeten jetzt eine dünne, harte Linie.

«Ich glaube, ich habe alles gesagt, was es zu sagen gibt. Was Sie mir eventuell zu sagen hätten, können Sie sich getrost sparen, weil ich nicht daran interessiert bin.»

Sie atmete tief ein. «Einen guten Tag, Lord Brooke. Ich hoffe, dass Sie dies aus gesundheitlichen Gründen als letzte Warnung betrachten. In Zukunft werde ich den Fäusten meines Bruders erlauben, für mich zu sprechen.»

Sie drehte sich um und ging zurück zu der kleinen Gruppe, die zuschaute und auf ihre Rückkehr wartete. Sie nahm Charles' Arm und führte ihre ausgewählte Gruppe von Freunden zum Haupttor des Parks.

Alex schüttelte den Kopf und seufzte. Seine Bemühungen, mit Millie zu sprechen, brachten ihn nicht weiter. Sie wollte ihn nicht hören, und wenn er ehrlich war, wusste er nicht, was er ihr noch sagen konnte, abgesehen davon, sie um Vergebung zu bitten. Ihr die Wahrheit zu sagen war ein Glücksspiel, zu dem er nicht bereit war. Und dann war da noch das Problem von Lady Clarice.

«Es muss einen anderen Weg geben», murmelte er.

Mit den Händen in den Taschen folgte er Millie und ihren Bewunderern aus dem Park hinaus. Als sie in der Park Lane waren, gingen Millie und ihre Freunde in Richtung der nahe gelegenen Cafés, während Alex die Straße überquerte und sich auf den Weg zur Duke Street machte.

Er hoffte, dass sein Cousin zu Hause war. Wenn es einen Mann in London gab, dessen Erfahrungen darin, sich aus brenzligen Situationen herauszuwinden, für mehr als ein Leben reichten, dann war es der Earl of Shale.

«Wie haben sie das Baby doch gleich genannt?», murmelte er vor sich hin, als er die Vordertreppe zum Haus des Grafen hinaufstieg. Er erinnerte sich, dass die Frau seines Cousins einige Wochen nach dem Osterball von einem Jungen entbunden worden war.

Nachdem er die obligatorischen Glückwünsche übermittelt und das Neugeborene zwei Minuten lang gehalten hatte, wurde Alex schließlich in das Arbeitszimmer seines Cousins geführt. «Wir werden nicht lange brauchen, Liebling», rief Lord Shale seiner Frau zu, als er die Tür hinter sich schloss und Alex in Richtung eines Stuhls neben dem Feuer dirigierte. Die Gräfin von Shale sagte etwas, was Alex nicht ganz verstand, aber sein Cousin stieß ein herzliches Lachen aus.

«Ich dachte, sie würde mit der Ankunft des Babys sanfter werden, aber ich hätte es besser wissen müssen», sagte Lord Shale und setzte sich in den Sessel gegenüber von Alex. «Sie bringt mich noch ins Grab, aber ich werde als glücklicher Mann sterben. Willst du was trinken?»

«Nur Tee, bitte. Das ist ein gutaussehender Junge, den ihr da bekommen habt», antwortete Alex.

Der Graf grinste. «Das kommt von guten Blutlinien. Ich habe gehört, dass du in Kürze eine eigene Familie gründen wirst, mein lieber Junge. Deine Karten hast du aber ziemlich bedeckt gehalten.» Er gab Alex einen freundlichen Schlag auf den Arm.

Alex seufzte.

«So sieht ein Mann nicht aus, der glücklich in den Hafen der Ehe segelt», sagte der Earl.

«Nein, tut er nicht», antwortete Alex traurig.

Lord Shale schmunzelte, und Alex sah auf. Als er den wissenden Blick und das Grinsen im Gesicht seines Cousins sah, wurde ihm klar, dass dieser die ganze Geschichte kannte. «David war hier, oder? Du weißt alles über das Durcheinander, in das ich mich verwickelt habe, du grinsender Wasserspeier», antwortete Alex.

Der Earl hob kapitulierend die Hände und lachte weiter. «Ja, er kam heute Morgen und *er*, sein übliches fürsorgliches und großzügiges Selbst, brachte ein Geschenk für meinen Sohn und Erben. Im Gegensatz zu dir, du liebeskrankes Pflänzchen.»

«Nun, zumindest schafft es jemand, den Humor in all dem zu finden», antwortete Alex kopfschüttelnd.

Der Earl schenkte sich ein Glas Rotwein ein und klingelte dann, um Alex eine Kanne Tee bringen zu lassen. «Das Gute ist, Rosemary und ich hatten den ganzen Nachmittag Zeit, eine Lösung für dein Problem zu finden.»

Als Spione während des Krieges gegen Napoleon waren der Earl und seine Frau oft genug gerade so davongekommen. Alex konnte sicher sein, dass sie bereits eine gut geplante Lösung für sein Problem hatten. Er würde einfach ihren Anweisungen folgen müssen, und alles wäre in Ordnung mit der Welt.

«Also gut, sag es mir langsam, und ich werde es in Erinnerung behalten», sagte Alex, dankbar, dass sein Cousin in das Geheimnis eingeweiht war, dass er weder lesen noch schreiben konnte.

Der Earl stellte sein Glas auf den Tisch neben seinem Stuhl. Er beugte sich auf seinem Stuhl vor, verschränkte die Hände und holte tief Luft. Er schürzte die Lippen, und Alex beugte sich ebenfalls vor und hörte hoch konzentriert zu.

«Du musst betteln.»

Eine ganze Minute lang war das Knistern der Holzscheite im Kamin das einzige Geräusch im Raum.

Langsam stieß Alex den Atem aus, den er angehalten hatte. «Du hast gegen die Hälfte der französischen Geheimpolizei gekämpft, und das ist alles, was du mir vorzuschlagen hast?»

«Eigentlich war es Rosemarys Idee. Ich habe Stunden damit verbracht, mir den Kopf zu zerbrechen, und alles, was ich mir vorstellen konnte, war vorzuschlagen, dass du das erste Schiff nach Italien nimmst. Dann wurde mir klar, dass dein Vater vielleicht nicht zu viel von mir halten würde, wenn er herausfände, dass ich seinen Erben zur Landesflucht angestiftet habe.» Er lehnte sich in seinem Stuhl zurück und betrachtete Alex mit verschränkten Fingern. «Also wir sehen das so, Alex. Wenn du Lady Clarice die ganze Wahrheit sagst, werdet ihr beide, du und David, die nächste Mahlzeit für Janghams größten Hund sein. Du, weil du dumm genug gewesen bist, diesen Brief zu senden, und David, weil er die Frechheit besitzt, sich in Langhams Tochter zu verlieben. Dieser Mann wird sich nur damit zufriedengeben, dass Lady Clarice einen Herzog heiratet, oder in deinem Fall einen Herzog in spe.»

Alex nickte zustimmend. Der Earl of Langham war derzeit die größte Bedrohung für seine persönliche Sicherheit. Charles Ashton war ein Waisenkind im Vergleich zu dem Ruf, den Clarices Vater als gefährlicher Mann hatte.

«Sag Lady Clarice, dass du sie nicht heiraten kannst, und geh dann auf die Knie und biete ihr alles, was sie will, solange sie dir den Brief zurückgibt und das ganze traurige Durcheinander vergisst. Was das Ashton-Mädchen betrifft, sind wir zu dem Schluss gekommen, dass wir dir nicht helfen können.»

«Was?», stammelte Alex.

Sein Cousin rutschte auf seinem Stuhl herum. «Das Einzige, was wir vorschlagen können, ist, dass du ihr die ganze Wahrheit sagst, wenn du willst, dass sie dich als Bewerber um ihre Hand akzeptieren soll. Sorry, Alex, aber Ehrlichkeit ist die einzige Waffe, die dir in diesem Kampf zur Verfügung steht. Wenn sie dich für einen Lügner hält, wird sie dich niemals heiraten.»

Ein Klopfen an der Tür verkündete die Ankunft eines Lakaien, der ein Tablett mit einer willkommenen Kanne Tee und einer Tasse trug. Nachdem er Alex eingeschenkt hatte, stellte der Diener das Tablett auf den Tisch und ging.

«Trinkst du immer noch keinen Tee? Ich glaube nicht, dass es in deiner Küche französische Spione gibt, die dich vergiften wollen», sagte Alex und nippte an seinem heißen Tee.

«Man kann nie vorsichtig genug sein.»

Alex stellte seine Tasse ab, nachdem er plötzlich den Appetit verloren hatte. Er stand auf und stand einen Moment still, um über den Rat seines Cousins nachzudenken. «Also gut», sagte er schließlich. «Ich werde es tun. Ich werde mich Lady Clarices Gnade hingeben und alles tun, um sie dazu zu bringen, mich zu beschimpfen.»

«Guter Junge», antwortete der Earl und bot seine Hand an. Alex winkte ab. «Du kannst mir die Hand schütteln, wenn ich die Dinge in Ordnung gebracht habe. Bis dahin bin ich ein Mann auf einer unvollendeten Mission.»

Der Earl trank den Rest seines Weins aus und lachte. «Weitaus gefährlicher als alles, was *ich* jemals unternommen habe. Im schlimmsten Fall hätte ich getötet werden können. Du aber, junger Brooke, könntest dich möglicherweise mit dem Earl of Langham als deinem Schwiegervater wiederfinden. Da würde ich mich viel lieber einem französischen Exekutionskommando stellen, vielen Dank.»

❧

Als Alex die Duke Street verließ, war es schon dunkel. Und er fühlte sich nur wenig klüger als zuvor. Seine nächste Station sollten die Mill Street und das Haus des Earl of Langham sein, aber der Gedanke, Lady Clarice so schnell nach seiner Maßregelung durch Millie zu sehen, erfüllte ihn mit Furcht.

War es möglich, zweimal in einer Nacht zu sterben?

Als er die kurze Strecke nach Hause ging, begann sein Magen zu knurren. Da Mrs. Phillips jetzt im Strathmore House arbeitete, würde in seinem Haus die ganze nächste Woche kein warmes Frühstück zu haben sein. Er fluchte. Die Aussicht, in einem leeren Haus aufzuwachen, war schon schlimm genug, aber mit nur heißem Tee zum Frühstück wäre es ein Fegefeuer.

Ich kann dem Diener nicht einmal eine Einkaufsliste schreiben.

David wusste, wie man einen Mann auf grausamste Weise bestrafte.

Er könnte natürlich zu White's gehen und dort eine warme Mahlzeit zu sich nehmen, aber der Gedanke, noch mehr Gratulanten die Hand schütteln zu müssen, machte die Vorstellung zunichte. Es bestand auch die reale Gefahr, dass er Clarices Vater begegnen könnte.

«Zeit für einen Abendspaziergang, denke ich», murmelte er vor sich hin, als er seine Hände in die Manteltaschen steckte und auf der Jagd nach einem Zwiebelkuchen den Weg zur Bäckerei um die Ecke einschlug. Alex hatte das Gefühl, in der nächsten Woche dort Stammkunde zu werden, oder zumindest bis er seinem Bruder Mrs. Phillips wieder abspenstig gemacht hätte.

Als er in der Oxford Street ankam, hatte er eine lange Liste im Kopf. Ein Mensch konnte zwar nicht allein vom Brot leben, aber wenn er etwas Käse, ein Glas eingelegte Heringe und einige Äpfel hinzufügte, würde er damit bestens auskommen.

«Für jemanden, der unbedingt in den Teeladen gehen und Kuchen kaufen wollte, hast du verwerflich wenig davon angerührt», tadelte Charles, als er und Millie von ihrem Besuch im Park nach Hause gingen.

Sie zuckte mit den Schultern. Der Besuch im Teeladen hätte ihr Siegesessen sein sollen. Stattdessen schmeckte alles wie Asche in ihrem Mund. Tagelang, wann immer sie mit ihrer Zofe und einem weiteren Diener zur Begleitung morgens spazieren ging, hatte sie geübt, was sie Alex sagen würde, wenn sie sich endlich wieder trafen.

Letzte Nacht hatte sie ihren Stolz aufrechterhalten. Heute hatte sie Alex genau wissen lassen, was sie von ihm hielt.

Aber nicht, wie ich mich fühle. Wie kann man einem vollendeten Lügner sagen, dass er einem das Herz gebrochen hat? Und dass er mich für den kürzesten Moment glauben ließ, dass ich an diesem Ort glücklich sein könnte? Dass ich dachte, er hätte mehr in mir gesehen als andere?

Es gab so viel mehr, was sie ihm sagen wollte, aber jetzt, als sie schweigend neben ihrem Bruder einher stapfte, wurde ihr klar, wie sinnlos alles gewesen wäre.

«Millie?», sagte Charles.

Sie blieb stehen und drehte den anderen Leuten auf der Straße hastig den Rücken zu. Charles trat einen Schritt näher, legte einen Arm um sie und zog sie an sich. Er wies auf einige Gegenstände im Fenster des Hutmachers, während Millie sich unauffällig die Tränen aus dem Gesicht wischte. «Alles wieder gut?», fragte er einen oder zwei Momente später. «Brooke hat dich wirklich verletzt. Ich habe bis jetzt nie bemerkt, wie sehr.»

Sie richtete ihr Häubchen und lächelte ihn an. «Ja, danke. Aus irgendeinem dummen Grund weißt du immer genau, was man in einem Moment der Krise tun muss.»

«Erinnere mich daran, wenn ich in dieser Saison auf der Suche nach einer Ehefrau bin, dass ich das meiner langen Liste bewundernswerter Eigenschaften hinzufüge, mit denen ich Eindruck schinden kann», antwortete er.

«Komm, gehen wir nach Hause.»

Kapitel Neunzehn

Am folgenden Nachmittag stand Alex an der Straßenecke gegenüber dem Haupteingang zum Hyde Park.

Er wartete.

Wenn Lady Clarice Langham an ihrem gewohnten Tagesablauf festhielt, würde sie an dieser Stelle vorbeikommen, bevor sie in den Park ging, um zum richtigen Zeitpunkt von den richtigen Menschen gesehen zu werden.

Kurz nachdem er aufgewacht war, hatten Alex und Phillips die Bird Street verlassen und den größten Teil des Tages unten in der Küche von Strathmore House verbracht. Alex versteckte sich dort vor David, während Phillips seiner Frau half, Kekse zu backen, um Alex mit Essen zu versorgen.

Gegen vier Uhr hatte Mrs. Phillips Alex mit vollem Magen und einer kleinen Tüte frischer Haferkekse seines Wegs geschickt. «Denk daran, sie nicht in deiner Manteltasche zu zerbröseln, Master Alex», sagte sie. Er lächelte. Er würde eines Tages der Herzog von Strathmore sein, aber für Mrs. Phillips blieb er für immer der junge Master Alex.

«Danke, Mrs. P. Ohne Sie wäre ich verhungert», antwortete er, als er die Küchentreppe hinaufging. «Ich hoffe nur, dass ich lange genug lebe, um sie zu genießen.»

Während er darauf wartete, dass Lady Clarice vorbeikam, lehnte er sich gegen eine Gaslampe und sah zu, wie die Crème de la Crème der Londoner Gesellschaft die Park Lane entlanglief. Er steckte eine Hand in die Tasche und fand die eingewickelten, noch warmen Kekse tief unten.

Er zog einen Keks heraus und aß ihn langsam, wobei er jeden knusprigen Bissen genoss. Dann zog er noch einen heraus und aß auch den. Als Clarice und ihre Freunde endlich auftauchten, hatte Alex alle sechs Kekse gegessen, und ihm war schlecht.

Er bürstete sich die Krümel von den Fingern und richtete seine Kleidung. Dies war das Schwierigste, was er jemals getan hatte. Wenn er es nicht schaffte, wäre er verpflichtet, Lady Clarice zu heiraten. Er würde eine Frau gewinnen, aber dabei seinen Bruder verlieren.

Und Millie.

Als sich die Gruppe gut gekleideter junger Frauen näherte, blies er seine Wangen auf und klopfte für Glück gegen die Seite des Laternenpfahls. Mit seinem besten nonchalanten Lächeln ging er auf Lady Clarice und ihre Freundinnen zu.

«Guten Tag, Lady Clarice, ich vertraue darauf, dass es Ihnen gut geht? Meine Damen», sagte Alex und verbeugte sich.

Clarice blieb stehen und sah ihn böse an. «Lord Brooke», antwortete sie kühl, während ihre Freundinnen in ihre Handschuhe kicherten. In seinen Stiefeln kräuselte Alex die Zehen.

«Gehen Sie und Ihre Freundinnen in den Park?», fragte er. Es war eine überflüssige und dumme Frage, aber nur das Reden half, seine Nerven zu beruhigen.

«Das tun wir», antwortete eines der anderen Mädchen. «Sie sollten mit uns kommen. Sie könnten mit Lady Clarice spazieren gehen und ihr süße Dinge ins Ohr flüstern.» Das Mädchen drehte sich um und lächelte ihre Gefährtinnen selbstgefällig an.

Clarice verdrehte die Augen. Obwohl er nicht verstehen konnte, was David in ihr sah, konnte Alex dennoch erkennen, dass sie wenig Geduld mit dem Verhalten ihrer faden Freundinnen hatte.

«Ja, Susan, das ist eine wundervolle Idee. Wie wäre es, wenn der Rest von euch vorangeht, und ich werde mit Lord Brooke folgen? Meine Zofe kann uns begleiten. Ich bin sicher, wir haben viele Dinge zu besprechen. Geht schon mal los.» Sie winkte ihre Freundinnen weg. Lady Susan verzog das Gesicht, als sie so rüde fortgeschickt wurde, aber sie beeilte sich, dann doch darüber zu lachen.

Alex und Clarice sahen zu, wie die Freundinnen die Park Lane überquerten und außer Hörweite gerieten.

«Sie haben sie fest im Griff», sagte er.

«Und manchmal möchte ich jede einzelne von ihnen erdrosseln.»

Alex bot ihr seinen Arm an, aber sie ignorierte die Geste, griff stattdessen in ihr Täschchen und zog ein gefaltetes Stück Papier heraus. Sobald er das zerbrochene Wachssiegel sah, wusste er, dass es der Brief war, den er ihr irrtümlich aus Schottland geschickt hatte. Sein Herz fing an, heftig zu schlagen.

«Ich denke, das sollten Sie zurückhaben», sagte sie und übergab ihm den Brief. «Ich weiß nicht, was über Sie gekommen ist, diesen Brief zu schreiben, aber gestern Abend ist mir klar geworden, dass Sie nicht länger so empfinden. Wenn überhaupt jemals.»

Ein lauter Seufzer der Erleichterung kam Alex über die Lippen, bevor er ihn stoppen konnte. «Nun, ich ...»

Ein Hauch von Wut schoss über Clarices Gesicht. Er nahm sie beim Arm. «Es tut mir leid, es tut mir so leid. Glauben Sie mir, ich wollte nicht, dass es so herauskommt. Es ist nur so, dass ich mich regelrecht davor gefürchtet habe, Sie zu sehen und zu versuchen, die Dinge zu klären. Das hätte nie passieren dürfen. Nichts davon.»

«Aber es ist geschehen», antwortete sie traurig. «Und ich werde dadurch dem öffentlichen Spott preisgegeben.»

«Ich weiß, und ich hasse mich dafür, dass ich Ihnen das antue», antwortete er. Er schaute über die Straße und sah Lady Susan und ihre Gefährtinnen warten. Sie winkten Alex und Clarice zu. Clarice ignorierte sie.

«Gibt es irgendeinen Ort, wo wir privat reden können? Es gibt ein paar Dinge, die wir diskutieren müssen, und ich brauche keine Gänseschar, die danebensteht», sagte sie.

«Ich würde mich über die Gelegenheit freuen, miteinander zu sprechen. Sie verdienen es zu wissen, wie dieses ganze Durcheinander entstanden ist», antwortete er.

Oder zumindest so viel davon, wie ich Ihnen sagen kann, ohne die Dinge noch schlimmer zu machen.

Clarice winkte den Mädchen auf der anderen Straßenseite halbherzig zu, bevor sie Alex am Arm nahm. «Wir sollten ihnen besser folgen. Wenn wir zu lange allein sind, wird dies die Lage nur noch verschlimmern.»

Im Park gingen Clarice und Alex weiter nebeneinanderher, gerade weit genug von ihren Freundinnen entfernt, um nicht gehört zu werden.

«Es tut mir leid, Lady Clarice, aber ich kann Sie nicht heiraten», sagte Alex schließlich und fühlte sich wie ein völliger Trottel.

«Ich weiß», antwortete sie.

«Warum?»

«Warum ich so sicher bin, dass Sie mich nicht heiraten können? Nun, erstens haben Sie nie auch nur das geringste romantische Interesse an mir gezeigt, seit wir einander kennen. Als der Brief ankam, dachte ich, vielleicht hat jemand von Ihnen verlangt, eine Braut zu wählen, und so haben Sie entschieden, dass Sie sich am besten für den Teufel entscheiden, den Sie kennen.»

«Das würde ich Ihnen nie antun», antwortete er.

«Bevor Sie mir diesen Brief geschickt haben ...», sagte sie und zeigte auf Alex' Mantel, wo sich der Brief nun befand. «... hätte ich dasselbe gesagt, aber jetzt glaube ich nicht, dass ich Sie überhaupt kenne.»

Alex seufzte. Zumindest konnte er dankbar sein, dass David dieses Gespräch nicht hörte.

«Was kann ich Ihnen sagen?»

«Die Wahrheit wäre ein guter Anfang», antwortete sie.

Er blieb stehen und ignorierte die Tatsache, dass sie nun weit hinter Clarices Gruppe von Freundinnen zurückfielen. Er beschwor all seinen Mut herauf und sagte Clarice, so viel er konnte, ohne die ganze beschämende Wahrheit zu enthüllen. Er erwähnte nicht ein einziges Mal Davids Namen.

Nachdem sie sich still angehört hatte, wie es dazu gekommen war, dass er ihr aus Versehen einen Brief zugeschickt hatte, der nie hätte verschickt werden dürfen, öffnete Clarice ihr Täschchen und nahm einen Bleistift und ein Stück Papier heraus. Sie kritzelte etwas darauf und reichte es ihm. Er schaute auf das Blatt, gab vor, es zu lesen, und steckte es dann neben den Brief in seine Tasche.

«Das ist, was Sie tun werden, Alex, ohne Frage. Eine einzige Abweichung von meinem Plan, und ich werde direkt zu meinem Vater gehen und ihm sagen, dass Sie mich ruiniert haben. Er wird uns zu Mann und Frau erklären lassen, bevor dieser Tag vorbei ist. Ich muss nur das richtige Wort in sein Ohr sagen, und Sie werden eine errötende Braut zum Altar führen.» Sie blickte sich schnell um und stellte sicher, dass sich niemand in der Nähe befand. «Haben Sie das verstanden?», fragte sie, ihr Ärger immer noch offensichtlich.

Er nickte, während sich in der Magengrube ein schweres Gefühl zusammenballte.

Clarice atmete tief durch und schnalzte mit der Zunge. «Gut. Da der ganze *Ton* erwartet, demnächst die Ankündigung unserer Verlobung zu hören, müssen wir uns etwas einfallen lassen, womit wir all die Spekulationen ein für alle Mal beenden. Wir werden also in aller Öffentlichkeit eine sehr öffentliche Auseinandersetzung haben. An deren Ende werde ich Ihnen den Laufpass geben und damit allen klarmachen, dass Sie nicht zum Ehemann geeignet sind.»

«Aber ...»

«Seien Sie still, Alex. Ich bin noch nicht fertig. Ich mag Sie aus der Verantwortung nehmen, aber ich habe nicht gesagt, dass Sie ohne Narben davonkommen werden. Sie haben keine Ahnung, wie die letzten Wochen für mich gewesen sind. Von dem Moment an, als dieser lächerliche Brief eintraf, wurde mein Leben auf den Kopf gestellt. Wenn nicht gerade mein Vater mich fragt, wann er unsere Verlobung bekanntgeben soll, dann ist es die verdammte Lady Susan, die sich damit brüstet, dabei gewesen zu sein, als ich den Brief erhielt. Seitdem habe ich mich jeden Tag krank gefühlt und mich gefragt, wann Sie an der Tür meines Vaters anklopfen und mir genau sagen würden, was für ein Spiel Sie eigentlich spielen!»

«Oh», seufzte Alex, senkte den Kopf und starrte zu Boden. Die ganze Realität seiner sorglosen Bemühungen, mit Millie zu kommunizieren, stürzte über ihm zusammen. Er hatte David und Millie verletzt, das verstand und akzeptierte er. Aber es war ihm nie eingefallen, dass sein Akt zufälliger Dummheit so viel Chaos im Leben anderer Menschen ausgelöst hatte.

Er fügte nun auch noch Selbsthass zu der wachsenden Liste der elenden Emotionen hinzu, die er vor kurzem zum ersten Mal in seinem Leben erfahren hatte.

«Clarice, was soll ich sagen?»

«Sie können *Ja* zu meiner nächsten Forderung sagen», antwortete sie.

«Und die wäre?»

«Ich möchte denjenigen treffen, der diesen Brief geschrieben hat, weil ich weiß, dass er nicht von Ihnen geschrieben wurde. Niemand könnte diese Worte schreiben und mich dann so behandeln, wie Sie es gestern Abend getan haben. Ich kenne Sie lange genug, um sicher zu sein, dass Sie die Bedeutung der Hälfte dieser Emotionen gar nicht verstehen. Ich glaube nicht einmal, dass Sie den Brief gelesen haben, Alex, geschweige denn geschrieben. Und denken Sie nicht, dass ich mich nicht an jedes einzelne Wort davon erinnere, nur weil ich Ihnen den Brief zurückgegeben habe. Ich habe den Brief auswendig gelernt und kann ihn Wort für Wort rezitieren. Und Susan kann das übrigens auch. Die Zahl, die ich auf dieses Blatt Papier geschrieben habe, ist die Menge an Geld, die Sie mir zahlen werden, in bar, wenn Sie die Identität des Autors des Briefes nicht preisgeben. Der Betrag ist nicht verhandelbar, und wenn Sie ihn mir nicht bis spätestens mittags am Tage Ihrer Hochzeit übergeben, natürlich nur dann, wenn das betreffende Mädchen Sie überhaupt noch haben will, werde ich Ihr Leben völlig unerträglich machen.»

Unter weniger schwierigen Umständen hätte er in diesem Moment gelacht. Er war noch nie zuvor erpresst worden, am allerwenigsten von der Tochter eines Earls. Aber als er Clarice ins Gesicht sah, wusste er, dass es das Schlimmste wäre, was er tun könnte.

Sobald er David fand, würde sein Bruder ihm sagen müssen, wieviel dieses Desaster ihn finanziell kosten würde. Er hatte das unangenehme Gefühl, dass es mehr war als der Preis für ein Kleid oder zwei. Zu diesem Zeitpunkt hatte er kaum eine andere Wahl, als zuzustimmen, dass er zahlen würde.

«Gut, ich akzeptiere, dass Sie Ihr Gesicht wahren müssen, also sagen Sie mir, wo und wann meine öffentliche Denunziation geschehen soll, und ich werde da sein. Aber was die Frage betrifft, wer diesen Brief geschrieben hat, kann ich dieser Forderung nicht nachkommen. Sie gehen zu Recht davon aus, dass es nicht ich war, und ich würde es Ihnen sehr gern sagen, aber wenn ich es täte, würde es mich weit mehr kosten als alles, wofür ich Ihnen einen Wechsel schreiben könnte.»

Clarice streckte ihre Hand aus. «Geben Sie mir das Papier zurück, Alex», forderte sie. Als er es ihr übergab, strich sie die Nummer eilig aus und schrieb etwas anderes, bevor sie das Blatt an Alex zurückgab. Er schaute es an, bevor er es wieder in seine Tasche steckte.

«Wie Sie sehen können, habe ich den Betrag verdoppelt, den Sie mir zahlen sollen. Wollen Sie mich jetzt weiterhin zurückweisen? Ich weiß, dass die Taschen Ihres Vaters tief sind, und ich nehme an, dass Sie eine stattliche Zulage erhalten, aber ich bezweifle, dass Sie in der Lage sein werden, den Verbleib von so viel Geld vor ihm zu verbergen.»

Alex hörte das Schnauben, das Clarices Lippen entkam. Sie begann offensichtlich, die Geduld mit ihm zu verlieren.

«Wie gesagt, die Zahlung ist in bar zu leisten. Keine Wechsel oder Instruktionsschreiben. Kommen Sie schon, Alex, was soll es sein? Mir geht die Geduld aus», sagte sie.

Er schüttelte den Kopf. «Es tut mir leid, Clarice, Sie haben das alles nicht verdient, und ich schäme mich wirklich für den Schmerz, den ich Ihnen zugefügt habe. Es war nie meine Absicht. Ich wollte nur einen Brief an die Frau schicken, die ich liebe. Stattdessen schickte ich den falschen Brief an das falsche Mädchen, und Sie wurden verletzt. Tun Sie, was Sie tun müssen, meinetwegen auch öffentlich, wenn Ihnen das ein wenig Zufriedenheit bringt. Ich werde es aushalten, aber ich bitte Sie, lassen Sie alle anderen da raus.»

Er seufzte und fummelte mit den Papieren in der Tasche. Er zog Clarices Erpressungszettel heraus und hielt ihn hoch. «Sie sollen Ihren Moment der Rache haben und Ihr Geld, aber der Verfasser dieses Briefes wird geheim bleiben. Ich habe schon genug Schaden angerichtet. Wenn es mir gelingt, die Hand der Frau zu gewinnen, die ich liebe, werde ich Ihnen gern das Geld zahlen.»

Er bot ihr seinen Arm. Sie stand und starrte ihn für einen Moment an, bevor sie mit den Schultern zuckte und sich bei ihm einhakte.

«Ach, zwei von drei ist ja auch nicht schlecht. Aber glauben Sie nicht, dass ich nicht herausfinden werde, wer diesen Brief geschrieben hat», antwortete sie.

Sie beeilten sich, Clarices Freundinnen einzuholen. Alex blieb lange genug, um höfliche Gespräche mit ihnen zu führen und öffentlich in Lady Clarices Gesellschaft gesehen zu werden. Er erblickte Millie und winkte ihr knapp zu. Sie starrte ihn an und wandte sich dann ab.

Nachdem er sich von Lady Clarice verabschiedet und erfolglos nach David gesucht hatte, beschloss er, dass es an der Zeit sei, zurück nach Strathmore House zu gehen. Auch wenn sein Bruder noch immer schlecht auf ihn zu sprechen war, würde es sicherlich noch schlimmer kommen, wenn David von jemand anderem als ihm selbst von dem Treffen mit Clarice erfahren würde.

❧

Ein leises Pfeifen kam über Davids Lippen, als er den Zettel las, auf den Clarice ihre Forderung nach Geld geschrieben hatte. «Ich hatte immer gehofft, dass sie eine freche Seite hat, aber das ist absolut genial», sagte er mit einem Lächeln.

«Wie viel?», fragte Alex am Rande eines Nervenzusammenbruchs. Er fragte sich, wie wenig auf seinem Bankkonto verbleiben würde, nachdem Lady Clarices Forderungen erfüllt worden waren.

Sein Bruder kräuselte die Nase. «Nun, es sieht so aus, als hätte sie ursprünglich fünfhundert Pfund geschrieben, dann ihre Meinung geändert und tausend daraus gemacht. Was hast du gesagt, dass sie den Betrag verdoppelt hat?»

Alex nahm das Papier und faltete es in der Mitte. «Ich sagte ihr, ich würde die Identität der Person, die den Brief geschrieben hat, nicht preisgeben. Sie wusste, dass er nicht von mir war.»

David schloss die Augen und flüsterte: «Danke.»

«Obwohl mir der Gedanke gekommen ist, dass dies die perfekte

Gelegenheit für dich sein könnte, reinen Tisch zu machen und ihr zu sagen, was du fühlst», sagte Alex. «Vielleicht ist es an der Zeit, sich ihrem Vater zu stellen und um ihre Hand zu bitten. Du hast so viel zu bieten.»

«Aber weder den Namen noch den Titel meines Vaters», antwortete David.

Im Laufe der Jahre hatten die Brüder immer wieder über die Auswirkungen von Davids Illegitimität auf seine Zukunft diskutiert und vereinbart, alles zu tun, um die dadurch verursachten Hindernisse zu überwinden. Beide wussten jedoch, dass kein Geldbetrag die Meinung derer ändern konnte, die in David Radley nur einen Bankert sahen.

«Alex, der Earl of Langham erkennt mich immer nur dann an, wenn ich direkt neben unserem Vater stehe. Sonst existiere ich nicht. Er würde mich niemals als angemessen für seine Tochter betrachten. Für ihn bin ich von illegitimer Geburt, und Grafen erlauben ihren Töchtern nicht, einen Bankert zu heiraten.»

In seinen Händen hielt er den Liebesbrief, den er an Lady Clarice geschrieben und den Alex jetzt zurückgeholt hatte. Er lächelte, bevor er seufzte und den Brief neben sich auf den Tisch legte. «Du hast das Richtige getan, indem du Clarice meinen Namen nicht verraten hast. Von ihr verschmäht zu werden, nachdem sie erfahren hat, wie ich mich fühle, wäre die schlimmste Demütigung meines Lebens.»

Es war fast drei Uhr morgens, und die Radley-Brüder saßen im Arbeitszimmer ihres Vaters und wärmten ihre Füße am Feuer. Alex war am frühen Abend im Strathmore House angekommen, nur um festzustellen, dass David irgendwo in der Nähe von Highgate zu einer Party gegangen war und erst am Morgen wieder erwartet wurde.

Glücklicherweise war die Party eines frühen Todes gestorben, und David war zeitiger als gedacht nach London zurückgekehrt. Weitere herzliche Entschuldigungsworte waren von Alex gekommen, gefolgt von einem kräftigen Schlag auf den Arm als Gegenleistung von David, wonach sie einen Waffenstillstand vereinbart hatten. Eine zweite Flasche des Lieblingsroten des Herzogs aus Italien milderte den langen Abend noch weiter.

«Also, wann soll diese Szene gespielt werden?», fragte David.

Alex starrte den Wein an und wirbelte ihn in seinem Glas herum. Das Licht des Feuers verwandelte den Wein in die Farbe eines spätsommerlichen Sonnenuntergangs. «Ich weiß es nicht. Ich überlasse die Details Lady Clarice, aber ich hoffe, sie wird mich nicht warten lassen. Erstens, weil mich die Anspannung umbringt, und zweitens, je schneller sie mich aus meinem Elend befreit, desto eher kann ich zu meiner eigentlichen Aufgabe zurückkehren. Millie.»

Davids Augenbrauen hoben sich langsam.

Alex nahm einen Schluck Wein. «Glaub mir, ich habe alles getan, um die Dinge mit Clarice richtig zu stellen. Mit etwas Glück wird sie mit intaktem, wenn nicht gar verbessertem Ruf daraus hervorgehen. Was mich betrifft, so werde ich mich glücklich schätzen, wenn ich für den Rest meines Lebens überhaupt noch zu gesellschaftlichen Veranstaltungen eingeladen werde.»

«Und du hättest es absolut verdient, wenn diese Gesellschaft dich ausstieße», bemerkte David.

«Vielen Dank.»

David hob sein Glas, hielt aber inne, bevor er es an die Lippen setzte. «Du bist der Erbe eines der größten Vermögen des Landes. Sei also so gut und hör auf mit diesem *Oh wehe mir*-Gejammer, ja? Es wird immer Titeljägerinnen geben, die bereit sind, ihre Töchter in deine Arme zu schieben, also bezweifle ich, dass du in Gefahr bist, allein zu sterben, Alex.»

Beide lachten. «Und ich frage mich, warum ich dich in den letzten Tagen vermisst habe», sagte Alex.

«Nun, du kannst mich noch ein paar weitere Stunden vermissen, lieber Bruder. Ich gehe ins Bett.» David leerte sein Glas und stellte es auf den Schreibtisch seines Vaters. Alex stand auf, und für einen Moment starrten sie einander schweigend an.

«Ich bin ein Vollidiot, der einen Bruder wie dich nicht verdient. Lass mich dir noch einmal sagen, wie leid es mir tut», sagte Alex. Sie blinzelten beide heftig, als sie sich grob auf den Arm schlugen.

«Ich weiß, aber jemand muss uns vor dir retten, und Stephen ist noch nicht alt genug, um dich aus Tavernen Schlägereien herauszuholen, also kommt es auf mich an», lächelte David.

Er legte seinen Arm um Alex und führte ihn zur Tür. «Komm schon, Hargreaves hat in deinem alten Zimmer ein Bett für dich zurechtgemacht. Es ist zu spät für dich, nach Hause zu gehen. Lass uns beide etwas schlafen, und dann sehen wir, was der Morgen bringt.»

Kapitel Zwanzig

Mit einer seltsamen Mischung aus Aufregung und Angst, die durch seinen Körper strömten, machte sich Alex auf den Weg zum Ball, wohl wissend, dass er bereitwillig zugestimmt hatte, öffentlich gedemütigt zu werden. Noch vor wenigen Wochen hätte er sich eher die Kehle durchgeschnitten, anstatt überhaupt über das nachzudenken, was er jetzt vorhatte.

Die Nachricht von Lady Clarice war früh am Nachmittag eingetroffen, und nach Rücksprache mit David hatte er beschlossen, sie die Führung übernehmen zu lassen und die Strafe anzunehmen, die sie für gerechtfertigt hielt.

Sie hatte ihn nur zwei Tage warten lassen, bevor sie ihm mitteilte, wann die Axt fallen würde. Er saß hinten im Wagen, David gegenüber, und versuchte, das Positive zu sehen. «Zumindest wird der Geruch dieses Skandals nachgelassen haben, wenn die Saison ihren Höhepunkt erreicht hat. Noch nicht jeder ist zurück in London. Mama und Papa werden erst in ein paar Tagen wieder hier sein», sagte er.

David beugte sich vor und stieß Alex in die Rippen. «Guter Junge, erzähl dir nur weiter alle Lügen, die du brauchst. Solange wir diesen Abend durchstehen, ohne von einer mörderischen Horde angegriffen zu werden, ist alles andere eine Kleinigkeit.»

Sein Bruder versuchte, sein gewohnt fröhliches Selbst zu sein, aber Alex konnte das Knirschen von Davids Zähnen bis auf die andere Seite des Wagens hören. Es war nicht nur Alex' Zukunft, die in dieser Nacht auf dem Spiel stand. Obwohl David die Möglichkeit gar nicht in Erwägung zu ziehen schien, jemals Lady Clarice heiraten zu dürfen, lebte er immer noch in Hoffnung.

«Ich werde das nicht verpatzen», antwortete Alex. Die Konsequenzen, wenn er es doch tat, waren zu schlimm, um sie in Betracht zu ziehen.

Die Kutsche hielt vor einem imposanten mittelalterlichen Gebäude in der Bishops Avenue an. Als er unter dem gemauerten Torbogen durchging, der den Eingang zum Fulham Palace markierte, wandte Alex sich an David. «Warum wünsche ich mir plötzlich, ich wäre von einer schrecklichen Krankheit befallen?»

«Ja, nun, der Ball unseres Onkels ist einer der gesellschaftlichen Höhepunkte der Saison. Gelinde gesagt würde es seltsam aussehen, wenn wir, als die einzigen derzeit in London residierenden Mitglieder seiner Familie, nicht aufgetaucht wären», antwortete David und ging die Treppe zum Eingang hinauf.

Alex' Blut wurde kalt, als er den Bischof von London oben auf der Treppe stehen sah.

«Alex, mein Junge, kommst du, um einen Termin zu vereinbaren?»

«Du weißt, dass der Bischof mit dem Herzog von Strathmore verwandt ist und daher mit der einen Person in London, die ich zu meiden versuche?», bemerkte Millie, als sie den Ballsaal überblickte.

«Ja, das weiß ich», antwortete Charles.

«Warum zum Teufel sind wir dann hier?», fuhr sie ihn an.

Charles schnaubte. «Blasphemie? Darf ich vorschlagen, dass du, wenn du beabsichtigst, diese Art von Sprache im Palast eines Bischofs zu verwenden, morgen früh gleich als erstes in die Kirche gehst? Ich bin sicher, sie werden dich ansonsten exkommunizieren.»

Sie sah ihn angewidert an. «Sie können meinetwegen die spanische

Inquisition heraufbeschwören, solange ich nicht mit Lord Brooke sprechen muss.»

In den letzten Tagen hatte sie es geschafft, Alex' Titel in eine Art Beleidigung zu verwandeln. Wenn sie etwas Abstoßendes sah, dachte sie an ihn. Indem sie unangenehme Dinge mit Alex in Verbindung brachte, hoffte sie, eine hohe und breite Mauer zwischen ihnen zu bauen.

Ihn wo immer möglich zu meiden, war auch hilfreich. Sie hatte ihn vor zwei Tagen am späten Nachmittag im Hyde Park gesehen, wie er mit Lady Clarice Langham und ihren Freundinnen zusammengestanden hatte. Für zwei Menschen, die angeblich ineinander verliebt waren, sahen beide sehr elend aus. Von Millies Position aus, versteckt hinter einer Gruppe ihrer neuen Freunde, konnte sie sehen, dass sie kaum ein Wort wechselten.

Alex nickte gelegentlich, während Clarices Freundinnen wie eine Schar Tauben um ihn herum flatterten. Die schreckliche Susan verbrachte die ganze Zeit damit, zu lachen und an Alex' Arm zu greifen. Als sie den Ausdruck schmerzhaften Unbehagens in seinem Gesicht sah, musste sie zugeben, dass es ihr den Tag rettete.

Gut. Sie haben es verdient, den Rest Ihrer Tage von hirnlosen Harpyien umgeben zu verbringen. So schade, dass Lady Clarice nicht sieht, wie gut Sie zu ihnen passen, Lord Brooke.

In diesem Moment hatte einer ihrer neuen Bewunderer einen besonders amüsanten Witz erzählt, und Millies lautes Lachen war ganz besonders undamenhaft herübergekommen. Nach mehreren gesellschaftlichen Ausflügen mit ihrer neuen Gruppe stellte sie fest, dass sie ihre Offenheit und ihren Humor schätzten. Mit Millie konnten sie sich entspannen, da sie wussten, dass sie keine versteckten Absichten hegte. Sie war nicht daran interessiert, einen der Männer zum Altar zu schleifen.

Als sie sich zusammenriss und die Tränen der Belustigung wegwischte, war ihr Blick wieder auf Alex und seinen Harem gefallen. Während Lady Clarice und die anderen Mädchen damit beschäftigt waren, ihre Hauben zurechtzurücken und ihre Umgebung nicht zu beachten, starrte Alex Millie direkt an.

Zum ersten Mal seit sie ihn kannte, schien er nicht in der Lage zu sein, ein Lächeln aufzubringen. Seine Schultern hingen herab, und der ärgerliche Ausdruck, der jedes Mal auf seinem Gesicht erschien, wenn Lady Susan lachte, erweckte nicht den Eindruck, dass er ein glücklicher Mann war. Bevor sie sich wieder ihren Freunden zuwandte, winkte Alex ihr kurz zu. Millie hatte ihn noch nie so verzweifelt gesehen.

Sie konnte sich kaum an die Stunde erinnern, die sie und Charles im Park verbracht hatten, und auch nicht an den Heimweg. Wenn Alex jetzt hatte, was er wollte, warum schien er dann so traurig zu sein? Das ergab keinen Sinn.

Vielleicht war er jetzt, da er sich niederlassen wollte, gezwungen gewesen, sich der Realität eines verheirateten Mannes zu stellen: dass er nicht mehr in aller Öffentlichkeit den Herzensbrecher spielen konnte. Sie betete, er würde sein Eheversprechen ernst nehmen und versuchen, Lady Clarice ein guter Ehemann zu sein. Er konnte ein absoluter Charmeur sein, wenn er dazu in Stimmung war, aber er wusste auch, wie man ein Herz brach.

«Millie», flüsterte Charles. «Hör auf, Löcher in die Luft zu starren.»

Sie schüttelte den Kopf, riss sich aus ihren Gedanken und starrte ihren Bruder an. «Ich habe nachgedacht, du Trottel. Das solltest du auch einmal versuchen.»

«Nicht, wenn mein Gesicht dadurch so aussieht wie deins, wenn du tief in Gedanken versunken bist», antwortete er mit einem Lachen.

«Sei ruhig, oder ich sorge dafür, dass du mit der schrecklichen Lady Susan tanzen musst. Ich weiß, dass sie heute Abend hier ist, ich kann es in meinen Knochen fühlen», antwortete Millie.

Charles klatschte in die Hände. «Zuerst Blasphemie und jetzt Hexerei. Mach nur so weiter, mein Mädchen, dann werden wir beide demnächst auf dem Scheiterhaufen brennen. Wenn es uns allerdings ein bisschen aufwärmen würde, würde ich mich nicht beschweren. Niemand in diesem Land hat eine anständige Heizung. Mir ist immer kalt.»

«Hast du es schon gehört?», fragte David.

«Was?», antwortete Alex, während sein Blick durch den Raum streifte.

«Der Earl of Langham ist heute Abend auch hier, und er sucht dich.»

Alex fluchte und atmete dann tief durch. Lady Clarice hätte besser einen hieb- und stichfesten Plan, sonst wäre er in ernsten Schwierigkeiten. Wenn es seinem Onkel und dem Earl gelang, ihn zu fassen zu bekommen, hätte er ein Glas Champagner in der einen und eine Verlobte an der anderen Hand. Wie er seinen Onkel kannte, war es dem Bischof egal, wer sie war, solange sie aus einer guten Familie stammte und atmete.

«Noch wichtiger ist, hast du Lady Clarice gesehen? Wenn sie mich zusammenstauchen will, dann besser so bald wie möglich. Wenn nicht, bin ich weg. Ich werde hier nicht herumstehen und darauf warten, dass jemand anderes über mein Schicksal entscheidet», antwortete Alex, dessen Nervenkostüm immer dünner wurde.

David legte eine Hand fest auf Alex' Schulter. «Fürchte dich nicht, kleiner Bruder. Ich habe deine Zusammenstauchen schon gefunden. Sie erwartet dich in der Bibliothek.»

Alex spürte eine Falle. «Ich gehe nicht in eine Bibliothek oder ein anderes Zimmer mit einem unverheirateten Fräulein. Sie kann mit mir auf dem Flur sprechen, oder ich gehe jetzt sofort.»

«Na dann komm. Ich werde als Anstandsperson dabeisein, und ich werde dich nicht eine Minute lang mit Clarice allein lassen», antwortete David. «Das Letzte, was ich will, ist eine Zwangsheirat zwischen euch beiden.»

Sie gingen einen nahegelegenen Flur hinunter und hielten vor einer verschlossenen Tür an. David klopfte, und Lady Clarice öffnete sie schnell. Ein kurzer Austausch folgte, ehe Clarice heraustrat und die Tür hinter sich schloss. Dem Ausdruck in ihrem Gesicht nach zu urteilen, war sie alles andere als froh.

«Im Ernst, Alex, wenn es meine Absicht wäre, Ihnen die Ehe falle zu stellen, hätte ich es vor Tagen getan und uns allen eine Menge Ärger erspart», schnappte sie. «Aber wenn Sie so ein Mimöschen sind, dann müssen wir unsere Pläne eben hier besprechen.»

Von ihrem Platz am anderen Ende der Halle beobachtete Millie, wie Alex, David und Clarice ihre Köpfe zusammensteckten. Tief in ihre Diskussion verstrickt, waren sie sich ihrer Umgebung nicht bewusst. Immer wieder wich einer von ihnen zurück und schüttelte den Kopf, die anderen schwenkten dann die Arme herum, und der Kopfschüttler schloss sich der Gruppe wieder an.

Zuerst dachte sie, es sei ein Streit, aber da sie alle immer wieder und immer häufiger ihr Einverständnis nickten, begann sie, ihre Zweifel zu haben. Sie stand und beobachtete das Geschehen für einige Minuten, bis Charles sie am Arm nahm und wegführte, um sich ihren Freunden anzuschließen.

«Was soll man davon halten?», fragte sie und drehte den Kopf, um einen letzten Blick auf die Dreiergruppe zu werfen.

Charles zuckte mit den Schultern. «Ich hab keine Ahnung. Wahrscheinlich versuchen sie, sich darauf zu einigen, wie sie die Verlobung ankündigen sollen, während der Herzog und die Herzogin noch nicht in der Stadt sind. Ein mutiger Schritt, wenn du mich fragst. Ich würde es ganz gewiss nicht tun, aber ich bin sicher, dass ihr Vater sie drängen dürfte, es öffentlich zu machen. Wir werden es bald genug herausfinden. In der Zwischenzeit sollten wir beide ein bisschen Spaß haben.»

Millie schenkte ihrem Bruder ein schnelles Lächeln. Er hatte recht: Alex war nicht mehr Teil ihres Lebens. Warum sollte ihr wichtig sein, was er tat?

«Ja; genießen wir die schöne, lustige und frivole ...» Sie kräuselte ihre Nase und versuchte, an ein Wort zu denken, um den Satz zu vervollständigen.

«Veranstaltung?», bot Charles an.

Millie tätschelte freundschaftlich Charles' Handrücken. «Das wird reichen, junger Mann.»

Alex entschied, dass der Versuch, nonchalant zu erscheinen, während er darauf wartete, sein Gesicht in der Öffentlichkeit zerstört zu bekommen, eine Kunstform war, die er nicht beherrschte.

Ein langsames Rinnsal von Angstschweiß arbeitete sich seinen Rücken hinunter, als er aus dem Augenwinkel Lady Clarice sah.

Noch Jahre später verfolgte der Ausdruck auf ihrem Gesicht, wie er sie in diesem Moment sah, ihn bis in seine Träume. Er wachte nachts schweißgebadet auf, nachdem er davon geträumt hatte, dass die Höllenhunde erschienen waren und seinen Namen kreischten. Die Hunde sahen alle aus Lady Clarice Langham beim Frühsommerball des Bischofs von London im Jahre des Herrn 1817.

«Alex Radley, du schwarze Seele! Wie konntest du mir das antun?», brüllte sie, als sie sich durch die Menge schob, die sich auf der Tanzfläche drehte.

«Sei tapfer, Alex, erinnere dich nur daran, dass alles bald vorbei sein wird», murmelte David, der wegging und Alex alleinstehen ließ, um sich seinem Schicksal zu stellen.

«Lady Clarice?», antwortete Alex, sein Herz begann zu rasen.

Clarice kam einige Meter entfernt zum Stehen. Sie trug die Hände fest in die Hüften gestemmt.

«Komm mir nicht mit *Lady Clarice*, du Schwein. Ich weiß genau, wo du gestern Abend *und* heute Nachmittag gewesen bist. Ich kenne ihre Namen vielleicht nicht, aber ich weiß, was diese Frauen sind, und wenn du glaubst, dass ich naiv genug bin, dich unter diesen Umständen zu akzeptieren, bist du ein größerer Narr, als ich je gedacht habe.»

Alex versuchte, sich an seine Zeilen zu erinnern. «Aber aber, Lady Clarice, kommen Sie bitte nicht zu irgendwelchen übereilten Schlussfolgerungen oder sagen Sie nicht etwas, was Sie bereuen könnten, vor allem nicht in der gegenwärtigen Gesellschaft.»

Er trat vor und versuchte, ihren Arm zu nehmen, aber sie zog die Hand weg. «Wagen Sie nicht, mich zu berühren, Sie widerlicher Schuft.»

«Aber Liebling ...», antwortete er.

Die Ohrfeige, die sie ihm verpasste, haute ihn fast von den Füßen. Seine Zähne klapperten, und Tränen sprangen ihm in die Augen. Das

Geräusch war im ganzen Raum zu hören, dicht gefolgt von einem kollektiven Luftschnappen der Versammelten.

«Ich bin nicht Ihr Liebling. Ich war es nie und werde es nie sein, Lord Brooke. Wenn ich mich entscheide zu heiraten, wird es ein Mann sein, der mich respektiert und schätzt, nicht ein ... nicht irgendein Schuft, wie Sie einer sind», rief Clarice. Sie stieß ein Wehklagen aus, und mit beiden Händen auf dem Gesicht rannte sie aus dem Raum. Eine vollendetere Schauspielerin hatte noch nie ihren Fuß auf eine Bühne gesetzt.

David trat an die Seite seines Bruders und flüsterte ihm ins Ohr. «Zeit, sich zu bewegen, Alex. Ich kann sehen, wie der Earl hierherkommt.»

Alex blinzelte die Tränen weg und folgte David Schnell zur Haustür. Zum Glück für die Radley-Brüder war die Versammlung ziemlich groß, und Clarices wütender Vater kämpfte sich ziemlich erfolglos durch die Menge.

Draußen eilten sie die Treppe hinunter, über den Hof und flüchteten auf die andere Seite des Palasttorhauses.

«Das war knapp. Für einen Moment dachte ich schon, er würde uns erwischen», sagte David und atmete auf.

Alex lehnte sich an die hohe Backsteinmauer des Torhauses. Sein Gesicht schmerzte wie die Hölle. «Ich wusste nicht, dass Mädchen so viel Kraft in eine Ohrfeige packen können. Ich hab mir fast die Zunge abgebissen.» Er rieb sich die Wange, die immer noch brannte.

David legte eine Hand über seinen Mund, aber Alex konnte sehen, dass er lachte. «Das war absolut unbezahlbar, Alex. Das hätten wir nicht besser einstudieren können. Ich kann mich nicht erinnern, dass wir besprochen haben, Clarice solle dir eine solide Ohrfeige geben – nicht, dass du es nicht verdient hättest. Nach allem, was du ihr angetan hast, sei einfach dankbar, dass sie keine Pistole hatte.»

Alex schob seinen Kopf um die Mauer herum und wagte einen kurzen Blick zurück zum Eingang des Palastes. «Lass uns hier verschwinden, bevor der Earl einige seiner Jungs schickt, um nach uns zu suchen», sagte er, drehte sich um und trabte die Einfahrt hinunter. «Je früher wir in der Kutsche und von hier weg sind, desto besser fühle ich mich.»

Ein paar hundert Meter weiter wartete ein nicht markierter schwarzer Wagen auf sie. Da der Earl of Langham kein Mann war, der für seine wohltätige Art bekannt gewesen wäre, war ein schneller, diskreter Aufbruch schon immer Teil ihres Plans gewesen. Während sich die Kutsche langsam auf den Weg zurück zur Bird Street machte, reflektierte Alex die Ereignisse des Abends. Abgesehen davon, dass ihm in aller Öffentlichkeit ins Gesicht geschlagen worden war, musste er zugeben, dass er es geschafft hatte, aus einer schlimmen Situation ziemlich leicht herauszukommen. Er war nun frei von der Erwartung, Lady Clarice zu heiraten, während ihr Ruf intakt geblieben war.

Er hoffte, dass sie ihren improvisierten, theatralischen Abgang vom Ballsaal sehr genossen hatte, da für alle Welt Lady Clarice Langham zweifellos das Hauptthema beim Frühstück sein würde.

«Nun, zumindest dieser Teil eures lose zusammengestoppelten Plans ging gut. Jetzt musst du nur noch Millie Ashton davon überzeugen, dass du es ernst meinst, und sie dazu bringen, dich zu heiraten», bemerkte David, als sie am nächsten Nachmittag die Stufen zu ihrem Stadthaus hinaufstiegen.

«Ja, ich habe es geschafft, das höchst Unwahrscheinliche zu erreichen. Jetzt muss ich nur noch das Fast-Unmögliche zuwege bringen», antwortete Alex. «Ich werde ein paar Tage abwarten, bevor ich versuche, mit ihr zu sprechen. Ich nehme an, dass es ein wenig frech erscheinen könnte, in einer Nacht von einer jungen Dame geschlagen zu werden, nur um dann gleich am folgenden Tag zu versuchen, die nächste zu umwerben.»

David nickte zustimmend.

Als er die Haustür hinter sich schloss, zog Alex seinen Mantel aus und übergab ihn Phillips. «Es ist schön, dich wieder hier zu haben, David.»

Sein Bruder schüttelte den Kopf. «Ich bleibe nicht. Ein Diener hat heute Morgen noch ein paar Kleider für mich von hier abgeholt.»

«Aber ich dachte, du würdest jetzt hierbleiben. Warum gehst du wieder nach Hause?», antwortete Alex.

«Weil, lieber Junge, du auch den Rest dieser ganzen Sache selbst klären musst, und außerdem bin ich ganz gern allein zu Hause. Ich hatte noch nie das ganze Haus für mich allein, und ich erwarte nicht, dass ich jemals wieder die Gelegenheit haben werde, also mache ich das Beste daraus», antwortete David.

«Herzog spielen, oder?»

«Ja, nun, ich werde nie die Chance bekommen, wirklich einer zu sein», antwortete David mit einem ironischen Lächeln.

Die Vorstellung, dass David zurück ins Strathmore House verschwinden und ihn noch einmal sich selbst überlassen wollte, enttäuschte Alex. Er blies die Wangen auf und versuchte, seine offensichtliche Enttäuschung abzuschütteln. «Gut, ich werde dies ohne deine Hilfe tun. Aber vergiss nicht, wenn ich Millie dazu bringen kann, meine Frau zu werden, dann erwarte ich, dass du für mich sprichst.»

David gab ihm ein schelmisches Augenzwinkern. «Lass mich nur wissen, wenn du ein paar heiße Tipps für die Hochzeitsnacht brauchst.» Er erhielt eine Ohrfeige für seine Unverschämtheit.

Alex hörte ihn pfeifen, als er die Treppe hinaufstieg und in sein Zimmer ging. Einen Augenblick später war David wieder da, mit einem kleinen Stapel Bücher in der Hand. «Ich erwarte nicht, dich heute Abend im Club zu sehen, denn wenn ich du wäre, würde ich mich für eine Weile rar machen. Zumindest bis du etwas Konkretes für deine Jagd auf Miss Ashton geplant hast», sagte David.

Mit einer fröhlichen Handbewegung und immer noch mit einer lustigen Melodie auf den Lippen verließ David das Haus.

Kapitel Einundzwanzig

«Endlich ein richtiger Sommertag; ist es nicht wunderbar, Miss?», schwärmte Grace, während sie eine Bürste durch Millies lange Haare zog, ehe sie sie in einen stilvollen Chignon hochsteckte.

Millie saß da und bewunderte ihr schönes Sommerkleid. Der geblümte Rock war gepaart mit einem hellblauen Mieder. Das Blumenmotiv wiederholte sich am unteren Ende der Ärmel, die in weißer englischer Spitze ausliefen, die wiederum an den Unterrock erinnerte. Es war so deutlich anders als jedes Kleid, das sie jemals besessen hatte, sehr englisch im Design.

Als Madame de Feuillide das Kleid geschickt hatte, hatte Millie minutenlang einfach nur dagestanden und es bewundert, bevor sie es schließlich aus dem Kasten nahm. Während die Abendkleider, die die französische Modistin für Millie entworfen hatte, von Eleganz und Champagner sprachen, suggerierte dieses Kleid Sonnenschein und Nachmittagsspaziergänge am Fluss.

Sie stand auf und drehte sich vor dem Spiegel. «Diese Baumwolle ist so leicht, und ich brauche auch keine vier Schichten Kleidung, um mich warm zu halten. Ich hoffe nur, dass es auf der Gartenparty nicht regnet», sagte sie.

Millie machte sich keine Illusionen über das englische Wetter. Es könnte sich von einem Moment auf den anderen zum Schlechteren wenden, und morgen würde sie sich wieder in schwere Kleider und einen Mantel zwängen müssen. Wenn es in Kalkutta heiß und trocken war, dann blieb es das auch, tagelang, manchmal monatelang.

Sie war fest entschlossen, dass heute ein guter Tag sein würde. Einer ihrer neu gefundenen Freunde hatte sie und Charles zu einer Gartenparty außerhalb Londons in der Nähe von Richmond eingeladen. Es war die perfekte Gelegenheit, sich innerhalb ihres neuen Freundeskreises weiter zu etablieren und ihren Freundeskreis zu erweitern.

Charles schritt ungeduldig im Foyer hin und her, als Millie nach unten kam. «Na endlich! Hast Du eine Ahnung, wie lange man nach Richmond unterwegs ist? Nur mit Glück werden wir überhaupt rechtzeitig für die Party dort sein», klagte ihr Bruder.

Millie verdrehte ihre Augen und überprüfte ihre Handschuhe. «Wir haben eine Menge Zeit. Die Party beginnt erst in drei Stunden, und ich bin fest überzeugt, dass alle, die früh ankommen, nichts Besseres zu tun haben werden, als über die Szene neulich abends zu lästern», antwortete sie.

In den Tagen nach dem hässlichen öffentlichen Streit zwischen dem Marquis von Brooke und Lady Clarice Langham war es das *Einzige* gewesen, worüber die Leute sprachen. Man kam nicht jeden Tag in den Genuss, Augenzeuge zu sein, wie ein zukünftiger Herzog einen Schuss vor den Bug bekam, und das von der Tochter eines Earls, und zwar im Hause eines Bischofs. Die Messlatte für die Skandale der Saison war hoch angesetzt worden, und das schon sehr zeitig im Jahr.

Als Teil der versammelten Menge hatten Millie und Charles zusammen mit der Crème der Londoner Gesellschaft zugesehen, wie sich die ganze bedauerliche und äußerst unvergessliche Szene abgespielt hatte. Doch im Gegensatz zu den anderen Anwesenden hatte Millie gewusst, dass mehr dahintersteckte, als man sehen konnte.

Sobald Clarice unter Tränen aus dem Raum gelaufen war, hatte Millie sich an Charles gewandt. «Jetzt weiß ich, was die drei da vorhin im Foyer so hitzig zu bereden hatten. Diese kleine Szene war geplant.»

Klugerweise hatte sie diese Information für sich behalten, wann immer das Gespräch mit anderen unweigerlich zu jenem Abend zurückführte. Es genügte, überhaupt bei dem inzwischen berüchtigten Ball anwesend gewesen zu sein. Man musste nicht auch noch seine Vermutung hinzufügen, warum genau Lady Clarice Langham und Alexander der Große aneinandergeraten waren.

Sie sah ihren Bruder an und hob erwartungsvoll die Augenbrauen. Er runzelte ein wenig die Stirn, doch dann erhellte ein Ausdruck von Erkenntnis sein Gesicht, und er lächelte. «Du siehst zauberhaft aus, Millie, und ich möchte hinzufügen, beinahe glücklich», sagte er. Sie erwiderte sein Lächeln. Während es gegen ihre Natur ging, nach Komplimenten zu haschen, fand Millie, dass es das Mindeste war, was Charles tun konnte. Schließlich erwartete er von ihr, dass sie auf dem ganzen Weg nach Richmond stillsitzen und ihm zuhören würde, wenn er von seiner neuen Kutsche und seinem Paar Pferden schwärmte.

«Heute wird ein großartiger Tag. Etwas anderes kommt gar nicht in Frage», sagte sie, als Charles die Haustür aufstieß und sie nach draußen geleitete. Seine neues Statement an Geschwindigkeit und Eleganz erwartete sie. Millie dankte sich selbst im Stillen dafür, sich für einen leichten Mantel und einen Schal entschieden zu haben. Ein Bediensteter reichte ihr ein feines Tuch grünem Kaschmir, das sie sich über die Knie legte, als sie in der Kutsche Platz nahm.

Allerdings ergab sich kaum die Gelegenheit, auf der Reise zu sprechen, denn sobald sie die engen Straßen der Stadt verlassen hatten und Charles den Pferden den Kopf freigab, nahm der Zweispänner rasches Tempo auf. Sie schafften es kaum, ein paar Worte zu wechseln, weil Charles damit beschäftigt war, fluchend sein Gespann wieder unter Kontrolle zu bringen, und Millie begeistert dazu quietschte.

«Nun, das ging schneller, als ich erwartet hatte», sagte Charles, als sie vor dem stattlichen Landhaus zum Stehen kamen. Ungefähr ein Dutzend anderer Wagen standen bereits in der Auffahrt, während sich Angestellte des Haushaltes um die Pferde kümmerten.

«Ja, aber es hat so viel Spaß gemacht. Ich kann mich nicht erinnern, wann ich das letzte Mal so viel gelacht habe», antwortete Millie. Charles übergab die Zügel an einen sich verneigenden Stallburschen und half Millie dann aus dem staubbedeckten Zweispänner. Sie bürstete den Staub von ihrem Mantel und entfernte ihren Schal, bevor sie hineingingen.

Weil sie so viel Zeit wettgemacht hatten, waren sie nun deutlich früher dran als die Freunde, mit denen sie hier verabredet waren.

«Ich denke, ich werde hineingehen und mich abstauben, bevor die anderen ankommen, wenn das in Ordnung ist, Millie? Ich wusste, dass ich einen Mantel hätte tragen sollen», sagte Charles und sah zu, wie ein Dienstmädchen Millies Mantel und Schal nahm.

Sie kicherte. «Ja, wenn man bedenkt, wie rot im Gesicht du bist und wie zerrauft deine Haare sind, denke ich, es ist weise, lieber Bruder. In der Zwischenzeit werde ich mir im Garten die Beine vertreten.»

Charles' Augen leuchteten auf. «Weißt du, dass es da draußen einen Irrgarten gibt?»

Sie rümpfte abfällig die Nase. Sie hatte wirklich gehofft, dass die Existenz des Irrgartens ihm noch nicht bekannt wäre und sie ihn damit überraschen könnte. «Ja, und ich kann es kaum erwarten, dich darin zu verlieren», antwortete sie lachend.

«Ha! Keine Chance. Ich sag dir was: Du gehst hin und findest den Eingang, während ich mich in Ordnung bringe, und dann werden wir sehen, wer der Master des Irrgartens ist», antwortete Charles, bevor er davonging. Millie wanderte nach draußen.

Im Garten blieb sie stehen und hielt ihr Gesicht dem Himmel entgegen.

Ich begann bereits zu denken, dass die Sonne in diesem Land nie scheint.

Ein paar andere Gäste, die zu früh da waren, wanderten auf dem Rasen herum. Millie freute sich, dass sie niemanden erkannte, also war sie nicht verpflichtet, Small Talk zu machen. Sie und Charles könnten sich ein wenig Spaß mit dem Irrgarten erlauben, bevor die restlichen Gäste ankamen.

Sie blickte zum Haus zurück, aber Charles war noch nicht wieder da. Sie beschloss, zuerst einen kurzen Blick in den Irrgarten zu werfen. Sie redete sich ein, dass das kein Betrügen war, sondern nur die Suche nach einem strategischen Vorteil. Sie erreichte die beiden riesigen grauen Steinsäulen, die auf beiden Seiten des Weges den Eingang zum Irrgarten markierten.

Nach einem letzten Blick über ihre Schulter, um nach Charles zu schauen, machte sie ein paar zaghafte Schritte innerhalb des Irrgartens. Die hoch aufragenden Wände aus beschnittener Eibenhecke wehrten sofort jedes Geräusch von außen ab und hüllten sie in eine faszinierende grüne Welt. Sie ging weiter und heckte einen bösen Plan aus, hier auf Charles zu warten und ihn zu erschrecken.

Als sie um die zweite Ecke bog, sah sie einen Mann, der über einem am Boden liegenden zweiten Mann kniete. Er wandte ihr den Rücken zu, sodass sie das Gesicht des Knienden nicht sehen konnte, aber sobald er sprach, stockte ihr der Atem.

«Komm schon, Alex, wage es dir nicht, jetzt hier zu sterben.»

Millie ließ einen Schrei aus und rannte hinüber, wo David neben seinem Bruder kniete.

David hob den Kopf und erkannte sie. «Bitte, Miss Ashton, holen Sie Hilfe, mein Bruder ist angegriffen worden», sagte er.

Es erforderte nur einen Blick in Alex' blutverschmiertes Gesicht, und Millie drehte sich um und rannte so schnell sie konnte zurück zum Eingang des Labyrinths. Nur knapp vermied sie dort einen heftigen Zusammenstoß mit ihrem Bruder.

«Autsch! Pass doch auf, Millie!», stöhnte er, als sie von seiner Schulter abprallte und herumwankte, um ihn anzusehen.

Sie wedelte mit den Händen und versuchte erfolglos, den Strom an Tränen aufzuhalten, der über ihr Gesicht floss. «Es ist Alex. Er ist verletzt. Oh, Charles, du musst kommen und helfen. Da ist überall Blut», schluchzte sie.

Er packte sie am Arm und führte sie schnell zurück in den Irrgarten. Als sie dorthin kamen, wo sie Alex und David gefunden hatte, war Alex gerade dabei, wieder zu sich zu kommen. David versuchte, ihm beim Aufsetzen zu helfen.

Charles legte einen Arm um Alex' Mitte und zog ihn in einer einzigen Bewegung auf die Füße. «Verdammt, Brooke, was ist denn mit Ihnen passiert?» Alex schwankte unsicher, sodass David einen Arm um ihn legte.

«Ich glaube, der Earl of Langham hält nicht ganz so viel von Vergebung wie seine Tochter, und er beschloss, seinem Missfallen Ausdruck zu verleihen», bemerkte David.

Alex murmelte etwas, das Millie nicht verstand.

David nickte. «Ein paar kräftig gebaute Schläger warteten auf ihn, als wir hier ankamen. Während ich damit beschäftigt war, ein paar

Freunde zu begrüßen, zerrten die ihn in den Irrgarten und begannen, ihn zu bearbeiten. Zum Glück kam ich wenig später dazu, und sie machten sich davon, als sie mich sahen.» Alex hob die Hände, und Millie sah, dass aus mehreren tiefen Wunden Blut floss.

Charles zog die Augenbrauen hoch und deutete ein kleines zustimmendes Kopfnicken an. «Sieht aus, als ob Sie sich kräftig gewehrt haben. Die Tatsache, dass Sie noch am Leben sind, zeigt, dass die anderen auch ein paar gute Schläge einstecken mussten.»

«Alex», flüsterte Millie und schluckte.

David und Charles halfen ihm auf eine kleine Holzbank in der Ecke des Labyrinths. Als sie ihn hinsetzen, hörte Millie, wie Alex zu Charles murmelte. «Bitte bringen Sie ihre Schwester weg. Ich kann es nicht ertragen, dass sie mich so sieht.»

Charles nickte. «Gut, aber ich werde wiederkommen. Wir müssen das Blut so weit wie möglich wegbekommen, bevor wir versuchen, Sie ins Haus zu bringen. Millie und ich werden saubere Tücher und frisches Wasser holen.»

«Nein!», rief Alex und zuckte unter offensichtlichen Schmerzen zusammen. «Niemand darf davon erfahren. Lady Clarice hat genug gelitten. Wenn mich jemand sieht, werden bald alle wissen, was passiert ist. Ich will nicht, dass sie es weiß.» Er schloss die Augen und lehnte sich zurück. Er atmete in kurzen, schweren Zügen.

David sah Charles an. «Der Irrgarten hat einen Ausgang auf der hinteren Seite des Gartens. Wenn Sie mir helfen, könnten wir es schaffen, hier zu verschwinden, ohne dass jemand ihn sieht», sagte David.

Charles blickte zu Millie, aber sie schüttelte den Kopf. «Ich werde nicht gehen.»

Sie griff in ihr Täschchen und zog ein sauberes weißes Taschentuch heraus. Damit ging sie zur Bank und beugte sich vor, legte eine Hand unter Alex' Kinn und hob sanft seinen Kopf an. Mit langsamem und vorsichtigem Druck versuchte sie, das Blut von einem bösen Schnitt über seinem Auge abzuwischen.

«Nur einen Moment», sagte sie und erhob sich wieder. «Wenn wir keine Hilfe vom Haus holen können, hab ich vielleicht etwas anderes.»

Sie bog um die Ecke und hob schnell ihre Röcke. Sie packte ihren

Unterrock aus reiner Baumwolle und zog ihn flink aus. Mit je einer Hand auf beiden Seiten des Saums riss sie den Rock auseinander.

Als sie zu den anderen zurückkehrte, hatte Charles schon ein kleines Messer bereit. «Gut gemacht, Millie. Wie immer hast du alles im Griff. Tut mir leid über den modischen Unglücksfall», sagte er, als er ihren Unterrock in überschaubarere Stücke schnitt.

«Ich kaufe dir einen neuen», sagte Alex durch zusammengebissene Zähne.

Millie begann, seine schwer verletzten Hände mit Baumwollsteifen zu umwickeln. «Nein, das wird nicht nötig sein, Lord Brooke. Zu sehen, dass Sie sich wieder ganz erholen, ist Schadenersatz genug.»

Er versuchte, ihr eine Strähne aus dem Gesicht zu streichen, aber sie wich zurück.

«Tun Sie das nicht», flüsterte sie.

Charles und David wechselten einen schnellen Blick, dann nickte David. «Also gut, ich werde den Wagen und unseren Kutscher finden und hierherbringen. Bleiben Sie beide bei ihm?»

«Natürlich» antwortete Charles. «Millie kann damit fortfahren, Brooke zu verbinden, und ich halte Wache, dass niemand hier auftaucht. Ich will nicht, dass diese Schläger auf die Idee kommen, dass sie noch nicht genug Schaden angerichtet haben, und nochmal zurückkommen.»

David machte sich auf den Weg zum hinteren Ausgang des Irrgartens, während Charles am Eingang Stellung bezog. Millie öffnete Alex' Hemd und wischte das Blut ab, das sich oben an seiner Krawatte sammelte. Sie nahm neben ihm Platz und reinigte sein Gesicht, so gut sie konnte.

«Na also. Ich denke, so können Sie davonkommen. Aus der Ferne wird niemand was bemerken», sagte sie. Mit einem Stück ihres Petticoats, zu einem Pflaster gefaltet, deckte den großen Schnitt über Alex' linker Augenbraue ab. «Das sollte vielleicht genäht werden. Es ist eine ziemlich tiefe Wunde.»

«Du fehlst mir», murmelte Alex.

Millie sah auf den Haufen blutbefleckter Lumpen in ihren Händen hinunter und blinzelte heftig. Sie hatte nie gedacht, ihm jemals wieder so nahe zu sein. Sein Duftwasser erinnerte sie an jene schicksalhafte

Nacht in seinem Haus. Aus der Entfernung konnte sie ihre Entschlossenheit heraufbeschwören und ihn wegschieben. Aber jetzt, da sie ihm so nahe war, war ihre Seele nackt und verletzlich.

Blutig und geschlagen war er immer noch der schönste Mann, den sie jemals gesehen hatte. Der einzige Mann, den sie jemals geliebt hatte. Sie sah zu, wie eine seiner verbundenen Hände ihre ergriff und festhielt.

«Nicht», flehte sie mit gebrochener Stimme. «Ich bitte dich, bitte nicht.»

Er räusperte sich und antwortete mit Sehnsucht in seiner Stimme. «Ich liebe dich.»

Sie grub ihre Zähne in die Unterlippe und kniff die Augen zusammen, während sie darum kämpfte, ihre Gelassenheit zu bewahren. Tief holte sie Luft. «Nein. Nein, das tust du nicht, Alex, und wenn dir dieser Nachmittag nicht gezeigt hat, welche Fehler du begehst, dann solltest du die nächste Dame, in die du dich verliebst, sorgfältiger auswählen. Denn ich kann dir sagen, es gibt Männer, die die Schlinge des Henkers riskieren würden, um der Ehre ihrer Familie willen.» Sie hob seine Hand und zog ihre darunter weg.

«Du bist ein Lügner und ein Dummkopf, Lord Brooke, und ich weiß nicht, welche dieser Eigenschaften schlimmer ist. Aber ganz gleich, was es ist, habe ich dir mein Herz geschenkt, und du hast es ohne Gnade zerquetscht. Abgesehen von den Fetzen meines Unterrockes habe ich dir nichts zu geben.»

Ein schwaches Lächeln trat auf seine Lippen, und er beugte sich vor, so dass nur sie seine Worte hören konnte. «Du bist alles, was ich will, Millie, und ich werde nie mit dir fertig sein», antwortete er.

Sie wandte sich zu ihrem Bruder um, aber Charles stand immer noch mit dem Rücken zu ihnen am Ende des Weges und hielt Wache. «Was könnte ich dir sonst noch geben?», antwortete sie und starrte auf den Rücken ihres Bruders.

«Deine Nächte und deine Babys», murmelte Alex mit sehnsüchtiger Stimme.

Ein Blutstropfen trat unter dem Baumwollpflaster hervor und lief Alex über die Wange. Millie ersetzte das Pflaster durch das letzte saubere gefaltete Tuch, das sie hatte. Sie legte es in Alex' Hand und wies ihn an, es an seinen Kopf zu halten. Den Rest der Lumpen sammelte sie zusammen und stand auf.

Sie drehte sich zu ihm um und schüttelte den Kopf. «Du sagst, ich gehöre dir und willst mich als deine Frau, und doch hast du einen Liebesbrief an eine andere Frau geschrieben. Eine Tatsache, die du nicht leugnen kannst. Wenn du mich wirklich geliebt hättest, Alex, hättest du *mir* geschrieben, nicht Clarice. Wie ich schon sagte, du magst zwar ein Dummkopf sein, aber ich bin es mit Sicherheit nicht.»

Sie zerknautschte die durchnässten Lumpen und warf sie auf einen Stapel neben ihm auf die Bank. «Ich wünsche Ihnen eine baldige und vollständige Genesung, Lord Brooke, aber soweit es mich betrifft, sind wir entfremdet und werden es auch bleiben. Auf Wiedersehen, Alex.»

«Ich habe den Brief nicht geschrieben», hörte sie ihn sagen, als sie wegging. Aber da ihr Herz so kurz davor war, erneut zu brechen, konnte sie es nicht ertragen, sich umzudrehen und zu ihm zurückzukehren. Aus purer Willenskraft gelang es ihr, weiterzugehen, bis sie Charles' Seite erreichte.

«Sobald David zurückkommt, müssen wir gehen. Ich bin nicht mehr vorzeigbar», sagte sie und ergriff die Hand ihres Bruders.

Weil Alex von den Ereignissen der Gartenparty außer Gefecht gesetzt war, fühlte sich Millie sicher, am nächsten Morgen zu ihrem Spaziergang aufzubrechen. Erst auf dem Rückweg wurde ihr klar, wie sehr sie diese Morgenstunden vermisst hatte. Bei ihrer Rückkehr reichte sie Grace Mantel und Handschuhe. Während sie im Foyer des Hauses stand, dachte sie über das Dilemma nach, das sie fast die ganze letzte Nacht vom Schlaf abgehalten hatte. Sollte sie Charles anvertrauen, was Alex im Irrgarten gesagt hatte, oder einfach eine Überfahrt nach Indien kaufen?

Millie war sich noch nicht sicher, was sie tun sollte, und ging auf die Treppe zu. Als sie an der Tür des Arbeitszimmers ihres Vaters im Erdgeschoss vorbeikam, bemerkte sie, dass sie offen war. Sie steckte den Kopf hinein und war überrascht, dass ihre Eltern auf der kleinen Ledercouch vor dem Fenster saßen.

«Hallo», sagte sie fröhlich.

Ihr Vater drehte sich zu ihr um. «Gut. Ich bin froh, dass du endlich zu Hause bist. Mach die Tür zu und setz dich zu uns», sagte er.

Millie schloss die Tür hinter sich und kam zu ihren Eltern. Das erste, was sie bemerkte, war der verzweifelte Zustand, in dem sich Violet befand. Tränen liefen über die Wangen ihrer Mutter, und sie zitterte am ganzen Körper.

«Mama, was ist los?», fragte sie, kniete vor ihrer Mutter und nahm ihre Hände. Sie hatte ihre Mutter noch nie so verstört gesehen, und es erschreckte sie. «Du bist doch nicht krank, oder?»

Violet zitterte, und ihre Unterlippe bebte.

Millie sah antwortheischend zu ihrem Vater auf. «Deine Mutter ist nicht krank, Millie, ihr Herz ist gebrochen. Ich habe ihr erzählt, was ich lange vermutet habe und was mich so manche Nacht wachgehalten hat. Dass du beabsichtigst, England zu verlassen und nach Indien zurückzukehren», antwortete James.

In seiner Hand hielt er die Liste der geplanten Abfahrten nach Indien. Millie hatte geglaubt, sie gut genug versteckt zu haben. Der Atem stockte ihr in der Kehle, und ihr Gesicht verzerrte sich, als sie in Tränen ausbrach. Wie dumm war sie gewesen, nicht zu realisieren, dass ihr Vater es wissen würde. James streckte die Hand aus und hob seine Tochter auf seinen Schoß. Sie schlang die Arme um seine Taille.

«Es tut mir leid! Es war nie meine Absicht, euch zu verletzen! Ich will doch nur nach Hause», schluchzte sie in das Revers seiner Jacke.

Violet streichelte Millies Haar, während Mutter und Tochter weiter weinten. «Du bist zu Hause, Liebling. Hier sind deine Familie und deine Freunde, und hier liegt deine Zukunft», flüsterte sie.

Millie kniff die Augen zusammen. «Ich wollte nur weg. Ich wollte einfach wieder glücklich sein. So, wie ich es in Indien gewesen bin. Jedes Mal, wenn ich denke, dass ich hier leben könnte, bricht wieder alles um mich herum zusammen.»

Ihr Vater hielt sie fest. «Ich werde meine Tochter nicht verlieren», antwortete er mit voller Überzeugung. «Ich hätte dich schon einmal fast verloren. Ich werde das kein zweites Mal riskieren.»

Millie zog sich zurück, starrte ihn an und suchte in seinem Gesicht. «Was meinst du damit, du hast mich fast verloren?», fragte sie.

James sah Violet an, die nickte.

Ihr Vater seufzte. «Wir haben dir das noch nie erzählt, aber da es für die aktuelle Situation relevant zu sein scheint, ist es nur richtig, dass du es jetzt wissen solltest. Im Jahr nach unserer Ankunft in Kalkutta sagte mir deine Mutter, sie würde mich verlassen und nach England zurückkehren. Sie wollte Charles mitnehmen.»

Millie schnappte nach Luft und sah ihre Mutter an, die die Hand über ihre Augen hielt und leise schluchzte.

«Ich habe nicht mit ihr gestritten. Ich stand einfach da und ließ sie gehen. Unsere Ehe war arrangiert, und ich wusste, dass sie mich nicht liebte. Egal, was ich sagte, es würde keinen Unterschied machen. An dem Morgen, an dem sie das Schiff nach England besteigen sollte, bin ich zur Arbeit gegangen, und wir haben uns nicht einmal verabschiedet», fuhr James fort. Er senkte schweigend den Kopf, und Violet ergriff seine Hand.

«Ich war so dumm, Millie, so voller Wut und Groll darüber, nach Indien geschleift worden zu sein. Ich konnte nicht sehen, was ich hatte. Dass mein Mann mich liebte und ich ihn zerstören würde, indem ich gehe», sagte Violet. Sie gab ihrem Mann einen sanften Kuss auf die Lippen.

Millie sah ihre Eltern an, fassungslos über die schockierende Enthüllung, dass die Ehe ihrer Eltern nicht immer glücklich gewesen war. «Aber du hast ihn nicht verlassen, du bist nicht nach England zurückgekehrt», antwortete Millie. «Warum?»

Violet ergriff Millies Hand und legte sie in die von James. Dann legte sie ihre eigene Hand darauf. «Ich bin tatsächlich bis zum Hafen gekommen, aber als ich das Schiff sah, wusste ich, dass ich es nicht tun konnte. Ich konnte Charles nicht von seinem Vater trennen. Sie waren einander so in Liebe ergeben. Ich konnte auch das Kind, von dem er noch nicht wusste, dass es in meinem Leib existierte, nicht nehmen und es ihm vorenthalten. Ein Kind, das er dann wahrscheinlich nie sehen würde. Dich.»

«Also, was hast du getan?», fragte Millie.

Ihr Vater sah seine Frau liebevoll an. «Sie traf eine unglaublich mutige Entscheidung und beschloss, dem Glück eine Chance zu geben. Millie, es gibt keine Worte, die die Verzweiflung beschreiben, die ich empfand, als ich an diesem Abend nach Hause kam und erwartete, ein leeres Haus zu finden. Aber von dem Moment an, als ich die Schlafzimmertür öffnete und die Sachen deiner Mutter auf der Kommode sah, und sie im Abendlicht stand, wusste ich, dass ich nie wieder etwas so Kostbares entkommen lassen würde. Es tut mir leid, Millie, aber du musst hier in England dein Leben führen. Du kannst nicht nach Indien zurückkehren. Ich werde dir nicht erlauben, jemanden zu heiraten, der dich uns nimmt.»

Millie biss sich auf die Lippe und nickte. Sie hatte tief in ihrem Herzen gewusst, dass sie ihre Familie niemals verlassen konnte. Dass ein Leben in Indien nur ein weit entfernter Traum war. Eine Fantasie, nicht real.

«Versprich mir, dass du niemals zurückkehren wirst. Ich könnte es nicht ertragen, zu wissen, dass wir dich nie wieder sehen würden. Charles könnte den Verlust ebenso wenig verkraften wie wir», sagte ihr Vater, als er einen Arm um Violet legte und sie in seine Umarmung zog.

«Ja, Papa, ich verspreche, ich werde bleiben», antwortete Millie und gab sowohl ihrer Mutter als auch ihrem Vater einen Kuss. Sie wischte sich die Tränen weg. Wie hatte sie jemals den Gedanken haben können, ihre Eltern und ihren Bruder zu verlassen?

«Darf ich jetzt gehen?», bat sie. Sie musste allein sein.

Ihre Eltern nickten. Sie stand auf und holte tief Luft. Es war befreiend, endlich die Dinge mit ihren Eltern geklärt zu haben. Zu wissen, dass sie beide wussten, wie sie sich wirklich fühlte.

Als sie die Tür erreichte, erhob sich Violet von der Couch und trat an ihre Seite.

«Ich verstehe nicht ganz, was zwischen dir und Lord Brooke passiert ist, aber als eine Frau, die die Liebe ihres Lebens beinahe für immer aufgegeben hätte, möchte ich dir raten, ihn nicht zu voreilig von dir zu schieben. Es gibt Dinge, die hier keinen Sinn ergeben, und ich vermute, Lord Brooke befindet sich in einem Fegefeuer, das er selbst geschürt hat. Du solltest ihm vielleicht noch eine Chance geben, die Dinge zurechtzubiegen», sagte Violet.

Millie nickte. Nachdem Alex nach London zurückgekehrt war, hatte er wiederholt versucht, mit ihr zu sprechen, aber sie hatte sich geweigert, ihn anzuhören. Sobald seine Verletzungen geheilt waren und er sich wieder in der Gesellschaft sehen ließ, würde sie ihm die Möglichkeit geben, sich zu erklären.

«Sprich dich aus mit Brooke, oder ich werde seinem Vater einen Besuch abstatten, wenn dieser nach London zurückkehrt», sagte Mr. Ashton.

Millie lächelte. Jetzt wusste sie, was sie tun musste. «Danke, das werde ich, und ich danke euch beiden, dass ihr verstanden habt, wie schwer das für mich war. Ich schätze alles, was ihr für mich getan habt, und Mama, ich bin besonders dankbar, dass du nicht mit diesem Schiff nach England zurückgekehrt bist. Wir hätten alle so viel verloren, wenn du es getan hättest.»

Nachdem sie das Arbeitszimmer ihres Vaters verlassen hatte, ging Millie in ihr Zimmer, wo sie auf ihrem Bett saß und versuchte, sich an jedes Wort zu erinnern, das Alex im Labyrinth zu ihr gesagt hatte. Sie ging zu ihrem Schreibtisch, holte ein Stück Papier heraus und schrieb ihre Erinnerungen an ihre Unterhaltung auf.

«Noch eine Chance, Alex», flüsterte sie, als sie ihren Stift ablegte und auf die geschriebenen Worte starrte.

Kapitel Zweiundzwanzig

In dieser Nacht träumte Alex von einem Eichhörnchen.

Ein großes, das aus unbekannten Gründen immer wieder mit Steinen nach seinem Fenster warf und seinen Namen rief. Er rollte sich auf den Rücken und versuchte, einen neuen Traum zu finden. Das beharrliche Eichhörnchen wollte jedoch nicht verschwinden.

Schließlich öffnete er die Augen und starrte an die Decke. Die fast heruntergebrannte Glut im Kamin warf tanzende Schatten über den verzierten Stuck.

Plock.

Ein echter Stein schlug gegen sein Fenster, gefolgt von einer Stimme, die «Alex» rief.

Ein Idiot war in der Gasse an der Rückseite seines Hauses und warf Steine gegen sein Schlafzimmerfenster. «Geh weg, wer auch immer du bist. Ich bin nicht in Stimmung», stöhnte er, rieb sich mit den Händen übers Gesicht und fühlte an der Stelle, wo die Stiche noch seine Augenbraue zusammenhielten.

Ein weiterer Stein schlug ans Fenster, und er hörte das Glas knacken. Blitzschnell sprang er aus dem Bett, schnappte sich eine Wolldecke vom Kaminstuhl und warf sie sich um die Schultern, als er über den eisigen Schlafzimmerboden schlich.

Er schob das Fenster hoch und starrte ins Dunkel. «Mach mal langsam», schrie er wütend den Fremden an. «Du hast das Glas fast zerbrochen.»

«Gott sei Dank. Ich dachte schon, mir würden die Steine ausgehen, bevor ich das richtige Fenster finde. Lass mich rein, es ist eiskalt hier draußen», kam eine deutlich weibliche Stimme von unten.

Er kniff sich selbst. Sicherlich träumte er noch. Es gab keine Situation auf Gottes grüner Erde, die Millie Ashton mitten in der Nacht unter sein Schlafzimmerfenster beordern würde.

«Millie?»

Sie stieß ein frustriertes Knurren aus. «Ich sehe hier unten keine anderen Mädchen. Nun, außer der Orangenverkäuferin da drüben an der Ecke, aber ich bin sicher, dass sie nicht von Tür zu Tür verkauft. Würdest du jetzt bitte nach unten kommen und mich an der Küchentür hereinlassen, bevor ich erfriere?»

Alex ließ das Fenster wieder herunterfallen und begann eilig nach Kleidung zu suchen. In den Tagen seit dem Anschlag im Labyrinth war er zu Hause geblieben und hatte meist geschlafen. Nackt. Er öffnete die obere Schublade seiner Kommode und zog das erste Hemd und die erste Hose an, die er darin fand. Da Millie draußen im Dunkeln wartete, hielt er sich nicht damit auf, über Schuhe oder eine Jacke nachzudenken.

«Na endlich. Ich dachte schon, du bist wieder ins Bett gegangen», murmelte sie, als er die Tür öffnete und sie hereinließ. «Es gibt sicher keine milde englische Nacht.»

Sie trug einen schwarzen Mantel, der wohl ihrem Bruder gehörte, und einen hohen Zylinder, den sie sich tief ins Gesicht gezogen hatte. Mit den Damenstiefeln unter ihrem Rock versteckt und dem Mantel darüber konnte man sie auf den ersten Blick für einen jungen Gentleman halten.

«Millie?»

Sie verdrehte die Augen. «Fang nicht wieder damit an, oder ich werde direkt vor die Haustür gehen und die nächste Mietkutsche heranwinken.»

Er lachte. Sie war so ein Tiger, wenn sie wütend war, und so verdammt sexy. Er fühlte sich hart werden. Glücklicherweise war sein

Hemd lang genug, um den Beweis seines Verlangens zu verdecken. Er schloss die Tür.

«Weißt du, dass es mitten in der Nacht ist?», fragte er.

«Genaugenommen ist es ungefähr ein Uhr», antwortete sie.

«Und doch bist du unbegleitet gekommen, um einen alleinstehenden Mann zu besuchen, der krank im Bett liegt?»

Die Frustration in ihrer Stimme wurde eine Spur deutlicher. «Ja. Ich konnte nicht länger warten.»

Er blickte sie finster an. Stirn. Millie hob den Kopf und starrte zurück. Als er ihrem Blick folgte, erkannte er, dass sie sein zerschrammtes Gesicht sorgfältig betrachtete. Als sie zu dem großen Schnitt über seinem linken Auge kam, begann sie die Hand auszustrecken. Er hielt den Atem an, doch dann hielt sie die Hand still, zog ihre Finger zurück und senkte den Arm an ihre Seite.

«Schöne Stiche. Ich hoffe, du hast kalte Kompressen auf diese Stellen gelegt. Ich bin nicht überrascht, dass ich dich in den letzten Tagen nicht im Park gesehen habe. Es interessiert dich vielleicht zu wissen, dass Lady Clarice und ihr Vater nicht miteinander sprechen. Ich nehme an, dass sie erfahren hat, was er dir angetan hat», sagte Millie.

Alex versuchte, seine Augenbrauen zu heben, aber ein scharfer Stich über seinem Auge sorgte dafür, dass er sich das noch einmal überlegte. «Um ehrlich zu sein, ich habe ziemlich viel geschlafen, seit David mich aus Richmond nach Hause gebracht hat. Glücklicherweise ist das Gesicht das schlimmste davon. Ob absichtlich oder reines Glück, aber die Schläger des Earls schafften es nur, mich zu zerkratzen, anstatt mir die Rippen zu brechen. Und übrigens, vielen Dank, dass du mir zu Hilfe gekommen bist. Ich schulde dir immer noch deine ruinierte Kleidung», antwortete er.

Sie gingen den Kellerflur entlang, und Alex bewegte sich in Richtung der Küchentür. «Kann ich dir einen Tee zubereiten?», bot er an und erinnerte sich an den gemütlichen Abend, den sie in der Wärme der winzigen Küche geteilt hatten.

«Danke, nein. Ich bin nicht zum Tee gekommen, sondern um Antworten zu bekommen. Und ich wünsche mir, dass wir von keinem deiner Bediensteten gestört werden.»

Bevor er sie aufhalten konnte, begann Millie, die Treppe hinaufzusteigen, und als sie das Foyer erreichte, ging sie weiter die Haupttreppe hinauf und bog nach links in Richtung seines Schlafzimmers ab. Das Zimmer, in dem er jede Nacht von ihr träumte.

«Eckfenster, Eckschlafzimmer», murmelte sie.

Er holte sie oben auf der Treppe ein und ergriff ihren Arm. In einem Anflug von Panik versuchte er, sie von der Schlafzimmertür wegzulenken. «Ich denke, wir sollten in eines der Wohnzimmer gehen, ich glaube nicht, dass du in meinem Schlafzimmer landen willst.»

«Wirklich?», antwortete sie mit einem Grinsen. «Bist du dir da sicher?»

Sein Atem stockte erneut. Wer war dieses Mädchen, das wie die neue Millie aussah, aber mitten in der Nacht in seinem Haus stand und zweideutige Bemerkungen machte?

«Ich denke, dein Schlafzimmer ist perfekt zum Reden und auch für den Zeitpunkt, wenn wir mit dem Reden fertig sind», fügte sie hinzu. Sie entwand sich seinem Griff, und mit einem selbstbewussten Schwenken ihrer Hüften schlenderte sie in sein Schlafzimmer. Er folgte ihr, seine Gedanken ein Wirbelsturm. In der Mitte des Raumes hielt sie an und wandte sich ihm zu.

Er schloss die Schlafzimmertür hinter sich und verriegelte sie. Er bezweifelte sehr, dass jemand ihn zu dieser Stunde aufzusuchen würde, aber er wollte es nicht drauf ankommen lassen. Er zeigte auf die verschlossene Tür, und Millie nickte ihre Zustimmung.

«So werden wir jedenfalls nicht gestört», sagte sie.

«Also gut, worüber wolltest du mit mir sprechen?», fragte Alex, als sich ihre Blicke trafen und er einen inneren Kampf mit seinen geheimsten sexuellen Fantasien auszufechten begann. Jeden Moment würden die Fantasien gewinnen, und er wäre machtlos, aufzuhören. Er fragte sich, ob sie die Gefahr erkannte, in die sie sich gebracht hatte, indem sie sein Zimmer betrat. Und wenn sie es wusste, machte es ihr etwas aus?

Sie steckte eine behandschuhte Hand in die Tasche des großen Mantels, und nachdem sie tief darin gegraben hatte, zog sie ein Stück Papier heraus und entfaltete es. Sie schüttelte das Handgelenk, sodass das Papier sich vollständig auffaltete. «Weißt du, was das ist?», fragte sie und winkte mit dem Blatt.

Alex schüttelte den Kopf und betete, sie würde ihn nicht bitten, es zu lesen.

«Es ist eine Überfahrt nach Indien auf dem Handelsschiff Apollo, das am Sonntag in einer Woche von London aus in See sticht Wenn du genau hinschaust, wirst du sehen, dass das Ticket meinen Namen trägt», sagte sie, ihr Ausdruck wurde plötzlich düster.

Ein Blitzschlag traf ihn und schoss durch seinen Körper. Er schwankte.

Millie wollte fortgehen!

Solange sie in London blieb, hatte er noch eine Chance, ihre Beziehung zu reparieren, aber wenn sie ihren Platz an Bord des Schiffes einnahm, war alles verloren.

«Nein, du kannst nicht gehen! Ich lasse dich nicht», rief er und kümmerte sich nicht darum, wen er wecken könnte.

Ein freches Lächeln erschien auf ihren Lippen. Er hatte das nicht kommen sehen, und sie wusste es. Sie drohte ihm mit dem Finger und stopfte das Ticket wieder in ihre Manteltasche. «Ich dachte mir schon, dass ich damit deine Aufmerksamkeit erregen würde. Jetzt höre, Alex Radley, und höre gut zu, denn dies ist die allerletzte Chance, die du jemals von mir bekommen wirst. Du wirst mir die ganze Wahrheit über dich und Lady Clarice sagen. Sobald ich vermute, dass du mich belügst oder ein wichtiges Detail auslässt, werde ich durch diese Tür gehen, und du wirst mich nie wiedersehen.»

Alex bedauerte es sofort, den Schlüssel in der Tür gelassen zu haben. «Ja», antwortete er, und sein Kopf fühlte sich leer an.

«Gut. Endlich sind wir uns über etwas einig.» Sie zog ihre Handschuhe aus und schlug sie gegen die Seite ihres Mantels.

«Also eins nach dem anderen. Als ich dich im Labyrinth zurückließ, hast du gesagt, du hast ihr den Liebesbrief nicht geschrieben. Ich denke, dass diese Bemerkung allein ihre eigene vollständige Erklärung verdient.»

Alex schloss die Augen und stieß einen müden Seufzer aus. Es war endlich an der Zeit, ihr die Wahrheit zu sagen, sein demütigendes Geheimnis zu enthüllen und zuzusehen, wie sie für immer aus seinem

Leben ging. In seiner Vorstellung hätte sich diese Szene an allen möglichen Orten abspielen können, aber niemals hätte er gedacht, dass es hier in der Privatsphäre seines eigenen Schlafzimmers passieren würde.

«Ich habe nicht gedacht, dass du mich gehört hast», antwortete er.

Sie zog sich den Zylinder vom Kopf, und ohne Stifte oder Bänder, die ihre Haare hielten, fielen ihre langen braunen Locken ungebändigt herab. Wo auch immer ihre Zofe war, es war klar, dass sie von Millies geheimer nächtlichen Wanderung nichts wusste. Sie warf den Hut auf einen nahegelegenen Stuhl.

«Ich habe es gehört. Ich habe es nur nicht verstanden. Seitdem habe ich mir so viele verschiedene mögliche Erklärungen durch den Kopf gehen lassen, und es hat bis heute gedauert, um alles zu verstehen und eine plausible Antwort zu finden. Aber bevor ich dir sage, was ich glaube, ist es nur gerecht, dass ich mir deine Version der Ereignisse anhöre.»

«In Ordnung», antwortete er.

Alles hing davon ab, was er ihr erzählen wollte. Seine ganze Zukunft würde durch ihre Antwort bestimmt werden. Er versuchte, ein mentales Bild von ihr zu malen, eine Erinnerung daran, wie sie in dem Moment aussah, bevor er ihr die schreckliche Wahrheit sagte. Alex atmete tief durch und beschwor seinen Mut.

«Ich habe den Brief an Clarice nicht geschrieben. Das war David. Ich bat ihn, einen Liebesbrief an dich zu schreiben, und ich dachte irrtümlich, er hätte es getan. Ich habe ihn dann verschickt. Lady Clarice hat ihn erhalten, und den Rest der unheiligen Katastrophe kennst du so gut wie ich.»

Millie zog eine Augenbraue hoch, blieb aber dort, wo sie war. «Außer der offensichtlichen Frage, warum du deinen Bruder überhaupt darum gebeten hast, den Brief zu schreiben. Deine eigene Schreibe kann doch nicht so schlecht sein. Und du bist ja immerhin kein Mauerblümchen, wenn es um Frauen geht.»

«Ich bat ihn, einen Brief zu schreiben, weil ich es nicht kann. Warum konnte ich nicht selbst einen Brief an die Frau schreiben, die ich liebe?» Er stammelte und kämpfte darum, die richtigen Worte zu finden. «Weil ich weder lesen noch schreiben kann.» Er schloss die

Augen. Wenn Millie jetzt ging, konnte er es nicht ertragen, ihr beim Gehen zuzusehen.

Er hörte das leise Tappen ihrer Füße auf den Hartholzdielen. Ihre Röcke streiften sein Bein, als sie ihn erreichte. Er öffnete die Augen und sah verwundert zu, wie sie seine Hände ergriff. «War das so schwer?», flüsterte sie und sah ihn aus tiefsaphirblauen Augen an. Sie lächelte, und Alex lebte wieder.

«Du hast uns beiden wochenlange Qual bereitet, einfach weil du nicht lesen kannst? Ich weiß nicht, ob ich erleichtert sein soll, dass du es mir endlich gesagt hast, oder ob ich dich wegen deines Schweigens umbringen soll.» Sie drückte seine Hände.

Alex schluckte schwer. Wie konnte sie so ruhig sein? Er war erstaunt, dass sie noch immer in seinem Schlafzimmer stand, geschweige denn so nah. In allen Versionen dieser Begegnung hatte er sich nie vorstellen können, dass sie geblieben wäre. «Die Worte auf dem Papier, sie tanzen herum, wenn ich sie anschaue. Ich kann nie auseinanderhalten, wo oben und wo unten ist. Ich kann kaum meine eigenen Initialen schreiben. Ich kann nicht einmal ein Straßenschild lesen», antwortete er.

Sie trat näher und stellte sich auf die Zehenspitzen, um in sein Ohr zu murmeln. «Oder die Fabeln an einer Zimmerdecke oder sogar eine Tanzkarte. Das ergibt jetzt alles vollkommen Sinn, aber warum Alex, warum hast du es mir nicht gesagt? Hast du wirklich geglaubt, dass ich dich weniger als einen Mann sehen würde, nur weil du nicht lesen oder schreiben kannst?»

Er suchte in ihren Augen nach dem geringsten Anzeichen von Unaufrichtigkeit, aber sie glänzten mit einer blendenden Ehrlichkeit. Sie kannte nun sein dunkelstes Geheimnis, und es schien nicht den geringsten Unterschied dafür zu machen, wie sie ihn sah.

«Du glaubst nicht, dass ich deswegen eine Art Dorftrottel bin?», sagte er.

Sie drückte einen warmen Kuss auf sein Ohr, und Alex lachte, weil es kitzelte. «Ich sagte, du bist ein Narr, ich habe nie gesagt, du bist dumm. Du musst einen brillanten Geist haben, weil du dich an all dieses Wissen über das antike Griechenland erinnern kannst. Worte können nicht beschreiben, wie sehr mich deine Leistung im Museum beeindruckt hat.»

Er zuckte zusammen. «Du glaubst nicht, dass ich ein schrecklicher Bruder bin, weil ich Stephen dazu drängte, mir alles zu erzählen, was er von den Elgin-Murmeln wusste, und ihn dann in die Kälte hinausschleppte, um ins Museum zu gehen?»

Sie lächelte. «Nein, ich fand es ziemlich süß. Du hättest das Gesicht deines Bruders sehen sollen, als du deinen informativen Vortrag vor der versammelten Menge gehalten hast. Er strahlte vor Stolz», antwortete sie.

Alex öffnete Millies Finger und zog seine Hände zurück. Er griff nach ihr, legte seine Arme um sie und zog sie an sich. Gleichzeitig schlangen sich ihre Arme fest um ihn. Ihr Kopf ruhte an seiner Brust, und als er sich vorneigte, um ihre Haare zu küssen, nahm er einen tiefen Atemzug. Der berauschende Duft von Millie füllte seine Lunge.

Erinnerungen an die Nacht, in der er sie zum ersten Mal geküsst hatte, kamen zurück. Von nun an wäre es nicht mehr nötig, sich aus Ballsälen zu schleichen, um allein mit ihr zu sein. Er wusste, dass sie nicht loslassen würde. «Du hast keine Ahnung, was das für mich bedeutet», murmelte er.

Sie gab ihm einen spielerischen Schlag auf den Rücken. «Das bedeutet, dass du mich nie wieder belügen wirst.»

«Und du wirst nicht nach Indien zurückkehren», antwortete er überzeugt. Bevor sie ihn aufhalten konnte, hatte er das Ticket aus ihrer Manteltasche gezogen, zerknüllt und in den Kamin geworfen. Es landete in der Glut und ging in Flammen auf.

«Oh», sagte Millie. «Ich habe den ganzen Nachmittag gebraucht, um dieses Ticket von Hand zu schreiben.»

Alex lachte. Ob aus Erleichterung oder Freude, es war ihm egal. Millie war hier bei ihm, und das war alles, was zählte. Sie ging nirgendwohin ohne ihn. «Ich verspreche, ich werde dir das Doppelte für die Kosten des Tickets zahlen», antwortete er mit einem Lächeln.

«Wenn ich bedenke, wie verletzt meine Eltern waren, als sie meine Pläne für eine Passage zurück nach Indien durchschauten, würde ich, wenn es ein echtes Ticket gewesen wäre, es als eine Art Karma betrachten. Ich kann nicht glauben, dass ich dumm genug war, nicht zu erkennen, dass mein Vater meine Entscheidung zu diesem Vorgehen genau in dem Moment bemerken würde, in dem ich sie traf.»

«Du hast mir einmal gesagt, dass er deine Gedanken lesen kann, und hier stehe ich und habe gedacht, ich würde eine intelligente Frau heiraten», murmelte Alex.

Millie schnappte empört nach Luft, aber Alex hielt sie fest. Sie würde keinen zweiten Schlag landen.

«Du hast mich nicht wirklich gebeten, dich zu heiraten», antwortete sie.

«Noch nicht.»

Sie zog sich aus seiner Umarmung und machte einen Schritt zurück. Alex gratulierte sich zum zweiten Mal dazu, dass er den gesunden Menschenverstand besessen hatte, die Schlafzimmertür zu verriegeln.

«Nur, wenn du dir ganz sicher bist, und nur, wenn ich deine erste Wahl bin», antwortete sie. Da war kein Humor mehr in ihrer Stimme, und er erkannte, dass sie immer noch etwas Überzeugungsarbeit brauchte. Er konnte ihr nicht vorwerfen, dass sie ihre Zweifel hatte. Sein Verhalten in den vergangenen Wochen würde jedem Grund geben, sich Gedanken zu machen.

«Ja», sagte er, nahm sie an der Hand und führte sie zur Kommode hinüber. Er öffnete die oberste Schublade und nahm ein kleines schwarzes Kästchen heraus. Er sank auf ein gebeugtes Knie und legte einen zärtlichen Kuss auf ihre Finger, bevor er schließlich den Wunsch seines Herzens sprach.

«Millie, es warst immer nur du, und es tut mir leid, dass ich so ein Chaos angerichtet habe. Aber wenn du mir die größtmögliche Ehre erweisen willst, meine Frau zu werden, werde ich mich bemühen, den Rest meines Lebens damit zu verbringen, Wiedergutmachung zu leisten.»

Kapitel Dreiundzwanzig

«Ja.»

So ein einfaches Wort, und doch bedeutete es Millie so viel. Alle Missverständnisse und falschen Hoffnungen waren aus der Welt geschafft. Nun winkte die gemeinsame Reise durchs Leben.

Millie blies die Luft aus den Wangen und versuchte nicht zu weinen, als Alex den Diamantring auf ihren Finger steckte.

Sie scheiterte.

«Es sollte ein Saphir sein, aber ich wusste, dass er immer gegen die Farbe deiner Augen verblassen würde.» Er kam auf die Füße. «Ich habe noch etwas, das du tragen sollst. Es passt zu dem Ring.» Er griff noch einmal in das Kästchen und nahm einen kleinen Diamant-Nasenring heraus. Lächelnd nahm sie den Ring, und als sie ihn an seinen Platz steckte, fühlte sie sich wieder vollständig.

«Ändere dich nie, Millie. Für mich bist du perfekt, so, wie du bist», sagte Alex, als er ihr Gesicht zwischen seine Hände nahm. «Jetzt gehörst du mir, für immer», flüsterte er, als er den Kopf senkte und seine Lippen ihren begegneten.

Der Kuss war zunächst langsam, zärtlich und unsicher, aber nach und nach spürte Millie eine Veränderung. Alex strich mit seiner Zunge entlang ihrer Unterlippe, und wie von selbst öffnete sich ihr Mund.

Seine Zunge strich an ihren Lippen vorbei in ihren Mund, wo sie auf ihre Zunge traf und sanft streichelte.

Sie stieß ein leises Stöhnen aus und gab sich dem Kuss hin. Sie entspannte ihre Lippen und erlaubte ihm, ganz und gar Besitz von ihr zu nehmen. In ihrer Unterwerfung wusste sie, dass sie gewonnen hatte.

Alex' Hand glitt an der Seite von Millies Taille hinab und umklammerte ihre Hüfte, um sie fest an sich zu ziehen. Sie spürte den harten Beweis seiner Begierde, die sich gegen ihren Magen drückte.

Sie schnappte nach Luft und versteifte sich. Das war der Punkt, zu dem sein Kuss in jener schicksalhaften Nacht ebenfalls hätte führen sollen.

Alle bunten Bilder, die sie sorgfältig im *Kama Sutra* studiert hatte, hatten sie nicht auf die Intimität dieses Augenblicks vorbereitet. Die Bilder vermittelten nicht die Hitze und Gier, von denen sie wusste, dass sie beide sie fühlten. Der Mann, den sie liebte, hielt und küsste sie. Und es gab keinen Zweifel, dass er sie wollte.

Sie hatte riskiert, allein durch die gefährlichen Straßen von London zu gehen, um endlich zur Wahrheit zu gelangen, aber wenn sie ehrlich zu sich selbst war, jenseits der Konfrontation mit Alex hatte sie nicht geplant, was danach passieren könnte.

Er beendete den Kuss und zog sich zurück. Als Millie ihm in die Augen schaute, konnte sie sehen, dass in ihnen noch Leidenschaft flackerte.

«Tut mir leid, ich habe mich ein bisschen hinreißen lassen. Ich wollte dich nicht überfallen», sagte er und räusperte sich. «Ich sollte dich besser nach Hause bringen. Wenn du dich deiner Entscheidung sicher bist, dann werde ich morgen deinen Vater aufsuchen.»

Millie spürte, wie ihre Lippen abzukühlen begannen, als die Hitze von Alex' Kuss verblasste. Sie blickte auf den Diamantring, der an ihrem Finger funkelte. «Nein», entgegnete sie.

Alex zuckte zusammen und nickte langsam. «Ich verstehe. Natürlich kann ich nicht von dir erwarten, dass du dein Leben mit einem Dummkopf teilst», antwortete er. «Sei versichert, niemand wird jemals wissen, dass du hier warst.»

Ein Kichern fand seinen Weg in ihre Kehle, als sie den Kopf hob.

«Oh, du solltest dein Gesicht jetzt sehen, Alex, es ist absolut unbezahlbar», sagte sie.

Er blinzelte ihr zu, und dann erschien ein Ausdruck von erleichterter Erkenntnis auf seinem Gesicht. «Mit *nein* meinst du nicht, dass ich *nicht* mit deinem Vater reden soll, oder?»

Sie schüttelte den Kopf.

«Du meinst *nein*, du willst nicht nach Hause gehen.»

Sie nickte.

«Und ich bin Alexander der völlig Erbärmliche?», lachte er.

Beide nickten zustimmend.

Sie strich mit der Hand über seine Brust, bis ihre Finger über seinem Herzen ruhten. «Deshalb muss ich heute Abend bleiben. Ich kenne mein eigenes Herz, aber ich bin nicht davon überzeugt, dass du dir dessen sicher bist oder dass ich dich so gut liebe, wie ich sollte. Bis ich ganz dir gehöre, glaube ich, dass deine Ungewissheit bestehen bleibt», sagte sie.

Ihre Finger drifteten an den Kragen seines Hemdes, und nachdem sie den ersten seiner Hemdknöpfe gelöst hatten, arbeiteten sie sich langsam auf seiner Vorderseite nach unten, bis die vier verbleibenden Knöpfe ebenfalls aufsprangen. Schnell zog er sich das Hemd über den Kopf, und Millie bot ihm noch einmal ihren Mund dar.

Er nahm ihre willigen Lippen und verschlang sie regelrecht. Ein echter Kuss.

Millie streckte die Hand aus und berührte zum ersten Mal in ihrem Erwachsenenleben die nackte Haut eines Mannes. Sie spürte die feinen Haare auf Alex' Brust. Er stieß ein gieriges Stöhnen aus, als ihre Finger eine Brustwarze fanden und sie sanft drückte.

«Minx», flüsterte er ihr in den Mund.

Jetzt war er an der Reihe, ihre Knöpfe zu attackieren, und ein Schauer der Vorfreude rann ihr die Wirbelsäule herunter, als er sie aus ihrem Mantel befreite. Er warf Mantel und Handschuhe auf den Stuhl, wo beide auf seinem kürzlich weggeworfenen Hemd und dem übergroßen Hut landeten. Dem Mantel folgte schnell der Rest ihrer Kleidung.

«Ich nehme an, wir sind etwas über den Punkt hinaus, an dem ich

Sie frage, ob Sie sich da wirklich sicher sind?», fragte Alex, als er das letzte Stück von Millies Kleidung entfernte.

Sie nickte schnell und betete, er würde wissen, was er tat Er nahm sie an der Hand und führte sie zum Kamin. Während ihr Blick die ganze Zeit auf seinem Oberkörper ruhte, fürchtete sie, dass all ihr Mut sie verlassen würde, wenn sie weiter nach unten schaute. Sie brauchte ihn nicht anzusehen, um den Zustand seiner Erregung zu verstehen.

Er beugte sich hinunter und stapelte eilig noch ein paar Scheite auf die sterbende Glut. Dann zog er die Decke vom Ende des Bettes, wo er sie locker hingeworfen hatte, und wickelte sie um sie beide.

Er strich ihr eine Strähne aus dem Gesicht und gab ihr einen zärtlichen Kuss auf die Nase. «Bevor wir weitermachen, gibt es noch etwas, das du wissen musst», sagte er.

Sie warf einen kurzen Blick auf den Kamin. Ihr selbstgebasteltes Ticket nach Indien war längst nicht mehr zu retten.

«Nein, es ist nichts, was dazu führen wird, dass du aus England fliehen musst. Es ist etwas, das du mit mir tust», sagte er.

Sie zog die Augenbrauen hoch. «Ja?»

«Als wir uns das erste Mal trafen, dachtest du, ich wäre schrecklich zu dir. Was ich, wenn ich an diese Nacht zurückdenke, ja auch war.»

Millie nickte. «Weiter» antwortete sie.

Alex biss sich auf die Lippe. «Weißt du, was zwischen Mann und Frau passiert? Ich meine, im sexuellen Sinne?»

Sie kicherte. «Ja, ich verstehe die Einzelheiten und wo die Dinge hingehören. Ich habe kein besonders geschütztes Leben gelebt. Es gibt auch in Indien Tiere, weißt du.» Irgendwann würde sie ihm ihr spezielles Bilderbuch zeigen, und sie konnte es kaum erwarten, sein Gesicht zu sehen, wenn sie es tat.

«Gut. Ich nehme also an, dass du verstehst, welche Wirkung du gerade in diesem Moment auf mich hast?», fragte er.

Sie lächelte, als sie ihren Körper gegen seine Männlichkeit rieb. Alex schloss die Augen und ächzte. Es war ein wunderbares, berauschendes Gefühl, zu wissen, dass sie eine solche Macht über ihn ausübte.

Er küsste sie erneut.

«Die Sache ist die, in dem Moment, als ich auf dem Ball deines Onkels zum ersten Mal einen Blick auf dich warf, hast du sofort diesen Effekt auf mich gehabt. Ich dachte, ich würde durch den Mangel an Blut in meinem Gehirn ohnmächtig werden. Mein Vater war verständlicherweise wütend. Ein erfahrener Gentleman sollte in der Lage sein, seine Bedürfnisse in gemischter Gesellschaft zu kontrollieren», erklärte er.

«Oh», antwortete sie und erinnerte sich an den Blick der Wut, den sie auf dem Gesicht des Herzogs von Strathmore gesehen hatte, während er Lord Ashtons Rede zuhörte.

«Und die Meinungsverschiedenheit mit David war, weil er am nächsten Abend sehr betrunken war und im geselligen Kreise mit einigen unserer Freunde meine peinliche missliche Lage offenbarte. Wie du dir sicherlich denken kannst, war ich völlig gedemütigt, und fast hätten wir uns geprügelt. Natürlich hat er sich inzwischen entschuldigt, und wir sind versöhnt.»

Sie schenkte ihm ein verführerisches Lächeln und murmelte: «Ich hoffe, die Grenzen deiner Kontrolle regelmäßig testen zu können, Lord Brooke.» Sie warf einen kurzen Blick zur Tür. «Ich habe das Gefühl, dass wir einen großen Satz von Schlüsseln brauchen werden, mit denen Türen verschlossen werden können.»

Alex stieß ein Knurren aus und nahm schnell ihren Mund in Besitz, was sie unfähig zu jedem weiteren Wort machte. Seine Hände legten sich um ihre Taille, und er hob sie vom Boden. «Leg deine Beine um mich», befahl er, bevor sie sich wieder küssen mussten.

Ihre Brüste wurden nun hart gegen seine Brust gedrückt. Sie strich damit hin und her und genoss das exquisite Gefühl, das ihr dies schenkte. Wärme sammelte sich zwischen ihren Beinen, und ihr Atem wurde knapp.

Er zog seine Lippen zurück und flüsterte. «Komm ins Bett, meine Liebe.»

In einer großen Absichtserklärung riss sie ihnen die Decke von den Körpern und warf sie auf das Ende des Bettes.

Alex senkte sie sanft auf das Bett und bedeckte ihren nackten Körper mit seinem.

Sie blickte ihm in die Augen und sah, wie sie vor Freude und Staunen erstrahlten. «Ich liebe dich», sagte sie. Es war das erste Mal, dass sie jemandem offen ihre Liebe gestand. Es hatte die Erkenntnis erfordert, dass sie ihn wirklich liebte, um mit ihrer Zukunft zu spielen und heute Abend hierher zu kommen.

«Das solltest du auch, denn ich bin dabei, dich völlig zu ruinieren», murmelte er. Als Alex anfing, ihre Brust sanft mit der Hand zu kneten, schloss sie die Augen und lehnte sich im Bett zurück. Als er ihre Brustwarze in den Mund nahm und zu saugen begann, legte sie eine Hand über ihren Mund und erstickte einen Schrei.

Das Bett zitterte von seinem Lachen, als er ihre empfindliche Brustwarze weiter neckte. Während ihr Körper von Sekunde zu Sekunde erhitzter und biegsamer wurde, gab es wenig anderes, was sie tun konnte, als sich zurückzulehnen und ihn von ihr kosten zu lassen. Als er ihrer anderen Brust mit dem Mund die gleiche Aufmerksamkeit schenkte, stöhnte sie.

«Also gut, mach *verführt, hingerissen und ruiniert* daraus», murmelte er, während er spielerisch ihre Brustwarze zwischen seiner Zunge und seinen Zähnen rollte.

Die Finger seiner rechten Hand schmiegten sich auf die Außenseite ihres Oberschenkels, strichen über ihr Knie und begannen dann die Reise auf die Innenseite ihres Beins. Ein einziger Finger streichelte über die weichen Locken an ihrer intimsten Stelle und setzte ihre Nerven in Brand.

Als er den Finger in ihre Hitze versenkte, schnappte sie nach Luft. Ein zweiter Finger folgte, und er begann zu streicheln. Millie schluchzte. «Alex.» Er wechselte die Position und nahm erneut ihren Mund in einem harten und leidenschaftlichen Kuss. Dabei streichelte er weiter ihre Hitze und steigerte ihre Gier.

Als ihr Körper drohte, jeden Moment in Flammen aufzugehen, dachte sie, sie würde verrückt werden. Wie viel mehr davon könnte sie ertragen?

Er zog seine Finger aus ihrer Hitze zurück, hob sich über sie und drückte mit dem Knie ihre Beine weit genug auseinander, damit er sich zwischen ihnen niederlassen konnte.

«Du bist jetzt bereit für mich. Du bist so heiß und so feucht. Millie, ich wollte das vom ersten Mal an, als ich dich traf, ich liebe dich. Ich werde dich ewig lieben.»

Seine harte Erektion teilte die Lippen ihrer Weiblichkeit, und er drückte sich langsam in sie hinein. Sie spürte, wie sich ihr Körper zu verkrampfen begann, und versuchte, sich zu entspannen. Sie hatte genug von den Büchern ihres Bruders gelesen, um zu wissen, dass es nur das erste Mal weh tat, und wenn der Mann ein so rücksichtsvoller Liebhaber wäre, wie er sein sollte, würde sie es kaum bemerken. Sie vertraute Alex, wohl wissend, dass er etwas davon verstand, wie man den Körper einer Frau liebte.

Von diesem Abend an wäre sie die einzige, der ein Urteil über seine Fähigkeiten diesbezüglich zustand.

Als Alex die kleine Hürde tief in ihr erreichte, hielt er an. Sie öffnete die Augen. Auf den Armen über ihr erhoben, sah sie, dass er schweißgebadet war. Sein Atem ging hart und mühsam, als wäre er ein Hundert-Meilen-Rennen gelaufen.

«Nimm mich, mach mich dein», forderte sie und packte ihn am Gesäß. Er beugte sich nieder und küsste sie noch einmal, und während er das tat, fühlte sie, wie er seine Hüften verlagerte, gefolgt von dem überwältigenden Gefühl, genommen zu werden, als er ihre Unschuld zerriss und sich tief in ihrem willigen Körper vergrub.

«*Gott*, Millie», stöhnte er.

Das kleine Stechen, das sie gespürt hatte, als Alex in sie eindrang, verblasste schnell, als er sich teilweise zurückzog und dann langsam ihren Körper wieder ausfüllte.

Ihre Hände fanden ein Zuhause an seinen sich heftig bewegenden Hüften, und schnell fand sie den Rhythmus zum Tanz. Jedes Mal, wenn er tief in sie eindrang und sein Körper sich in ihren grub, bohrte sie ihre Finger in seine Haut und spornte ihn an.

Das Bett knarrte laut, während sie einander leidenschaftlich umklammerten und zu immer neuen Höchstleistungen anfeuerten.

Ihr Atem wurde flach, als der Druck in ihrem Körper auf einen Höhepunkt zusteuerte. Wo immer er sie hinführte, sie wusste, dass sie fast da war. Sie riss ihre Lippen von ihm los, sah ihn an und suchte in seinem Gesicht nach einer Antwort.

«Alex?», keuchte sie.

«Lass los, lass los und komm für mich», befahl er, als seine Stöße mächtiger und tiefer wurden.

Sie fiel zurück ins Bett, und als ihre Welt zerbrach, stieß sie ein lautes Schluchzen aus. Irgendwo in der Ferne hörte sie Alex rufen «Oh mein Gott, oh mein Gott», und er stieß ein letztes Mal tief in sie. Schweißnass brach er über ihr zusammen, küsste ihr Gesicht und flüsterte immer wieder ihren Namen.

«Mit der Übung werden wir besser werden», sagte Alex, als er sich einige Minuten später von ihr schob und ein Laken über ihre schnell abkühlenden Körper zog.

Millie lachte. Bei diesem Tempo wäre sie in einer Woche tot. Sie rutschte auf die andere Seite des Bettes und schmiegte sich auf seine Brust, ihr Kopf ruhte, wo sie sein Herz stark in seiner Brust schlagen hören konnte. «Ich wusste immer, dass du großartig sein würdest», murmelte sie. «Aber eins sollst du wissen, Alex Radley: du gehörst von jetzt an nur noch mir. Ich werde nicht teilen.»

Starke Arme schlangen sich um sie und zogen sie an ihn heran. «Ich würde es nicht wagen, etwas zu tun, durch das ich dich verlieren könnte. Wenn die Frau, die ein Mann liebt, so laut schreit wie du, als du deinen Höhepunkt erreicht hast, müsste er verrückt sein, sich aus ihrem Bett zu entfernen.» Er lachte tief sinnlich. «Obwohl ich davon ausgehe, dass ich morgens Beschwerden von den Nachbarn bekomme.»

Sie strich mit der Hand nach unten und legte die Finger um Alex' Hoden, drückte sie sacht. «Nun, sie werden sich einfach daran gewöhnen müssen.»

«Hmm», antwortete er. «Zum Glück schläft David immer tief und fest.»

«David!», rief sie aus und setzte sich auf. «Ich habe deinen Bruder ganz vergessen. Sag mir nicht, dass er hier ist? Ich dachte, er würde in Strathmore House wohnen.»

Alex lachte noch einmal leise und zog sie wieder auf das Bett und in seine Arme. «Er kam hierher zurück, um mich zu betreuen, nachdem ich angegriffen wurde. Außerdem kam der Rest der Familie gestern spät aus Schottland zurück, und er wollte nicht, dass Papa ihn dabei erwischt, wie er Lord spielt», antwortete er.

Wie würde sie David Radley jemals wieder gegenübertreten,

nachdem sie gerade das halbe Haus zusammengeschrien hatte? Sie spürte, wie ihre Wangen zu brennen begannen.

«Keine Sorge, ich habe einmal eine Pistole zwei Meter von seinem schlafenden Kopf entfernt abgefeuert, und er hat nicht mal gezuckt. Obwohl ich es für klug halte, ihn zu bitten, seine Sachen wieder nach Strathmore House zu bringen, nachdem wir geheiratet haben, zumindest bis er ein neues Haus findet, in dem er sein eigenes Eheleben aufbauen kann», sagte Alex.

Millie drehte sich um und brachte ihr Gesicht nah an das von Alex. «David ist in Lady Clarice verliebt, nicht wahr? Wie ich gehört habe, war der Liebesbrief sowohl wunderschön als auch von ganzem Herzen kommend.»

Er nickte. «Ich glaube, er liebt sie schon sein ganzes Leben lang. Ich wünschte nur, er würde etwas unternehmen.»

«Selbst nachdem ihr Vater dich angegriffen hatte? Würde er einen solchen Mann als seinen Schwiegervater wollen?», antwortete sie.

Er rieb seine Nasenspitze an ihrer und holte sich dabei hin und wieder einen verstohlenen Kuss. «Wenn der Earl of Langham mich wirklich verletzen wollte, hätte man mir im Labyrinth die letzte Ölung geben können, und wir würden jetzt nicht zusammen hier liegen.»

Er strich sich über die verheilende Wunde an der Augenbraue. «Da wird eine Narbe bleiben. Für den Rest meines Lebens werden mir, immer wenn ich in den Spiegel schaue, die Konsequenzen meiner Handlungen entgegenblicken. Der Earl hat mir eine schmerzvolle und übrigens längst überfällige Lektion in Sachen Bescheidenheit beigebracht. Und da diese letzten Endes dazu führte, dass sie dich mir in die Arme legte und wir nun heiraten werden, werde ich mich ganz sicher nicht beklagen.»

Ein Eheleben.

Sie würde bald eine Ehefrau sein. Alex' Ehefrau. Eine Träne bildete sich in ihrem Augenwinkel und landete sie auf seiner Brust. Eine weitere Träne schloss sich bald der ersten an.

Er hob sie hoch und setzte sie so, dass ihre Beine rechts und links seiner Taille lagen. Im blassen Feuerlicht sah sie den besorgten Ausdruck auf seinem Gesicht, als er ihre Tränen wegwischte.

«Habe ich dich verletzt? Ich habe versucht, nicht zu heftig zu sein, aber ich weiß, dass ich gegen Ende die Kontrolle verloren habe», sagte er, hob den Kopf und hauchte Schmetterlingsküsse auf ihre Brüste.

«Nein, ich hatte nur nicht wirklich darüber nachgedacht, verheiratet zu sein, bis du das Wort erwähnt hast. Der Gedanke ist ernüchternd, dass ich bald deine Frau sein werde», antwortete sie.

«Marquise», korrigierte er sie sanft. «Sie werden die Marquise von Brooke sein, meine Liebe, und eines Tages meine Herzogin, aber hoffentlich erst in vielen vielen Jahren.»

Ihr Herz schwoll vor Freude an, sie freute sich auf den Tag, an dem sie ihn Ehemann nennen konnte. «Ich bin so erleichtert, dass alles geklärt ist, und ich werde nicht den Rest meines Lebens damit verbringen müssen, mich zu fragen, wie es gewesen wäre, es mit dir verbracht zu haben. Meine Mutter hatte recht.»

«Was meinst du damit?»

«Nachdem meine Eltern mich wegen meines dummen Plans, nach Indien zurückzukehren, zur Rede gestellt hatten, riet meine Mutter mir, dir eine letzte Chance zu geben. Obwohl ich nicht glaube, dass sie diese Art der Versöhnung im Sinn hatte», sagte sie.

Sie gab ihm einen schnellen, aber leidenschaftlichen Kuss auf die Lippen und kletterte aus dem Bett. Nachdem sie ihre Kleidung vom Boden aufgesammelt hatte, begann sie sich anzuziehen.

Ein finsterer Blick erschien auf Alex' Gesicht.

Millie hob ihren Mantel auf. «Ich gehe besser nach Hause, sonst könnte Charles das Bedürfnis verspüren, dir frische Blutergüsse zu verpassen.»

Alex setzte sich auf und schwang seine Beine über die Seite des Bettes. Er kramte in dem schlecht beleuchteten Raum herum und hob seine Kleidung auf. Aus dem Schrank holte er eine Jacke und ein Paar Stiefel und zog sie an. Millie knöpfte ihren Mantel zu und zog ihren Hut unter dem Kaminstuhl hervor.

«Was hast du vor?», fragte sie, als sie ihre Haare unter den Hut steckte. «Ich kann vor dem Haus eine Mietkutsche anhalten. Du musst dich nicht anziehen. Ich kann mich leicht genug ins Haus schleichen und wieder ins Bett schlüpfen. Unser Nachtdiener ist ein gesunder Schläfer. Dann kannst du Papa heute Nachmittag besuchen, wenn er nach Hause kommt.»

Alex ergriff ihre Hand und legte einen liebevollen Kuss auf ihre Handfläche. «Ich werde dich nach Hause bringen. Ich werde dich zu einer solchen Stunde nicht allein durch die Straßen von London fahren lassen. Du kannst dich in das Haus deines Vaters zurückschleichen, wenn du das willst, aber es wird unter meinem wachsamen Auge sein. Ich beschütze, was mir gehört.»

Sie lächelte ihn an und reichte ihm seinen Mantel. «Versprich mir, wir werden nie aufhören, gemeinsam zu schleichen.»

Alex nahm seinen Mantel und küsste Millie erneut auf die Lippen.

«Keine Angst, Geliebte. Ich habe eine schier unerschöpfliche Liste von Orten, an denen ich mit dir schlafen will», murmelte er, als er seinen Mantel anzog.

«Du schlimmer Mann», antwortete sie und schloss die Schlafzimmertür auf.

Epilog

Millie und Lucy tauschten ein aufgeregtes Grinsen aus. In etwas mehr als einer Stunde würden sie Schwestern sein. Millie saß auf einem Stuhl im Wohnzimmer im Obergeschoss ihres bald ehemaligen Zuhauses und beobachtete kritisch, wie die indische Köchin der Familie Ashton die komplizierten Muster von *Mehndi* an ihren Füßen sorgfältig fertigstellte.

Lucy kniete neben ihr auf dem Boden, beugte sich vor und schnappte nach Luft.

«Du hast das Strathmore-Wappen an deinen Füßen! Das ist großartig!»

Millie lächelte. «Ich dachte, es wäre eine schöne Überraschung für deinen Bruder, wenn wir allein sind. Wenn du genau hinschaust, kannst du sehen, dass auch die Initialen AR in die Kringel an der Seite meines Knöchels gemalt sind.»

Lucy lächelte. «Also, woraus besteht die Farbe?»

«Es ist Henna-Paste, hergestellt aus dem Henna-Blatt. Ich habe es letzte Nacht auf Miss Millies Füße gemalt und über Nacht hat sich die Farbe zu einem schönen *Naringee* verdunkelt», erwiderte Mrs. Knowles.

«Es ist orange», sagte Lucy.

«Ja», antwortete Millie. «In den nächsten Tagen wird es dunkler, und wenn ich weiterhin Öl darauf reibe, kann es einige Wochen halten. Oder bis ich es satt habe und es abschrubbe.»

Mrs. Knowles schnalzte angewidert mit der Zunge. «Eine Braut wäscht ihr *mehndi* nicht ab, das sollte erst ihr Ehemann tun, wenn er mit ihr im Fluss badet.»

Lucy wurde rot, und Mrs. Knowles kicherte wissend.

Millie gähnte. Sie war schon vor Tagesanbruch aufgestanden und hatte alles überprüft und erneut überprüft. Ihre geliebten Reisekoffer waren am vergangenen Nachmittag zum letzten Mal von zu Hause weggebracht worden, und der Inhalt wurde nun in der Bird Street ausgepackt und wartete auf ihre Ankunft als neue Marquise von Brooke.

«Ich frage mich, wo Alex und David letzte Nacht verbracht haben?» , überlegte sie.

«Nun, ich kann dir sagen, dass sie letzte Nacht nicht getrunken haben, wenn das deine Sorge ist. Wir hatten ein schönes Familienessen zu Hause, und alle meine Brüder, einschließlich Stephen, verbrachten den Abend mit Papa in Papas Arbeitszimmer und gingen Papierkram durch», antwortete Lucy.

Millie hob die Augenbrauen. «Und ich gehe davon aus, dass der Papierkram darin bestand, dass dein Vater die Etiketten auf mehreren Flaschen Wein las, bevor er sich entschied, welche zuerst geöffnet werden sollte», antwortete sie.

Der Herzog von Strathmore hatte ihr versprochen, dass er dafür sorgen würde, dass Alex pünktlich und in einem für die Ehe geeigneten Zustand in der Kirche ankam.

«Also, habt ihr euch schon entschieden, wohin eure Hochzeitsreise geht?», fragte Lucy.

«Wir haben darüber gesprochen, später im Sommer eine Tour durch den Lake District zu machen, aber Alex möchte mindestens noch den nächsten Monat in London bleiben», antwortete Millie.

Alex hatte sich nicht davon abbringen lassen, nach der Hochzeit in London zu bleiben. Es waren für seinen Geschmack zu viele Leute bereit, anzunehmen, dass er Millie wegen des Skandals um Lady

Clarice Langham geheiratet hatte. Dass er Millie irgendwie kompromittiert hätte und gezwungen worden war, sie zu heiraten.

«Das werde ich nicht hinnehmen. Ich möchte, dass der gesamte *Ton* absolut keinen Zweifel daran hat, dass dies eine Liebesverbindung ist und ich dich bereitwillig und aus freien Stücken als meine zukünftige Herzogin ausgewählt habe», hatte er einige Tage zuvor gesagt.

Da Millie in jenem Moment nach einem weiteren Nachmittag des Liebesspiels in seinem Schlafzimmer nackt in seinen Armen gelegen hatte, hatte sie weder die Kraft noch den Wunsch verspürt, mit ihm zu streiten.

Millie lächelte ein wenig.

Mrs. Knowles beendete ihre Arbeit und stand auf. «Es ist schade, dass Sie mich nicht Ihre Hände bemalen lassen, Miss Millie.»

Lucys Augen weiteten sich vor Bestürzung, aber Millie schüttelte den Kopf. «Nein, danke, Mrs. Knowles. Mama und ich waren uns einig, dass meine Füße ausreichen würden, um meine indische Geburt hervorzuheben. Außerdem hat der Bischof keinen Zweifel gelassen, dass ich, da es sich um einen Hochzeitsgottesdienst in der Church of England handelt, die Bräuche meines neuen ebenso wie meines alten Zuhauses respektieren muss.»

Eine Stunde später stand sie vor dem Bischof von London, und ihr Vater legte ihre Hand in die von Alex. Sie blickte auf und sah, wie er die Girlande aus den Blüten der Jungfer im Grünen betrachtete, die sie in den Haaren trug, und das saphirblaue Band, auf das die zarten Knospen gefädelt waren.

Er holte tief Luft, und das unglaublichste und freudigste Lächeln erschien auf seinem Gesicht. Wenn es unter den versammelten Gästen jemals eine Spur von Unsicherheit über die Gefühle des Marquis von Brooke für seine Braut gegeben hatte, zerstreute der Ausdruck auf seinem Gesicht alle Zweifel. In ganz England gab es keinen glücklicheren Bräutigam.

Alex rezitierte seine Gelübde, und Millie wiederholte tief bewegt die Worte. Alex nahm den Ring vom Bischof entgegen und steckte ihn auf Millies linke Hand. Er sprach klar und laut. «Mit diesem Ring habe ich dich geheiratet, und mit all meinen weltlichen Gütern habe ich dich ausgestattet. Im Namen des Vaters, des Sohnes und des Heiligen Geistes, Amen.»

Sein Onkel lächelte und beugte sich zu Millie. «Willkommen in der Familie, meine Liebe. Ich glaube, mein Neffe hat endlich sein passendes Gegenstück gefunden.» Er drehte sich zu Alex und kicherte. «Du kannst sie jetzt küssen.»

Alex brauchte keine zweite Aufforderung.

❧

Als der Hochzeitsempfang endlich vorbei war und das frisch verheiratete Paar von seinen Gästen beglückwünscht wurde, stand Lady Clarice Langham auf den Stufen der St.-Georgs-Kirche am Hanover Square und genoss die Morgensonne.

«Es ist ein schöner Anblick, nicht wahr?»

Sie drehte sich um und sah David Radley einige Meter entfernt stehen. Er lächelte und verbeugte sich.

«Ja, es ist ein großartiger Anblick. Ich liebe das Wetter im Juni sehr, besonders wenn es mit einer glücklichen Hochzeit verbunden ist. Es ist mir eine Ehre, dass Ihr Bruder mich eingeladen hat», antwortete sie. Clarice spielte mit ihren Handschuhen und entschied, dass es Zeit war, mutig zu sein. «Mr. Radley, ich glaube, Sie haben etwas für mich?», sagte sie und streckte ihre Hand aus.

«Ja, das habe ich», sagte eine Stimme direkt hinter ihr.

Sie drehte sich zu Lord Stephen Radley um, der sehr nachdenklich aussah und ihr ein kleines Päckchen entgegenstreckte. «Mein Bruder Alex hat darum gebeten, dass ich Ihnen das gebe. Er bittet um Ihre Vergebung an diesem Hochzeitstag, aber er kann Ihrer Forderung endgültig nicht nachkommen.»

Der jüngste Radley-Mann reichte ihr das Paket und zog sich dann hastig zurück. Clarice sah auf das Paket in ihrer Hand hinunter und schüttelte traurig den Kopf. «Ich kann das nicht akzeptieren; es wäre nicht richtig.» Sie gab es David, der ihr im Gegenzug zustimmend zunickte.

«Würden Sie dies bitte Ihrem Bruder zurückgeben, mit meinen allerbesten Wünsche für die Zukunft für ihn und seine Frau?»

David steckte das Paket in seinen Mantel. «Im Namen meines Bruders und meiner neuen Schwester danke ich Ihnen.» Er tätschelte die Seite seines Mantels. «Ich hoffe, ich werde daran denken, dies an Alex zurückzugeben. Aber vielleicht auch nicht.»

Sie blickte finster und kam dann an seine Seite, das Gesicht wieder der Sonne zugewandt.

«Ich werde herausfinden, wer diesen Brief geschrieben hat, und ich hoffe nur, dass er zu gegebener Zeit den Mut hat, für mich einzustehen und um mich zu kämpfen», sagte sie.

Sie standen eine Minute lang schweigend nebeneinander, bevor David sich kurz verbeugte. «Guten Tag, Lady Clarice. Ich hoffe, wir sehen uns nächste Woche wieder beim Hochzeitsball. Vielleicht möchten Sie mit mir tanzen», antwortete er.

Sie sah zu, wie er die Stufen zur Kirche hinaufstieg und Millies Familie herzlich begrüßte. Aus der Ferne sah er so selbstsicher aus wie jeder andere Sohn der Gesellschaft.

Clarice berührte die Seite ihres Täschchens. Bevor sie Alex den Originalbrief zurückgegeben hatte, hatte sie jedes liebevolle und leidenschaftliche Wort in ihr privates Tagebuch kopiert, das sie nun ständig bei sich trug.

«Sie können nicht Ihr ganzes Leben in den Schatten verbringen, Mr. Radley», flüsterte sie ihm nach.

Eine verbotene Liebe für die Lady

Die beschützte Erbin …

Einst war sie mit dem zukünftigen Herzog von Strathmore verlobt, doch nun findet sich die wunderschöne Lady Clarice in einer weit weniger schillernden Lage – als Gast auf dessen Hochzeit mit einer anderen Frau. Aber die Dinge sehen gleich viel besser aus, als der gutaussehende und charmante Halunke David Radley sie spüren lässt, dass zumindest in seinen Augen sie noch immer die beste Partie des Jahres ist.

Der illegitime Sohn …

Als ältester Sohn des Herzogs von Strathmore wuchs David Radley zusammen mit den ehelichen Kindern seines Vaters auf. Doch nicht jeder in der Londoner Gesellschaft ist der Meinung, dass dieser junge Mann ein gleichwertiger Teil der Familie ist. Vor allem nicht Clarices Vater, der Earl of Langham, der seiner Tochter verbietet, sich mit David einzulassen.

Seit Jahren schon ist David in Clarice verliebt, und es dauert nicht lange, bis die gegenseitige Zuneigung zu etwas viel Stärkerem heranwächst. Doch er spürt, dass Clarice etwas zu verbergen hat, und solange sie nicht bereit ist, dieses Geheimnis zu offenbaren, wird sie auch nicht frei sein, ihrem Herzen zu folgen. Trotz allem will David Clarice nicht aufgeben, auch dann nicht, als ein anderer sich um ihre Gunst bemüht.

Eine verbotene Liebe für die Lady

Bücher von Sasha Cottman

Historischer Liebesroman

Der Herzog von Strathmore

Der skandalöse Liebesbrief des Marquis

Eine verbotene Liebe für die Lady

Also by Sasha Cottman

SERIES

The Duke of Strathmore

Regency Rockstars

Rogues of the Road

London Lords

The Duke of Strathmore

Letter from a Rake – eBook, Audio, Print

An Unsuitable Match – eBook, Audio, Print

The Duke's Daughter – eBook, Audio, Print

A Scottish Duke for Christmas – eBook, Print

My Gentleman Spy – eBook, Audio, Print

Lord of Mischief – eBook, Audio, Print

The Ice Queen – eBook, Audio, Print

Two of a Kind – eBook, Audio, Print

Mistletoe and Kisses (novella) – eBook, Print

A Wild English Rose – exclusive eBook, Print

Regency Rockstars

Reid – eBook, Audio, Print

Owen – eBook, Print

Callum – eBook, Print

Kendal – eBook, Print

Regency Rockstars Boxed Set

Rogues of the Road

Rogue for Hire – eBook, Print

Stolen by the Rogue – eBook, Print

When a Rogue Falls – eBook, Print

The Rogue and the Jewel – eBook, Print

King of Rogues – eBook, Print

London Lords

Devoted to the Spanish Duke – eBook, Print

Promised to the Swedish Prince – eBook, Print

An Italian Count for Christmas – eBook, Print

Wedded to the Welsh Baron – eBook, Print

Reunited at Christmas – eBook, Print

Über den Autor

Geboren in England, aber aufgewachsen in Australien, USA Heute Bestseller, hat Sasha eine Liebe zum Reisen, die zuletzt in über 55 Länder reichte. Ein Reiseführer liegt immer auf ihrem Stapel neuer Bücher zum Lesen.

Sashas Romane handeln von der Zeit der Regentschaft in England, Schottland und Europa. Im Mittelpunkt ihrer Bücher stehen die Themen Liebe, Ehre und Familie.

Bitte besuchen Sie ihre Website unter www.sashacottman.com.

Printed in Poland
by Amazon Fulfillment
Poland Sp. z o.o., Wrocław

82186315R00179